Knaur

Über den Autor:
Ragnar Hovland, geboren 1952, studierte in Bergen und Paris Literaturgeschichte und Sprachen. Er hat über 30 Bücher geschrieben, ist Kinderbuch-, Opern-, Comic- und Krimiautor, arbeitet er als Übersetzer und ist Frontmann einer eigenen Band. Seine Fans verehren ihn als eine Art skandinavischer Woody Allen, als norwegischer Kaurismäki, fortschrittlicher Charlie Chaplin oder schlicht als Wiedergeburt von Buster Keaton.

RAGNAR HOVLAND

Über den Wassern schweben

Roman

Aus dem Norwegischen von Wolfgang Butt

Knaur

Dieser Roman erschien 1999 zusammen mit dem Roman
Dr. Munks Vermächtnis unter dem Titel *Der Himmel ist leer*.
Die Originalausgabe von *Über den Wassern schweben* erschien
1986 unter dem Titel *Sveve over vatna* bei Det Norske
Samlaget, Oslo.

Besuchen Sie uns im Internet:
www.droemer-weltbild.de
www.knaur-lemon.de

Vollständige Taschenbuchausgabe 2001
Droemersche Verlagsanstalt Th. Knaur Nachf., München
Taschenbuchausgabe mit Genehmigung des
Rogner & Bernhard Verlages, Hamburg
Copyright © 1982 by Det Norske Samlaget, Oslo
Copyright © der deutschen Ausgabe 1999 by
Rogner & Bernhard GmbH & Co.Verlags KG, Hamburg
Alle Rechte vorbehalten. Das Werk darf – auch teilweise –
nur mit Genehmigung des Verlages wiedergegeben werden.
Umschlaggestaltung: ZERO Werbeagentur, München
Satz: Ventura Publisher im Verlag
Druck und Bindung: Nørhaven A/S
Printed in Denmark
ISBN 3-426-61861-3

2 4 5 3 1

ÜBER DEN WASSERN SCHWEBEN

»Geschieht etwas, von dem man sagen könnte: ›Sieh, das ist neu‹? Es ist längst vorher auch geschehen in den Zeiten, die vor uns gewesen sind.«

Der Prediger Salomo, 1,10

Jedermann kann eine unbestimmte Anzahl Personen, die scheinbar wirklich sind, wie eine Gänseschar über eine weite Heide auf einer beliebigen Anzahl von Seiten oder in einer Reihe von Kapiteln vor sich hertreiben. Das Ergebnis, wie es auch beschaffen sein mag, ist immer ein Roman.

Raymond Queneau

I

JUST BECAUSE YOU'RE NOBODY
IT DOESN'T MEAN
THAT YOU'RE NO GOOD

B. Goldberg / J. Dammers / The Specials

PENNIES FROM HEAVEN

Der rote Bus blaffte die Leute nicht an. Ohne zu hupen, kam er still daher, an einem bewölkten, regnerischen Tag auf der Grenze zwischen Sommer und Herbst, um mich in dieser Stadt abzusetzen. Hier wollte ich bleiben. Jedenfalls für eine Weile.

Es hatte angefangen zu regnen, als ich mit meinen Koffern aus dem Bus stieg, und das machte mir einen dicken Strich durch die Rechnung, denn ich hatte gute Sachen an. Das Hemd zumindest war nicht übel. Die Hose war an den Knien allerdings etwas verschlissen. Der Fahrer kam auch heraus, denn ich war die letzte verlorene Seele, die hier auf dem Busbahnhof in Bergen ausstieg. Ich blickte zu dem Regen auf, der auf uns herabrieselte. So also sah er aus.

»Tja, das hier ist Bergen«, sagte der Fahrer, als hätte ich daran gezweifelt. Er stand hinter mir, einen Zigarettenstummel im Mund, den er jetzt anzünden durfte.

»Sind das *Pennies from Heaven*, die es hier regnet, oder ist es was anderes?«, fragte ich, um zu zeigen, dass ich nicht von gestern war, auch wenn ich vom Land und aus einer Kleinbauernfamilie kam.

»Das ist ganz normaler Regen, wenn du mich fragst«, erwiderte der Fahrer, blickte aber dennoch auf, als müsse er sich vergewissern, dass es auch wirklich stimmte, und nicht so war, wie ich es sagte.

Ich nahm einen Koffer in jede Hand, trat in die Stadt hinaus und war auf das Schlimmste gefasst.

MY MELANCHOLY BABY

Bevor dies geschah, war Sommer gewesen. Ein warmer und heller und verrückter Sommer von der guten Sorte, der dir ein Kribbeln im Bauch und Herzflimmern verursachte, und er hatte mehrere Monate gedauert. Jetzt pfiff er aus dem letzten Loch, und es regnete auf mein feines, geblümtes Hemd und auf meine alten Koffer.

Während des Sommers war ich mit einem Mädchen zusammen gewesen. Wir waren noch so jung, fanden wir, dass wir ebenso gut eine Weile zusammen sein und das Beste aus allem machen konnten.

Eine Zeit lang lagen wir draußen am Meer und wurden braun und schläfrig. Dabei redeten wir über Dinge, die uns wichtig waren.

Sie konnte z.B. fragen: »Was meinst du, wie es mit der Musik weitergeht?«

»Mit der Musik?«, sagte ich und betrachtete ihren geblümten Bikini.

»Du hast doch gehört, was ich gesagt habe.«

»Tja, mit der Musik wird alles bestens«, erwiderte ich. »Was anderes kann ich mir nicht vorstellen.«

Ich zog eine Mundharmonika aus der Badehose. Die, und nicht etwas anderes, wie man vielleicht glauben könnte, hatte da so ausgebeult. Ich setzte sie an den Mund und spielte eine Melodie. Ich konnte hören, dass Fische aus dem Meer hochsprangen, um zu sehen, wer da spielte. Sie waren sicher ein wenig enttäuscht, als sie sahen, dass es nur ich war.

»Weißt du, was das für eine Melodie war?«, fragte ich.
»Welche?«
»Na, die ich gerade gespielt habe.«
Jetzt zog sie zur Abwechslung mal den Kürzeren.
»Nein, weiß ich nicht.«
»Das war *My Melancholy Baby*.«
»Das war aber nicht leicht zu hören.«
»Wirklich?«, sagte ich. Ich nahm es nicht so schwer. Dafür war es zu warm. Ich steckte die Mundharmonika wieder an ihren Platz und sang stattdessen ein wenig.

»Come to me, my melancholy baby«, sang ich und hoffte inständig, das melancholische Baby würde meiner Aufforderung folgen.

Aber der Sommer fing allmählich an, unruhig auf seinem Platz herumzurutschen, sich zu winden und die Schenkel zu kratzen, und wir begriffen, dass er sich bereitmachte, über alle Berge zu verschwinden und sich dahin zurückzuziehen, woher er gekommen war. Wie sie auch. Mit Bus und allem Drum und Dran. Sie wollte nur im Sommer mit mir zusammen sein. Mit wem sie den Rest des Jahres zusammen war, wusste ich jedenfalls nicht.

Eines Tages stand sie da, neben dem Bus, und wartete darauf, dass er abführe. Vor ihr stand ich und wusste nicht, wohin mit meinen Armen. Sie waren doch sonst nicht so im Weg gewesen.

Sie trug eine Art herbstlich grün-braunes Kostüm, wie um ganz klarzustellen, was Sache war, was allerdings nicht nötig gewesen wäre. Da standen wir jetzt und sahen einander an und wussten, es war das letzte Mal. Der Bus stand auch da und schüttelte sich ein wenig, als wolle er zeigen, dass er keine ganz unwesentliche Rolle spielte. Wäre er ein bisschen leiser gewesen, hätten wir sicher ein leises Rauschen in den Bäumen hören können. Es wäre sicher schön gewesen, aber so hörten wir nichts.

»Du«, sagte ich.

»Lass uns nicht wieder damit anfangen«, sagte sie.

»Aber vielleicht ...«

»Nein.«

Dann sagte der Fahrer, der sich auch ins Bild gedrängt hatte, dass sie sich jetzt ranhalten müsse, falls sie vorhabe mitzufahren. Das hatte sie. Und das melancholy baby war am Ende ich.

EINE SCHAR KATZEN

Im Herbst nach Bergen zu gehen kam mir nicht erst da in den Sinn. Die Idee hatte mir schon den ganzen Sommer über im Kopf herumgespukt. Jetzt aber begann sie, ziemlich laut darin zu poltern.

Ich musste endlich etwas tun. Nach dem Gymnasium war eine Zeit lang nichts mit mir los gewesen. Ein Jahr hatte ich im Heringsöl gearbeitet, bis ich so stank, dass eine Schar Katzen mir auf Schritt und Tritt folgte und ich mir allmählich wie der große Katzenfänger von Hameln vorkam. Mich rettete, ehe mein Ruf völlig ruiniert war (das bisschen, das noch übrig war), dass sie den ganzen Laden dichtmachten. Der Betriebsrat wurde ins Büro bestellt und davon in Kenntnis gesetzt, dass sie diese Fabrik, die sich nicht mehr rentierte, stilllegen würden. Es würde uns doch sicher nicht schwer fallen, woanders Arbeit zu finden?

Ich ging nach Hause und nahm ein Bad mit zahllosen Einseifungen. Nicht, dass es auf Anhieb half. Obwohl der Geruch fast verschwunden war, liefen die Katzen mir genauso bescheuert nach wie vorher, aus alter Gewohnheit. Ich musste leicht wieder zu erkennen sein. Sie hielten mich anscheinend für eine Art geistlichen Führer, der sie trockenen Fußes durch die Wüste geleiten würde.

Doch ich hatte trotz allem höhere Ambitionen, als Katzenführer zu sein, mochten es auch noch so viele sein. Ich fand, sie müssten das eigentlich verstehen. Glücklicherweise begann sich eines Tages die eine oder andere zu fragen, warum in aller Welt sie eigentlich Tag für Tag diesem Kerl hinterherliefen. So weit her war es mit seinem Charme denn doch nicht.

So fielen sie nach und nach vom Glauben ab, schwach im Fleische, wie Katzen nun einmal sind. Vielleicht fanden sie einen anderen, der ihnen den Weg weisen konnte.

Schließlich war nur noch ein kleiner Teufel übrig, der nicht von mir ablassen wollte. Eine treue und schwarze kleine Seele mit ein bisschen Weiß an den Vorderpfoten. Sie war wirklich gefestigt im Glauben. Das Ende der Geschichte war, dass ich sie in einer Kiste an meine Tante in Høyanger schickte. Ich bat sie, die Katze gut zu pflegen und ihr genug Milch zu geben.

So wurde ich endlich wieder ein freier Mann. Zum Glück waren die Katzen verschwunden, bevor das Mädchen auftauchte.

Aber jetzt war sie also auch verschwunden, und Bergen war angesagt. Ein Typ hatte zu mir gesagt: Warum gehst du nicht an die Uni? Da kannst du Jahr um Jahr verbringen und trotzdem nichts werden, wenn du fertig bist.

Das gab den Ausschlag. Ich brauchte eine Beschäftigung, aber werden wollte ich nichts. Ich war schließlich ein Typ mit Selbstrespekt.

Meine alten und grauen Eltern, die mich in der letzten Zeit sonderbar von der Seite angesehen hatten, waren jetzt etwas aufgeblüht. Sie rochen, dass ich nach Bergen wollte, obwohl ich noch kein Wort gesagt hatte. Es lag wohl in der Luft. Ständig kamen sie mit kleinen Anspielungen, damit ich nicht im letzten Augenblick vom rechten Wege abkam. So konnte zufällig ein Stadtplan von Bergen auf dem Tisch liegen, wenn ich mich abends vor meinen Fischauflauf setzte, oder mein Vater konnte dastehen und nach dem Wetter sehen und sagen: »Möchte ja mal wissen, wie das Wetter in Bergen jetzt ist.«

»Wahrscheinlich nicht anders als hier«, sagte ich.

»Oh, zwischen Bergen und hier drinnen kann ein himmelweiter Unterschied sein.«

»Bist du sicher, dass du Bergen meinst und nicht Tokio?«

Er durfte ruhig auch mal was einstecken.

Als die letzte Augustwoche anbrach, sagte ich: »Ich geh wahrscheinlich für den Herbst nach Bergen.«

Sie taten überrascht.

»Nach Bergen, sagst du?«, fragte mein Vater. »Meinst du, dass du da zurechtkommst?«

»Wenn du nach Bergen willst, musst du den Schirm und deine Stiefel mitnehmen«, sagte meine Mutter.

»Meine Stiefel haben Löcher«, sagte ich listig.

»Dann brauchst du neue«, erklärte Mutter.

Darauf hatte ich nur gewartet. Es war nicht schlecht, wenn ich mit neuen Stiefeln in die Stadt kam, dann blamierte ich mich nicht gleich.

Ich ging in mein Zimmer und setzte mich aufs Bett. Ich hatte das Bedürfnis, mit mir allein zu sein, und ich hatte das Bedürfnis, Hose und Hemd auszuziehen. So, jetzt saß ich nur in der Unterhose da und merkte, wie ich immer ruhiger wurde. Ich betrachtete die Dinge um mich her. Ich war gewachsen, aber die Dinge waren im Grunde so, wie sie immer gewesen waren. Und jetzt würde ich fortreisen und sie zurücklassen. Da war es nur natürlich, zuvor noch ein stilles Stündchen miteinander zu verbringen. Da der alte Lehnstuhl mit rotem verschlissenen Bezug und einer langen Feder. Dort der Schrank mit den wenigen Klamotten, die ich hatte. Der verschmierte Tisch und der harte Stuhl mit der hohen Lehne. Das Bücherregal mit den Davy-Crockett-Büchern und der ganzen Fünf-Freunde-Serie von Enid Blyton und das winzige Schränkchen mit meinem ganzen Kleinkram, von dem ich mich nicht trennen konnte. Und hier schließlich der Nachttisch mit dem alten Radio und mein Bett mit dem Teddy am Fußende. Ich hätte gern alles mitgenommen, aber das ging ja nicht.

Ich öffnete das Fenster und sog die süßliche Augustluft ein, die noch nach Mädchen und Butterblumen duftete, nach Marienkäfern und Kühen, nach See und Johannisfeuer und Krokanteis. Diesen Duft würde ich mitnehmen und immer dann ein bisschen davon rauslassen, wenn ich es brauchte.

INGER

Die einzige von meinen Bekannten, von der ich mich verabschieden wollte, war Inger. Es war nur so ein Einfall. Ich hatte sie ewig nicht gesehen oder mit ihr gesprochen. Vielleicht ging ich auch zu ihr, weil sie so nahe wohnte, sodass ich mich nicht anstrengen musste, um hinzukommen. Ich brauchte nicht einmal über den Zaun zu klettern wie früher. Eine Kuhherde hatte den ganzen Scheiß niedergetrampelt, und niemand hatte sich die Mühe gemacht, ihn wieder aufzurichten. Wahrlich gesetzlose Zustände waren eingekehrt. Höchste Zeit abzuhauen, allem Anschein nach.

»Ist Inger da?«, fragte ich ihren Vater in der Türöffnung. Er sah muffig und vergrätzt aus. Ich musste ihn aus dem Mittagsschlaf gerissen haben.

»Wer?«, fragte er. »Ach so, Inger? Nein, die ist nicht im Haus.«

»Darf ich fragen, wo sie ist?«

»Hinter der Scheune, denk ich.«

Was für ein Stinkstiefel. Und Inger hinter der Scheune? Es würde mich nicht wundern, wenn er sie da an einen Pfahl gefesselt hätte.

Sie hatte Gras geharkt. Das konnte ich an dem winzigen Grashaufen und dem fast zahnlosen Rechen sehen, der daneben lag. Aber jetzt saß Inger mit geschlossenen Augen auf der Erde und versuchte, die letzten Strahlen der Nachmittagssonne dazu zu bringen, sich auf ihrem Gesicht zu sammeln. Es gelang ihr nicht ganz, aber viel fehlte nicht.

»Gott segne die Arbeit«, sagte ich.

»Das ist ja mal ein verdammt feiner Besuch«, sagte Inger und blinzelte mir entgegen, als sei ich die Sonne.

»Du willst in die Stadt, hab ich gehört.«

»Von wem hast du das denn?« Ich konnte mich nicht erinnern, es jemandem erzählt zu haben.

»Ach, weiß nicht. Vielleicht habe ich es geträumt, oder vielleicht hat es mir ein Vogel gesungen, als ich hier saß.«

»Tja, ich versuch mal mein Glück«, sagte ich. »Auf jeden Fall bleibe ich den Herbst über. Deswegen bin ich hergekommen.«

»Und was wird aus all den Katzen, mit denen du rumgezogen bist, nimmst du die mit?«

»Nein, die sind schon lange weg. Sie sind von mir abgefallen. Ihr Glaube war nicht stark genug.«

Inger trug eine alte Jeans und ein kariertes Hemd, die drei oberen Knöpfe waren offen. Sie hatte zugelegt, seit ich sie zuletzt gesehen hatte, und war hier und da ordentlich rund geworden. Ich dagegen hatte abgenommen. Das hatte der Sommer bei mir gemacht.

»Du darfst dich auch setzen«, sagte Inger. »Platz ist genug. Viel anbieten kann ich dir nicht, aber.«

»Ein echter Grashang ist nicht zu verachten.«

»Bleibst du den ganzen Herbst weg?«

»Ich komme wohl mal am Wochenende her.«

»Sind jetzt nicht mehr viele hier von denen, die noch nicht völlig verkalkt sind. Wenn du fährst, bin ich so ungefähr die Einzige, die noch hier rumsitzt wie ein Idiot. Und für mich gibt es wenig Hoffnung. Solange die Sonne scheint, geht es ja noch.«

»Hast du denn keine Lust wegzufahren?«

Ich saß da und kaute auf einem alten Grashalm. Er hatte nicht mehr viel Geschmack, hatte wohl seit Juni da gelegen.

»Hab ich schon. Aber wohin sollte ich denn fahren?«

»Auf irgendeine Schule?«

»Hör mir auf.«

Ich spuckte den Halm aus. Ich hatte ihm das letzte Fünkchen Leben ausgesaugt.

»Wenn du Grashalme willst, findest du bei denen, die ich heute zusammengeharkt habe, sicher frischere. Bedien dich nur.«

»Danke«, sagte ich und nahm einen neuen Halm.

»Du, Steinar«, sagte ich, »was ist eigentlich aus dem geworden? Ich habe ihn seit Jahr und Tag nicht mehr gesehen.«

»Nee, der fährt zur See.«

»Steinar fährt zur See? Das ist das Letzte.«

»Der und der Olav auch.«

»Von Olav, das habe ich gewusst, aber Steinar.«

»Das war im letzten Herbst. Seitdem hat keiner was von ihm gehört.«

»Und Peder ist immer noch im Knast?«

»Der ist wohl ziemlich heiß darauf, rauszukommen und große Dinger zu drehen. Und Butter aufs Brot zu kriegen.«

»War ja auch 'ne aussichtslose Geschichte, sich hier die Bank vorzunehmen. Der war doch 'n ziemlicher

Amateur. Aber er hat sich wohl für was anderes gehalten.«

»Und weißt du, wo Mari abgeblieben ist?«

Ich wusste es auch nicht, befürchtete aber das Schlimmste.

»Ist sie vielleicht verheiratet?«, versuchte ich. »Ein Schicksal schlimmer als der Tod.«

»Mit einem Penner aus Bergen. Sie hatte ein Kind mit einem anderen.«

»Ja, an das Theater kann ich mich erinnern.«

»Die war ganz schön verrückt, die Mari.«

Schon komisch, wie es uns ergangen war, und dabei waren wir einmal so super drauf gewesen. Unsere ganze Clique war auf einem mehr menschlichen Niveau gelandet. Und das war wohl auch gut so.

Inger fing an, auf dem Hintern herumzurutschen. Das hatte was zu bedeuten.

»Ich kann hier nicht mehr sitzen«, sagte sie. »Komm, wir gehen ein Stück.«

Wir gingen am Kartoffelacker entlang und auf der anderen Seite den Hang hinunter zum Bach.

»Viel Kartoffeln habt ihr ja noch nicht rausgeholt«, sagte ich.

»Vater glaubt, dass sie besser und dicker werden, je länger sie in der Erde sind. Wenn es dann auf Weihnachten zugeht, kriegt er einen Rappel und meint, jetzt müssen alle raus, mit Haut und Haar und Mann und Maus, damit wir zu Weihnachten neue Kartoffeln haben. Im späten Ausmachen von Kartoffeln ist er wahrscheinlich Weltmeister.«

Ein sanfter Lufthauch strich um unsere Schenkel.

Kleine Schwärme fetter Fliegen summten hier und da. Es mussten die letzten Fliegen des Sommers sein. Wenn es nicht die ersten Herbstfliegen waren. Weil sie nicht mit den Jahreszeiten die Farbe wechselten, war das schwer zu sagen.

Wir gingen über die kleine Steinbrücke und sahen hinunter in den Bach. Darin hatte ich einmal meine erste Forelle gefangen. Die Forellen hatten bestimmt ihre Freude daran, dass ich nun nicht mehr hier war.

Wir waren zu dem flachen Stück mit hohem, hartem Gras und grünem, undurchdringlichem Farn gekommen, wo der Bach breiter wird und gleichzeitig einen Bogen macht, um dann zwischen den Kiefern zu verschwinden. Ich weiß nicht, wo er bleibt. Er geht seiner eigenen Wege, wo es schwer wird, ihm zu folgen.

Als hätten wir uns abgesprochen, blieben wir zwischen den Farnen stehen, und ich streichelte Inger kameradschaftlich über den Rücken. Wir waren schließlich alte Bekannte, und ich würde am nächsten Tag abreisen. Sie reagierte damit, dass sie mir das Haar zerzauste. Wir umarmten uns, blieben so stehen und fühlten unsere Körper. Ingers Körper war weich, während meiner härter und kantiger sein musste.

Es war unvermeidlich. Unsere Lippen trafen sich, und sofort steckte ihre Zunge tief in meinem Rachen. So gehörte sich das! Wir zogen einander zwischen den Farnen zu Boden, und meine Hände waren schon dabei, ihren BH aufzuhaken.

Er sprang beim ersten Versuch auf. Im Nu hatte ich zwei Brüste zwischen den Händen, und sie waren groß und schwer.

»Zieh dich aus!«, flüsterte Inger atemlos, und wir rissen uns die Sachen vom Körper, Hemden, Hosen, Unterhosen und alles, was wir fanden. Ich spürte eine feste Hand zwischen meinen Schenkeln, und als Nächstes saß ich tief in der Falle und stieß zu, so fest ich konnte. Ich hätte Inger so gern in die Augen gesehen, aber sie hatte sie geschlossen. Oh, welche Wonne für Leib und Seele! Dies war es, wovor meine Sonntagsschullehrer mich immer gewarnt hatten, und jetzt sah man, wie viel es genützt hatte. Aber ich würde es nicht lange aushalten, es war ziemlich lange her seit dem letzten Mal, und der Druck im Behälter war enorm. Zum Glück war es bei ihr nicht anders. Wir explodierten gleichzeitig, mit einem Stöhnen, das Gras und Laub erzittern ließ, und ich hatte das Gefühl, den Bach weit über die Ufer schwappen zu hören.

Es dauerte eine ganze Weile, bis wir uns wieder gefangen hatten.

»Das hat sich gelohnt«, sagte ich.

»Ja, das hat es«, sagte Inger.

»Das war nötig.«

»Ja«, erwiderte Inger. »Warum sind wir nicht früher darauf gekommen? Dann hätten wir Zeit und Kräfte gespart.«

Ich streichelte ihren Hintern.

»Da hab ich's reichlich. Ich werde zu fett. Das hab ich davon, dass ich hier im Tal hocke und vergammel. Und wenn du jetzt fährst, wird es noch schlimmer. In einem Monat sehe ich aus wie Elisabeth Grannemann und sitz die Bank durch, wenn ich mit dem Bus fahre.«

»Tust du nicht. Du siehst prima aus. Ich habe schon nicht mehr so große Lust wegzufahren.«

»Was für ein Kompliment.«

»Ich meine es ernst. Ich wünschte, ich könnte heute Nacht bei dir bleiben.«

»Dagegen hätte ich nichts. Aber es geht ja wohl nicht.«

»Nein, das geht wohl nicht.«

Wir lagen noch eine Weile eng beieinander. Dann fing es überall an zu jucken. Es schien sich um eine besonders bösartige Farnart zu handeln. Und jemand, der sich auf so etwas verstand, hatte bestimmt einen Schwarm Mücken auf uns losgelassen. Also wandten wir unsere Gedanken den Kleidungsstücken zu, die um uns herum verstreut lagen.

Wir zogen uns an, und ich fühlte mich leer und gut. Ich würde auf einen erfüllten Tag zurückblicken können, egal, was noch geschah. Aber meine eine Socke fand ich nicht wieder. Ich musste sie in den Bach geworfen haben.

Als wir wieder angezogen waren, war alles anders. Als hätten wir das, was wir getan hatten, vor langer Zeit in einem Film gesehen, als sie noch solche Filme machten. Wir lächelten vorsichtig und wussten nicht, was wir sagen sollten.

»Erinnerst du dich noch an früher«, sagte ich, »die Scheißschlager, die es damals gab? Und die wir immer gesungen haben. Was war das noch alles? Oooh, weinende Wolke und Liebst du mich noch, Karl Johan und Der Tag, an dem du Nein gesagt. Ein Wunder, dass wir überhaupt erwachsen geworden sind!«

»Ach, ich weiß nicht, ob es jetzt so viel besser ist«, sagte Inger. »Und du warst doch der Schlimmste mit den

Schlagern. Du hast bei allen möglichen Wunschkonzerten vor dem Radio gehangen, und am Tag danach konntest du uns das ganze Programm vorsingen, vom Kleinen Eichhörnchen über Die Macht der gefalteten Hände bis Lappland mit Finn Eriksen.«

»Konnte ich das wirklich?« Ich war beeindruckt von mir selbst.

»Das war eine der wenigen Sachen, die du konntest«, sagte Inger. »Weißt du noch, Greenfields? Das war eine von deinen Paradenummern.«

»Und ob«, sagte ich. »Einmal habe ich Greenfields gehört, als ich gerade ein Spiegelei aß, und dabei streute ich mir viel zu viel Salz aufs Ei. Ich musste den ganzen Scheiß ins Klo schmeißen. Seitdem esse ich nie mehr Salz aufs Ei. Die hatten Wahnsinnsharmonien, die Brothers Four.«

»Heute ist wohl unser sentimentaler Tag«, sagte Inger.

»Das macht nichts. Es ist ja auch ein besonderer Tag. Aber ich erinnere mich auch an eine Sache, mit dir.«

»Habe ich was getan?«

»Allerdings, du warst das erste Mädchen, das mir seine Unterhose gezeigt hat. Es war hinter eurem Hühnerhaus, und ich vergesse es nie.«

»Das muss ja ein tolles Erlebnis gewesen sein.«

»Kann man wohl sagen. Es war wie die erste Begegnung mit dem Heiligen. Eine neue Tür zum Leben, die sich öffnete.«

»Und jetzt bist du einen Schritt weitergekommen.«

»Ja. Aber das Mysterium hat sich verflüchtigt.«

DIE BIBEL

Mein Vater brachte mich zum Bus. In aller Herrgottsfrühe gingen wir nebeneinanderher und schwiegen, bis wir an das Halteschild des Busses kamen.

»Ja, ja, Vater«, sagte ich. »So weit wären wir.«

Mein Vater hatte den einen Koffer getragen. Jetzt setzte er ihn ab.

»Ja, ja, dann wollen wir mal hoffen, dass der Regen sich in Grenzen hält. Es sieht schlimm aus, aber.«

»Ein bisschen Regen können wir ab«, sagte ich. »Der hat uns noch nie geschadet.«

Mein Vater sah ein wenig gealtert aus. Ich hatte ihn eine Weile nicht so genau angesehen, ihn einfach als selbstverständlich hingenommen. Jetzt war er alt geworden, ohne dass ich es gemerkt hatte. Ein wenig traurig sah er auch aus, wie er da stand mit seiner grauen Mütze und dem graublauen Gabardinemantel, den er all die Jahre getragen hatte.

»Ich glaube, ich höre den Bus«, sagte er. »Nun pass gut auf dich auf.«

»Ja«, sagte ich. »Ich werd mir Mühe geben.«

»Wir wollen hoffen, dass du in der Stadt zurechtkommst.«

»Du kennst mich doch.«

»Ja, ja, du weißt schon, wie es ist. Es ist nicht immer so leicht, von zu Hause weg zu sein. Ich weiß noch, in dem Winter, als ich auf der Landwirtschaftsschule war.«

»Ich rufe schon an, wenn was ist«, sagte ich.

»Ja, tu das. Ruf an, wenn etwas ist.«

Wir sahen einander ein letztes Mal an. Eigentlich hatten wir uns gern, aber nicht ums Verrecken hätten wir uns das sagen können. Ich konnte im Blick meines Vaters noch etwas anderes lesen. Er glaubte an mich. Und er wollte, dass es mir gut ginge. Er war ein feiner Kerl.

Da kam der rote Morgenbus. Wir gaben uns die Hand.

»Ich habe deine Bibel ganz oben in den Koffer gelegt«, sagte mein Vater.

»Wie, was? Ach so, die Bibel. Ja, gut.«

»Dann leb wohl.«

»Danke, du auch. Pass gut auf alles hier auf, damit es nicht verschwindet, während ich weg bin.«

MUNK

Hier war ich also immer noch, mit zwei Koffern, die nasser und nasser, schwerer und schwerer wurden, und ging eine graue Straße in Bergen entlang. Ich dachte an Inger. Verrückt, dass ich mich in sie verliebt hatte. Ein schlechter Zeitpunkt, um sich zu verlieben. Und hätte sie nicht am Morgen zum Bus kommen können? Na ja, es war wirklich sehr früh. Ich konnte verstehen, dass sie lieber im Bett bleiben wollte.

Ich überquerte die Straße, sodass ich am Park und am Lungegåardsteich entlanggehen konnte. Aber am Teich war noch etwas anderes. Ein Typ saß da auf einer Bank. Ich hatte nicht die geringste Absicht, mit ihm zu reden, doch darauf nahm er keine Rücksicht.

»Heh du«, sagte er. »Magst du'n Schnaps?«

»Nein danke.«

»Nein danke? Was ist denn mit dir los, bist du schwul oder was?«

»Es ist noch zu früh.«

»Und ich dachte, ein Schnaps schmeckt zu jeder Tageszeit«, sagte er. »Na ja, vielleicht hab ich mich geirrt.«

Das war meine erste Begegnung mit Munk.

EIN TRAUTES HEIM

Der Typ, der mir geraten hatte, in die Stadt zu gehen, hatte mir auch seine Bude überlassen. Eigentlich ein netter Zug. Aber er tat es mit Vergnügen, denn er glaubte, dass ein Fluch über dieser Bude lag.

Weit her war es mit ihr allerdings nicht. Sie war eher eine Art enge Abstellkammer mit irgendwie graubraunen Wänden und graubraunem Fußboden, einem graubraunen Bett, das knarrte und knackte, einem verrosteten Waschbecken, einer Kochplatte und einem trist graubraunen Bild von einem Segelboot auf einem See mit einem graubraunen Sonnenuntergang im Hintergrund.

Der einzige Vorteil, den ich an dieser Bude sehen konnte, war, dass sie hoch lag, sodass ich Aussicht über eine Reihe roter Dächer hatte. Wenn eines Tages auf den Dächern draußen irgendetwas passierte, würde ich der Erste sein, der es mitbekam.

Wie ein echter Bauernstudent wollte ich jetzt in die Kaffeestube und Kaffee trinken, wie es Tradition war. Das war jetzt so ziemlich der einzige Ort, an dem ich mich zu Hause fühlen konnte.

Doch zuerst wollte ich noch ein ernstes Wort mit meinem Hauswirt reden. Ich hatte beschlossen, danach so wenig wie möglich mit ihm zu tun zu haben, dann würde schon alles gut gehen.

Er stand breit in der Tür und sah mich mit verschlagenem Blick an. Meine einzige Chance, die verkorkste Situation noch zu retten, war, ihm ein paar rote Scheine Bares hinzublättern. Also sagte ich Guten Tag und wer ich war und zückte die Brieftasche. Noch war ein bisschen was drin.

»Macht dreihundert im Monat«, sagte er. »Im Voraus.«

»Tja, das wären also drei von den Roten«, sagte ich. »Hoffe, es stimmt in etwa.«

»Sauber machen müssen Sie selbst, und kein Krach.«

Letzteres konnte schwer genug werden, so wie mein Bett knarrte.

Die Straßen sahen heller und freundlicher aus, wenn man keine Koffer mehr zu tragen hatte und stattdessen einen quicklebendigen Regenschirm über sich hielt. Wenn nur kein Wind kam und ihn umstülpte.

Inzwischen war ich wirklich sehr gespannt darauf zu erfahren, wo die Kaffeestube lag. Am besten nicht zu weit weg, denn ich war hungrig. Die belegten Brötchen, die meine Mutter mir mitgegeben hatte, wollte ich zum Abendbrot essen, und so spät war es noch nicht.

Und was sah ich, kaum dass ich mich dem Fischmarkt näherte und nach links zum Strandkai hinüberblickte, wenn nicht die Kaffeestube von Erving höchstpersönlich? Sie lag an einem schlau ausgedachten Platz, dem Hafen zugewandt, sodass sie den Leuten vom Lande gleich ins Auge fiel, sobald sie vom Schiff an Land stiegen.

Da ist die Kaffeestube, würden sie denken und sich gleich weniger verloren vorkommen.

DIE KAFFEESTUBE

Mir gefielen nicht nur die Aussicht und die Kunststofftische, sondern auch die Mädchen mit ihren Schürzen hinter der Theke. Ich war so zufrieden mit allem, dass ich es nicht bei einer Tasse Kaffee und einem Stück *lefser* bewenden lassen konnte, sondern mir gleich ein ganzes Mittagessen gönnte. Fleischklopse und Kohl.

Ich saß jetzt an einem Tisch, hatte den guten Geschmack von Fleischklopsen im Mund und sah meine Zukunft wie einen hoch beladenen Heuwagen auf mich zurollen. Er roch nach saftigem, gutem Gras, es gab Klee und Massen von Timotei, und auf der Kante saß ein zappelnder grüner Grashüpfer mit einer kleinen Klarinette. Der Wagen machte Schwenker nach allen Seiten, ohne an einen einzigen Hubbel zu stoßen. Jau, das sah gut aus. Lebendige Menschen saßen um mich her und redeten laut und unbeirrt in den verschiedensten Dialekten, Leute, die auf Stadtbesuch gewesen und jetzt mit ihren Erledigungen fertig waren und tun konnten, worauf sie die ganze Zeit Lust gehabt hatten: in die Kaffeestube zu gehen und einander bei einer Tasse Kaffee mit Sahne und Zuckerstücken dazu zu zeigen, was sie im Pol gekauft hatten.

Und dann die Mädchen in der Kaffeestube. Die verstanden ihren Job. Fleischklopse und Kohl auffüllen, dass es aussah wie Kirchenmusik. Eine von ihnen erinnerte mich an ein anderes Mal vor langer Zeit und an einen anderen Ort. Damals war ich mit einem Mädchen zusammen, das älter war als ich. Ich legte mich wirklich ins Zeug, weil sie so schön war und ich so durchschnittlich. Ja, ich sah wirklich nach nichts aus. Ich hatte Pickel, fettige Haare und einen hellen Bartflaum. Es war mitten in der Pubertät. Dass sie überhaupt mit mir zusammen sein wollte, machte mich überglücklich, und ich strengte mich mehr an, als gut für mich war. Wenn wir uns verabredet hatten, kam ich immer zu früh. Ich hatte eine Heidenangst davor, sie warten zu lassen. Wir trafen uns unter Straßenlaternen, an Brunnen, in herbstlichen Parks und vor Friedhöfen, nie an Bushaltestellen oder vor Kaufhäusern.

Aber sie kam jedes Mal zu spät. Und mit der Zeit kam sie später und später. Nach einer Weile fand ich es ganz normal, eine Stunde zu warten. Und bald waren zwei Stunden normal.

»Hallo«, sagte sie nur, wenn sie kam, als sei alles in bester Ordnung. Also sagte ich auch hallo. Sauer konnte ich ja nicht werden, mit meinen ganzen Pickeln und so. Ich hatte sogar Warzen an einer Hand.

Einmal wartete ich sieben Stunden. Es war schon dunkel geworden, und ich war schon fast eingeschlafen auf der Friedhofstreppe, als ich jemanden kommen hörte.

»Warum in aller Welt sitzt du hier?«, fragte sie.

Da begann ich mich zu fragen, ob das alles wirklich der Mühe wert war. Selbstverständlich liebte ich sie, aber es stimmt nicht, wie Paulus sagt, dass die Liebe alles erträgt usw.

Dann hängte sie sich an einen anderen Typ, und alles

regelte sich von allein. Manchmal kann es so einfach sein, wenn man ein gebrochenes Herz in Kauf nimmt.

MUNK TAUCHT WIEDER AUF

Ich wurde aus diesen Gedanken gerissen, als jemand fragte, ob an meinem Tisch noch Platz sei.

»Sieht so aus«, sagte ich, und der Frager setzte sich sogleich mit einer Tasse Kaffee und tunkte schnell ein Stück Zucker ein.

»Kannst du Wein machen?«, fragte er.

Ich blickte auf. Es war derselbe Typ, den ich am Morgen im Park getroffen und der mir einen Schnaps angeboten hatte. So ein Zufall.

»Weiß nicht«, sagte ich. »Ich habe noch nie welchen gemacht, aber ich könnte es wahrscheinlich lernen.«

»Hast du vielleicht ein Anleitungsbuch?«

»Nein, aber das kann man sich ja besorgen.«

»Das wollen wir mal hoffen. Die Lage wird nämlich langsam kritisch. Der Wein fast alle, und wenig Geld.«

»Tja«, sagte ich. So kann es gehen, glaube ich gesagt zu haben.

»Ich bin Munk«, sagte der Typ und lächelte mystisch. »Ich nehme an, du hast von mir gehört.«

»Hm«, ich räusperte mich. »Munk«, sagte ich. »Tja«, sagte ich. »Ich habe eine ganze Weile im Heringsöl gearbeitet. Kann sein, dass mir das eine oder andere entgangen ist.«

»Sieht aus, als wäre dir ziemlich viel entgangen. Aber so schlimm ist das nicht. Ich habe selbst im Heringsöl gearbeitet. Das war bestimmt vor deiner Zeit. Wir mussten wirklich verdammt hart arbeiten von morgens bis abends, um den Akkord zu schaffen, und trotzdem haben wir verdammt wenig verdient, und das, was wir ausbezahlt kriegten, ging am Samstagabend wieder drauf. Aber dann haben sie die Fabrik stillgelegt.«

»Meine auch.«

»Wirklich?«, sagte Munk. »Einfach weg die ganze Scheiße?«

»Yes«, sagte ich.

»Und was wurde aus denen, die sie entlassen haben?«

»Die meisten leben wohl noch«, sagte ich. »Ich bin nach Bergen gegangen, um zu studieren.«

»Au ha«, sagte Munk. »Ja, ich hab's mir fast schon gedacht. Das war schon immer der Traum der Jugend vom Lande, in die Stadt zu kommen und zu studieren und sich zu besaufen. Ich kann selbst ein Lied davon singen und habe dabei auch mein Fett weggekriegt. Ich kenn die Universität, oh ja. Ab und zu fragen sie übrigens mal bei mir an, ob ich eine Gastvorlesung halten will. Aber ich habe so meine Zweifel, ob sie dafür schon reif sind. Kann sein, dass es zu starker Tobak für sie ist.«

Ich betrachtete Munk genauer. Er sah ungefähr so aus: rotes Gesicht, wässerige blaue Augen, gelbe Zähne, langes, fettiges Haar, schmutziges kariertes Flanellhemd, dunkelblauer Sakko, der, dem Schnitt nach zu urteilen, mindestens zwanzig Jahre alt sein musste. Seine Hose konnte ich nicht sehen, aber unter dem Tisch guckten ein Paar Turnschuhe hervor, mit einer Andeutung schmutziger Füße ohne Socken.

»Was für Gastvorlesungen sind das denn?«, fragte ich.

»Oh, das variiert«, antwortete Munk. »Was willst du studieren?«

»Vielleicht Sprachen oder so was.«

»Dachte ich mir. Ja, ja, wer weiß, vielleicht halte ich diesen Herbst eine Gastvorlesung in Sprache und Literatur. Dann musst du dich ranhalten. Es kann verdammt voll werden. Wir müssen mal sehen, wie viel Zeit ich habe, wie stark die Politik mich in Anspruch nimmt.«

»Ollreit. Ich passe auf. Weißt du übrigens, ob man hier in der Stadt irgendwo ein Glas Bier trinken kann?«

»Ich zeige dir alles, was dir fehlt. Dann können wir ein bisschen ausführlicher über dieses Weinmachen reden. Wir könnten es ja gemeinsam machen, dann wird es billiger. Und falls du die letzte Kartoffel da nicht mehr schaffen solltest, kenn ich einen, der dir gern damit behilflich ist.«

WÄGLEN

Als ich mich um zwei Uhr nachts in meine Bude schlich, war ich in einer erbärmlichen Verfassung. Ich legte mich ins Bett und sah, wie das Zimmer sich langsam um mich drehte. Zuerst war ich mit Munk in ein Lokal gegangen, das sie Holbergstuen nannten; dort hatten wir große Mengen Bier getrunken, und ich hatte alles bezahlt, weil Munk behauptete, er sei pleite. Als sie da zumachten, waren wir zum Park hinübergegangen und hatten aus voller Kehle gesungen. Was hatten wir gesungen? *Wenn lieblich im Hain die Lüfte,* nein, *Wenn im Hain die Lüfte lieblich* war jedenfalls dabei. Und *Hinaus ans*

Meer von Edvard Fliflet Bræin, außerdem *Yesterday when I was young* mit Charles Aznavour. Der Abend endete damit, dass Munk fünfhundert Kronen von mir leihen wollte, ich ihm hundert lieh und er danach in der Nacht verschwand.

Ich dachte wieder an Inger und fragte mich, ob sie auch an mich dachte und woran sie vielleicht sonst noch dachte. Warum konnte sie sich nicht auch etwas hier in der Stadt suchen. Ich würde ihr helfen, sich zurechtzufinden, ihr sagen, wo sie Bier trinken konnte und so. Und wenn sie nicht gleich am Anfang ein Zimmer fand, konnte sie ja bei mir schlafen. Ich versuchte, mir ihren Körper an meinem vorzustellen. Das fiel mir nicht schwer.

Gegen elf am nächsten Morgen erwachte ich davon, dass ein merkwürdiger und unangenehmer Wind durch das Zimmer wehte. Das Fenster stand offen. Aber was wollte der Wind hier bei mir? Ich fasste es nahezu als Beleidigung auf und schlug das Fenster wieder zu.

Es war schon so spät, dass ich ohne weiteres das Frühstück sausen lassen und lieber zur Kaffeestube spazieren und mir ein paar *lefser* einverleiben konnte. Dabei würde ich mich ein wenig näher an zu Hause fühlen. Das hatte ich auch nötig.

Der verdammte Wind blieb mir auf den Fersen, alberte herum wie ein Clown, brachte meinen Scheitel in Unordnung, blies mir kalt und Unheil verkündend in die Gehörgänge, wehte mir Staub in die Augen und versuchte sogar, mir vor dem Fotoladen von Wernø und Gulbrandsen ein Bein zu stellen.

Auf dem Fischmarkt fiel mein Blick auf einen Typ, der

mir bekannt vorkam. Es konnte kaum jemand anderes sein als Waglen, mit dem ich aufs Gymnasium, nein, auf die Realschule gegangen war.

Waglen stand mitten auf dem Fischmarkt, in so einer orangefarbenen Jacke mit hochgeschlagenem Kragen, wie sie in meinem letzten Jahr auf der Realschule so modern gewesen waren, einer verschlissenen Jeans und den gleichen Cowboystiefeln, die er immer gehabt hatte. Er stand da mit den Fäusten in der Tasche und blickte drohend zur Stadt hinüber, als wolle er sagen: Komm her, du verdammte Stadt oder was du auch bist, und ich reiß dir deine schmierigen Eier ab!

»Hallo, Waglen«, sagte ich.

»Wer zum Teufel bist du denn?«, fragte Waglen und blickte mich finster an.

Ich hatte immer ein wenig Angst vor Waglen gehabt, fällt mir jetzt ein. Ein Grund war sein Aussehen. Er war auch damals schon lang und schlaksig und hatte immer den gleichen wiegenden Gang. Und das längliche und scharfkantige Gesicht und sein spöttisches Lächeln, und die langen Eckzähne, die an Hauer erinnerten. Aber der Hauptgrund war, dass er ständig auf irgendeine abgefeimte Art und Weise versuchte, mich bloßzustellen. Seine beste Methode war, von hinten zu kommen und mich in den Schwitzkasten zu nehmen.

»Jetzt versuch mal loszukommen«, sagte er dann, während ich trat und zappelte, und die Mädchen, mit denen ich zusammengestanden und geredet hatte, allen Respekt vor mir verloren.

Ich weiß nicht, was er gegen mich hatte. Ich versuchte nie, mich irgendwie aufzuspielen. Ich war damals klein und mager (jetzt war ich lang und mager) und trug immer Sachen, die mir zu groß waren. Meine Eltern hofften wohl, dass ich endlich auf die Idee käme, zu wachsen und zuzunehmen. Aber die Periode kam erst später. Wäre sie früher gekommen, hätte Waglen mich vielleicht nicht so oft in den Schwitzkasten genommen.

Ich sagte ihm meinen Namen und fürchtete, dass Waglen dadurch auch nicht viel klüger würde, aber das wurde er. Er zog die Mundwinkel in einer Art Grinsen nach hinten und zeigte seine Hauer.

»Du warst der, der sich nie getraut hat, Bier zu trinken!«

»Das habe ich später nachgeholt«, sagte ich.

»Von Schnaps ganz zu schweigen«, sagte Waglen.

»Prima, dich wieder zu sehen«, sagte ich. »Es muss mindestens sieben Jahre her sein. Was machst du hier in der Stadt?«

Waglen sah aus, als sei er drauf und dran zu sagen, das ginge mich einen Scheißdreck an, doch dann fiel ihm irgendetwas ein, und sein Gesicht hellte sich auf.

»Dich hab ich immer in den Schwitzkasten genommen!«, grinste er.

»Ja«, sagte ich, froh, dass er sich daran erinnerte.

»Ja, verdammt, das war ich. Und du hattest eine Scheißangst.«

»Ich war klein.«

»Ich bin in Geschäften in der Stadt«, sagte Waglen. Er schwenkte einen glänzenden Stresskoffer, der still zu seinen Füßen gestanden hatte.

»Oj«, sagte ich. »Was für einen Job hast du?«

»Quatsch, ich lüge nur, wie gewöhnlich«, sagte Waglen. »Ich dachte, das würdest du merken. Mein Alter musste in die Stadt, und da hab ich mich angehängt.«

»Dein Vater?«

»Ja, falls er mein Vater ist. Der Idiot hat sich vorgenommen, einen draufzumachen. Oben da in unserem Scheißnest, da kommt uns Bergen wie Kopenhagen vor.«

»Und wo ist dein Vater jetzt?«

»Der tankt erst mal ordentlich auf. Oder er steckt schon im Loch. Die Leute müssen auf ihre Löcher aufpassen, wenn er kommt. Das kann ich dir sagen. Ich wollte jedenfalls irgendwo hingehen und was essen.«

»Das passt ja gut«, sagte ich. »Ich bin nämlich auf dem Weg zur Kaffeestube.«

»Kaffeestube?«, fragte Waglen, als könne er nicht glauben, was er gehört hatte.

»Die *lefser* sind prima«, sagte ich, »und der Kaffee schmeckt im Großen und Ganzen nach Kaffee.«

»Kaffeestube?«, wiederholte Waglen mit weit aufgerissenen Augen.

Er folgte mir auf den Fersen hinauf zum Strandkaien und in Ervings Kaffeestube, während er den Kopf schüttelte, als wolle er sagen, dass er schon so gut wie alles erlebt habe, und wenn es etwas gäbe, das ihm noch nicht untergekommen sei, dann könnten sie das gerne behalten.

Wir setzten uns, und ich holte zwei Kaffee und ein paar *lefser*. Nein, vielleicht waren es doch Brötchen. Waglen öffnete seinen Stresskoffer, und darin hatte er ein gewaltiges flaches Butterbrotpaket und einen Flachmann.

»Es war dicker, als wir losfuhren«, meinte er und zeigte auf das Butterbrotpaket. »Ich musste es platt treten, damit es in den Stresser passte. Willst du einen Schluck?«

»Nicht hier«, sagte ich. »Sie können es sehen und uns rauswerfen.«

»Die Weiber da? Jetzt hör aber auf. Du hattest schon immer eine Scheißangst davor, Schnaps zu trinken. Du warst mir immer ein Rätsel. Kein Wunder, dass ich dich immer in den Schwitzkasten genommen habe.«

»Ich kann ja später einen Schluck trinken«, sagte ich.

»Später ist es immer zu spät«, sagte Waglen. »Das müsstest du doch gelernt haben in deinem Alter. Ich brauche jedenfalls einen Schuss in den Kaffee.«

Er trank einen Schluck Kaffee und füllte die Tasse mit Schnaps auf.

»Jetzt ist es Kaffee, wie er von der Hand des Schöpfers eigentlich gedacht war.«

Ich hatte den Mund voll *lefser* (oder Brötchen) und antwortete nicht.

»Kaffeestube«, sagte Waglen und blickte mit wilden Augen um sich. »Kaffeestube. Und *lefser*«, murmelte er. »Was noch?«, fragte er mich. »Trachtenjacke«, fuhr er fort, ohne auf Antwort zu warten. »Und Lodenhosen. Und Zwischen Hügeln und Klippen am Meere.«

»Was machst du denn jetzt so, Waglen?«, fragte ich.

»Ich arbeite.«

»Ah ja«, sagte ich. Ich fragte nicht, was er arbeitete. Stattdessen begann ich, an die Zeit zu denken. Wie schnell sie verging. Früher war es anders. Da verging sie so verdammt langsam. Wir würden nie erwachsen werden und Haare um den Schwanz kriegen, dachten wir. Und jetzt? Jetzt ging es bergab, und die Bremsen schienen schon lange zum Teufel zu sein.

»Erinnerst du dich an Magne?«, sagte ich.

»Pils-Ola, meinst du?«, fragte Waglen.

»Nein, Magne. Er ging in die Klasse unter uns.«

»Ich weiß, wen du meinst. Wir nannten ihn Pils-Ola. Um ihn nicht mit Schnaps-Ola aus Oslo zu verwechseln.«

»Ich wusste nicht, dass ihr ihn Pils-Ola genannt habt.«

»Doch, wir nannten ihn Pils-Ola. Pass auf, da kommt Pils-Ola, haben wir gesagt. Den Namen hatte er bei uns. Doch, ich seh ihn tatsächlich manchmal. Er wohnt nicht weit von da, wo ich wohne. Er baut gerade ein Haus. Ich geh manchmal vorbei und sage: Ja, ja, du baust, Pils-Ola?«

»Er schuldet mir noch fünf Kronen, die er 1969 von mir geliehen hat«, sagte ich.

»Oha«, sagte Waglen. »Das sieht ihm ähnlich. Auf dem Fünfer ruht wahrscheinlich sein ganzer Hausbau. Du darfst nämlich nicht glauben, dass so einer wie Pils-Ola einen Baukredit oder so was bekommt.«

»Komisch, dass ich den Fünfer nicht vergessen habe«, sagte ich.

»So etwas vergisst man nie«, sagte Waglen. »Ich werde ihn daran erinnern, wenn ich ihn das nächste Mal sehe. Ich nehm ihn mir zur Brust und geb's ihm. Er ist so verdammt kräftig geworden, seit er mit diesem Haus angefangen hat. Jetzt musst du endlich den Fünfer bezahlen, den du schuldig bist, Pils-Ola, werd ich sagen. Sonst geht's ab ins Loch.«

Draußen begann es zu regnen.

»Weißt du, was der absolute Gipfel der Geduld ist?«, fragte Waglen.

»Naja ...«, sagte ich. »Einen Telefonmast kitzeln, bis du das Fräulein vom Amt kichern hörst. Oder einem Schwein Zucker geben und es am Arsch saugen, bis der süße Geschmack kommt.«

»Mit meinem Vater eine Seereise über Nacht machen«, sagte Waglen. »Die ganze Nacht hat er mich mit allen seinen Krankheiten voll geredet. Und er hat weiß Gott nicht wenige. Und als er mit denen fertig war, die er jetzt hat, hat von denen erzählt, die er früher hatte. 1953 konnte er zum Beispiel nicht pissen.«

»Das muss beschissen gewesen sein«, sagte ich.

»Aber er hat eine Menge Zeit damit gespart«, meinte Waglen. »Oh, es war die Hölle. Die ganze Nacht. Krankheiten, Krankheiten, Krankheiten. Am Ende fühlte ich mich selbst total krank. Ich hätte den Scheißkerl am liebsten über Bord geworfen, um seinen Leiden ein Ende zu machen. Wäre doch eine barmherzige Tat gewesen, oder nicht?«

»Schon möglich.«

»Du kannst mir glauben, dass ich in Versuchung war, als er sich einmal über die Reling lehnte. Es hätte nicht viel gebraucht, ein kleiner Schubs und weg mit ihm.«

»Aber du hast es nicht getan.«

»Nein«, sagte Waglen und sah träumend vor sich hin, als betrachte er einen Sonnenuntergang am Meer mit Streichern.

Wir gingen nebeneinander durch die Straßen. Es gab nicht viel zu sehen im Regen.

»Guck mal da«, sagte ich ab und zu, wenn ich dachte, dass da etwas war, das man sich anschauen könnte.

»Mhm«, sagte Waglen und starrte nur vor sich hin.

»Ich weiß, wo wir hingehen können«, sagte ich. »In ein Lokal, das Holbergstuen heißt. Da können wir Bier trinken.«

»Holbergstuen?«, sagte Waglen. »Bist du sicher, dass es nicht Holbergs Kaffee- und Lodenstube heißt? Und dass sie da Rahmgrütze und Trachtensuppe servieren?«

»Soweit ich weiß nicht«, sagte ich. »Aber Bier haben sie.«

»Ist ja irre, wie versessen du plötzlich auf Alkohol bist. Vorhin wolltest du noch nicht einmal einen Tropfen Schnaps in den Kaffee haben.«

»Das war vorhin«, sagte ich.

»Ja, ja«, sagte Waglen.

BILL UND BEN

Dies ist die Geschichte von Waglen und mir, in einer Kneipe in Bergen, an einem grauen und nassen Tag auf der Brücke zwischen August und September, da wo der Wind am stärksten weht.

Noch hatte ich nicht angefangen zu studieren, aber das würde schon noch kommen. Ich sah es alles vor mir daliegen wie einen Hindernislauf ohne Ziel.

Wir saßen in der Holbergstuen an einem Fenstertisch und ließen den Regen herabströmen, ohne einen Finger zu rühren, um ihn aufzuhalten. Vielleicht hätten wir es tun sollen. Nach zwei Glas Bier fing ich an, in uns Leute zu sehen, auf die hier im Leben eine besondere Aufgabe wartete. Beispielsweise könnten wir Bill und Ben heißen, und unsere Spezialität wäre, schneller zu ziehen als der geölte Blitz und schärfer zu reiten als Sinn und Verstand.

»Bill und Ben, sagst du?«, meinte Waglen. »Du bist doch alles andere, bloß kein Bill oder Ben. Du hast eine zu hohe Meinung von dir. Die Vangsburschen sind ja wohl eher unser Stiefel. Kapierst du das nicht? Ich bin Steinar Vangen, und du bist Kåre Vangen, und wir kommen sträjt aus Oladalen, um die Moral des norwegischen Lefsevolks hochzuhalten, alte Frauen vor dem Ertrinken zu retten, den Leuten die Bierflaschen zu verstecken und schwarze Flicken über ihre Geschlechtsorgane zu kleistern. Genau das sind wir, die Jugend vom Lande mit grünem Bauernblut und Milchfett in den Adern.«

Ich ließ mich nicht abschrecken.

»Aber siehst du das denn nicht?«, sagte ich. »Wir müssen uns rächen, weil Norwegen nicht zu dem geworden ist, was wir gehofft haben.«

»Ich weiß verdammt noch mal besser als du, was wir zu rächen haben. Aber bestimmt nicht, weil ich jemals irgendwelche Hoffnungen auf Norwegen gesetzt habe. Norwegen ist ein Land voller Kühe und Granit und genau das, was wir verdammt noch mal verdient haben. Wir sollten noch dankbar sein und Amen sagen. Und du willst dich rächen.«

Waglen saß da und sah aus, als dächte er nach.

»Wir können uns ja damit rächen, dass wir ganz Bergen leer saufen. Das wär 'ne Rache. Meine Fresse, da wär was los!«

Es war inzwischen so spät geworden, dass die Leute um uns herum anfingen, undeutlich zu werden wie Nebelgestalten, und sich nichts mehr daraus machten, ob das, was sie sagten, noch einen Sinn machte oder nicht. Nur Waglen und ich hörten uns noch an, als hätten wir Gewichtiges zu erörtern.

»Niemand hat in diesem Land so viel Unheil angerichtet wie die Arbeiterpartei«, sagte Waglen. »Die Schlappschwänze von der Arbeiterpartei. Und nirgendwo haben sie pro Einwohner und Quadratkilometer so viel Scheiße gebaut wie bei uns im Fjord. Ich weiß noch, dass wir jedes Mal, wenn was schief ging, es der Arbeiterpartei und Gerhardsen angekreidet haben. Wenn eine Straße einbrach, sagten wir, jetzt war der Gerhardsen wieder hier. Und wenn es vierzig Tage ununterbrochen regnete, sagten wir, jetzt muss endlich einmal jemand was gegen diesen Gerhardsen unternehmen. Und wenn ein Mädchen einen dicken Bauch hatte und nicht verheiratet war, dann sagten wir, jetzt war der Gerhardsen wieder hier mit seinem Ding. Der hätte schon längst kastriert gehört.«

Waglen lag mit dem Kinn im Bierglas und sah mir direkt in die Augen.

»Bei uns hat die Arbeiterpartei auch 'ne Menge Mist gebaut«, sagte ich. »Guck dir nur an, wie das mit dem Heringsöl gelaufen ist.«

»Das ist nichts gegen das, was sie bei uns angerichtet haben. Vierzehn Jahre lang haben sie mit Regen die Obsternte kaputtgemacht. Jahr für Jahr ist das Obst am Baum verfault. Aber was kannst du erwarten, wenn die Arbeiterpartei im Gemeinderat die Mehrheit hat?«

Waglens Kinn war wieder aus dem Bierglas hochgekommen, und er schlug mit der Hand auf den Tisch.

»Warum haben Leute wie wir, die aus solchen Scheißkaffs in Hinternorwegen kommen, einen so verdammten Drang in uns, Leute zu erschießen?«, sagte Waglen.

»Ist dir das auch schon aufgefallen?«, sagte ich. »Also mich darfst du da nicht fragen.«

Ich wusste es wirklich nicht, so aus der Lamäng.

»Alles läuft gegen uns, von der Geburt bis zum Müllhaufen, und da sollen wir keinen erschießen. Kacke, verdammte!«

Am Tisch neben uns saßen ein paar Damen. Sie wirkten frisch aufgeputzt und gelackt und fein. Sie hatten eine Weile dagesessen und Waglen beobachtet. Jetzt wurde Waglen auch auf sie aufmerksam. Er stierte sie starr und wild an.

»Das ist auch so was bei uns Revolverhelden vom Lande, dass wir keine Gelegenheit haben, unsere langen Schwänze so oft in gewisse Löcher zu stecken, wie wir es nach geltendem Recht beanspruchen können. Aber das wird sich ändern«, sagte er voller Überzeugung.

Die Damen wandten sich ab und machten den Eindruck, als wünschten sie sich sehnlichst, dass die zwei hoffnungslosen Typen in Anzügen, mit denen sie zusammengesessen hatten, bald vom Klo zurückkämen. Etwas Bedrohliches war in ihrer unmittelbaren Nähe aufgetaucht.

Waglen machte weiter.

»Aber für eins sind wir gut, nämlich die norwegische

Sprache zu bereichern. Und die hat's verdammt noch mal nötig.«

»Ja, Waglen«, sagte ich, »die hat's nötig.«

»Das ist unsere große Aufgabe und unser Privileg«, fuhr Waglen fort. »Gottverdammt.«

Mir schwante, dass der Abend sich anschickte, allmählich im Meer zu versinken, als Waglen aufstand, um pissen zu gehen. Die Stimmen um mich herum klangen, als gingen sie in Filzpantoffeln und in Wollschals gewickelt, und ich bekam plötzlich den Einfall, mich zu den Damen zu setzen, weil ihre Kavaliere noch nicht zurück waren. Die Kerle mussten enorme Blasen haben, die jetzt anscheinend ganz geleert werden sollten.

Sie sahen mich forschend an, und als ihnen klar wurde, dass es wirklich nur ich war, wurden ihre Blicke eher gleichgültig. Wie schon gesagt, glaube ich, war dieser Abend, was mich betraf, auf jeden Fall gelaufen. Ein Gespräch kam nur schleppend in Gang, abgesehen davon, dass sie nicht begreifen konnten, wo ihre Männer abgeblieben waren.

»Sie können aus dem Fenster gefallen sein«, sagte ich. »Es ist weit bis nach unten.«

»Verflucht, sitzt du jetzt hier, du Fahnenflüchtiger?«, kam es von hinten. Waglen stand da und spreizte die Beine wie ein Konfirmand.

»Ich hab ein paar Flecken auf die Hose gekriegt«, sagte er. »Das hatten die Damen wohl nicht erwartet?«

Ich konnte den Damen ansehen, dass sie alles nur Erdenkliche erwartet hatten.

Der Abend hielt jetzt nur noch so eben den Kopf über Wasser, und wir ließen ihn sinken. Ich glaube, ich bekam schließlich eine Art Gespräch mit den Damen zu Stande, ein Gespräch, das sich im Nebel verlor, kaum dass die Worte ausgesprochen waren.

Das Allerletzte an diesem Abend, woran ich mich erinnere, war, dass mir plötzlich die Luft wegblieb. Waglen hatte mich in den Schwitzkasten genommen.

MUNK WIRD GETAUFT

Am nächsten Tag stand ich früher auf, wusch mich von Kopf bis Fuß, kochte starken Kaffee und suchte die Bibel hervor, die mein Vater mir mitgegeben hatte. Es war meine Konfirmationsbibel, und sie sah nahezu unbenutzt aus. Ich schlug ganz vorne auf und las: Am Anfang schuf Gott Himmel und Erde. Und die Erde war wüst und leer, und es war finster auf der Tiefe; und der Geist Gottes schwebte auf dem Wasser.

So war das damals, dachte ich. Das waren andere Zeiten. Und wer wollte behaupten, dass es nicht ebenso gute Zeiten waren wie die, die jetzt über uns gekommen waren?

Ich wusste, dass ich, noch bevor mein erstes Semester begonnen hatte, Bier trank wie ein echter Student und dass ich das auf die Dauer wohl nicht durchstehen würde. Das würde ein zu hartes Rennen werden. Ich musste nur erst an die richtigen Leute geraten. Waglen war wieder nach Hause gefahren. Blieb das Problem, nicht als Erstes wieder Munk zu treffen.

Ich stellte die Bibel an einen Platz, wo ich sie gut sehen konnte, und ging.

Da stand Munk.

»Wo warst du gestern, verdammt noch mal?«

»Ich? Ich war zu Hause und habe in der Bibel gelesen. Ich habe mir vorgenommen, sie endlich von vorne bis hinten durchzulesen.«

Munk schien interessiert.

»Wenn du etwas nicht verstehst, etwas, das dunkel ist oder so, dann kannst du damit zu mir kommen, und ich vergleiche es mit dem Urtext. Du wärst nicht der Erste, dem ich helfe, die Bibel auszulegen. Sogar Pastoren habe ich schon helfen müssen, wenn sie feststeckten.«

»Pastoren?«, sagte ich. »Du kennst offenbar alle möglichen Leute, Munk.«

»Ich kann dir übrigens erzählen, wie es zuging, als ich getauft wurde«, sagte Munk. »Mein Vater war ein gottloser Satan, der nichts davon wissen wollte, dass ich getauft würde. Das sei Unfug und Teufelszeug, fand er. Mein Vater pflegte im Haus herumzugehen und alles, was sich bewegte, auf Deubel komm raus zu beschimpfen. Meistens lief er mit nacktem Oberkörper und einer Bierflasche in der rechten Hand rum. Du verstehst schon, wie er war. Und dann wurde ich also geboren, damals, und er fing an, es als seine Lebensaufgabe zu betrachten zu verhindern, dass ich getauft wurde.

›Der Paster soll nur versuchen, zu kommen und den Jungen zu holen‹, knurrte er aus seinem Bierschlund heraus. Meine Mutter protestierte natürlich wie der Teufel, aber es nützte nichts. Mein Vater war ein brutales Arschloch. Aber da war ja noch der Pastor. Und der hatte sich in den Kopf gesetzt, das Kind zu taufen, notfalls mit Gewalt, und wenn es ihn Kopf und Kragen kosten würde.

Der Pastor lag also ständig draußen in den Himbeerbüschen auf der Lauer und wartete auf eine Gelegenheit, um zuzuschlagen. Meine Mutter sah ihn dann und wann, den Kopf, der hochkam, um Luft zu holen, oder einen Zipfel vom Talar.

Aber selbstverständlich sagte sie nichts, und mein Vater, der meistens arbeitslos war, trank zu viel Bier, um etwas zu merken.

Und dann an einem Tag im Sommer, als der Pastor wie gewöhnlich in den Büschen saß und mein Vater eine Runde hinters Haus machte, um zu schiffen, da schlug der Pastor zu, verstehst du. Wie eine Katze lief er zum Haus, rein in die Stube, schnappte sich das Kind –, also mich – und bevor Vater seinen Ochsen ausgeschüttelt hatte, war der Pastor nur noch ein schwarzer Schatten unten auf dem Weg. Er schwang mich über dem Kopf wie eine Jagdtrophäe und stürzte zur Kirche. Es dauerte fünf Minuten, bis mein Vater mit der Schrotflinte bei der Kirchentür ankam. Da stand der Pastor dort mit mir im Arm und hatte mich schon getauft.

›Schieß ruhig‹, sagte er, ›aber der Junge ist getauft, und sein Namen ist Munk.‹

Das gab meinem Vater den Rest, und im darauffolgenden Sommer ging er in die ewigen Biergründe ein. Er bekam ein kirchliches Begräbnis, die Gäste tranken den Rest seines Biers auf, und ich habe später das Pfand für die Flaschen gekriegt.«

DER KOMMUNISMUS

Nach der Einführungsveranstaltung an der Universität fühlte ich mich völlig erschlagen. Das würde mir alles zu viel werden. Vielleicht gab es ein anderes Fach, das weniger Furcht erregend war, aber ich hatte meine Zweifel. Mir war, als trüge ich einen fünfzig Kilo schweren Mehlsack, und so holte ich mir für 1,25 Kr erst einmal einen Kaffee in der Kantine.

Danach ging ich in den Park, um Munk zu treffen. Er hatte angekündigt, mich seinen Genossen vorstellen zu wollen.

Munk saß auf einer Bank, zusammen mit fünf anderen Typen, wie man sie häufig in Parks trifft, weder schlechter noch besser. Sie hatten rote, geschwollene Gesichter, fettige Haare, heisere Stimmen und nicht gerade saubere Kleidung. Keiner von ihnen wäre in ein Restaurant gelassen worden. Neben ihnen standen eine Plastiktüte mit Bier und eine alte Tasche mit vier Flaschen Koskenkorva.

»Gott zum Gruße«, sagte Munk. »Hier siehst du das Zentralkomitee der Partei, allesamt linientreue Kommunisten. Und dies ist das neue Parteimitglied. Wer weiß, ob er nicht auch im Zentralkomitee landet. Er macht so den Eindruck.«

Er meinte mich.

Die Typen auf der Bank grinsten.

»Willkommen Genosse«, grinsten sie. »Du kannst uns nicht vielleicht mit einem Zehner aushelfen? Wenn man so in Zentralkomitees sitzt, kriegt man ab'n zu so 'nen teuflischen Durst.«

»Wartet, bis er Studiendarlehen und Stipendium

kriegt«, sagte Munk. »Dann kann er vielleicht einen Beitrag zur Parteikasse leisten.«

»Was ist denn das für ein Unfug, Munk?«, sagte ich, als wir zwei etwa fünf Minuten später aus dem Park schlenderten. »Sind diese Leute da Kommunisten?«

»Na klar, verdammt«, antwortete Munk. »Gute und ehrliche Kommunisten. Das ist mein Lebenswerk. Ich habe hier eigenhändig den Kommunismus im Stadtpark eingeführt. Von hier aus wird er sich ausbreiten über Norwegen. Die Saat ist ausgebracht. Jetzt kommt es auf die anderen an.«

»Auf die da?«, fragte ich. Wir drehten uns um und betrachteten die Männer, die noch immer auf der Bank saßen, wie ein Blumenstrauß, der zu lange im Regen gestanden hat. Sie hatten sich über das Bier hergemacht.

Munk sah plötzlich müde und traurig aus. Seine Jacke hing schlaff herunter, und die Knie seiner Hose waren noch ausgebeulter als sonst.

»Das Traurige ist, dass ich alles selbst machen muss«, sagte er. »Die Kerle da drüben sind so ziemlich die gleichen Trottel wie vor der Zeit, als sie Kommunisten wurden.«

Wir waren auf die Straße hinausgekommen. Wir spürten einen kalten Regenhauch im Nacken, und uns fröstelte.

AUF DEM DACH

Wir machten uns etwas zu essen. Ich hatte wenig Aufschnitt, aber da ich auch nicht viel Brot hatte, reichte es.

»Herrje«, sagte Munk, »hier kann man ja aufs Dach raus. Wollen wir? Komm, wir Kommunisten setzen uns aufs Dach. Wie sollen wir den Kommunismus einführen, wenn wir uns nicht ab und zu den großen Überblick verschaffen? Das frage ich mich wirklich.«

Ich fand, das sei sein Problem und nicht meins, trotzdem kletterte ich hinterher. So bin ich immer gewesen, und jetzt war es wohl zu spät, daran etwas zu ändern. Gut, dass wir beide Gummisohlen hatten. Jetzt konnten wir nur hoffen, dass die Ziegel nicht rutschten und unschuldigen, unterdrückten Menschen unten auf der Straße auf den Kopf fielen.

»So soll es sein«, sagte Munk. »Besser können wir es im Spätkapitalismus kaum haben.«

Wir hatten einen passenden Absatz gefunden, auf dem wir sitzen konnten, ohne abzurutschen.

Der Regen war noch nicht richtig da, aber reichlich Wind.

Wir lebten in einer so hoffnungslosen, trüben und nebulösen Nach-Zeit. Nach der Auflösung der Beatles. Nach der großen Volksabstimmung über den EWG-Beitritt. Nachdem die Freunde von damals Feinde geworden waren, nach der großen Stortingswahl 1973, als die Sosialistisk Venstre 16 Sitze im Storting bekam. Nach dem Ende des Vietnamkrieges, nach dem Putsch in Chile, nach Nixon und Watergate. Der einzige Trost war, dass wir nie mehr Nixon im Fernsehen sehen würden.

Das meiste war also schon geschehen, und ich saß mit Munk auf dem Dach eines alten Mietshauses in einer Stadt mit ewig grauem Wetter und Wind, und wir kamen uns vor wie zwei neunmalkluge Idioten. Unter uns gingen Menschen und fuhren Autos. Wir gingen sie nichts an, und sie gingen uns nichts an.

»Komisch, wenn man so über alles nachdenkt«, sagte ich. »Das ist also daraus geworden.«

»Es sieht verdammt danach aus«, sagte Munk. »Du, du bist noch so jung, dass sie alles in dich reinstopfen können. Bei mir ist es anders. Ich war die ganze Zeit dabei. Ich bin ein typischer Nachkriegsdodel vom Westland, im Guten wie im Schlechten.«

Ich nickte und zeigte so, dass ich ihm folgen konnte, wie ich es immer tat.

»Ende der fünfziger Jahre war ich Automechaniker«, sagte Munk. »Ich hatte mehr Pomade im Haar, als du dir überhaupt vorstellen kannst, und ich war der bekannteste Automechaniker im ganzen Westland. Nicht, weil ich so supertoll Autos reparieren konnte. Meine Spezialität war es, Schalldämpfer auszubauen.«

»Ahah!«

»Dann war die Zeit vorbei. In den Sechzigern saßen wir am Strand, während die Sonne unterging, und spielten Gitarre und sangen Protestlieder. Die Wellen strichen wie Katzen um unsere Beine, und die Mädchen gingen ohne BH.«

Ein Schwarm Krähen strich knapp an uns vorüber, und wir spürten beinahe den Hauch von Fäulnis, der von ihnen ausging. Wohin wollten sie um diese Zeit? Und woher kamen sie?

»Heh, Krähen«, rief Munk begeistert. »Was macht die Liebe? Schlechte Zeiten, was?«

Er wandte sich wieder zu mir um.

»In gewisser Weise sind die Krähen ein kleiner Trost. Sie sind zäh. Hängen mit Kippen in der Schnauze an Straßenecken rum, trinken zu viel und reißen das Tischtuch und Geschirr mit herunter, wenn sie sich vom Tisch erheben. Du siehst sie nur selten so zusammen fliegen. Dann sind sie sozusagen eine Motorradgang und ziehen los und mischen irgendwo einen Laden so richtig auf.«

Wir saßen eine Weile schweigend da und schauten den Krähen nach. Sie hatten sich auf einem anderen Dach niedergelassen, wo wir sie kaum sehen konnten. Ich konnte mir nicht so richtig vorstellen, was sie da drüben gerade aufmischten.

»Wir waren bei den Sechzigern stehen geblieben«, sagte Munk. »Das ist jetzt auch schon lange her, und wie es heute ist, siehst du ja selbst.«

»Wie alt bist du eigentlich?«, fragte ich.

»Ich? Ich bin wohl so an die dreißig«, sagte Munk.

»Wenn man dich reden hört, würde man eher meinen, dass du gar kein Alter hast.«

»Du hast Recht«, sagte Munk. »Dreißig Jahre sind kein Alter.«

WAHRZEICHEN AM HIMMEL

Siehst du irgendwelche Zeichen am Himmel?«, fragte Munk. Ich blickte zum grauen Himmel auf. Regelrechte Zeichen konnte ich da nicht gerade sehen. Wenn ich mir Mühe gab, konnte ich sicherlich eine ganze Menge Dinge sehen, aber die würde ich nicht Zeichen nennen.

»Es gibt Leute, die Wahrzeichen am Himmel sehen können«, sagte Munk, »und Leute, die sie nicht sehen. Zufällig gehöre ich zu denen, die sehen. Als ich es zum ersten Mal merkte, war ich acht. Da sah ich am Himmel, dass ich auf dem Basar am kommenden Samstag gewinnen würde. Und so war es dann auch. Ich gewann nicht den Fresskorb, den ich ins Auge gefasst hatte, sondern eine dunkelblaue Hose, die mir zwei Nummern zu klein war, sodass ich sie nie trug. Wäre ich nicht für mein Alter so groß gewesen, hätte ich eine prima Sonntagshose gehabt. Eine ordentliche Sonntagshose bekam ich nie. Das verfolgt mich bis heute.«

»Was siehst du denn am Himmel?«, fragte ich.

»Jetzt? Jetzt sehe ich nur Krisen und schlechte Zeiten. Das ist alles und nicht gerade erhebend. Und dann wundern sich die Leute darüber, dass ich nie lache. Worüber sollte man um Himmels willen lachen? Trotzdem bin ich ein großer Optimist, das kannst du mir ja ansehen. Noch kann ich die Welt retten und ihr die Potenz zurückgeben. Aber das erfordert Arbeit, und meine Gesundheit ist nicht mehr die beste. Wenn du nach meinem Sexualleben fragst, was du früher oder später tun wirst, damit ist es auch drastisch bergab gegangen.«

Es wurde allmählich dunkel. Das Dunkel sickerte aus den himmlischen Ecken und Winkeln und sammelte sich. Ein paar magere und bleiche Sterne drängten sich in einer gemeinsamen Anstrengung durch die Wolkendecke. Wie der morgige Tag werden würde, war völlig ungewiss.

»Was ist denn nötig zur Rettung der Welt?«, fragte ich. »Hast du ein Rezept?«

»Schraubenschlüssel sind nötig«, antwortete Munk. »Massenhaft Schraubenschlüssel. Dann müssen wir Kommunisten die Macht ergreifen und alle Scheißkerle erschießen, die die Welt so haben wollen, wie sie ist, und dann muss die Literatur besser werden. Die Schriftsteller müssen bessere Bücher schreiben. Damit steht und fällt das Ganze.«

Ich sah der Dunkelheit entgegen, die auf uns zukam. Es war das erste Mal, dass ich sie von einem Dach in Bergen aus kommen sah.

»Es wird dunkel«, sagte ich. »Ich glaube, wir kriechen wieder rein.«

»Jetzt?«, sagte Munk. »Ich dachte, wir blieben die ganze Nacht hier. Darauf habe ich mich jetzt eingestellt. Wir haben viele wichtige Dinge zu bereden. Wir sind doch verdammt noch mal schon mitten drin. Wenn wir nur eine Flasche Wein hätten, ich habe seit dem Frühstück keinen einzigen Tropfen getrunken.«

»Ich muss aber auch mal schlafen«, sagte ich. »Ich hab doch morgen wieder Uni.«

»Das macht überhaupt nichts«, erwiderte Munk. »Was du verpasst, kannst du von mir lernen.«

Ich sagte nichts mehr, hielt die Klappe und saß nur da. Ich wartete, bis ich ein knurrendes Geräusch hörte. Es kam von Munk, der eingeschlafen war. Ich packte seinen Fuß in dem Augenblick, als er anfing, abwärts zu rutschen, und verhinderte so, dass er den Löffel abgab, bevor seine Geschichte erzählt worden ist.

ELSE

Der Herbst, der so trüb und nass begonnen hatte, lief noch einmal zu feiner Form auf. Es wurde mild, gelbe Sonne schien über der Stadt. Als habe der Sommer noch einmal hereingeschaut, weil er etwas vergessen hatte, und herausgefunden, dass eigentlich gar kein Grund bestand, sich gleich wieder davonzumachen. Sah doch prima aus hier.

Und der Herbst stand draußen und begriff nicht. Er mühte sich ab mit seinem gelben und braunen Laub und trat gegen die Tür.

»Was soll der Quatsch?«, rief der Herbst. »Jetzt bin ich doch an der Reihe.«

Aber der Sommer lag noch auf der Couch und hatte gerade zwei Flaschen Pils aus dem Kühlschrank geholt.

Ich war verliebt, und eines Sonntags zog ich aus der Stadt hinauf in die Berge, durch den Wald mit allen seinen Farben und setzte mich an einem dunklen Weiher auf einen Stein. Ich fühlte mich so sonderbar, obwohl mein Spiegelbild im Wasser relativ normal aussah.

Sie hieß Else und war aus Ålesund, und durch einen merkwürdigen Zufall, den das Schicksal zu Wege gebracht hatte, studierte sie das Gleiche wie ich. Gemeinsam gingen wir in Vorlesungen und aßen in der Mensa.

»Ist hier noch frei?«, sagte ich beim ersten Mal, als sie allein an einem dunkelgrünen Tisch saß.

»Sieht so aus«, antwortete sie.

Sie hatte eine Brille und große Schneidezähne, und sie wusste das meiste. Aber ich war nicht mit zu ihr gegangen, um Jasmintee zu trinken, weil ich von ihrem Wissen profitieren wollte. Einfach nur dort zu sein reichte schon, mit dem winzigen Tisch und dem Tee zwischen uns. Sie nahm keinen Zucker, aber ich nahm für zwei. Zu Tee gehörte Zucker, fand ich.

Sie hatte einen roten Lampenschirm, der das meiste Licht schluckte, und ihr Bett war einfach eine große Matratze auf dem Fußboden. Dort würde ich in Kürze landen. Es hieß nur, zu warten und so lange Tee zu trinken.

Sie hatte viel mehr Bücher als ich, besonders über Politik, und Sachen, die mit Frauen und Sexualität zu tun hatten. Ich beschloss, alle ihre Bücher zu lesen, je früher umso besser. Am ersten Abend lieh ich mir zwölf Stück und machte mich im Bett darüber her.

Munk hatte ich eine Weile nicht gesehen, und das lag sicher nicht an ihm. Ich gebe zu, dass ich versucht hatte, ihm aus dem Weg zu gehen, nicht zuletzt seinem Zentralkomitee.

Else war eine begeisterte Kinogängerin, genau wie ich. Außer ins Kino gingen wir samstags und manchmal auch montags in den Filmclub. Ich entdeckte, dass Munk dort auch hinkam, aber es gelang mir, mich zu verstecken. Er saß immer ganz hinten, und ich achtete darauf, dass Else und ich ziemlich in der Mitte saßen, obwohl ich eigentlich auch am liebsten ganz hinten saß.

In dem Herbst wurden viele lateinamerikanische Filme gezeigt. Sie waren alle in Schwarzweiß und handelten von armen Landarbeitern. Es ging ihnen schlecht, und sie wurden von Söldnern der Gutsbesitzer bewacht. Machten sie Anstalten aufzumucken, wurden sie einfach abgeknallt. Und der Gutsbesitzer saß zu Hause in seiner Villa mit Huren auf dem Schoß und trank Wein.

Manchmal sahen wir die Augen der Landarbeiter. Ein merkwürdiges Leuchten war in ihnen.

Wir fanden die Filme gut, obwohl sie nicht in Farbe waren, und diskutierten sie hinterher.

Wie sollte man in Lateinamerika Filme machen, und wie in Norwegen? Es konnte nicht das Gleiche sein.

»Auf jeden Fall können wir viel von diesen Leuten lernen«, sagte Else.

Ich nickte energisch und trank mehr Tee. Davon gab es reichlich. Und für nachher, wusste ich, hatten wir eine Flasche Wein. Es war Freitagnachmittag, und wir hatten ein ganzes langes Wochenende vor uns. Zwei Freunde von Else waren eine Weile da und wollten uns auf ein Fest mitnehmen. Else sagte Nein, heute Abend nicht, und ich sah sie dankbar an. Sie war genau so, wie sie sein sollte. Keinen Millimeter wünschte ich mir anders.

»Du kannst schon mal den Wein aufmachen«, sagte Else und ging in die Küche. Sie hatte eine große Pizza gemacht, nur für uns beide. Die duftete fantastisch und schmeckte noch fantastischer. Was sie alles draufgetan hatte. Sie musste den ganzen Kühlschrank geleert haben.

Auch der Wein schmeckte fantastisch, obwohl es der billigste Rotwein war. Es konnte gar nicht anders sein. Ein kleiner grüner Vogel kam aus dem lauen, süßlichen Dunkel durch das halb offene Fenster hereingeflogen und setzte sich auf die leere Teekanne. Er sah uns vergnügt an.

»Da ist noch Pizza«, sagte Else.

»Ich glaub, ich kann nicht mehr«, sagte ich. »Wahnsinn, was du da alles draufgetan hast.«

»Das muss schon sein«, meinte Else. »Aber nimm noch Wein. Den schaffst du sicher noch, das sehe ich dir an. Ich habe auch noch eine Flasche.«

Von der hatte ich nichts gewusst.

Der Luftstrom vom Fenster führte unsere Gesichter näher zueinander. Mein Haar berührte schon Elses Haar und löste eine winzige blaue Flamme aus. Ich legte die Hand an ihre Wange, und sie neigte den Kopf zu mir.

Noch war Wein da, und die Luft und das Dunkel wurden immer milder, legten sich über uns und verbreiteten einen schwachen Duft von Stachelbeeren und rotem Klee im Zimmer.

»Kennst du jemand, der Munk heißt?«, fragte ich leise.

»Ich habe von ihm gehört, aber ich kenne ihn nicht direkt. Sie haben oben in Ålesund von ihm erzählt. Er hat einmal eine Woche da im Hotel gewohnt, das vergessen sie nie. Daran siehst du, was Ålesund für eine Stadt ist.«

»Vor kurzem habe ich mit ihm auf dem Dach gesessen, da, wo ich wohne.«

»Auf dem Dach?«, sagte Else. »Das sieht dir ähnlich. Da gehörst du hin.« Sie lachte, und es war genau das richtige Lachen.

»Er will die Welt retten«, sagte ich.

»Da hat er Recht«, sagte Else. »Die Welt verdient es, dass man versucht, sie noch zu retten. Aber ich kann mir nicht vorstellen, dass er in Ålesund im Hotel gewohnt und das Inventar zertrümmert hat, um die Welt zu retten.«

»Er hat gewisse Schwächen«, sagte ich.

Ich fand, es ging uns jetzt so gut, dass ich mir leisten

konnte, Munk ein bisschen in Schutz zu nehmen. Vielleicht würde er das Gleiche eines Tages für mich tun.

»Und was ist mit deinen Schwächen?«, fragte Else weich und war ganz dicht bei mir.

»Es sieht so aus, als würdest du sie schon kennen«, sagte ich und zog sie ganz über mich.

Im Nu saßen wir nackt da und kneteten unsere Körper. Der Duft von Stachelbeeren und Wein und spanische Gitarrenmusik erfüllten das Zimmer, während wir auf der Matratze mehr und mehr zu einem Körper wurden und zu einer fantastischen Reise in die Nacht abhoben, mit einem grünen Vogel und einer Teekanne im Schlepptau, einer Reise, die andauerte, bis das graue Morgenlicht sacht über uns hinstrich, die Decke ein wenig anhob und wir die Augen öffneten und uns anlächelten.

»Guten Morgen!«

»Weißt du, was in den Geschichtsbüchern über uns stehen wird?«, fragte ich.

»Nein, was denn?«

»Sie liebten sich, bis der Morgen kam.«

ERWACHEN IM WALD

Ich fand schnell heraus, dass die Feste in Bergen anders waren, als ich es aus dem Heidenland gewohnt war. Hier drehte es sich um Zimmerfeste, bei denen eine Menge Leute beiderlei Geschlechts Bier und Wein mitbrachten und der Mensch, dem das Zimmer gehörte, für Essen sorgte. Dann ging das Fest los.

Manche Feste waren gut, andere misslungen. Mit Else

ging ich nur auf gute Feste. Da gab es Krabben, saftige, salzige Krabben mit schäumendem Bier und Wein dazu, und vernünftige Menschen drumherum.

Aber es gab auch ganz andere Feste. Mein Problem war, dass ich einen Typ kennen gelernt hatte, der Olsen hieß. Ein Typ, mit dem ich wohl besser nicht Bekanntschaft geschlossen hätte. Er hatte immer kurz geschnittene Haare, trug immer eine Tweedjacke mit einem gewebten Wollschlips, und sein besonderes Kennzeichen war, jeden Satz damit zu beenden, dass er einen neuen anfing. Weil er einmal in einem Orchester Waschbrett gespielt hatte, trug er jetzt wie eine Art Ehrentitel den Namen Waschbrett-Olsen.

Waschbrett-Olsen war der letzte Hänger. Aus irgendeinem Grund betrachtete er sich als meinen guten Kumpel und wollte mich ständig auf Feste mitnehmen.

»Komm Samstag mit auf ein Fest«, sagte Waschbrett-Olsen, »das wird bestimmt.«

Aber ich ersann ständig Ausflüchte.

»Diesen Samstag kann ich nicht, Waschbrett.«

»Warum denn nicht, das ist doch«, sagte Waschbrett-Olsen.

Bis es keine Ausflüchte mehr gab und ich schweren Herzens mit Waschbrett-Olsen auf ein Fest gehen musste, weil Else an dem Samstag etwas anderes vorhatte.

»Nun komm schon, jetzt machen wir«, sagte Olsen. Und so zogen wir los.

Es war ein beknacktes Fest. Alle saßen da und waren mit sich selbst beschäftigt, keiner hörte auf die anderen, der Wein war sauer, die Krabben alt, aussätzig und knochentrocken, die Wohnung kalt und feucht, und Waschbrett-Olsen war sternhagelvoll und kotzte aufs Sofa.

Aber das ist mir erst hinterher erzählt worden. Ich erinnerte mich an nichts, als ich am Tag danach aufwachte. Ich ahnte nur, dass ich auf einem Fest gewesen war, aber ich wusste nicht, wo. Und ebenso wenig wusste ich, wie ich hierher gekommen war. Ich war nämlich mitten im Wald aufgewacht, soweit ich sehen konnte. Ich lag auf nassem Moos, von hohen Bäumen umgeben, und ein außerordentlich nasser Oktoberregen rieselte auf mich herunter.

Herrgott, in was für Zeiten leben wir?, dachte ich. Warum passiert so etwas? Und was war das für ein Wald? Und wie sollte ich in die Stadt zurückfinden?

Da kam mir der Lummel in den Sinn, und mir wurde noch kälter. Der Lummel war ein Wesen, von dem mein Großvater mir erzählt hatte, als ich klein war. Der Lummel sollte draußen im Wald leben, außerhalb der menschlichen Gefilde, und ziemlich gefährlich sein. Er konnte sich nämlich plötzlich auf dich stürzen und sich auf deinem Rücken festkrallen. Dort würde er sitzen bleiben, bis du es eventuell schafftest, auf bewohntes Gebiet zurückzukommen. Aber er war schrecklich schwer und würde dich in die Knie zwingen. Großvater erzählte, dass es früher wirklich vorkam, dass der Lummel Männer überfiel, wenn sie mit einem Sack Getreide auf dem Weg zur Mühle waren. Sie redeten viel davon, dass man den Lummel auf den Sack bekam.

Herrgott, dachte ich. Wenn jetzt der Lummel über mich herfiele, wäre es aus mit mir. Dann würde mich der Schlag treffen. Ich würde Magengeschwüre kriegen. Und ich hatte nicht die Kraft, mich auf bewohntes Gebiet zu schleppen. Nichts wie weg hier.

Ich war nass bis auf die Haut und fror, war steif am ganzen Körper und hatte Kopfschmerzen. Wie ein wild gewordener Hund lief ich zwischen den Kiefern umher, und die Tropfen prasselten mir ins Genick.

Lieber Gott, lass den Lummel nicht kommen, betete ich.

Da bot sich mir ein überraschender Anblick. Auf einer kleinen Lichtung zwischen den Bäumen stand eine rote Telefonzelle. Die kam mir jetzt gerade recht. Danke, lieber Gott, für die Telefonzelle! Ich lief hinein, schüttelte mich und wählte Elses Nummer. Zum Glück hatte ich noch ein Kronenstück.

»Hallo«, sagte es irgendwo weit weg. Es war eine verschlafene Stimme, die ich kannte, und mein Herz weitete sich wie ein Ballon.

»Ich bin es«, sagte ich.

»Du bist es? Wo bist du denn?«

»Irgendwo im Wald. Aber ich weiß nicht, wo. Es regnet, und ich bin klatschnass und habe furchtbare Kopfschmerzen.«

»Sag bloß. Und jetzt rufst du also aus der Telefonzelle im Wald an?«

»Genau das tu ich.«

»Hört sich ja nach einem gelungenen Fest an«, sagte Else. »Wenn ich nicht mit bin, haust du wohl so richtig auf den Putz.«

»Das Fest war beschissen«, erwiderte ich. »Und Waschbrett-Olsen ist an allem schuld.«

»Ja, ja«, sagte Else. »Du kannst ja mal vorbeikommen,

wenn du dich wieder einigermaßen begrabbelt hast. Und grüß mir die Tiere des Waldes.«

Sie legte auf.

Ich irrte noch eine Weile zwischen den Baumstämmen umher. Ich war patschnass und hatte schon fast alle Hoffnung aufgegeben, als ich plötzlich auf eine asphaltierte Straße taumelte. Und kurz darauf hörte ich das Geräusch eines Autos, in dem ein Mensch sitzen musste. Ich streckte einen triefenden Arm aus und legte meine letzte Kraft in eine nasse Hoffnung.

»Wohin willst du«, fragte der Fahrer.

»Egal«, sagte ich.

DER HERBST IST GEKOMMEN, UND ICH ESSE NUR MARMELADE AUFS BROT

Eigentlich kann das hier nicht gut gehen, dachte ich zuweilen. Es war eher unwahrscheinlich, dass es auf Dauer so weiterginge.

Der Herbst hatte Platz genommen und es sich gemütlich gemacht, es hatte den Anschein, als fühle er sich ganz wie zu Hause. Ich aß nur Marmelade aufs Brot, den einzigen Aufstrich, der die Hoffnung auf bessere Zeiten in sich barg. Aprikosenmarmelade war der Lichtblick meines Frühstücks.

Aber zunächst einmal die Sache mit Else. Warum war sie immer öfter unzufrieden mit mir? Ich kam auf nichts, das ich getan hatte. Ich fand, dass ich mich im Großen und Ganzen normal verhielt, auf jeden Fall, solange ich nicht mit Munk zusammen war. Und Waglen hatte ich seit dem einen Mal nicht mehr gesehen, daran konnte es also nicht liegen. Ich hatte übrigens eine Karte von Waglen bekommen, unfrankiert und ohne Absender, sodass ich Nachporto bezahlen musste, auf der er mir schrieb, dass er gewisse Pläne habe und ich auf die eine oder andere Weise in seinen Plänen eine Rolle spielte, weil ich ein Mann sei, auf den Verlass war, und dass Pils-Ola sich weigere, den Fünfer zurückzuzahlen. Ich müsse eine Quittung vorweisen, meinte er. Waglen war der Ansicht, dass er jetzt Gewalt anwenden müsse, er hoffe, ich sei damit einverstanden.

Das war ich zwar, aber so wichtig war der Fünfer vielleicht auch nicht. Jedenfalls befürchtete ich das Schlimmste, was Waglens Pläne betraf. Solche Leute zu kennen brachte nie Gutes mit sich.

Es kam vor, dass ich aus Angst, unangenehme Leute zu treffen, ganze Tage zu Hause blieb und Aprikosenmarmelade aß und Kaffee trank.

Wenn ich dann zu Else kam, klang ihre Stimme unwirsch: »Wo bist du eigentlich gewesen, verdammt? Bist du vielleicht wieder im Wald aufgewacht?«

»Nein«, sagte ich. »Ich war nur einen Tag zu Hause. Aber jetzt bin ich hier.«

Ich fand wirklich, dass es keinen Grund zu meckern gab. Nun ja, ich hatte es noch nicht geschafft, alle ihre Bücher zu lesen, aber das würde schon noch werden. Ich jedenfalls meinte, in etwa mein Bestes zu geben. Was erwartete sie? Ich hatte die Pubertät hinter mir und war der Ansicht, diese Stürme durchgestanden zu haben.

Oh, Else, wo fing es an, schief zu laufen? Was hätte ich tun sollen? Was hätte ich sagen sollen?

Wenn ich jetzt bei ihr war, dauerte es meistens nicht lange, bis sie irgendwohin musste, wohin ich nicht mitkonnte. Ich vermutete, es handele sich um etwas so Politisches, dass sie mich nicht aufgeweckt genug fand, um davon zu profitieren.

»Warum kann ich nicht mitkommen?«, fragte ich.

»Das ist nicht dein Ding.«

»Wenn es dein Ding ist, ist es mein Ding.«

»Da sind nur Frauen.«

»Umso besser. Ich habe nichts gegen Frauen.«

»Zieh lieber mit deinem Munk los und verwüste ein paar Hotelzimmer. Davon hast du bestimmt mehr.«

Ja, ja, ja, ich wusste, dass es ein großer Fehler gewesen war, Munk zu begegnen. Aber ich würde versprechen, ihn nie mehr zu sehen.

In diesen Krisenzeiten fuhr ich für ein Wochenende nach Hause. Es war komisch. Der Busfahrer sah aus, als gehöre er auf einen ganz anderen Globus und hieße Zarkoz oder Dr. Fong oder etwas in der Richtung, obwohl ich wusste, dass er Eikeland und seine Alte Solveig hieß und sie vier Kinder und einen Collie hatten.

Als ich im Nieselregen aus dem Bus stieg, saß der alte Olaien auf einem Markierungsstein. Sein Hund kam zu mir und schnüffelte zwischen meinen Beinen.

»Wer bist du?«, fragte Olaien.

»Jetzt mach aber 'nen Punkt, verdammt noch mal, Olai«, sagte ich. »Du weißt, wer ich bin. Guck dir deinen Hund an, der kennt mich.«

»Das tut er nicht. Er beschnüffelt alle so.«

»Jetzt reiß dich mal zusammen«, sagte ich.

Der konnte ruhig mal eins draufkriegen. Aber ich kümmerte mich nicht weiter um ihn.

Dennoch fühlte ich mich nicht ganz wohl, als ich nach Hause kam, obwohl meine Eltern im Großen und Ganzen wie meine Eltern aussahen und mir herzlich die Hand drückten. Das war auch anders. Früher hatten wir es nicht nötig gehabt, uns so zu begrüßen.

»Na, dann komm und iss erst mal«, sagte Mutter.

»Nun, wie isses denn inner Stadt?«, fragte mein Vater, als wir uns zu warmen Brötchen mit Rührei und einem Becher Kakao an den Tisch gesetzt hatten.

»Es regnet ziemlich viel«, sagte ich.

»Das hab ich mir gedacht«, meinte Vater.

»Hast du denn ordentliches Regenzeug?«, fragte meine Mutter.

»Ja. Es wirkt, wie es soll.«

»Man kann nicht vorsichtig genug sein«, sagte Mutter.

»Vielleicht«, sagte ich. »Was ist denn mit dem Olaien los?«

»Ist denn was mit ihm?«

»Er tat, als würde er mich nicht kennen. Fragte, wer ich sei und so.«

»Der wird langsam alt, der Olaien«, sagte Vater. »Und seit die Marta gestorben ist, geht's ihm nicht so besonders.«

»Wird langsam alt?«, sagte Mutter. »Ich finde, er ist alt gewesen, seit ich ihn kenne. Kein Wunder, dass er anfängt zu verkalken.«

»Sein Hund hat mich erkannt.«

»Na, siehst du«, sagte Mutter.

Ich fühlte mich wie der Schatten einer unhistorischen Person, als ich nach dem Abendessen die Hänge hinauflief, um Inger zu treffen. Ich schwänzte die Krimistunde mit Cannon, und mein Vater schien enttäuscht zu sein. Da musste ich durch.

Es regnete in Strömen, und ich wurde nass und verlor die Form. Vögel und Tiere schwiegen, kein Dachs kam angeschlichen, um mich in den Fuß zu beißen, bis der Knochen Knack sagte. Nein, die Dachse blieben zu Hause. Und ich war's zufrieden.

Ich erwartete, den muffigen Vater seine Gurkennase aus der Tür stecken zu sehen, aber Inger kam selbst an die Tür.

»Ojojoj«, sagte sie. »Was für ein Anblick. Du erinnerst mich an eine Frage aus der Deutschstunde: Wer reitet so spät durch Nacht und Wind?«

»Ich reite doch nicht.«

»Wärst du zwei Minuten früher gekommen, hättest du mich nur in der Unterhose angetroffen.«

»Das Schicksal war wie gewöhnlich gegen mich.«

»Die Alten sind beim Bingo«, sagte Inger. »Und nachher werden sie sich in irgendeinem Schuppen noch einen hinter die Binde gießen, nehm ich mal an. Ich habe den ganzen Nachmittag Kirschwein gebechert. Warum bist du nicht früher gekommen? Mein Vater ist der schlechteste Weinmacher, den ich kenne, aber wenn nichts anderes im Haus ist, hat man eben keine Wahl.«

»Das ist wahr«, sagte ich. »Dürfte ich möglicherweise reinkommen?«

»Natürlich darfst du. Es sind bestimmt noch ein paar

Flaschen da. Ich dachte, dich würde ich nie wieder sehen.«

Aus irgendeinem Grund setzten wir uns auf den Küchentisch, und ich bekam ein volles Glas in die Hand. Es war wirklich der schlechteste Kirschwein, den ich je getrunken hatte, aber wie gesagt, etwas anderes war nicht im Haus.

»Ja, du hast den Vogel abgeschossen«, sagte Inger und klang traurig und ein bisschen blau.

»So direkt würde ich das nicht sagen. Ich glaube nicht, dass es der große Wurf ist. Und du? Hast du was vor?«

»Das siehst du doch, was ich hier so vorhabe. Ich hab seit dem letzten Mal vier Kilo zugenommen. Jetzt bin ich bald richtig fett. Ich fühle mich beinah wie Elvis, wie der jetzt ist, mit der einzigen Freude im Leben, Fernseher mit der Schrotflinte kaputtzuschießen.«

Durch die Türspalte konnten wir ein Stück von der Mattscheibe sehen, wo Detektiv Frank Cannon gerade versuchte, durch ein Fenster zu klettern.

»Der da ist fett«, zeigte ich. »Du bist nicht fett. Du bist gerade richtig.«

»Hör auf, du musst mich gerade noch trösten«, sagte Inger und leerte das Glas. »Wir haben noch zwei Flaschen. Ich glaube, die nehmen wir auch noch. Irgendjemand muss sie ja trinken.«

Cannon saß jetzt im Fenster fest, fest wie eine Fischgräte. Es sah schlecht für ihn aus. Jetzt durfte er alle Mahlzeiten bereuen, alle Drinks und dass er in der Schule die Turnstunden geschwänzt hatte.

»Ich weiß, was du denkst, das kannst du mir glauben«, sagte Inger. »Dass ich nicht Elvis Presley bin und keinen Grund habe, so herumzuhängen, wie ich es tue. Da hast du Recht. Ich hätte mich mehr anstrengen und rauskommen und was machen können. Ich weiß. Aber Scheiße, ich pack's einfach nicht mehr so, in dem ganzen Theater noch einen Sinn zu sehen, also dass man rauskommt und das Leben genießt und mit 'nem dicken Bauch wieder nach Hause kommt.«

»Vielleicht habe ich es mir auch nicht ganz so vorgestellt«, sagte ich.

»Nein, du hast natürlich angefangen, viel tief schürfender zu denken, wo du jetzt an der Uni bist.«

»Das will ich nicht sagen«, sagte ich. »Guck mal, jetzt ist Cannon plötzlich wieder losgekommen. Wie ist denn das passiert?«

»Das sind nur Filmtricks«, meinte Inger. »In Wirklichkeit würde er da festsitzen, bis er verfault. Nun, siehst du? Wer hat behauptet, dass es nicht möglich ist, sich nach ein paar Flaschen Kirschwein noch intelligent zu unterhalten?«

»Der ist wirklich schlecht, dieser Wein«, sagte ich.

»Das ist noch verdammt milde ausgedrückt. Du brauchst nicht höflich zu sein. Und du musst nicht glauben, er hätte nicht lange genug gestanden. Das ist nur typisch mein Vater.«

Die Krimistunde war zu Ende, und die Abendnachrichten ratterten los. Ich wusste nicht, wie es ausgegangen war, nur dass Cannon sich befreit hatte. Aber das reichte vielleicht. Dann brauchten sie in der nächsten Episode nicht damit anzufangen, ihn loszuschneiden.

»Eine Sache habe ich übrigens geschafft«, sagte Inger.

»Und das wäre?«

»Nicht mehr von früher zu reden. Es hat mich Überwindung gekostet, aber es ging.«

»Ich wollte, so weit wäre ich auch schon gekommen«, sagte ich. Ich fühlte, dass ich Inger jetzt richtig gern hatte und dass ich kurz davor war, ihr übers Haar zu streichen.

»Klar, für dich ist es schwieriger«, sagte Inger. »Du hast ja auch was, worauf du zurückblicken kannst. Du Wunschkonzertexperte.«

Ich streichelte ihr Haar.

»Ich hab darauf gewartet, dass du zuschlagen würdest«, sagte Inger. »Du musst das Beste aus der Situation machen, jetzt, wo ich so voll bin.«

Ich streichelte ihre Wange.

»Ich habe übrigens wirklich vor, dir in deiner Stadt einen offiziellen Besuch abzustatten. Hab ich deine Adresse?«

»Ich schreib sie dir auf«, sagte ich. »Ich habe die ganze Zeit gehofft, du würdest kommen. Du könntest ja nächstes Wochenende mal vorbeischauen.«

Sie nickte.

»Kennst du übrigens jemand, der Munk heißt«, fragte ich.

»Munk?«, sagte sie. »Lebt der noch?«

»Ja, er ist in der Stadt und hat im Stadtpark den Kommunismus eingeführt.«

»Ich kenne von früher einen, der hieß Munk«, sagte Inger. »War ein toller Typ mit Cowboystiefeln und Rhythmusgitarre. Aus Voss haben sie ihn weggejagt, weil er vierhundert Hühner freigelassen hatte. Glaubst du, dass es derselbe war?«

»Das hört sich ganz nach Munk an«, sagte ich.

Inger lehnte sich an meine Schulter.

»Du kannst die letzte Flasche haben, wenn du willst, aber ich glaube, ich will nicht mehr.«

»Ich will auch nicht mehr.«

»Weißt du, dass du der Einzige bist, mit dem ich jetzt reden kann?«

»Das wusste ich nicht. Dann komm und besuch mich in der Stadt.«

»Es gibt keine intelligenten Menschen hier in der Gegend. Nicht das, was ich mit intelligent verbinde. Die einzige Lösung für mich ist, völlig abzustumpfen. Was anderes bleibt mir gar nicht übrig.«

»Hier ist meine Adresse«, sagte ich.

»Øvre Skansevei? Ich weiß, wo das ist. Ich komme dann vielleicht jetzt am Wochenende. Ich kann die letzte Flasche mitbringen.«

»Nicht nötig«, sagte ich. »Ich besorge alles.«

»Wenn du nicht zu Hause bist, warte ich auf dich.«

»Ich bin bestimmt zu Hause.«

Wir saßen aneinander gelehnt auf dem Küchentisch und blickten über die Küchenlandschaft. Es tat mir ein wenig Leid, dass Inger nichts Stabileres hatte, um sich anzulehnen. Sie blinzelte und lächelte entschuldigend.

»Ich wäre gern mit dir ins Bett gegangen. Aber ich glaube, daraus würde nichts Richtiges. Ich fühle mich ein bisschen zu müde. Und die alten Herrschaften kommen sicher irgendwann in der Nacht nach Hause.«

»Das ist schon in Ordnung«, sagte ich. »Es wäre auch ein bisschen gepfuscht, so betrunken, wie wir sind. Ich geh jetzt nach Hause. Aber wir sehen uns am Wochenende.«

»Ja«, sagte Inger und sah aus, als sei sie ganz woanders.

Sie kam mit an die Tür, legte mir die Arme um den Hals und küsste mich. Ich hätte so gern etwas empfunden, das nicht vor allem Mitgefühl gewesen wäre.

»Pass auf, dass du nicht wegregnest. Ich pass auf, dass ich nicht völlig abgestumpft bin, bis wir uns wieder sehen.«

Ich ging durch die Dunkelheit und wurde nass. Ich wusste, dass Inger mich am Wochenende nicht besuchen würde, und war noch trauriger als auf dem Hinweg.

ICH UNGLÜCKLICHER MENSCH

Komm mit«, sagte Munk. »Wir gehen ins Holberg.«

Es klang, als meinte er, dass dies ein Grund zum Feiern wäre.

Bevor wir ins Holberg kamen, war nämlich etwas anderes geschehen. Das Schlimmste.

Else war aus meinem Leben gegangen. Else, die ich über alles in der Welt liebte.

Ich merkte an diesem Abend, als ich mit den geliehenen Büchern zurückkam, dass ich mich mehr als sonst anstrengen musste. Doch mein Gehirn war leer und sah aus wie ein dunkles Loch. Ich redete eine ganze Menge Unsinn, den ich nicht hätte reden sollen, nur die richtigen Worte wollten nicht kommen. Die richtigen Worte saßen in einem stimmungsvollen Café, prosteten sich zu und tranken und amüsierten sich prächtig. Keinem von ihnen kam es in den Sinn, dass ich sie nötig haben könnte, um meine Haut zu retten.

Und so gab es denn auch keine Rettung. Ich stand auf, um zu gehen.

Else hatte kaum ein Wort gesagt, aber jetzt machte sie den Mund auf.

»Du siehst wohl ein, dass es nicht mehr geht?«

»Dass was nicht mehr geht?«

»Ich habe nicht vor, für den Rest meines Lebens die Mama für dich zu spielen.«

»Das will ich auch nicht.«

»Dann finde mal raus, was du willst. Auf jeden Fall ist Schluss.«

Schluss? Ich weigerte mich zu glauben, was ich gehört hatte.

»Finito. Und jetzt gehst du am besten.«

Draußen im Oktoberregen, der mir ins Gesicht peitschte, suchte ich meine Fassung wieder. Ich wusste, dass ich mich irgendwo hinlegen und so schnell wie möglich besaufen musste.

Plötzlich stand Munk da.

»Weiche von mir«, sagte ich.

»So ist es also um dich bestellt«, sagte Munk. »Ja, dann brauchst du flüssige Nahrung.«

»Ich will allein sein.«

»Du glaubst doch nicht, dass ich dich jetzt allein lasse. Denkst du, ich habe kein soziales Gewissen? Komm mit. Wir gehen ins Holberg.«

Ich ließ mich einfach mitschleifen und spürte den Regen nicht mehr.

»She was looking for romance, but I was looking for love«, sang Munk.

»Hör auf, Munk, sonst schlag ich dir die Zähne ein.«

Es war an diesem Abend nicht schwer, im Holberg einen Platz zu finden. Einen abgelegenen Tisch ganz für uns.

»Bier«, sagte ich.

»Wein«, sagte Munk.

Es war mein Geld, also gab es Bier.

»Was bist du eigentlich für ein Idiot?«, sagte Munk. »Du wirst doch viel schneller besoffen von Wein. Und außerdem sparst du dir die ganze Pisserei. Wirklich ein komischer Zeitpunkt, um ans Geld zu denken. Pfui Teufel.«

Ich sagte nichts, schüttete nur in mich hinein und wünschte Munk dahin, wo der Pfeffer wächst.

Munk betrachtete mich väterlich.

»Du bist noch jung«, sagte er. »Aber ich habe die Hoffnung für dich noch nicht aufgegeben. Auch für dich werden wieder lichtere Zeiten kommen. Um dir zu zeigen, wie ich mit dir fühle, werde ich den ganzen Abend nicht über Politik reden. Ist das nicht großherzig? Das Privatleben wird in der Politik leicht vernachlässigt. Viele begreifen nicht, dass alles zusammenbricht, wenn es da nicht funktioniert. Krach, peng! Dann kannst du über Politik reden, bis dir die Eier zum Hals rauskommen.«

Ich sagte nichts und hörte kaum zu. Ich hörte nur was von Eiern und begriff, dass es Munk war, der mir gegenüber am Tisch saß und wie üblich eine Masse Scheiße von sich gab. Ich hatte lange mit den Tränen gekämpft, aber jetzt wirkte das Bier sich schmerzlindernd aus. Ich blickte in die große Leere. War da wirklich nichts? Kein Baum? Kein Stein? Kein altes Fahrrad? Nein, da war nichts. Dies war mehr, als ich verkraften konnte.

Ich stand auf und machte ein paar wackelige Schritte. Eine Hand packte mich an der Schulter, führte mich wieder zum Tisch und stellte ein neues, volles Glas vor mein Gesicht. Das musste für mich sein.

DER SCHNUPFERICH, ODER: WIE MUNK ZU EINER BUDE KAM

Ungefähr eine Woche später, vielleicht an einem Montag, saß ich auf meinem Bett und spielte Mundharmonika. Die Bibel war aufgeschlagen beim Propheten Habakuk. Nur ein Prophet mit einem solchen Namen konnte mir in solchen Zeiten Trost spenden. Die anderen hatten keine Chance. Die Woche war eine schwarze Hölle gewesen, ich war nur einmal vor die Tür gegangen, um Essen oder irgendwas anderes einzukaufen. Die übrige Zeit hatte ich mehr oder weniger im Bett gelegen, und die Aprikosenmarmelade war alle. Ich saß auf der Bettkante und spielte ein trauriges Lied, das ich mir selbst ausgedacht hatte. Es war nicht schwer. Ich dachte, dass der Prophet Habakut dieses Lied gemocht hätte, wenn er jetzt lebte, hatte er doch gesagt: Weil ich solches höre, bebt mein Leib, meine Lippen zittern von dem Geschrei. Fäulnis fährt in meine Gebeine, und meine Knie beben. Aber ich will harren auf die Zeit der Trübsal, dass sie heraufziehe über das Volk, das uns angreift.

Da klopfte es an der Tür, und verwirrt von dem ganzen

Schlafen, Trinken und Aprikosenmarmeladeessen dachte ich, es sei Habakuk persönlich, der dort draußen stand, mit seinem Bart wedelte und hereinwollte, um zu fragen, ob mir sein Buch gefiele.

»Es ist gut«, wollte ich sagen.

Aber da stand Munk und hauchte mir seine Rotweinfahne ins Gesicht.

»Das habe ich befürchtet«, sagte er und wich ein paar Schritte zurück, um mich zu betrachten.

»Jetzt weiß ich endlich, an wen du mich erinnerst«, fuhr er fort. »An den Schnupferich in den Büchern von Tove Jansson. Der einsame Wanderer mit der Mundharmonika. Wo zum Teufel hast du die Leonard-Cohen-Platten und deine Kerouac-Bücher!«

Den letzten Satz brüllte er mir entgegen und betrat meine Behausung.

»Scheiß die Wand an! Man wird wohl sagen dürfen, dass hier schlechte Luft ist«, sagte er, schwankte zum Fenster und stieß es brutal auf.

»Guck mal, da draußen sitzen die verdammten Krähen. Hast du sie gesehen?«

»Nein«, sagte ich.

»Nein, kann ich mir denken. Was für eine Mundharmonika hast du übrigens, Schnupferich?«

»Super Vamper.«

»Kauf dir eine chromatische. Du musst vielseitig werden. Habe ich dir schon mal von der Zeit erzählt, als ich meine eigene Rockband hatte?«

»Nein.«

»Nicht? Ich dachte, alle wüssten davon. Das war Mitte der sechziger Jahre. Ich weiß nicht mehr genau, wie wir uns genannt haben. The Four irgendwas. Wir waren vier Mann, und alle spielten Rhythmusgitarre.«

»Das muss eine komische Musik gewesen sein.«

»Was willst du damit sagen? Wir waren vielleicht nicht Norwegens beste Band, aber wir hatten einen verdammt guten Rhythmus.«

»Das hört sich logisch an.«

»Wir waren auf unzähligen Tourneen im gesamten Ostland, um den Ostländern zu zeigen, dass es noch etwas anderes gab als The Shadows und Schwedenpop. Wir haben da drüben unzählige Hotelzimmer zertrümmert. Das Tollste war, als wir eine Schlägerei mit Sven Ingvars Band in Hamar hatten. Wir haben ihr Hotelzimmer gestürmt und sie aus dem Fenster geworfen. Dann haben wir das ganze Inventar kurz und klein geschlagen.«

»Kindisch«, sagte ich.

»Kindisch? Soll man nicht kämpfen für das, woran man glaubt? Und Sven Ingvar war der Hauptfeind. Einen von ihnen haben wir wohl übrigens umgebracht. Auf jeden Fall ist er nie mehr auf einer Platte aufgetaucht. Aber jetzt habe ich mich warm geredet und darüber fast vergessen, weshalb ich hergekommen bin.«

»Tut mir Leid«, sagte ich. »Dann erzähl mal.«

»Es ist etwas Großes geschehen«, sagte Munk feierlich. »Kannst du raten, was? Nein, das rätst du nie.«

»Hat die Revolution angefangen?«

»Ich habe eine Bude.«

»Gratuliere«, sagte ich lustlos. Ich hoffte, dass Munk bald wieder ginge. Hinaus zu den Krähen in den Regen konnte er gehen.

»Nicht so gut wie deine«, sagte Munk. »Aber gegenüber dem Wohnen im Park ist es ein Fortschritt.«

»Zweifellos«, sagte ich. »Zweifellos.«

»Das größte Problem ist, dass ich das Fenster nicht zu bekomme«, sagte Munk. »Als ich heute Morgen wach wurde, war das Zimmer voller Vögel. Kannst du dir vorstellen, was die kleinen Scheißer überall gemacht haben?«

»Ja«, sagte ich.

»Also worauf warten wir?«, sagte Munk. »Wollen wir nicht hingehen und uns die Pracht ansehen?«

Und so wanderten wir wieder durch die Straßen von Bergen, Munk und ich, und sogen den Geruch von Fisch ein, der von Askøy herüberkam. Dort oben lag die Uni, dieses strahlende Soria-Moria-Schloss, in das ich seit über einer Woche keinen Fuß gesetzt hatte. Ich glaubte auch nicht, dass ich jemals wieder dorthin zurückkehren würde. Sie waren schon seit ewigen Zeiten ohne mich ausgekommen. Sie würden es auch weiterhin schaffen.

»Hier«, sagte Munk. »Hier müssen wir hoch.«

Es war einer dieser alten Häuserkomplexe mit roten Dächern, wo die Häuser sich so intim aneinander klammern und Bergen zu Bergen machen. Wie war Munk hier hereingekommen?

»Sieh mal«, sagte er. »Eigener Briefkasten.«

Ganz oben unter dem Dach war eine braune Tür mit einem Pappschild und der Aufschrift:

DR. MUNK
sowie einem Zettel, auf dem stand: *Der Doktor ist zum Fischen*.

Wir betraten einen ziemlich nackten Raum. An Möbeln gab es eine Matratze, einen Sessel, der bei Fretex gekauft sein musste, einen Tisch (dito), eine Stehlampe, ein Bücherregal und ein Fahrrad. An der Wand hingen drei Bilder: On the threshold of liberty von René Magritte, ein Farbfoto von Karl Marx auf dem Fahrrad auf einer Brücke und ein kleines Bild von Munk als Baby, auf dem Arm seiner Mutter. Im Hintergrund stand sein Vater und machte gerade eine Flasche Export auf.

»Was macht das Fahrrad hier?«, fragte ich.

»Ich wusste, dass du das fragen würdest«, antwortete Munk. »Es steht da. Manchmal fahre ich damit.«

»Ist das nicht lästig, es die Treppe rauf und runter zu schleppen?«

»Nur rauf«, sagte Munk. »Runter fahre ich.«

Ich studierte die Buchrücken in Munks Bücherregal.

»Du hast gute Bücher, Munk.«

»Na ja, teils, teils«, sagte Munk. »Und jetzt trinken wir eine Flasche Wein auf meine Rechnung.«

Ich sagte nicht, dass dies das erste Mal war.

»Hier kannst du sehen, wo die Vögel gewesen sind. In allen Ecken und Winkeln.«

Er versuchte, eine Flasche mit den Zähnen aufzumachen. Es ging nicht, und er schlug den Flaschenhals an der Fensterbank ab.

»Bedaure«, sagte er. »Aber den Korkenzieher hat jemand mitgehen lassen. Einer von den Pennern im Zentralkomitee legt nach meinem Dafürhalten etwas übertriebenen Wert darauf, dass es im Kommunismus nur kollektives Eigentum gibt.«

»Wie bist du an diese Bude gekommen?«, fragte ich.
»Ich habe in Bergens Tidende annonciert: ›Junger Kommunist sucht Zimmer. Raucht, trinkt, flucht und vögelt. Am liebsten zentral.‹«
»Und darauf hast du Antwort bekommen?«
»Massenhaft. Die Leute mögen ehrliche Menschen.«
Ich hatte keine Lust, von dem scharf gezackten Flaschenhals zu trinken, und sah mich nach einem Glas um.

DIE GRÜNEN
TISCHE MIT KAFFEE

Ich saß an einem grünen Tisch mit Kaffee und einem Butterbrotpaket. Ich hatte also wieder angefangen, an die Uni zu gehen, und trank Kaffee in der Kantine. Mir gegenüber am Tisch saß Waschbrett-Olsen und redete Unsinn.

»Ich wurde also wach, und zwar mit solchen Kopfschmerzen, das war vielleicht«, sagte Waschbrett-Olsen. »Und das war noch nicht das Schlimmste, denn als ich neben mich guckte, sah ich, dass ich nicht allein war, und du rätst nie …«

»Scheint ja ein heißes Fest gewesen zu sein, Waschbrett«, sagte ich. Ich sah zur Uhr. Die Vorlesung hatte angefangen, und ich beschloss, sie sausen zu lassen. Ich hätte nie darauf verfallen sollen, Sprachen zu studieren. Sprache, was war das schon? Die Sprache war überall, sie stürzte sich auf mich und zwang mich in die Knie. Ich fühlte mich wie ein Gummistiefel voll Wasser. Die Sprache, die mich hätte loslassen und frei schweben lassen sollen.

Bald war also November. Wie um die Tatsache zu feiern, dass der längste und dunkelste Monat im Begriff war, an Land zu gehen, war das Wetter draußen heiter und die Luft herrlich. Ich ging die Treppe an der Johanneskirche hinunter, um eine Runde über Torvalmenningen zu machen und so zu tun, als sei ich ein freier Mann mit Selbstvertrauen.

Als ich am Haus von Bergens Tidende vorüberkam, wo die Zeitung ausgehängt war, schlug mir plötzlich das Herz bis zum Hals, und ich musste mich an die Hauswand stützen.

Da stand Else und las die Anzeigenseite der BT.

Ich drehte mich um und guckte angestrengt ins Schaufenster von Strømsnes. Ich gab mir Mühe, so zu tun, als stände ich hier schon seit einer halben Stunde, und versuchte mich zu entscheiden, ob ich diese Hasselblad-Kamera nun kaufen sollte oder ob der Preis mich abschreckte. Schwer zu sagen. Die erste Hälfte meines Studiendarlehens neigte sich dem Ende zu.

Ich schielte vorsichtig nach rechts. War sie nicht bald fertig? Wonach suchte sie? Ein neues Zimmer? Damit ich nicht rausfinden konnte, wo sie wohnte? Verdammte Scheiße!

Dann fuhr sie sich durchs Haar und schlenderte über Ole Bulls Plass. Ich ließ für diesmal die Kamera Kamera sein und folgte ihr unbemerkt (glaubte ich).

Zuerst ging sie zum Kiosk und kaufte Dagbladet.

Ich tat, als studierte ich etwas in der Luft.

Sie steckte die Zeitung in ihre Schultertasche und ging hinüber auf den Bürgersteig, an der Sparkasse vorbei, wo sie nach links abbog.

Da kam mir ein Gedankenblitz: Wenn ich jetzt an den Kinoplakaten vorbei hochsprinte und schnell am Theater nach rechts abbiege, kann ich sie an der Ecke treffen, ganz zufällig! Ich lief. Ich war lange nicht mehr gelaufen und war froh, dass es nur eine kurze Strecke war.

Ich rannte sie fast über den Haufen.

»Oh ... Entschuldigung«, sagte ich.

Sie sagte nichts. Sie hob für eine halbe Sekunde die Augenbrauen und ging dann weiter, ohne mich noch eines Blickes zu würdigen. Ich sah ihren Rücken auf dem Weg nach Nordnes hinüber kleiner werden. Was hatte sie denn da verloren? Ich konnte mir nicht vorstellen, dass sie vorhatte, ins Aquarium zu gehen. Vielleicht hatte sie da draußen schon einen anderen. Der eine Wohnung mit Aussicht auf Vagen hatte und wusste, wann die Seehunde im Aquarium gefüttert wurden.

»Jetzt können wir gehen und uns die Seehunde angucken«, könnte er sagen.

»Pass auf, dass wir nicht nass werden«, könnte sie antworten.

Mir war, als hätte mir jemand Terpentin übers Herz gegossen. Ich ging nach Hause, so schnell ich konnte, ließ mich schwer aufs Bett fallen, ohne die Schuhe auszuziehen, und zog mir die Bettdecke über den Kopf.

DOKTOR MUNKS SPEZIALSUPPE

Also«, sagte Munk, »es wird höchste Zeit, dass wir mit dir etwas unternehmen. Siehst du nicht, in was für Zeiten wir leben? Siehst du nicht, dass es wichtigere

Dinge auf der Welt gibt, als dass dir ein Mädchen weggelaufen ist?«

»Nein«, sagte ich.

Ich lag noch immer im Bett, das Gesicht zur Wand. Munk saß vermutlich auf einem Stuhl ein Stück weiter entfernt.

»Ich habe dich davor gewarnt, Kerouac-Bücher und solche Sachen zu lesen. Castaneda, hoho! Es würde mich gar nicht wundern, wenn du Castaneda gelesen hättest. Die Lehren des Don Juan!«

»Halt die Schnauze«, sagte ich. »Ich habe nie ein Buch von Keronac oder von diesem anderen da gelesen.«

»Das kommt nur, weil du so ungebildet bist. Dann hast du dir eben was Entsprechendes einverleibt. Aber zum Glück gibt es für so etwas Medizin. Ich habe nämlich lange überlegt, was wir mit dir machen sollen.«

»Verdammt noch mal, wir müssen überhaupt nichts mit mir machen«, brüllte ich. »Wir lassen mich in Ruhe und Frieden hier im Bett liegen. Scheiße, Scheiße, Scheiße!«

Es klopfte gegen den Fußboden. Der verdammte Hauswirt. Jetzt stand er da mit seinem Besenstiel.

»Ich mach dir ein bisschen Suppe«, sagte Munk freundlich. »Hast du irgendeine Suppe im Haus?«

»Nein.«

»Das ist nicht schlimm, ich mache Dr. Munks Spezialsuppe.«

Ich tat, als ginge mich das Ganze nichts an. Aber ich befürchtete das Schlimmste.

»Sie soll nicht kochen«, sagte Munk. »Nur ziehen, sodass es kräftig dampft. Brot hast du ja wohl?«

»Ein paar Rinden.«

»Genau das, was ich brauche«, sagte Munk. »Bleib du ruhig hier liegen und denk an was Schönes. Ich leih mir nur eben deine Küche.«

»Spreng sie aber nicht in die Luft«, sagte ich. »Denk daran, dass dies kein Hotelzimmer in Ålesund ist.«

Munk verschwand, und ich vermisste ihn nicht. Ich war vollkommen erledigt. Körperlich und seelisch. Am Boden zerstört.

Ich konnte hören, dass in der Küche etwas vor sich ging.

Wäre ich doch nur ein starker und charakterfester Mensch gewesen, hätte ich doch nur die Bettdecke von mir werfen, auf sicheren Beinen landen, mir an die Brust hämmern und ein männliches Brüllen ausstoßen können. (Der klopfende Hauswirt könnte mich dann mal. Ich würde runtergehen und ihm eine Fünfziglitermilchkanne über den Kopf stülpen. Das würde ihn schon zur Vernunft bringen.)

Ich drehte mich mühevoll um und sah Munks Fahrrad im Zimmer stehen. Der Bursche verkniff sich auch nichts. Über dem Lenker hing ein frischer Dorsch an einem Draht.

»Hier kommt Dr. Munks Spezialsuppe für trübe Tassen und Analphabeten. Wie versprochen.«

Im Topf dampfte etwas Dunkelrotes, in dem kleine braune Klumpen schwammen.

»Und was soll das sein?«, fragte ich.

»Willst du das Rezept? Eine Flasche gewöhnlichen Rotwein, einen Spritzer Wasser, ein paar zerbröselte Brotrinden, Zimt. Gern ein bisschen Wodka nach Geschmack. Das heißt, ich habe ungefähr eine halbe Flasche reingetan. Guck mal, ich tu dir was auf den Teller.«

Ich ergab mich und probierte den Schweinkram. Er schmeckte gut. Ja, er schmeckte herrlich.

»Du solltest ein bisschen nehmen, Munk«, sagte ich.

»Aber nein«, sagte Munk. »Du brauchst das. Aber wo du es mir anbietest, kann ich dir ja mit ein, zwei Schlucken helfen.«

Munk fing an zu singen. Ein bekanntes Lied von Lewis Carroll:

»Herrliche Suppe! Herrliche Suppe!
Abendsuppe!
Herrliche, herrliche Suppe!«, sang er.

Ich spürte, wie sich mein Inneres aufhellte, als hätte ich eine religiöse Erleuchtung. Es begann im Bauch, stieg weiter zum Herzen und kam schließlich im Kopf an. Ich merkte, dass ich dasaß und dumm grinste.

»So soll es sein«, sagte Munk. »Du brauchtest nur die Suppe, ganz klar. Aber du brauchst noch mehr. Jetzt brauchst du eine Psychoanalyse. Das habe ich gemeint mit Medizin. Die Suppe war nur ein Vorgericht. Ich werde dich persönlich analysieren. Dann bist du in guten Händen. Aber zuerst muss eine Couch her. Was nützt die ganze Psychoanalyse ohne Couch.«

WIR KAUFEN EINE COUCH, UND ICH WERDE ANALYSIERT

Munk und ich auf dem Fahrrad durch die Straßen von Bergen, unterwegs zu Fretex, um eine Couch zu kaufen. Munk fährt, seine Hosen sind mit Fahrradklammern hoch gesteckt, der Dorsch am Lenker schwingt rhythmisch hin und her, ich sitze auf dem Gepäckträger und habe Angst.

»Es ist ja okay, wenn du mal bei Rot fährst, Munk, aber muss es jedes Mal sein?«

Munk antwortet nicht. Er singt ein altes Lied über Sigmund Freud:

»Oh doctor Freud, oh doctor Freud,

How I wish that you'd been otherwise employed.«

Bei Fretex hatten sie viele Couchen, alle grün und ohne Bezug.

»Ich kann doch verdammt noch mal keine Couch ohne Bezug kaufen«, sagte Munk. »Was würde das denn für eine Analyse geben?«

Der Fretex-Mann sah Munk erschrocken an. Er trug einen hellblauen Kittel, der ihm nicht stand.

»Andere haben wir nicht«, sagte er beflissen. »Aber Sie können eine Decke kaufen und darüber legen.«

Munk wurde weich.

»Ich will nicht mit dir streiten«, sagte er. »Du bist vielleicht ein guter, arbeitender Mann aus dem Volke und hast Frau und sieben hungrige Kinder zu versorgen. Immer mit der Ruhe, Mann. Ich nehm diese Scheißcouch, wenn du mir fünfzig Kronen Rabatt gibst. Und dann nehm ich noch eine Decke dazu. Am liebsten eine rote mit blauen Paul-Klee-Fischen. Und du hättest nicht vielleicht ein billiges gerahmtes Bild von Sigmund Freud? Eins, auf dem er seine Katze streichelt?«

Die Probleme, die wir auf dem Hinweg gehabt hatten, waren nichts gegen die, die wir jetzt bekamen, wo wir zusätzlich zu Fahrrad und Dorsch noch eine Couch und eine alte Decke mitschleppten.

»Ich habe eine Idee«, sagte Munk. »Ich fahre mit dem Dorsch voraus und mach schon mal alles bereit, du bringst den Rest zu mir nach Haus in der kürzest möglichen Zeit.«

Er reimte zwar hübsch, aber dadurch ließ ich mich nicht beeindrucken.

»Ich habe eine ganz andere Idee«, erwiderte ich.

Schließlich legten wir die Couch quer über den Gepäckträger, und mein Job war es aufzupassen, dass sie da blieb. Dass sie nicht öfter als zweimal herunterfiel, nahm ich als ein Zeichen des Himmels dafür, dass jemand dort oben mir gewogen war.

»Das ist doch ganz was anderes«, sagte Munk. Die Couch stand jetzt vor dem Fenster. Das Fahrrad stand an der Tür, und der Dorsch lag sicher in einer rostigen Kasserolle.

»Jetzt kann es gleich losgehen. Ich gehe davon aus, dass du zuerst Kaffee haben willst.«

Ich streckte mich auf der Couch aus. Zum ersten Mal merkte ich, dass es in Munks Bude kalt war. Das lag an diesem Fenster, das sich nicht schließen ließ. Ein kleiner Vogel musste in der letzten Nacht hereingekommen sein und schlief jetzt auf dem Bücherregal. Seine Brust hob und senkte sich.

Munk saß mit einem Notizblock im Schoß und einem Kugelschreiber in der Hand im Sessel.

»Soll ich anfangen? Oder brauchst du erst etwas Wein?«

»Wir fangen an«, antwortete ich. »Was soll ich tun?«

»Erzähl von deiner Kindheit«, sagte Munk. »Lass die Assoziationen strömen, dass dir der Atem vergeht. Was siehst du?«

Ich sah Dunkelheit. Und in der Dunkelheit hin und her huschende Schatten, wie in einem billigen Kriminalfilm aus den fünfziger Jahren mit Lino Ventura in allen Rollen. Und da: Maiblumen!

»Maiblumen«, sagte ich.

»Maiblumen?«, fragte Munk. »Du meinst diese Ansteckdinger aus Plastik?«

»Ich und ein Kumpel, der Gunnar hieß, sollten rumgehen und Maiblumen verkaufen. Sie kosteten eine Krone das Stück. Für unsere Kleinen. Außerdem verkauften wir solche großen gelben, die man ans Auto kleben konnte. Die kosteten fünf Kronen.«

»Eigentlich zu teuer«, warf Munk ein. »Weiter.«

»Wir hatten einiges verkauft, und dann kamen wir an das Haus der alten Olga.«

»Was für eine Olga?«

»Olga ... sie hieß einfach Olga. Sie sah uns beide richtig sauer an. Aber dann guckte sie nur noch mich sauer an und sagte: ›Gut, ich kaufe eine. Aber wenn dein Freund nicht dabei wäre, würde ich bestimmt keine kaufen.‹«

»Hm«, sagte Munk, nickte und notierte.

»Ich hatte ihr nie etwas getan«, sagte ich.

»Hm«, sagte Munk. »Woran erinnerst du dich noch?«

Es war jedenfalls nichts mehr mit Maiblumen. Lino Ventura kniete hinter einem Mülleimer in einem dunklen Hinterhof. Langsam hob er den Arm mit der Pistole.

»Das letzte Klassenfest auf dem Gymnasium«, sagte ich.

Munk hob die Augenbrauen.

»Gut, erzähl davon.«

»Es war nach dem 17. Mai. Wir waren in eine Hütte ans Meer gefahren. Ein langer Sandstrand. In der kurzen Stunde mitten in der Nacht, als es ganz dunkel war, und wir hatten uns alle zerstreut. Entweder allein oder zu zweit. Ich war verliebt in eine, die Ingunn hieß, aber sie sagten Tootsy zu ihr.«

»Tootsy???«

»Aber ich war nicht mit ihr zusammen, ich war mit einer anderen zusammen. Wir hatten ein bisschen Bier getrunken und zogen uns aus und liefen ins Wasser. Wir konnten sowieso fast nichts sehen. Das Wasser war warm. Der Mond glitt ab und zu grau aus der Dunkelheit hervor. Hinterher legten wir uns nackt nebeneinander ins Gras unter einen Baum. Wir wurden schnell wieder trocken und streichelten uns. Sie hatte noch ein paar Wassertropfen in den Haaren im Schritt. Aber dann mussten wir eingeschlafen sein, denn wir wachten davon auf, dass wir nass waren und froren. Es hatte angefangen zu regnen und war ganz hell, und die Möwen schrien. Wir zogen uns hastig an. Die anderen waren in der Hütte. Einige schliefen, ein paar knutschten, und einer spielte Gitarre.«

»Was spielte er?«, fragte Munk.

»Was weiß ich, was er spielte. Dann löste sich alles auf. Und das Mädchen habe ich nie wieder gesehen. Ingunn auch nicht.«

»Also Tootsy, meinst du?«

Der Vogel auf dem Bücherregal war wach geworden. Er stützte den Kopf auf den Ellenbogen und sah uns Kerle skeptisch an.

»Hm«, sagte Munk. »Ich sehe, dass du wirklich in Schwierigkeiten bist. Es ist fast noch schlimmer, als ich erwartet hatte. Der einzige Rat, den ich dir jetzt geben kann, ist, dass du Wein trinkst. Das brauchst du.«

HOMMAGE Á HOHNER

Ich erwachte und fühlte mich verkatert und unmusikalisch. Ich langte nach der Mundharmonika und der Aspirinschachtel. Das also war die Wirkung von Psychoanalyse. Das musste ich mir merken für das nächste Mal. Auf meiner Mundharmonika fehlten zwei Töne, das hohe C und das E. Ich konnte mir nur schwer vorstellen, dass die beiden sich im Laufe der Nacht aus eigenem Antrieb davongemacht hatten, Hand in Hand unter den Sternen. Es war klar, dass jemand sie gestohlen hatte. Jemand, der mich genügend hasste, um diesen wichtigsten Teil meines Lebens sabotieren zu wollen, der jetzt der wichtigste geworden war. Ich konnte mir kaum einen anderen denken, der sich so etwas einfallen ließ, als meinen Hauswirt. Den Faschisten und Halsabschneider aus dem Erdgeschoss.

Ich versuchte, Summertime zu spielen, aber wie weit kommt man schon ohne hohes C und ohne E? Wo sie sein sollten, war nur eine trockene Leere. Ein schwarzes Loch.

Ich sah ein, wie aussichtslos es war, in dieser Sache etwas beweisen zu wollen. Die einfachste Lösung war, sich eine neue zu kaufen. Bei Tonica in der Hakonsgata würde ich wohl eine bekommen. Dorthin wanderte ich also, frisch analysiert und mit brummendem Schädel. Hatte ich angefangen, gegen Aspirin immun zu sein?

In einer Gasse spielte eine Horde Kinder.

»Kali, kala, kali, kala, kali, kala«, sangen sie.

Sie marschierten in Reihe an mir vorüber. So waren die Kinder heutzutage. Ich versuchte mir vorzustellen, wie es wäre, der Vater eines dieser Kinder zu sein. Ich guckte mir einen aus, der mir glich.

»Ene mene Polizei«, rief einer. »Scheißt in die Hose um halb drei!«

Er blieb stehen und sah frech zu mir hoch.

»Und du auch!«, fügte er hinzu.

Ich merkte, dass ich rot wurde, und ging schnell weiter zu Tonica.

»Ich hätte gern eine chromatische Mundharmonika«, sagte ich zu dem pickeligen jungen Burschen hinter dem Ladentisch.

»Chromatisch, ist das nicht so eine mit Schieber?«

Mir wurde klar, dass dies in jeder Hinsicht nicht mein Tag war, und vielleicht war es sogar der falsche Kalender. Ich sehnte mich zurück in die Heringsölfabrik. Da war ich zufrieden gewesen. Ich hatte zwar gestunken, aber nicht so viele Probleme gehabt.

»Ich denke schon«, sagte ich.

Er legte ein paar auf den Ladentisch.

»Das sind dann diese hier.«

Ich nahm die glänzendste probeweise in die Hand. Sie passte gut. Wie ein silberglänzender Mundharmonikafisch lag sie in meiner Hand und wedelte leicht mit dem Schwanz. Hohner stand darauf.

»Kriegt man auf dieser das gleiche Wah Wah hin, wie auf einer kleinen Super Vamper?«, fragte ich.

»Wah Wah?,« fragte er.

»Ja, Wah Wah. Oder nehmen wir eine Blues Harp. Das kommt aufs Gleiche raus.«

»Ja ...«, sagte er. »Ich glaube schon.«

»Das hört sich nicht besonders überzeugend an«, sagte ich. »Ich kaufe keine Mundharmonika ohne Wah Wah.«

»Du kriegst bestimmt den gleichen Ton. Und dann hast du ja noch das ganze Register. Alle Halbtöne.«

»Wirklich? Ohne Aufpreis oder so was?«

Ich bezahlte und ging. Die Mundharmonika lag in ihrer Garage, einem grünen, karierten Plastiketui.

Zu Hause hockte ich mich wie immer aufs Bett. Ich setzte die Harmonika an den Mund. Ein klarer, warmer Ton füllte den Raum. Die Tapeten wurden heller und flatterten leicht.

Ich drückte den Schieber ein und probierte einen Halbton. Keine Unsauberkeit, sondern ein klarer und reiner Ton eine halbe Stufe höher.

Jetzt fing ich Feuer, presste die Lippen fest um die Harmonika und setzte die Zunge beim A an. Mein Herz fiel in stürmischen Laufschritt.

»Wah Wah«, sagte die Mundharmonika.

WIR BESUCHEN MUNKS GROSSVATER

Munk hatte mich schon lange damit genervt, dass ich mitkommen und seinen Großvater besuchen sollte, ungefähr den einzigen Verwandten, den er auf der Welt noch hatte. Die meisten waren an einen besseren Ort gezogen, weit fort von hier.

Ich hatte nie Lust gehabt, aber an diesem Sonntag im November war es endlich so weit. Sein Großvater wohnte in einer Sozialwohnung im Erdgeschoss eines flachen, grauen Blocks.

Munk klingelte. Nichts passierte. Kein Laut. Keine Bewegung. Eine schmuddelige Gardine hing stolz wie die norwegischste Flagge aus dem offenen Fenster.

Munk klingelte noch einmal.

»Wenn er jetzt nicht reagiert, musst du klingeln«, sagte Munk.

Ich klingelte.

»Haut ab«, schrie eine krächzende Stimme von innen.

»Keine Panik, Großvater«, sagte Munk. »Ich bin's nur.«

»Wer bist du?«

»Jetzt tu nicht so. Ich bin's, Munk.«

Eine Art Gesicht kam hinter der Gardine zum Vorschein.

»Und wer ist das da?«, schrie die Papageienstimme.

»Das ist mein Kumpel, ein ehrenwertes Mitglied des Zentralkomitees der Partei. Jetzt lass uns schon rein.«

Drinnen wurde am Schloss gefummelt, die Tür quietschte und knarrte, und öffnete sich. Es roch nach allem, was übel war, von vierzehn Jahre alten, ungewaschenen Socken bis zu ungesunden und schweinischen Träumen.

Munks Großvater war so zusammengeschrumpft, dass er nicht nur redete wie ein Papagei, sondern auch so aussah. Krumm gebeugt und mager mit spitzer Nase und einem roten Taschentuch auf dem Kopf. Er humpelte mit einem Stock herum und beäugte uns misstrauisch.

»Wer hat euch hergeschickt?«, gackerte er.

»Niemand hat uns geschickt, du Trottel«, sagte Munk. »Wir wollen dich besuchen und dich ein bisschen aufmuntern, alter Sack.«

Wir folgten dem Großvater ins Wohnzimmer. Die Wohnung hatte nur zwei Zimmer, und das andere war eine Küche, also nahm ich an, dass dies das Wohnzimmer war.

Dort herrschte das totale Chaos. Schmutzige Teller, manche mit schimmeligen Essensresten. Schmutzige Sachen auf dem Fußboden, ein alter Fernseher, ein paar zerknitterte Kataloge mit schweinischem Inhalt, eine halbe Flasche Linje Aquavit, eine Kaffeekanne voll Kaffeesatz, eine zerbrochene Tasse, eine Tüte Kampferdrops, eine Strickmütze, Zeitungen. Auf dem Tisch lagen Zigarettentabak und eine Rolle Klopapier.

»Was zum Teufel macht die Rolle Klopapier da auf dem Tisch, Großvater?«, fragte Munk.

»Das geht dich gar nichts an«, gackerte der Großvater. »Ich muss wissen, wo sie ist. Meinst du, ich hätte Zeit, jedes Mal das ganze Haus abzusuchen, wenn ich Klopapier brauche?«

»Nein, das seh ich ein«, sagte Munk. »Ich bin ja schon froh, dass du nicht das ganze Klo auf dem Tisch hast.«

In den Augen des Großvaters glomm noch immer das Misstrauen.

»Gebt es nur zu!«, schrie er. »Das Sozialamt hat euch hergeschickt. Erst scheißert ihr euch bei mir ein, und dann nehmt ihr mich mit. Ich will nicht ins Altersheim. Eher könnt ihr mich auf den Schlachthof bringen.«

»Jetzt mach mal halblang, Großvater«, sagte Munk. »Wir kommen nicht vom Sozialamt. Wenn du dich nicht sofort zusammenreißt, gehen wir wieder. Obwohl wir die einzigen Freunde sind, die du noch hast auf der Welt.«

Ich sah mich nach einer Sitzgelegenheit um, aber auf den Stühlen lagen aller möglicher Papierkram und Teller.

»Dann setzt euch«, sagte der Großvater. »Wollt ihr Kaffee?«

»Ja, danke«, sagte Munk, bevor ich protestieren konnte.

»Ich habe keine sauberen Tassen mehr«, sagte der Großvater.

»Dann waschen wir welche ab«, meinte Munk.

Er griff zwei Tassen und verschwand damit in der Küche. Der Großvater und ich blieben stehen und sahen einander an. Er schien nicht ganz einverstanden mit mir zu sein, was immer der Grund dafür sein mochte.

Munk goss ein paar trübe, lauwarme Kaffeereste in die Tassen.

»Du ahnst nicht, wer mich gestern angerufen hat«, sagte der Großvater. Er blickte Munk mit funkelnden Augen an.

»Nein, das rate ich nie«, sagte Munk.

»Es war der Vorsitzende«, sagte der Großvater.

»Was wollte er denn, Großvater?«

»Er wollte mir eine Medaille geben, in Gold.«

»Jetzt lügst du bestimmt, aber ich kann ja sagen, dass ich dir glaube, wenn es dich glücklich macht.«

»Sie soll mir am Samstag im Rathaus überreicht werden«, beharrte der Großvater.

Munk klopfte seinem Großvater auf den Rücken.

»Großvater ist ein richtiger Reaktionär«, sagte er. »Er ist mit den Jahren immer reaktionärer geworden. Stimmt's, Großvater?«

Der Großvater lächelte glücklich.

»Er hat die ganze Zeit die Amerikaner in Vietnam unterstützt«, sagte Munk. »Er hat für den Beitritt zur EWG gestimmt. Er findet noch immer, dass Nixon das Richtige getan hat. Und er will Soldaten gegen streikende Arbeiter einsetzen. Wie sollen wir denn aus dir einen Kommunisten machen?«

Der Großvater saß da und nickte. Jetzt hellte sich sein Gesicht wieder auf.

»Die Kommunisten sollte man alle ins Meer schmeißen«, gackerte er. »Denen gehört der Schwanz abgeschnitten.«

»Ja, ja, nimm du dir ruhig auch mal ein Bonbon«, sagte Munk. »Nimm einen Schluck aus deiner Flasche, das hebt die Laune.«

Großvater streckte sich nach dem Aquavit. Ich half, indem ich die Flasche ein Stückchen näher schubste.

»Lenin, das war kein übler Kerl«, sagte Großvater. »Lenin kannte ich gut.«

»Du hast Lenin gekannt?«, fragte Munk. »Wo hast du ihn denn getroffen?«

»Den habe ich in Zürich getroffen. Wir waren manchmal auf Festern zusammen. Er hatte nie Geld und hat mich angepumpt. Mit Schnaps dasselbe. Er saß zu viel allein, der Lenin. Ich weiß noch, einmal, als wir bei Hugo Ball, dem Dadaisten, ein Fest hatten. Tristan Tzara war da, und Isadora Duncan. Lenin wurde nur blau. Er setzte sich ans Klavier und spielte *If you were the ouly girl in the world.* Und dann schlief er über den Tasten ein. Aber das war kein übler Kerl, der Lenin. Du kennst doch das Bild von Chagall, wo Lenin auf einem Finger auf dem Tisch balanciert. So war er. Er spielte einmal die Woche Schach mit Tristan Tzara. Die beiden waren völlig verrückt nach Schach.«

»Ja, ja, Opa«, sagte Munk.

Der Großvater nahm einen Schluck und sah uns an.

»Die Jugend lernt kein Latein mehr«, sagte er finster. »Das ist ein Elend.«

Noch ein kräftiger Schluck.

»Was ist denn das für 'ne Pisse?«

»Das ist Aquavit«, sagte Munk.

Der Großvater nahm noch einen Schluck.

»Du hast Recht«, sagte er. »Hier sitze ich. Mein ganzes Leben lang hab ich gewusst, dass aus mir nichts werden würde. Als Scheißhaufen bin ich geboren und als Scheißhaufen werde ich sterben, und ein Scheißhaufen bin ich gewesen alle meine Tage. Und was war der Sinn des Ganzen?«

»Mach die Flasche leer«, sagte Munk. »Du hast es nötig.«

Der Großvater setzte die Flasche wieder an den Hals und wischte sich mit dem Ärmel über den Mund.

»Was macht denn dein Vater?«, sagte er zu Munk.

»Der ist tot«, sagte Munk. »Liegt irgendwo unter der Erde.«

»Er trinkt zu viel«, sagte der Großvater.

»Jetzt nicht mehr«, sagte Munk, »so weit ich weiß.«

»Er sollte sich ein bisschen zusammennehmen«, sagte der Großvater.

»Ja, dann sag du es ihm«, sagte Munk. »Ich glaube auf jeden Fall nicht, dass er auf andere hört.«

»Der hat mir viel Kummer gemacht, der Junge«, sagte Großvater.

»Der hat allen viel Kummer gemacht«, sagte Munk.

INGER, DIE ZWEITE

Ist sie nicht zu Hause?«, fragte ich. »Wo ist sie denn?«

Ingers Vater starrte mich an.

»Ich dachte, darüber könntest du uns was sagen«, sagte er.

Es hörte sich an, als sei er dabei, mit einem viel zu heißen Bügeleisen einen nassen Schwamm zu bügeln.

»Ich? Wieso sollte ich das können?«

»Oh, so lange ist es ja wohl nicht her, dass du mit ihr geredet hast.«

»Lange genug«, entgegnete ich.

»Sie ist jetzt seit fast einer Woche verschwunden«, sagte der Vater. Er sah traurig und alt aus, und an seinen Cloggs klebte getrockneter Kuhmist.

»Eine Woche? Und hat sich nicht gemeldet?«

»Sie ist in der Nacht gefahren. Aber die Alte vom Olav sagt, sie hätte sie im Bus gesehen.«

Ingers Mutter kam auf die Treppe heraus. Sie blieb hinter ihrem Mann stehen. Sie trug eine frischgewaschene hellblaue Schürze.

»Du bist es?«, sagte sie.

Ich nickte schlapp.

»Darf ich mal ihr Zimmer sehen?«, fragte ich.

Sie blickten einander an. Was wollte ich denn da? dachten sie. Was für Teufeleien führte ich im Schilde? Nicht genug damit, dass ich ihre Tochter auf meinem schwarzen Pferd entführt hatte, nun wollte ich auch noch ihr Zimmer verwüsten.

»Da ist nichts«, sagte ihr Vater.

»Kann ich es trotzdem sehen? Vielleicht finde ich was.«

Sie blickten sich wieder an. Dann gingen sie vor mir ins Haus. Es war eindeutig ihr Zimmer.

»Wir haben nichts verändert, seit sie abgereist ist«, sagte ihre Mutter.

»Wir haben nicht aufgeräumt.«

»Nein«, sagte ich. »Das ist gut.«

Das Bett war ungemacht, das Kissen lag auf dem Fußboden und hing halb aus dem Bezug heraus. Der Teddybär lag auf dem Bauch mitten im Bett. Ein paar Schubläden standen offen, und ich sah ein bisschen weiße Unterwäsche und Strümpfe. Auf der Kommode stand ein Yaxastift. Auf dem Fußboden lagen drei, vier Platten, ein paar Bücher und eine leere Weinflasche. Die Platten waren For Your Pleasure von Roxy Musik, The Elvis Presley Sun Collection, eine von Georges Brassens, und noch eine, Janis Joplin, Pearl. Die Bücher waren: *How to play Boogie Woogie Guitar* von Memphis Minnie, *Elvis Pres-*

ley, *Decline and Fall of a Legend* von R. Hovland, *My Life* von Isadora Duncan.

Aus all dem konnte ich nichts schließen. Ich war kein Detektiv. Inger war abgereist. Jemand hatte sie im Bus gesehen. Keiner wusste, wo sie war. Bevor sie abgereist war, hatte sie Platten gehört und in ein paar Büchern geblättert.

»Ja, ja«, sagte ich.

Ingers Eltern standen da und starrten mich noch immer an. Sie waren überzeugt davon, dass ich etwas mit dieser Sache zu tun hatte, und ich würde sie nie vom Gegenteil überzeugen können.

»Bitte ... sag uns doch, wo sie ist«, flehte ihre Mutter. »Wir halten diese Ungewissheit nicht länger aus.«

»Ich weiß nichts«, sagte ich so eindringlich wie möglich. »Ich habe sie nicht gesehen, seit ich zuletzt zu Hause war. Aber sie kommt ganz bestimmt bald zurück. Zu Weihnachten ist sie wieder da.«

»Weihnachten«, sagte ihr Vater. »Bis dahin ist es noch lange.«

»So lange auch wieder nicht«, sagte ich. »Ich will tun, was ich kann, um sie zu finden.«

Das Letzte hätte ich besser nicht gesagt. Jetzt war ich mindestens achtzig Prozent verdächtiger als vorher.

Ich ging langsam die Treppe hinunter und spürte zwei stechende Augenpaare im Rücken. Gut, dass ich solide Sachen anhatte.

Du hättest mir schreiben können, Inger, dachte ich, als ich über die nassen, kühlen Felder ging. Auf einem Zaunpfahl saß eine Krähe. Eine graue, verfrorene Krähe, die nichts Gutes zu berichten hatte.

Ich hätte doch alles verstanden, dachte ich. Warum bist du einfach so verschwunden, ohne ein Wort?

Ich fühlte mich nicht klug genug. Ich war nur ein Heringsölarbeiter, der nicht lange genug auf die Universität gegangen war. Man konnte das eine oder andere Gute von mir sagen, dass ich nicht ganz unmusikalisch war, dass ich ein großer Katzenfreund und ein normal umgänglicher Mensch war. Aber die große Einsicht in die Verknotungen des Lebens, die fehlte mir.

Die Krähe flog auf und setzte sich fünfzig Meter weiter auf einen neuen Zaunpfahl. Sie schloss die Augen, und es sah aus, als höre sie Musik.

Plötzlich schien es, als ob die braunen Äcker sich ausdehnten. Sie erstreckten sich weiter und immer weiter, und es würde unmöglich sein, wieder aus ihnen herauszukommen. Hier würde ich mein Leben verbringen.

Ich merkte, dass ich nasse Füße bekommen hatte.

WASCHBRETT-OLSEN SINGT EIN LIED

Hier stimmt was nicht«, sagte Waschbrett-Olsen.

Und weil es das erste Mal war, dass ich ihn einen Satz ohne ein Anhängsel beenden hörte, begriff ich, dass wirklich etwas nicht stimmte. Was nicht stimmte, war, dass wir pünktlich wie bestellt um acht Uhr kamen, die Wohnung aber schon völlig überfüllt war von Leuten, und die meisten von ihnen schon reichlich abgefüllt.

»Verdammt, was soll das denn heißen?«, sagte Waschbrett-Olsen und schaffte den zweiten Satz.

»Ich weiß nicht«, sagte ich. »Aber es gefällt mir genauso wenig wie dir.«

Wir zogen uns trotzdem aus und gingen hinein, um uns unter die Leute zu mischen. Bei dem Vorsprung, den sie hatten, würde das nicht ganz leicht sein.

»Hallo, da kommt ihr ja«, sagte der Gastgeber und drängte sich lächelnd zu uns durch.

»Sollte es nicht um acht anfangen? Das muss«, sagte Waschbrett-Olsen.

»Ja, stimmt genau. Ihr kommt im richtigen Augenblick. Wir wollten uns gerade über die Krebse hermachen. Wir haben uns schon eine Weile aufgewärmt.«

Waschbrett-Olsen und ich zuckten die Achseln und sahen uns resigniert an. Wir drängten uns an den Krebstisch und holten unsere Weißweinflaschen raus. Schwarze Katz, wie üblich.

Ich saß neben einem schlanken Mädchen mit langem blondem Haar und einer selbst gestrickten Jacke in den wildesten Farben. Irgendwie passten die Farben trotzdem, wenn sie selbst dazukam. Ich spürte, dass sie mich von der Seite ansah. Ich versuchte gerade, einem kleinen Krebsteufel den Garaus zu machen. Er weigerte sich, aus seiner Schale zu kommen. Wusste er nicht, in was für Zeiten wir lebten, dass alle nach Kontakt schrien und so? Komm raus jetzt, komm raus!

»Du siehst verrückt aus«, hörte ich.

Es war das Mädchen mit der Jacke. Sie blickte uns jetzt direkt an, den Krebs und mich. Ich war mir deswegen nicht ganz sicher, wen von uns beiden sie meinte.

»Meinst du mich oder ihn?«, fragte ich.

Sie verschluckte sich an irgendetwas.

»Das läuft wohl aufs Gleiche raus«, sagte sie und betrachtete mich interessiert.

»Stimmt«, sagte ich. »Ein wahres Wort.«

»Ich hab das nicht böse gemeint.«

»Ich weiß. Weder der Krebs noch ich haben es dir krumm genommen.«

Sie reichte mir eine schmale Hand. An den Fingern trug sie mindestens fünf Plastikringe in verschiedenen Farben.

»Ich heiße Sandra.«

Ich murmelte meinen Namen.

»Und dies ist Olav Krebs«, fügte ich hinzu. »Er ist ein wenig in sich gekehrt.«

»Es freut mich aufrichtig, eure Bekanntschaft zu machen.«

»Danke«, sagte ich. »Und wenn du über den Tisch siehst auf den Typ mit grauer Jacke und Schlips, der schon Wein übers ganze Tischtuch gekleckert hat, das ist Waschbrett-Olsen. Vor dem musst du dich in Acht nehmen, Sandra.«

»Oh jemine! Ja, der sieht grässlich aus, echt. Ein richtiger Widerling.«

»Du ahnst nicht, was der mit den Damen anstellt, wenn er betrunken genug ist. Und das ist er bald.«

»Oh Gott, und was mach ich dann?«

»Du bist in Sicherheit, solange du mich an deiner Seite hast«, sagte ich. »Ich bin der Einzige, der ihn zähmen kann.«

Im gleichen Augenblick löste sich der Krebs aus seiner Schale und legte sich hübsch auf meinem Teller zurecht.

»Wie kommst du hierher?«, fragte ich.

»Ich? Ich dachte, dass ich hier einen kenne. Aber jetzt sieht es ganz so aus, als ob er gar nicht da wäre.«

»Er kann sich verspätet haben«, sagte ich. »Und was tust du sonst so?«

»Sitz auf dem Hintern und guck aus dem Fenster und so. Nein, nein, ich gehe auf die Kunsthandwerksschule. Aber hier kenne ich echt keine Menschenseele. Das ist richtig blöd.«

»Du kennst mich jetzt«, sagte ich. »Und es besteht die Chance, dass du Waschbrett-Olsen kennen lernst. Aber das sollten wir lieber vermeiden.«

Sie lachte, und ich fühlte mich glücklich. Sie mochte mich sicher. Ich trank mein Weinglas in einem Zug aus und fing an zu husten. Sie klopfte mir auf den Rücken.

»Nich nötig, mir imponieren zu wollen. Ich bin schon beeindruckt.«

Das war ich auch. Das souveräne Gefühl von etwas Großem und Freiem sickerte in mein Blutsystem. Ich griff nach neuen Krebsen, und jetzt schien es fast, als würfen sie sich aus eigenem freiem Willen aus ihrer Schale. Ich merkte, dass ich dabei war, Sandra zu erzählen, was ich in der Stadt trieb. Ich hatte ihr schon erzählt, dass ich vor kurzem analysiert worden war, und fragte sie, ob sie Munk kannte.

»Munk? War der nich mal in so 'ner Band? Hat Bass gespielt oder so was.«

»Rhythmusgitarre«, sagte ich. »In der Band gab es nur Rhythmusgitarren.«

»Ja, jetzt fällt's mir wieder ein. Das war doch der, der auf der Bühne immer den wilden Mann machte. Zerschmetterte die Gitarre und schlug mit der Axt ein großes Bild von Vidar Lønn Arnesen in Stücke.«

»Das war er«, sagte ich. »Er nennt sich jetzt Dr. Munk und analysiert die Leute.«

»Da kommt ja Jens, hallo! Das ist der, von dem ich erzählt habe. Jens, du kommst aber spät!«

Jens stand in der Tür und hatte alles unter Kontrolle. Er lächelte hinter einer Art Bart. Um den Hals trug er einen violetten Schal, den ich nicht ausstehen konnte, und außerdem eine bescheuerte Jacke, in der ich nicht einmal tot aufgefunden werden wollte. Die Chancen dafür standen allerdings eher schlecht. Ich würde in ganz anderen Sachen tot aufgefunden werden. Vermutlich in einem alten Türvorleger.

Scheiße, da standen Sandra und Jens schon und betatschten sich, während die Krebse zu einem Haufen schwarzer Schalen geworden waren und die Leute den Wein runtergossen, bevor er von selbst verschwand.

»Nicht, dass Stalin unfehlbar gewesen wäre«, sagte eine Stimme neben mir. Irgendein Kontakthungriger. Die Krebse waren mir lieber gewesen.

»Nicht?«, sagte ich.

»Er hatte große Fehler. Aber es waren ideologisch richtige Fehler. Verstehst du, was ich meine?«

»Nein«, sagte ich. Mit so was auf dem Herzen hätte er kommen sollen, bevor ich mich an den Wein machte.

»Richtig im Verhältnis zur Entwicklung des Sozialismus in der Sowjetunion in den dreißiger Jahren.«

»Jetzt verstehe ich«, sagte ich.

»Es ist in Ordnung, wenn man Stalin kritisiert, denn er hat Fehler gemacht. Grobe Fehler. Aber dabei darf man nicht vergessen, sich diese Perspektive vor Augen zu halten.«

»Genau«, sagte ich. »Diese Arschlöcher, die Stalin kritisieren, ohne im Geringsten historisch zu denken.«

Er nickte erfreut.

»Ja, das ist eine verdammt ahistorische Haltung. Hier, nimm ein Glas von meinem Wein. Es ist Liebfrauenmilch.«

Ich ließ mir gern einschenken.

Sandra und Jens waren in ein anderes Zimmer gegangen. Sandras Flasche war noch halb voll, und daraus goss ich mir auch ein Glas ein. Ich fühlte mich beinah wie ein Mann.

»Klar, dass der Nichtangriffspakt mit Hitler dazu angetan war, Zweifel zu säen«, sagte mein Nebenmann mit der Liebfrauenmilch. »Aber Stalin dachte selbstverständlich strategisch.«

»Es gibt doch verdammt noch mal niemanden, der daran zweifelt«, entgegnete ich. »Und falls doch, gehört ihnen die Fresse poliert.«

Jetzt stand Waschbrett-Olsen auf. Ich beobachtete ihn gespannt und hörte nicht mehr, was mein Nebenmann faselte.

»My name is Washboard-Olsen. I'll do a song for you, it's a song that.«

Die am wenigsten Betrunkenen hörten auf zu reden und blickten auf Waschbrett-Olsen. Ein paar klatschten. Die Besoffensten redeten weiter. Es hörte sich an, als hätten sie wichtige Dinge zu besprechen.

»Die Preiselbeere am Waldesrain«, sang Waschbrett-Olsen, »wächst aus einer Hoffnung klein.«

Ich stand vom Tisch auf. Ich wollte gewissen Dingen auf den Grund gehen. In einer Ecke kam ich mit einem Mädchen ins Gespräch, das von mir wissen wollte, ob ich einen Menschen namens Smith kannte. Ich sagte, das käme darauf an, oder etwas in der Art. Ich hatte das Gefühl, nicht mehr ganz folgen zu können. Ich war nicht glücklich, aber auch nicht ganz traurig.

Das Mädchen in der Ecke legte die Hand auf meinen Arm und blies mir Zigarettenrauch ins Gesicht. Sie erzählte irgendwas von diesem Smith. Soweit ich mitbekam, hatte er eine Art Erfindung gemacht. Und jetzt wollte sie wissen, wie man es anstellte, diese Erfindung zu verkaufen. Es bestand ja immer die Gefahr, dass die Idee gestohlen wurde. Und dann stand man da.

Ich verließ sie mit einem Lächeln und wanderte durch die Zimmer. Die Leute saßen in Gruppen zusammen und redeten, in Rauch gehüllt. Ich ließ mich auf einen leeren Stuhl fallen.

Ich weiß nicht, wie lange ich dort saß. Jemand hielt meine Hand. Es war stiller geworden.

»Da bist du ja«, sagte eine Stimme. Ich schaute direkt auf die komische Strickjacke von Sandra.

»Hallo«, sagte ich. »Ich glaube, ich bin eingenickt. Wie peinlich.«

»Ich habe eine Idee«, sagte Sandra. »Wir gehen rüber zum Tisch und trinken die Weinflaschen aus, und dann verduften wir. Hier passiert sowieso nichts mehr. Da läuft bloß dieser Waschbrett-Olsen rum und brüllt und will Käsebrote haben. Ich habe mich da rausgehalten. Und dieser kranke Schlips, mit dem er rumwedelt.«

»Damit ist er geboren«, sagte ich. »Wo ist denn Jens?«

»Ach der. Irgendwo. Ich habe keine Lust mehr, auf ihn aufzupassen.«

Wir gingen zum Tisch und tranken die Weinreste. Es wäre schade drum gewesen. Wir sahen uns in die Augen und lachten.

Sandra trug einen langen braunen Umhang, dessen Muster sie selbst gestickt hatte. Es erinnerte an Pinguine auf der Flucht. Ich zog meinen schwarzen Mantel an und versuchte, meinen schwarzen Hut, den ich zu diesem Anlass trug, über die Ohren zu ziehen. Es ging nicht.

»Schicker Hut, den du da hast«, sagte Sandra.

Die Nachtluft rieb sich die Hinterläufe an uns. Es hatte im Verlauf des Tages ein wenig geschneit, jetzt war es kalt und glatt. Es rauschte sanft in meinem Kopf. Es war ein gutes Rauschen, wie von einem kleinen Gebirgsbach an einem Sommerabend.

Ich wusste, dass wir Arm in Arm über den glatten und menschenleeren Bürgersteig gingen und die Straßenlaternen leuchteten. Von hoch oben sahen die Sterne auf uns herab.

Als wir die Straße überqueren wollten, knickte Sandras Fuß um, und ich musste sie den Rest des Weges mehr oder weniger tragen.

Sie wohnte ganz oben unter dem Dach, und wir warfen uns direkt auf das Bett mit der schönen Indianerdecke. Nur ein kleines Licht brannte im Zimmer, aber ich wusste, dass sie mich ansah. Ich fühlte nackte, glühende Haut und bewegte mich tanzend in ein lockendes, großes und beruhigendes Dunkel hinüber.

GESEGNETE MORGENSTUNDE

Ich erwachte mit dem unguten Gefühl, am Abend vorher vergessen zu haben, meinen Hut abzunehmen. Ich fasste mir an den Kopf. Nein, ein Glück, da war kein Hut.

Ich konstatierte, dass ich in einem Bett in einem viel zu warmen Zimmer lag, in dem eine mickrige Lampe brannte, und dass ich Kopfschmerzen hatte. Dicht neben mir lag ein nacktes Mädchen und schlief. Sie war dünn, und ihre Brüste hätten zwei kleine Tiere sein können, die sich auf ihrem Körper schlafen gelegt hatten. Ich küsste das eine leicht. Es bewegte sich. Ich küsste das andere. Beide Tiere kamen jetzt in Bewegung und fragten sich bestimmt, ob schon Morgen sei. Was solche Tiere wohl aßen. Hoffentlich Pflanzenkost, zur Not Plankton.

Sandra setzte sich im Bett auf, dass die Kissen zusammenschraken.

»Mmmm«, sagte sie.

Ich lächelte vorsichtig. Aus irgendeinem mystischen Grund fühlte ich mich schuldig. Vielleicht nur, weil ich mir die Zähne nicht geputzt hatte?

Sie schlang die Arme um mich und presste ihre Brüste an mich. Sie waren mir wohlgesonnen.

»Danke für die Küsse«, sagte sie. »Sie lieben es, so geweckt zu werden. Und ich auch.«

Sie leckte mir die Lippen und die Zähne. Ihre Zunge bahnte sich rasch einen Weg durch meine Zahnreihen und hüpfte wild in meiner Mundhöhle auf und ab. Ich legte meine Arme um ihren Rücken. Ich wollte mit ihr verschmelzen. Sie drückte mich aufs Bett und ließ ihren Mund über meinen Oberkörper gleiten, bis hinunter zum Nabel. Ihre Zunge in meinem Nabel kitzelte. Mein Schwanz stand steil in die Höhe, bis in die Toppen geflaggt. Ich spürte ihre Zunge über die Haut reiben, schloss die Augen und wagte nicht hinzusehen. Die Zunge höher hinauf, die Lippen, die sanft die Vorhaut zurückschoben, und die Zunge eine Schnecke über der Eichel. Ich surfte auf einer roten Woge dem Land zu. Die Lippen schlossen sich um meinen Schwanz, und sie saugte meinen Körper und meine Seele in sich hinein. Ich gab alles auf, ließ mich einfach davonspülen.

»Dreh dich um!«, sagte ich.

Sie schwang den Hintern zu mir herum und hockte sich über mich. Ich zog sie über mein Gesicht, bis ich den Geschmack spürte. So nass! Und wie gut das schmeckte! Ich steckte die Zunge hinein, so weit ich nur konnte, hielt dort ein bisschen still und ließ sie dann nach vorn zur Klitoris wandern, kreiste sie ein und schnappte mit den Lippen danach. Die Zunge langsam hin und zurück und dann schneller und schneller auf der Klitoris.

»Komm in mich!«, flüsterte sie. Sie hatte meinen glänzenden Ständer losgelassen, der jetzt wie ein Weihnachtsbaum leuchtete. Sie drehte sich rasch herum, setzte sich mit gespreizten Beinen auf mich, und ein gewisser Mann verschwand im Dschungel. Ich hätte aufheulen können, so gut war es (nur der Gedanke an einen eventuellen Hauswirt hielt mich zurück). Sie sah mir ein wenig traurig in die Augen. Ihre Brüste schaukelten fröhlich, als fänden sie, dass endlich etwas Sinnvolles passierte. Sandra ritt mich, und ich versuchte, ihre Brüste festzuhalten.

»Ich hab dich lieb«, keuchte sie.

Ich schloss die Augen und segelte über die Absprungkante hinaus, mitten in einen Schwarm von kleinen Vögeln in allen Farben. Unter mir wogte eine Landschaft mit Palmen, blauem Meer, Tukanen und elektrischen Gitarren.

Wir blieben lange liegen, vor allem, weil es im Zimmer jetzt kühl geworden war, und widerstanden der Lust auf Kaffee.

In meinem Innern saß das Glück und lächelte. Es hielt sich noch mit einer Hand an seinem Ast fest. Es würde wohl bald ganz loslassen, aber jetzt noch nicht. Es pendelte an seinem Ast vor und zurück, die Morgensonne im Gesicht.

»Weißt du was?«, sagte Sandra.

»Nein.«

»Jetzt stehst du auf und machst Kaffee, und wir bleiben den Rest des Tages im Bett.«

»Das Zweite ist jedenfalls eine gute Idee.«

»Das Erste ist mindestens genauso gut«, erwiderte sie und zog mich am Schwanz.

»Au«, sagte ich.

Sandras Kaffee war in einem roten Holzkasten mit der Aufschrift The Media is the Message. Er roch gut, und ich setzte begehrlich Wasser auf. Es zischte. Ich betrachtete die Wände. Sie waren weiß mit großen Bildern, die sie anscheinend selbst gemalt hatte. Viele Menschen und kleine Tiere, die entweder durch die Luft flogen oder im Mondschein in kleinen grünen Cafés saßen. Ein Bild war ein Porträt von Wilhelm Reich in dem Moment, als er seinen ersten Orgasmus hat. Sein Kopf schüttelte sich und erinnerte an den Kopf von Donald Duck, wenn er einen elektrischen Schlag bekommt.

Ich brachte den dampfenden Kaffee und zwei Tassen ans Bett. Das war die richtige Art, Kaffee zu trinken. Wir konnten durch die Gardine merken, dass die Novembersonne gerade an der Wand hochkletterte.

»Wer ist eigentlich dieser Jens?«, fragte ich nach dem ersten Schluck.

»Jens, der ist doof. Ich kenne ihn nur so von früher. Wir waren mal zusammen auf einem Fest. Alle waren betrunken und verrückt, und ein paar sind in der Dusche eingeschlafen. Ich weiß noch, dass Jens am Morgen nur im Hemd und mit stark behaartem Hintern in der Dusche stand und Glasscherben zusammenfegte.«

Sie lachte und prustete Kaffee über meinen Bauch.

Ich lachte auch, mehr über den Kaffee als über Jens.

»Ich bin verliebt«, sagte ich.

»Das hab ich schon gecheckt.«

Wir tranken schnell unseren Kaffee und krochen wieder zusammen. Der Tag war noch jung, und wir konnten noch manches ausrichten.

Am Nachmittag musste sie einmal hinaus auf den Gang. Ich fand es fantastisch, dass sie es so lange ausgehalten hatte.

Ich sah ihren Körper von hinten und fühlte mich genauso elektrisiert wie Wilhelm Reich an der Wand.

Ihr Hintern war so schön, dass der Schnee schmelzen würde, wo sie ging.

MUNK IST NICHT BEGEISTERT

Munk fuhr mit dem Fahrrad Kreise auf dem Fußboden. Er sah äußerst unzufrieden aus, und die Pedale schlugen die ganze Zeit an die Couch, den Stuhl und den Tisch.

»Das kann doch nicht wahr sein«, sagte er. »Gerade bist du vom sicheren Tod und Schlimmerem errettet worden, und kaum drehe ich mich um, liegst du wieder auf dem Rücken in derselben Scheiße. Man sollte es nicht für möglich halten. Ein Bild von Wilhelm Reich an der Wand, sagst du Oh heilige Einfalt! Und Hermann Hesses Gesammelte Werke im Bücherregal.«

»Ich habe nicht ins Bücherregal geguckt«, sagte ich.

»Und Platten von Bob Dylan und Die Lehren des Don Juan und Kahlil Gibran und der Prophet. Können die Leute nicht verdammt noch mal sofort Christen werden, dann ersparen sie sich das ganze andere Theater und den Mist hinterher. Es ist zum Kotzen. Und das ist noch untertrieben. Komm mir bloß nicht und sag, du willst noch einmal analysiert werden. Ich feiere heute Abend ein Fest mit dem Zentralkomitee, aber du bist nicht eingeladen.«

Ich ging. Ich sah keinen Grund, länger zu bleiben.

Ich kam in eine enge Straße, in der ich meines Wissens noch nie gewesen war. Die Häuser sahen nur halb wach aus und ließen Nasen und Augenlider hängen. In einem Keller wohnte ein Schuster. Ein paar Tanzschuhe standen im Schaufenster. Der Schusterwerkstatt genau gegenüber lag ein kleiner Ziehharmonikaladen. Überall lagen kleine Knopfziehharmonikas, schwarze und rote.

Ein dicker und trauriger Mann stand hinter dem Ladentisch und sah zu mir hinaus. Ich bekam fast Lust, hineinzugehen und drei, vier von seinen Ziehharmonikas zu kaufen.

Ein Stück die Straße hinunter lagen ein Blumenladen und eine kleine Galerie, von der ich nichts gewusst hatte. Sie war kleiner als meine Bude, und die Wände waren lückenlos von kleinen Bildern bedeckt.

An der Tür hing ein Plakat: Galerie September, 4.11.–20.12., Trine Bekk, Aquarelle.

Aus irgendeinem Grund ging ich hinein. Ein Mädchen in meinem Alter, mit blassem Gesicht, langen schwarzen Locken und schwarzem Kleid saß tief in einem alten Sessel. Dieser Sessel war das einzige Möbelstück, abgesehen von einem kleinen Tisch, auf dem eine Vase mit einer einzelnen Osterglocke stand. Ich fragte mich, woher sie in dieser Jahres Osterglocken bekam.

Sie schien schrecklich froh zu sein, mich zu sehen, und sprang aus dem Sessel auf.

»Hallo«, sagte sie. »Ich bin Trine Bekk. Du bist der erste Besucher seit der Eröffnung der Ausstellung. Das ist jetzt eine Woche her.«

Ich warf einen raschen Blick auf die Bilder. Es gab keinen Grund, dass die Leute nicht kamen und die Ausstellung ansahen. Die Farben waren ganz nach meinem Geschmack, rot, dunkelblau, braun und tiefgrün. Viele der Bilder zeigten junge Frauen, die warteten. Sie saßen auf Brücken, Treppen, Holzstapeln, an Bushaltestellen und auf Koffern. Eines der Bilder trug den Titel *Im Jahr 2000*. Darauf war nur ein Insekt.

Aber ganz besonders gefiel mir eins von einer Schnecke, die still auf einem großen Salontisch lag. Es trug den Titel: *You've got 10 minutes to save the world*. Ich starrte die Schnecke an.

»Was kostet dieses hier?«, fragte ich.

»Ich dachte mir, es sollte achthundert Kronen kosten«, sagte Trine Bekk erschrocken. »Aber du kannst es für siebenhundert bekommen.«

Ich wusste, dass es mehr wert war. Aber in meiner Brieftasche lagen nur fünf Hunderter, und das war nahezu der Rest meines Studiendarlehens.

»Ich habe nur fünfhundert«, sagte ich traurig.

»Dann bekommst du es für fünfhundert«, sagte sie noch trauriger.

»Vielen Dank«, sagte ich und gab ihr die Hand. Sie war klein und kalt. »Ich werde allen, die ich kenne, von deiner Ausstellung erzählen.«

»Das wäre schön«, sagte sie leise.

Mit dem Bild unter dem Arm wanderte ich weiter zu einer Straße, dich ich kannte.

Zu Hause schlug ich einen dicken Nagel über dem Kopfende des Betts in die Wand und hängte die Schnecke auf. Hier sollte sie wohnen.

AMARCORD

Es war ein seltsames Gefühl, mit einer in den Filmclub zu gehen, die nicht Else hieß. Aber das Gefühl wurde mit jedem Schritt durch den Schnee besser und besser.

Die letzte Vorstellung vor Weihnachten und Fellinis *Amarcord*.

Sandra tanzte an meiner Seite, ich tanzte an ihrer, und da lag das Engen Kino klar zum Abheben, es wollte nur uns noch an Bord haben.

»Hast du den Film schon mal gesehen?«, fragte Sandra.

»Ja. Zweimal. Von mir aus könnten sie *Amarcord* jede Woche zeigen und hätten mindestens einen Zuschauer.«

»Du bist noch verrückter, als ich geglaubt habe.« Sie sah mich beeindruckt an. »Du bist ja ein richtiger Fanatiker.«

Ich stellte mich an und bekam die Karten gegen Zahlung von fünf Kronen für jeden.

»Ahaaa«, hörte ich eine Stimme, wie es sie auf der Welt nicht zweimal gibt. Was es auf anderen Planeten gibt, interessiert mich nicht.

»Ist dies die Dame?«, fragte Munk.

Sandra sah ihn beinah erschrocken an. Munk glich einer Mischung aus Westlandsteufel und Oliver Hardy. In der Hand hielt er eine Plastiktüte mit einem großen Stück tiefgefrorenen Fisch, das angefangen hatte aufzutauen. Munk schwenkte die Plastiktüte, dass das Fischwasser nur so spritzte.

»He, pass mal auf mit dem Schweinkram!«, rief jemand.

Munk streckte die Hand aus.

»Guten Tag, Sandra«, sagte er. »Und Gottes teuren Segen über allen euren Wegen. Ich bin Pater Munk, und ich würde darauf schwören, dass du schon von mir gehört hast. Alles, was du gehört hast, ist wahr, und dabei hast du nur einen Bruchteil gehört. Und solltest du geistliche

Probleme irgendwelcher Art haben, dann bin ich der Mann, den du aufsuchen musst.«

»Guten Tag, Munk«, sagte Sandra. »Ich habe von dir gehört.«

»Sie hat von mir gehört«, sagte Munk zu mir. »Sie hat von mir gehört.«

»Das haben wir alle, Munk«, meinte ich.

»Ich habe Fisch mit«, sagte Munk. »Aber es ist eine Tragödie mit ihm geschehen. Er hat angefangen aufzutauen. Guck mal hier.«

Sandra und ich schauten in Munks Plastiktüte. Der Fisch lag in einer Art Pampe und roch nach Fisch.

»Eigentlich bräuchte ich jetzt ein Trockengestell, um meinen Fisch zu trocknen. Glaubst du, sie haben so ein Gestell hier im Kino?«

»Schwer zu sagen. Wir können ja reingehen und fragen«, antwortete ich.

»Wie bin ich froh, euch zu sehen, ihr Menschenkinder«, rief Munk. Er versuchte, uns beide gleichzeitig zu umarmen. Er war unglaublich unrasiert und roch nach alten Besäufnissen. Ich bekam Fischwasser über die Füße, sagte aber nichts. Ich war eigentlich genauso froh, Munk zu sehen, aber das sagte ich auch nicht.

Im Saal war es schon brechend voll von allen möglichen Studenten und dergleichen. Aber ein Trockengestell für Fische war nicht zu sehen. Ich spürte, dass Sandra ganz fest meine Hand drückte.

Wir fanden drei leere Plätze in der 23. Reihe. Munk blickte sich unzufrieden um, und danach blickte er finster auf seinen Fisch. Plötzlich sprang er auf und brüllte: »Verdammte scheißamerikanisierte Kinos, wo es nicht einmal ein beschissenes Trockengestell gibt, an dem ich meinen Fisch trocknen kann!«

Die Leute klatschten und johlten.

»Was wird jetzt aus meinem Fisch?«, rief Munk. »Elternlos und verlassen von allen. Will jemand sich seiner annehmen, bis der Film zu Ende ist?«

Die Leute um uns lachten, aber niemand meldete sich.

Munk setzte sich wieder und platzierte den Fisch zwischen seinen Füßen.

»Das war die Show des Tages«, sagte er. »Ich muss mich irgendwie ständig ins Rampenlicht rücken. Nach der Revolution wird das anders. Dann ist das nicht mehr so nötig.«

»Nein«, sagte ich.

Sandra starrte Munk nur an.

»Jetzt soll der Film anfangen«, meinte Munk. »Es ist halb drei. Können diese verdammten Kackärsche von Nachzüglern nicht zusehen, dass sie sich auf ihre Plätze packen?«

Er lehnte sich zurück und schlug sich auf die Schenkel.

»Das ist einer der besten Filme überhaupt«, sagte er. »Aber ich kann euch was erzählen, das ihr noch nicht gewusst habt. Na ja, Sandra vielleicht.«

Er sah uns an, als warte er auf eine eindeutige Aufforderung.

»Ja, tu das«, sagte ich.

»Ich war Regieassistent bei diesem Film.«

»Bei *Amarcord*?«, fragte ich.

»Ganz genau. Ich war damals gerade in Italien und kannte Fellini ein bisschen von früher. Und da habe ich mitgemacht.«

»Und du erwartest, dass wir das glauben?«, sagte ich.

»Warte nur, bis der Vorspann kommt. Da steht mein Name.«

Das Licht dämmerte weg, und wir atmeten auf. Auf der Leinwand begann es sich zu bewegen. Ich spürte Sandras Hand, die an meinem linken Schenkel aufwärts tastete und sich in meinem Schritt zur Ruhe legte.

Fellini begann zu erzählen.

Wir konnten nichts sagen nach einem solchen Film. Wir standen nur da, mit halb geschlossenen Augen.

Dann konnte Munk etwas sagen.

»Jetzt kommt ihr mit zu mir«, sagte er. »Ich habe Fisch, und ich habe Wein, und was braucht man mehr an einem Samstagabend?«

Sandra und ich hatten geplant, den Samstagabend allein zu verbringen. Bei ihr. Aber Munk sah aus, als brauche er jemanden. Ich warf Sandra einen kurzen Blick zu.

»Wir kommen mit«, sagte ich. »Aber nur kurz.«

»Aber ja doch, ja doch«, sagte Munk. »Ich werde nicht klammern. Ich weiß doch, was das Einzige ist, das ihr im Kopf habt.«

»So«, sagte Munk und warf sich auf seine Matratze. »Setzt euch auf die Couch. Heute Abend wird da niemand analysiert.«

Wir setzten uns.

»Das da, Sandra«, sagte Munk, »ist mein Fahrrad.«

Sandra nickte.

»Ich schmeiße den Fisch in den Topf und hole den Wein«, fuhr Munk fort. »Ihr könnt solange alte Donald Ducks lesen. Von dem anderen versteht ihr nichts. Pfui

Teufel, ist der nass. Man sollte meinen, er hätte sich ausgepisst.«

Sandra starrte mich mit weit aufgerissenen Augen an.

»Der ist ja noch schlimmer, als ich geglaubt habe, puh.«

»Du kennst ihn noch nicht richtig. Aber ich verspreche dir, dass wir nicht lange bleiben.«

»Wir können ruhig eine Weile bleiben. Ich finde es spannend zu sehen, wohin das noch führt. Ich glaube, er ist mit das Heißeste, was ich je erlebt habe.«

Ich war fast ein wenig stolz darauf, Munk zu kennen.

Da war er wieder, mit drei Flaschen von dem Üblichen.

»Es hat etwas gedauert«, sagte Munk. »Ich musste ihm erst die Lockenwickler aus den Haaren ziehen, aber jetzt kocht er gleich. Er ist jetzt still und friedlich, als ob nie ein Arg in ihm gewesen wäre. Es war bestimmt gut, dass er noch ein großes Erlebnis hatte und *Amarcord* sehen durfte, bevor er seine Wanderung antrat. Ach ja, richtig. Wollen wir nicht Onkel Munks Wein kosten?«

»Wie war denn das Fest mit dem Zentralkomitee?«, fragte ich, nachdem ich den ersten Schluck genommen und insgeheim auf Sandra getrunken hatte.

»Oh, pfui Teufel und leck mich«, sagte Munk. »Entschuldige, dass ich eine so derbe Sprache führe, Sandra. Ich hatte eine schlimme Jugend. Das war verdammich das letzte Mal, dass ich die zu einem Fest eingeladen habe. Ich hätte doch lieber dich einladen sollen. Sie hatten eine ganze Gang Damen dabei, von der schlimmsten Sorte. Am Ende musste ich moralisch werden und ihnen sagen, dass mein Haus kein Hurenhaus ist, und sie rauswerfen, als es später wurde. Ich forderte sie auch auf, eine tief schürfende Selbstkritik vorzunehmen, und ließ keinen Zweifel daran, dass die Angelegenheit beim nächsten Parteiführertreffen zur Sprache gebracht würde. Verdammich, in solchen Augenblicken denke ich, dass Stalins Säuberungen vielleicht trotz allem etwas für sich hatten.«

Ich zeigte ein sympathisierendes Lächeln. Sandra auch, obwohl ihr nicht klar war, worum es eigentlich ging.

»Nein, ich glaube beinah, ich liege da auf einer etwas falschen Linie. Ich hatte den fragwürdigen Ausgangspunkt, dass der Mensch gut ist. Ich habe idealistisch und beschissen reaktionär gedacht. Also ist auch bei mir eine saftige Selbstkritik fällig. Am besten sollte ich mich in einer kalten und nackten Zelle bis aufs Blut peitschen. Ihr habt nicht vielleicht von einer gehört, die gerade frei ist? Übrigens ein guter Wein, das hier. Wozu sollen wir teure Marken kaufen, wenn der gewöhnliche Rote trotzdem der Beste ist? Ich brauche Leute, auf die ich mich verlassen kann. Deshalb habe ich an euch zwei Häschen gedacht. Es gibt sicher verflucht viel Schlechtes über euch zu sagen, aber ich würde mich viel lieber auf euch verlassen als auf die Säcke im Zentralkomitee. Au Scheiße, der Fisch kocht über!«

Munk eilte in die Küche, wo es zischte.

»Mit dem sind wir noch nicht fertig«, sagte Munk. »Er wollte doch tatsächlich noch mal aus dem Topf und vor meinen Augen ausreißen. Aber ich habe ihn wieder unter den Deckel gekriegt. Der schlimmste Fisch, mit dem ich es je zu tun hatte. Vermutlich gibt er erst Ruhe, wenn ich ihm einen Pfahl durchs Herz gerammt habe.«

»Was ist das denn für ein Fisch?«, fragte Sandra.

»Jetzt rühren wir an den Schlüssel des Ganzen«, erwiderte Munk. »Ich weiß ehrlich gesagt nicht, was für ein Fisch es ist. Es handelt sich um einen mysteriösen und seltenen Fisch, der nur in alten Schriften erwähnt wird.«

»Du warst beim Zentralkomitee«, sagte ich.

»War ich? Und was hatte ich zu sagen über das Zentralkomitee? Wenig Gutes, kann ich mir denken. Aber euch beide will ich gern mit dabeihaben. Dann können wir ein paar andere rausschmeißen. Regen oder Schnee, der Kommunismus muss voranschreiten.«

»Ich dachte, ich sei schon Mitglied«, sagte ich.

Munk sah mich scharf an.

»Das bist du vielleicht«, sagte er. »Ich dachte, du wärst ausgeschlossen. Aber was ist mit dir, Sandra, dich will ich gern dabeihaben. Was wir vor allem brauchen, sind Frauen.«

Ich fasste Sandra bei der Hand.

»Ich weiß echt nicht, wovon du redest«, sagte Sandra.

»Das macht nichts«, meinte Munk. »Das weiß ich ja selbst kaum. Hauptsache, es wird geredet. Und ich bin von Gott dazu ausersehen, genau das zu tun.«

WIE ES IST, EINE GANZE NACHT LANG WACH ZU SEIN

Wir hatten Munks Fisch aufgegessen und seinen Wein ausgetrunken und dafür gesorgt, dass er ins Bett kam.

Jetzt lagen wir in voller Montur auf Sandras Bett, und

das winzige Lämpchen brannte diskret hinter uns. Sandra lag auf mir, unsere Zungen klebten aneinander, und wir rieben unsere Unterkörper gegeneinander.

Es war noch lange bis zum Morgen, und ich konnte mir vorstellen, die ganze Nacht so liegen zu bleiben.

Sandra zog für einen Moment ihre Zunge zurück und flüsterte: »Zieh die Hose aus.«

Sofort fing sie an, das Gleiche zu tun. Nicht, dass wir etwas übereilten. Wir hatten Zeit.

»Weißt du was?«, sagte Sandra.

»Nein.«

»Dein Schwanz da sieht ein bisschen mottenzerfressen aus, finde ich.«

Ich sah an mir hinunter auf diesen sonderbaren Kerl, der steil aufragte, und dem nur noch die Flagge im Topp fehlte.

»Findest du?«, sagte ich.

»Du solltest darauf achten, dass er häufiger an die frische Luft kommt.«

»Da hast du Recht«, sagte ich. »Ab morgen hänge ich ihn mindestens drei Stunden täglich an die frische Luft.«

Es war schön, in einem breiten Bett zu liegen und sich frei nach allen Seiten bewegen zu können. Sandra war unglaublich nass, aber zuerst musste ich diese Brustwarzen ein wenig behandeln. Sie waren so gut im Mund zu haben. Die rechte Warze fiel raus, und ich nahm das als Zeichen, weiterzugehen, mich den warmen Körper hinunterzulecken, dahin, wo es am nassesten war. Es schmeckte so gut wie immer.

»Leck mir ein bisschen den Hintern«, stöhnte Sandra.

Ich wälzte sie herum und strich mit der Wange über

ihre weichen Pobacken. Sie waren der reine Samt. Ich drückte sie vorsichtig auseinander und steckte meine Zunge in den Spalt, ließ sie ganz hineingleiten.

Sandra wand sich wie ein Wurm, streckte den Hintern in die Höhe, damit ich tiefer hineinkommen konnte. Ich sog den Saft aus ihrer schmatzenden Möse. Jetzt, dachte ich, kam hoch auf die Knie und stieß den Mottenzerfressenen in die Dschungelnacht. Das gab ein Spektakel bei den Pavianen, Papageien und Löwen da drinnen. Ich trieb ihn bis auf den Grund hinein und wusste, dies war unsere Nacht. Dies war unser Fest. Es galt nur dranzubleiben.

»Weißt du, dass ich noch nie einen solchen Orgasmus gehabt habe?«, sagte ich, als ich ausgebreitet und halb ohnmächtig dalag.

Sandra hatte die Augen geschlossen, aber ich konnte sehen, dass sie lächelte.

»Du bist ganz schön verrückt«, flüsterte sie. »Meiner war auch nicht ohne. Aber gegen deinen ist das natürlich nichts.«

Sie prustete vor Lachen und rollte sich auf den Fußboden.

»Weißt du was? Jetzt ist es halb vier. Es ist schon Morgen. Ich setze Kaffee auf.«

»Nein, komm her«, sagte ich. »Ich bin so einsam. Ich zeig dir was.«

»Du solltest weiß Gott anfangen, deine eigenen Grenzen kennen zu lernen«, lachte sie. »Ich glaube nicht, dass du mir in dem Zustand, in dem du jetzt bist, noch irgendetwas zeigen kannst.«

Sie hatte selbstverständlich Recht. Wir mussten zur Abwechslung ein bisschen Kaffee trinken. Wenn es wirklich stimmte, dass dies unsere Nacht war, dann würde sie auch ein wenig Kognak haben.

Sie hatte. Sie kam mit der Kanne, den Tassen und einer kleinen Flasche Dreisternigem auf einem Holzbrett zurück.

»Warum glaubst du, sind diese Brüste das einzig Üppige an mir? Richtig plump sind sie.«

Darauf hatte ich keine Antwort. Aber ich fand, dass alles in bester Ordnung war, wie es war.

Die Nacht ging ihrem Ende zu, und wir lagen da und spürten, dass der Kaffee sich einen schmalen Pfad zu unseren erschöpften Hirnen bahnte. Dort angekommen, begann er aufzuräumen, stapelte allen Mist und Dreck auf einen Haufen und warf das Schlimmste weg, damit ein paar kleine Gedanken Platz fanden.

Sandra lag da und starrte mich an. Sie war ernst. Ich merkte, dass ich traurig wurde und dem Weinen nahe war. Ich hatte noch nie in meinem ganzen Leben jemand so geliebt, und mich überkam eine leise Ahnung, dass Sandra verschwinden könnte. In einen Film verschwinden, wo es unmöglich war, sie zu erreichen, wo sie mit ganz anderen Leuten als mir spielen, mit einer anderen Frisur und im Leopardenpelz umhergehen und ein Lächeln lächeln würde, das nur in diesem Film etwas bedeutete.

»Du«, sagte Sandra.

»Ja«, sagte ich traurig.

»Eigentlich weiß ich furchtbar wenig von dir. Du erzählst nicht besonders viel.«

»Ich erzähle dir alles«, sagte ich, doch wusste ich im gleichen Augenblick, dass ich niemals alles erzählen würde.

Um acht hatten wir eine zweite Ladung Kaffee getrunken und Eier gegessen, die ich exakt viereinhalb Minuten gekocht hatte. (Darin bin ich genau.) Jetzt wussten wir mehr voneinander. Taten wir das wirklich? Jeder hatte von sich erzählt, aber war es auch das, was wir eigentlich erzählen wollten? Wir hatten erzählt, und etwas davon musste wahr sein. Ich presste Sandra an mich und wusste, ich würde sie nie wieder loslassen. Wir würden uns ineinander ertränken und mit den Strömen verschwinden. In vielen Millionen Jahren würde jemand ein sonderbares, herzförmiges Fossil in einer Felswand finden. Das waren wir. Aber das konnte man nicht mehr sehen.

Plötzlich tropfte ein kalter Gedanke durch mein Gehirn.

»Ich habe dich nie gefragt«, sagte ich. »Weil ich damit gerechnet habe, dass es in Ordnung ist.«

»Was denn?«

»Ob du irgendwas ... nimmst.«

»Ach so. Scheiße, die Pille habe ich abgesetzt und bin zu Aspirin übergegangen. Das ist weniger schädlich.«

LIEBE II

Ich klopfte noch einmal. Immer noch keine Reaktion, obwohl ich wenig Zweifel hatte, dass jemand da war.

»Munk«, rief ich. »Ich weiß, dass du da bist.«

Ich drückte die Türklinke herunter, und die Tür ging auf. Da saß Munk, die Bettdecke bis zum Kinn hochgezogen, und neben ihm saß ein dunkelhaariges, blasses Mädchen mit stechenden Augen. Sie konnte kaum älter als fünfzehn oder sechzehn sein. Mir war klar, dass Munk im Moment gerade keinen Besuch haben wollte, aber nun war es passiert. Er hätte ja die Tür abschließen können.

Munk war rot geworden. Zum ersten Mal erlebte ich ihn in einer Situation, die er nicht ganz unter Kontrolle hatte.

»Du hast wirklich den Bogen raus, immer zum richtigen Zeitpunkt zu erscheinen«, muffelte er.

»Tut mir Leid«, sagte ich. »Ich kann ja wieder gehen. Aber du hättest die Tür abschließen sollen.«

Das Mädchen schien das alles kalt zu lassen. Sie blickte unbeteiligt in die Luft, steckte sich eine Zigarette zwischen die Lippen und zündete sie an.

»Das ist Laila«, brummte Munk. »Sie hat ihren letzten Bus verpasst und musste hier übernachten.«

»Ich verstehe schon. Du brauchst nichts zu erklären.«

Laila blies eine Rauchwolke in die Luft, drückte die Zigarette auf dem Fußboden aus und schlug die Decke zurück. Sie war nackt und hatte einen schönen Körper. Das ist alles, was ich über ihn sagen kann. Sie zog einen geblümten Schlüpfer und ein weißes T-Shirt an. Munk sah sie fragend an. Ich blickte diskret zur Seite.

Laila war jetzt fertig angezogen, in alten Levis und Daunenjacke, und immer noch ohne ein Wort öffnete sie die Tür und ging. Es wurde still im Zimmer. Weder Munk noch ich fühlten uns ganz wohl in unserer Haut.

»Wie gesagt«, sagte ich. »Du brauchst nichts zu erklären.«

»Du hast so eine verdammt schleimscheißerige Art, das zu sagen«, sagte Munk. »Als hätte ich nicht das Recht, ein Mädchen in meinem Bett zu haben. Es steht verdammt noch mal nirgendwo geschrieben, dass ich im Zölibat leben soll. Und deinen beschissenen vorwurfsvollen Heuchlerblick kannst du dir abschminken, nur weil du glaubst, dass du mit deinem Dauer-Mösen-Arrangement so moralisch bist.«

»Sie war sicher nicht älter als fünfzehn«, sagte ich finster.

»Sie hat gesagt, sie ist sechzehneinhalb«, brüllte Munk, »und warum sollte ich das bezweifeln, du abgefuckter Sack. Eines Tages bring ich dich um, und dieser Tag ist nicht mehr fern.«

»Entschuldige«, sagte ich. »So hab ich das nicht gemeint. Ich habe keinen Grund, dich zu kritisieren. Können wir wieder Freunde sein?«

»Das bezweifle ich sehr!«

Aber Munk war nicht der Typ, lange nachtragend zu sein. Das wusste ich schon. Er lehnte sich im Bett zurück, steckte sich eine Zigarette an und ließ die Augen halb zufallen.

»Gib mir mein Fahrrad«, sagte er.

Ich legte sein Fahrrad über ihn. Er streichelte den Lenker.

»Du glaubst, es steht so schlecht um mich, dass ich keine anderen aufreißen kann als Minderjährige, die Stoff nehmen. Aber so ist es nicht.«

Ein blasses Lächeln legte sich um seine gelben Lippen.

»Ich bin ein Mensch mit einem großen Problem. Ich bin einfach zu menschlich. Ich will, dass es allen gut geht.«

Er hielt mich fest im Blick. Ich spürte, dass ich überrumpelt war.

»Das verstehst du nicht.«

»Ich verstehe schon. Schütte nur dein Herz aus. Deshalb bin ich hier.«

»Du Arschloch! Deshalb bist du hier! Ja, ja, ist auch egal. Hast du dir mal die Jugendlichen angesehen, die sich abends auf dem Ole Bulls Plass herumtreiben? Hast du sie dir genau angesehen? Ihre Augen sind starr und kalt. Große Schnauze, hart wie die Jugend meiner Großeltern mal zwei. Niemand hat sie jemals geliebt. Kein Schwein hat ihnen gesagt, dass sie etwas bedeuten hier in diesem elenden Jammertal. Also muss es einen geben, der ihnen das sagt, ein Gerechter muss diese armseligen Straßen wandern.«

»Und der bist du«, sagte ich.

»Du bist verdammt auf Zack heute. Was sie brauchen, ist Liebe. Und ich kann sie ihnen geben. Ich habe unendlich viel Liebe in mir. Aber das glaubst du ja doch nicht.«

»Doch«, entgegnete ich. »Daran habe ich nie gezweifelt. So gut kenne ich dich, Munk.«

»Ich kann nicht überall sein«, sagte Munk. »Das ist die ganze Scheiße. Ich stehe allein da. Alle lassen mich im Stich. Ich kann nur einen kleinen Tropfen ins Meer pissen. Aber das wenigstens tue ich. Ich habe Laila gezeigt, was Liebe ist.«

»Ja«, sagte ich.

»Was kann ein Mann mehr tun?«

»Nichts.«

»Jetzt ziehe ich mich an«, sagte Munk, »und dann frühstücken wir zusammen. Du kochst Kaffee und Eier, aber erst musst du was einkaufen gehen. Es ist so lange her, dass ich ordentlich gevögelt habe, das muss gefeiert werden. Kauf auch eine Flasche Wein. Lass uns zusammen feiern, solange wir noch die Leber dazu haben.«

»Du sagst es.«

WEIHNACHTEN

Wir waren auf der Zielgeraden vor Weihnachten, und Sandra fuhr nach Hause zu ihrer Familie, der Villa und dem Truthahn oder was auch immer.

»Ich hab echt nich die geringste Lust«, sagte Sandra. Sie stand auf dem Bahnsteig und hatte eine mystische Strickmütze tief über die Ohren gezogen. »Ich würde viel lieber hier mit dir Weihnachten feiern.«

»Weihnachten geht schnell vorbei«, sagte ich. »Das sind nun mal diese verdammten Erwartungen bei deinen Erzeugern.«

»Du kanns dir nich vorstellen, wie Weihnachten bei uns zu Hause is. Völlig irre.«

»Du musst mir umfassend Bericht erstatten. Jetzt schließen sie die Türen.«

»Ich liebe dich.«

»Ich liebe dich auch.«

Wir liebten uns.

Sie verschwand im Schneegestöber und hatte nicht einmal einen Liegewagenplatz.

Am folgenden Morgen nahm ich den Bus nach Hause. Was Munk über Weihnachten vorhatte, wusste ich nicht. Er wollte kein Wort darüber sagen.

Die Alten hatten mich immer noch gern. Ich bekam einen ganzen Haufen Sachen, die ich nicht brauchen konnte. Das eine oder andere würde man später wohl umtauschen können. Von Sandra bekam ich eine Strickjacke mit Indianermuster, Kojoten und Gewittern. Sie passte wie angegossen, und das reichte schon, dass mir fast die Tränen gekommen wären.

Inger war noch immer weg. Es schien, als hätten ihre Leute sie aufgegeben. Aber sie sahen mich noch immer misstrauisch an, als hätte ich mit ihr eine Art weißen Sklavenhandel betrieben.

Heiligabend schlief ich mit einem Bild von Inger im Kopf ein. Inger stapfte auf einer öden und dunklen Landstraße weit weg von allen bekannten Zivilisationen durch den Schnee. Sie sang etwas, das ich nicht hören konnte. Irgendwo weit weg heulte ein Wolf. Ihre Augen waren mild, aber entschlossen. Sie war auf dem Weg zu etwas, das sie in sich sah. Ein kleiner Zipfel Mond krallte sich für einen Augenblick an ein Loch in der Wolkendecke. Sofort warf Inger sich in den Schnee und wedelte mit Armen und Beinen wie ein Hampelmann. Sie machte Engel.

Ich hatte niemand, mit dem ich reden konnte. Jedenfalls nicht, was ich unter reden verstand. Den Leuten, die ich von früher her kannte, hatte ich wenig zu sagen. Nur mit Steinar, mit dem ich eine Zeit lang im Heringsöl zusammen gearbeitet hatte, ließ sich noch reden. Wir waren uns einig, dass das gefeiert werden musste, und ließen uns am zweiten Weihnachtstag mit Aquavit voll laufen. Er pendelte jetzt, hatte aber vor, in die Stadt zu ziehen, oder nach Odda, wo er irgendwas in Aussicht hatte. Wir waren uns einig, dass wir fantastische Burschen waren und dass es keinerlei Probleme auf der Welt gäbe, wenn alle so wären wie wir.

Die übrige Zeit lief ich herum und vermisste Sandra. Ich fragte mich, was für Menschen sie um sich hatte, ob eventuell viele junge und aufdringliche Männer mit mächtigen Dingern in den Unterhosen im knirschenden Schnee dort auf der anderen Seite des Gebirges wären.

Ich versuchte, meinen Alten gegenüber so freundlich und aufmerksam zu sein, wie ich nur konnte. Wir sangen Weihnachtslieder und sahen zusammen fern. Wir aßen Feigen und Datteln. Mein Vater und ich machten ein paar Skitouren zusammen, fegten die steilsten Abhänge hinunter, die wir sahen, bekamen Tränen in die Augen und zerbrachen jeder einen Ski. Mein Vater brach sich auch den Fuß und musste die restliche Weihnachtszeit stillsitzen. Silvester feuerten wir Raketen ab und stellten uns vor, dass wir mitflögen zu den Sternen. Dort oben würden wir den richtigen Überblick und eine ganz neue und entspanntere Sicht des Daseins bekommen. Dort oben dauerten die Liebesgeschichten ewig und wurden mit jedem Lichtjahr nur noch intensiver.

EIN KAPITEL ÜBER DIE LIEBE UND DEN TOD

Du solltest mal nach Munk sehen«, sagte Sandra. »Ich hab das Gefühl, dass mit ihm was nich stimmt.«

Wir segelten mit günstigem Wind noch ein letztes Mal unsere nackten Körper hinab, dann schlugen wir das Bettzeug zur Seite. Mein Bett war nicht für zwei gedacht, und wir waren überall steif und schief.

Sandra ging hinaus in den kalten Morgen, um sich unterrichten zu lassen, und ich, der ich ein freier Mann war, besuchte Munk.

Niemand antwortete auf mein Klopfen. Als ich ein zweites Mal klopfte, war ein schwaches Stöhnen zu vernehmen, aus dem ich schloss, dass Sandra Recht gehabt hatte, und wie Recht.

Munk lag auf seiner Matratze, nur von seinem Fahrrad bedeckt. Er war leichenblass und presste die Hände gegen den rechten Schenkel. Zwischen seinen Fingern sickerte Blut hervor und färbte das schmutzige Laken rot. Auf dem Fußboden lag ein großes Messer mit einem Blutstropfen auf der Klinge.

Mir wurde schlecht.

»Munk!«, schrie ich. Munk, das Fahrrad, das Bücherregal, das Messer verschwammen zu einem Nebel aus einem Horrorfilm. Ich wankte zum Fenster, riss es auf und atmete tief durch. Jetzt war ich bereit für die action.

»Was ist passiert?«, rief ich verzweifelt.

So schwach Munk auch war, gelang es ihm doch, mich mit einem Blick anzusehen, der besagte, dass ich der vollkommenste Idiot war, der in zwei Schuhen ging.

»Hol Verbandszeug«, flüsterte er heiser. »Verdammt«, fügte er schwach hinzu.

Ich riss ein Stück vom Laken ab und band es stramm um die Wunde.

»Press hier«, zeigte Munk. Seine Augen fielen wieder zu.

»Wir müssen auf der Stelle mit dir zum Arzt«, sagte ich. »Ich rufe einen Krankenwagen.«

»Warte«, sagte Munk. »Keine Panik. Ich bin sowieso am Ende. Hol die Flasche ... die Flasche, die im Küchenschrank steht.«

Es war eine ganze Flasche Larsen, woher er die nur haben mochte. Man konnte fast meinen, er hätte sie speziell für diesen Anlass versteckt.

Ich half ihm, die Flasche zu halten, und er schüttete den Kognak hinunter. Wenn er schon sterben musste, dann wenigstens mit Stil. Eine schwache Farbe schien in sein Gesicht zurückzukehren.

»Was glaubst du?«, fragte Munk. »Kratz ich ab, oder hab ich noch 'ne Chance?«

»Du musst auf schnellstem Wege zum Arzt, dann kommst du schon durch.«

»Und dabei war ich so aufs Überleben erpicht und habe mich auf den Frühling und die ersten Kätzchen gefreut.«

»Nimm noch einen Schluck, ich ruf den Krankenwagen.«

»Ja, ja, so schlimm ist es nun auch wieder nicht zu sterben. Es gibt einem auch eine gewisse Befriedigung. Ich prelle den Staat um die Rückzahlung meines Studiendarlehens.«

Er lächelte matt.

»Ich bin bereit, meinem Schöpfer entgegenzutreten«, sagte er. »Das wird ein echtes Gipfeltreffen, darf man wohl sagen. Ich hoffe nur, dass er ein Auge zudrückt wegen gewisser Patzer, die ich mir seinerzeit geleistet habe, aber ansonsten habe ich nichts zu fürchten. Wir werden uns gut verstehen. Beide Seiten werden von der Begegnung profitieren.«

»Du stirbst nicht, Munk«, sagte ich. »Es blutet schon fast nicht mehr. Wir müssen dich nur zum Arzt verfrachten. Denk an die Revolution. Denk an den Sozialismus, der dich braucht.«

»Man wird ein verdammt schlechter Sozialist mit einem Messer im Bein«, sagte Munk. »So viel ist mir klar geworden. Der Sozialismus ist durch dieses Attentat entschieden zurückgeworfen worden.«

»Wer war es?«, fragte ich. »Ich rufe sofort die Polizei an.«

»Wer das war? Na, diese Tussi.«

»Laila?«

»Ja, so hieß sie. Der ich meine ganze Liebe schenkte und noch dazu ein sinnerfülltes Leben geben wollte. Wir hatten heute Morgen eine kleine Meinungsverschiedenheit. Sie meinte, ich sei nicht ganz im Bilde, ich sei eine Art altes Schwein oder was in der Richtung. Als ich ihr eine spitze Antwort gab, lag ich plötzlich da, mit einem Messer im Bein.«

»Das ist ja abartig«, sagte ich.

»Die Jugend muss sich entfalten dürfen«, sagte Munk bitter. »Wir Älteren müssen leiden, oder uns am Riemen reißen. Hattest du nicht hier irgendwo eine Flasche?«

Ich lief die Treppe hinunter zur Telefonzelle an der Ecke.

Als der Krankenwagen kam, war Munk ziemlich angesäuselt und fast wieder in guter Stimmung. Als sie ihn die Treppe hinuntertrugen, sang er aus vollem Hals *Layla* mit Derek and the Dominoes und imitierte Claptons Gitarrensolo, indem er mit einem Furzlaut Luft zwischen den Lippen hervorpresste.

INGER, DIE DRITTE

Und der Geweihte soll sein geweihtes Haupt scheren vor der Tür der Stiftshütte und soll sein geweihtes Haupthaar nehmen und aufs Feuer werfen, das unter dem Dankopfer brennt.«

Ich hatte mich auf Munks Anraten wieder auf die Bibellektüre verlegt. Er meinte, dass ich wahrscheinlich irgendwo finden würde, wonach ich suchte. Und wenn ich es da nicht fände, hätte er noch stärkere Sachen in der Hinterhand. Ich glaubte noch nicht, das Richtige gefunden zu haben, war aber auch erst auf Seite 153.

Es klopfte an der Tür. Ich konnte mir nicht denken, dass Munk abends um viertel nach elf vorbeikäme, und Sandra war zu Besuch bei ihrer Schwester. Auch sonst konnte ich mir niemanden vorstellen, der zu dieser Zeit bei mir aufkreuzte, obwohl man vor Waschbrett-Olsen nie sicher sein konnte.

Ich öffnete die Tür.

»Jetzt bist du aber überrascht«, sagte Inger. »Ich weiß,

dass deine Freundin heute nicht hier ist. Deshalb wage ich mich überhaupt her.«

»Komm ... komm herein«, stammelte ich, mehr als nur leicht geschockt.

»Komm rein, Inger.«

Inger kam auf unsicheren Beinen herein und ließ sich in einen Sessel fallen. Sie streckte die Füße von sich.

»Verdammt schön, einmal sitzen zu können«, sagte sie.

Sie war nicht schlanker geworden. Ihr Gesicht wirkte mehr oder weniger aufgequollen. Ihr Haar war länger und einige Zeit nicht gewaschen worden. Sie trug den schwarzen Wollpullover, den ich von früher kannte, darüber nur eine Jeansjacke. Außerdem die alten Jeans und die braunen Stiefel.

Ich konnte nicht umhin, sie anzustarren. Wie ein Idiot stand ich da und starrte.

»Ich bin es wirklich«, sagte Inger. »Wenn du mir nicht glaubst, dann fühl mal meine Titten. Aber lieber wäre mir, wenn du was Essbares herzaubern könntest. Ich könnte mir Eier mit Schinken vorstellen, grobes Brot mit guter Butter, Kakao, Kaffee und ein bisschen Wein. Und es wäre echt klasse, wenn du eine Kerze hättest.«

Zufällig konnte ich an diesem Abend alles herzaubern, was auf ihrer Wunschliste stand. Sie saß mit Tränen in den Augen da, als ich das Ganze auf einem ehemaligen Tablett hereintrug.

»Oh, du bist klasse«, sagte sie. »Ich habe fast das Gefühl, ich könnte mir die Jacke ausziehen.«

»Genier dich nicht«, sagte ich. »Und hau rein.«

Sie haute rein. Ich tat, als äße ich auch ein bisschen,

damit es ihr nicht peinlich zu sein brauchte, aber in Wirklichkeit aß sie alles allein.

»Du kannst gern mehr haben.«

»Das muss erst mal reichen«, sagte Inger. »Aber wirklich. Und jetzt bist du neugierig, was? Und bist so nett, dass du nicht einmal fragst. Du bist noch immer der Alte. Du hängst wohl immer noch rum und büffelst die Stücke, die im Wunschkonzert kommen, denk ich mir.«

»Ganz so beknackt ist es nun doch nicht«, sagte ich. »Obwohl es beknackt genug ist.«

»Auf jeden Fall nicht so beknackt wie bei mir. Ich habe angefangen, meinen eigenen Weg zu gehen. Und jetzt sehe ich keinen anderen Ausweg, als ihn zu Ende zu gehen.«

»Was meinst du damit?«

»Das Schlimmste. Das Schlimmste, was du dir vorstellen kannst.«

»Jetzt übertreib mal nicht.«

»Im September dachte ich eine Zeit lang, ich bekäme ein Kind von dir.«

Ich erstarrte.

»Ich hab es mir beinah gewünscht. Das wäre wenigstens was gewesen, sozusagen. Aber es stimmte dann doch nicht. So endete deine Nachkommenschaft. Ziemlich verunglückte Karriere, muss man sagen.«

Sie fixierte die Weinflasche. Ich schenkte ihr noch ein Glas ein.

»Ich merkte, dass ich nicht mehr zu Hause auf meinem dicken Arsch sitzen bleiben konnte. Jedes andere schwachsinnige Projekt wäre besser gewesen. Ich fühlte mich immer mehr wie eine Kuh und bekam so eine merkwürdige Lust, nur still dazuliegen und altes Heu zu kauen. Also warf ich mich auf das faulste von allen anderen Projekten, hinaus in die Welt zu gehen und in schlechte Gesellschaft zu geraten. Je schlechter, desto besser. Ich war sogar in Kopenhagen, und wie du sehen kannst, werde ich nicht einmal rot, wenn ich das sage.«

Die Tränen liefen über Ingers Gesicht. Sie versuchte, sie mit den Haaren wegzuwischen. Ich tat das Einzige, was mir einfiel, ging zu ihr und zog ihren Kopf an mein Hemd. Meine Hände strichen mechanisch über ihr fettiges Haar.

»In Spanien war ich fast einen Monat«, schluchzte Inger. »und in Pari ... his.«

Meine Hände hielten ihren Kopf fest. Sie knöpfte einen Hemdknopf auf und legte ihr geschwollenes Gesicht an meine Brust. Es wurde nass und warm. So standen wir eine Weile. Im Radio, das leise im Hintergrund lief, servierte eine Dame Nachrichten zur Mitternacht. Dann spielten sie *Ja wir lieben*, und danach rauschte es nur noch.

»Entschuldige«, sagte Inger. »Ich sollte mich nicht so gehen lassen.«

»Das ist schon in Ordnung«, sagte ich. Ich lächelte.

»Du bist vielleicht nicht ein ganz tiefes Wasser, und dein Seelenleben wird vielleicht nicht als Ruhmesblatt in die Geschichte eingehen«, lächelte Inger unter Tränen. »Aber du hast trotzdem was. Manchmal bist du beinahe ein guter Mensch, ohne dass du überhaupt weißt, was das ist.«

»Ich bin nur ein einfacher Heringsölarbeiter«, sagte ich. »Was erwartest du?«

»Ich wünschte wirklich, ich wäre damals schwanger gewesen.«

»Vielleicht ist es noch nicht zu spät«, meinte ich. (Offenbar wusste ich nicht mehr, was ich sagte.)

»Es ist viel zu spät«, sagte Inger. »Ich bin eine von denen, die in den Himmel geschaut und ihn leer gefunden haben. Weißt du, was das heißt? Nein, verdammt, das weißt du nicht. Aber ich weiß es. Und ich ertrage das nicht so leicht wie viele andere. Deshalb habe ich versucht, etwas dagegen zu tun. Das Loch aufzufüllen, sozusagen. Ja, nun darfst du nicht in deinen Bahnen denken. Ich weiß, wie du bist. Ich musste versuchen, so zu tun, als sei ich ebenso naiv wie die anderen Seelenballons, die von Land zu Land treiben und nach dem himmlischen Salzhering suchen. Hast du vielleicht noch ein letztes Glas Wein für mich? Und danach könnte ich mir vorstellen, mich ein paar Stunden zu waschen. Ich stinke an einer gewissen Stelle, und sag nicht, dass du es nicht gemerkt hast.«

Ich hatte es nicht bemerkt, sagte aber nichts. Ich räumte zusammen und zeigte Inger die Dusche, suchte eine schöne Musik im Radio und wartete darauf, dass sie zurückkäme.

GROG

Für einen ordentlichen Grog koche man Wasser auf, fülle es in ein Glas, in dem ein Teelöffel steht (damit das Glas nicht springt) und in das man je nach Geschmack etwas Zucker gibt (ich nehme so wenig wie möglich). Man fülle das Glas zu drei Vierteln mit Wasser und den Rest mit dunklem Rum auf. Rührt um.

Es war ordentlicher Grog, den Inger und ich tranken, eine Stunde nach Mitternacht, mit schmachtenden Violinen aus dem Radio im Hintergrund. Inger hatte nur mein dickes rotes Frotteebadetuch um, ihr Haar war frisch gewaschen. Sie roch gut nach Heidekraut und neugeborenen Hasen und erinnerte ein bisschen an die Frau vom Meer.

»Ich glaube, wir werden langsam blau«, sagte Inger.

»So soll es auch sein«, sagte ich.

»Na, wenn du meinst.«

»Natürlich meine ich das«, sagte ich und versuchte, so nüchtern auszusehen, wie ich konnte.

Ich fing an, Inger von Munk zu erzählen. Das war ein Thema, über das ich etwas Bescheid wusste, auch in nicht ganz nüchternem Zustand. Ich erzählte ihr alles von Munk, das mir einfiel. Inger schien zuzuhören. Schließlich fiel mir nichts mehr ein.

»Ja, ja«, sagte Inger. Das war alles, was sie zu sagen hatte. Ich war ein bisschen enttäuscht und unsicher.

»Keine Bange«, fuhr Inger fort. »Ich kenne Munk. Ich habe in den letzten drei Monaten dies und das von ihm gehört. In Paris habe ich einen getroffen, der 1968 mit ihm zusammen die Polizei mit Pflastersteinen beworfen hat.«

»War Munk damals in Paris?«, fragte ich. Es gab immer noch Dinge, die der Bursche mir nicht erzählt hatte.

»Er wurde vierzehnmal festgenommen und für immer des Landes verwiesen«, sagte Inger.

»Ja, ja«, sagte ich.

Die Rumflasche neigte sich ihrem Ende zu. Es reichte gerade noch für einen Grog für uns beide.

»Wie ging es meinen Alten, als du sie zuletzt gesehen hast?«, fragte Inger.

»Sie sahen aus, als hätten sie schon bessere Zeiten gesehen.«

»Ich hatte eigentlich vor, einmal bei ihnen reinzuschauen, aber jetzt weiß ich nicht mehr, ob das noch geht. Es ist zu viel geschehen. Ich glaube, es geht einfach nicht mehr. Aber du kannst sie von mir grüßen und ihnen sagen, dass du mich getroffen hast.«

»Das werde ich tun.«

»Warum haben wir uns nicht früher zusammengetan?«, fragte Inger. »Das wäre für uns beide das Beste gewesen. Glaube ich jedenfalls. Und jetzt ist es zu spät.«

»Ja.«

»Wie heißt sie, deine Freundin?«

»Sandra.«

»Liebst du sie oder so was in der Art?«

»So was in der Art«, sagte ich.

»Das ist gut für dich. Halt sie bloß fest. Eine solche Chance kriegst du nie wieder.«

»Ich weiß«, sagte ich. Ich hoffte, nie mehr aufstehen zu müssen. Meine Füße würden wild dagegen protestieren, mich irgendwohin zu tragen.

»Ich kann dir sagen, dass ich mich seit vielen Monaten nicht mehr so wohl gefühlt habe«, sagte Inger. »Für den Fall, dass du ein Kompliment nötig hast zurzeit.«

»Ich habe alles nötig, was ich bekommen kann«, sagte ich. Das Zimmer begann sanft um uns zu kreisen. Ich wünschte, es würde damit aufhören. Ich mochte das

Zimmer, wie es war, auch wenn man manches an ihm aussetzen konnte.

»Magst du mich noch ein bisschen?«, fragte Inger. Ihre Augen waren traurig und tief.

»Ich mag dich sehr«, sagte ich. »Merkst du das nicht?«

»Eigentlich hatte ich vor, bei dir zu übernachten«, sagte Inger. »Aber das überrascht dich wohl nicht. Ich verspreche dir, dass ich weg bin, bevor Sandra mit der Strickjacke zurückkommt.«

Meine Füße fanden es wider Erwarten doch in Ordnung, mich zum Bett zu tragen. Ich schüttelte Kissen und Bettdecke, damit sie einigermaßen menschlich aussahen. (Es ist offensichtlich, dass ich nicht mehr weiß, was ich sage.)

Inger ließ das Badehandtuch fallen und kroch ins Bett. Ich zog mich schnell aus und kroch hinterher. Inger legte sich auf die rechte Seite, an die Wand.

»Nicht, dass ich dir den Rücken zukehren möchte. Aber ich bin todmüde und betrunken und schlafe auf der Seite am besten. Und so hast du die Chance, mein weichstes Körperteil zu spüren.«

Ich löschte das Licht und zog die Decke über uns. Ich schlang von hinten die Arme um Inger und drückte mich fest an sie.

SCHLECHTER ATEM

Wir blieben lange liegen und blickten zur Decke. Jetzt war alles geklärt und entschieden, und Inger würde wieder verschwinden. Ich dachte an Sandra. Ich hatte sie, würde alles auf sie setzen. Warum aber war ich dann nicht froher? Ich bekam Lust, etwas auf der Mundharmonika zu spielen, merkte aber, dass ich auch dazu eigentlich keine richtige Lust hatte. Ich machte mir einen Spaß daraus, an Inger als an ein Buch zu denken, in dem ich geblättert hatte, mit dem ich aber nie fertig werden würde. Dann fand ich den Gedanken auf einmal gar nicht mehr spaßig. Kaffee, dachte ich dann, wir brauchen Kaffee.

Inger drehte sich zu mir um. Sie hatte schlechten Atem, und ich hatte bestimmt ebenso schlechten Atem. Wir waren beide entlarvt.

»Wenn du nachher wiederkommst, bin ich weg«, sagte Inger.

Ich versuchte zu nicken, aber ein richtiges Nicken wurde nicht daraus, weil mein Kopf auf dem Kissen lag.

»Du wirst sicher wieder von mir hören«, sagte sie. »Und was du hörst, wird dir nicht gefallen.«

Das Buch flog mir aus den Händen und schwebte durchs Fenster hinaus, über glitzernde Flüsse, tropfnasse Straßen und goldene Berggipfel. Es war Zeit aufzustehen.

WINTEROLYMPIADE

Die Winterolympiade in Innsbruck war in vollem Gang, und ich versuchte, so gut ich konnte, mitzuverfolgen, wie es den Norwegern da unten erging. Ein paar Goldmedaillen sollten sie ja schon nach Hause bringen. Aber weil ich kein Fernsehen hatte, entging mir eine ganze Menge. Sowohl die dreißig Kilometer als auch der Fünfzehnhundertmeterlauf. Und vor dem Apparat in der Grillbar des Studentenhauses war es ständig überfüllt. Und aus Gründen, die ich mir nicht erklären konnte, ging ich auch nicht gern dorthin. Es waren zu viele Studenten. Echte Studenten, mit Studentengesichtern, Studentenkörpern und Studentenkleidung.

Außerdem interessierte sich Sandra nicht im Geringsten für die Olympiade, und ich begann mich zu fragen, ob ich irgendwie nicht ganz normal war. Selbstverständlich war vieles an mir nicht ganz normal, aber ich meine, wirklich nicht normal.

Also hörte ich mir meistens am Abend die Resultate im Radio an und dachte an die Zeiten, als ich mit Notizblock und Kugelschreiber vor dem Radio saß und mir alle Eisschnellläufe anhörte und jede Zwischenzeit und Rundenzeit notierte, die der Reporter ins Mikro keuchte. Das war noch ein Leben damals. Diese Dinge bedeuteten so viel. Jetzt war es beinah so, als verfolgte ich die Winterolympiade nur, damit dies oder jenes mir nicht verloren ginge, dies oder das, für das ich noch Verwendung haben könnte.

»Hör dir ruhig den Eisschnelllauf an«, sagte Sandra und tätschelte mir die Nase. »Du brauchst dich doch nicht die ganze Zeit so verdammt zu entschuldigen. Das ist echt vollkommen in Ordnung.«

Ich war mir nicht sicher, ob es so vollkommen in Ordnung war.

»Für so was habe ich wirklich Verständnis. Da gibt es eher andere Dinge, die du mir von dir mal erzählen könntest. Ich finde nämlich nicht, dass wir so sonderlich weitergekommen sind. Es ist mir ein bisschen zu viel dieselbe Show die ganze Zeit. Die meiste Fantasie verwenden wir aufs Vögeln. Da entfalten wir uns allerdings wie die Weltmeister.«

Kalte Schneeluft wehte in meine Seele und ließ sie erschauern.

»Herrje, jetzt sei doch nicht so. Du siehst aus wie ein geprügelter Hund. Wauwauchen. Es ist nicht so schlimm.«

Wir legten uns aneinander auf die Bettdecke, hielten uns fest und sagten nichts. Die stillen Ströme in uns durften ungehindert fließen und sich neue Wege suchen, Aussichten über neue Ebenen und neue Berge am Horizont. Die Stunden vergingen. Wir lagen da.

MUNK GEHT AUF HÜTTENTOUR

Der Frühling war gekommen. Jene Zeit des Jahres, in der die Toten erwachen, ihre Grabsteine mit Wucht zur Seite wälzen, heraussteigen, in die Sonne blinzeln, die steifen Knochen strecken, mit der Südwestbrise über Straßen und Wäldchen schweben, wo gerade die Knospen aufbrechen, über die roten Scheunen und weißen Fahnenstangen, über den Hafen und die Berghänge hinauf, bis sie einen warmen Balkon und einen Schaukelstuhl finden, in dem sie sich niederlassen, mit knöcherner Hand ein Pils öffnen und milden Sinns über Landschaft und Menschen blicken.

Einer der Letztgenannten war Munk. Obwohl seine Wunde ganz verheilt und alles in Ordnung war, humpelte er noch immer und zog den rechten Fuß nach. Alle Welt sollte wissen, dass er ein Märtyrer der Revolution war.

Munks großer Tag war der 1. Mai, aber der 1. Mai war noch nicht in Sicht, und daher konnte man sich zunächst noch andere Dinge einfallen lassen.

»Du kommst mit auf die Hütte«, sagte Munk. »Und Sandra auch.«

Ich stutzte und fragte mich, ob er noch alle Tassen im Schrank hatte. Ich habe häufig Probleme damit, Leute zu durchschauen.

»Ich wusste nicht, dass du eine Hütte hast«, sagte ich.

»Es ist die Hütte meines Onkels. Aber er ist tot, wie die meisten aus meiner Familie, also braucht er auch keine Hütte mehr. Ich habe die Schlüssel, und es ist verdammt noch mal an der Zeit, dass wir Gebrauch davon machen. Ich bringe übrigens auch eine Freundin mit.«

»Eine mit oder ohne Messer?«

»Pass auf dein loses Mundwerk auf. Nichts ist mehr heilig, wie? Aber die Zeiten sind vorbei.«

Munk machte einen besonders auffälligen Humpelschritt, dass der ganze Fuß knatschte.

Keiner wusste, woher Munk so plötzlich diesen Wagen aufgetrieben hatte, doch ich hatte den dringenden Verdacht, dass er ihn im letzten Augenblick vor dem Schredder gerettet hatte. Und warum sollte das Fehlen eines Führerscheins Munk daran hindern, in flottem Tempo die Landstraßen des Westlandes zu befahren?

»Für diesen Lokus können sie überhaupt keinen Führerschein verlangen«, sagte Munk. »Weißt du warum?«

»Nein.«

»Weil niemand auf die Idee käme, dies hier ein Auto zu nennen. Du vielleicht ausgenommen.«

Er meinte mich. Aber ich hörte gar nicht hin.

Die größte Überraschung der ganzen Tour aber war die Dame, die an Munks Seite saß. Ich wusste von ihr nur, dass sie Rebekka hieß. Sie saß ganz ruhig auf dem Beifahrersitz, hatte ein langes, schmales Gesicht, langes schwarzes Haar, einen langen, schmalen Körper, trug einen schwarzen Ledermantel, dunkelblaue Kordhosen und schwarze Stiefel. Ihr Sinn für Farben war, sagen wir, soso. Wenn sie sich etwas genau ansehen wollte, setzte sie eine glänzende Brille auf.

Auf der Rückbank saßen Sandra und ich und befürchteten wie gewöhnlich das Schlimmste. Neben uns auf dem Sitz hatten wir einen Kasten Bier, im Fenster hinter uns stand ein Kasten Bier, und im Kofferraum standen noch drei Kästen Bier. Es sollte jedermann klar sein, um was für eine Tour es sich handelte.

»Sind wir bald da?«, fragte ich optimistisch. Sandra lag in meiner Armbeuge und blickte um sich, als überträfe das, was sie gerade erlebte, alles, was sie bisher mitgemacht hatte.

»Noch lange nicht«, brüllte Munk. »Wenn Onkel Munk erst einmal zu einer Tour einlädt, dann bietet er seinen Freunden gern was Richtiges. Was ist eigentlich mit dem Bier da hinten, wollen wir bald mal daran schnuppern? Ich bin nahezu nüchtern, und das ist ein verdammt unangenehmes Gefühl.«

Ich machte vier Flaschen auf und reichte zwei davon nach vorn. Munk bog auf eine Seitenstraße ab, die über eine Brücke führte. Um uns herum ragten schwarze und nasse Felswände auf, die noch nicht ganz mitgekriegt hatten, dass der Frühling gekommen war.

Munk schwang die Flasche und schaltete, schwer zu sagen, in welchen Gang.

»Ich frage mich, wie viel Gänge diese Scheißkiste eigentlich hat«, sagte Munk. »Ich habe das Gefühl, dass ich schon ein paar Dutzend probiert habe.«

Rebekka warf ihm einen kurzen Blick zu und nahm einen langen Schluck aus ihrer Flasche.

Sandra und ich sahen uns an und nickten und kicherten lautlos.

»Ich muss euch übrigens vorwarnen«, sagte Munk und wandte sich zu uns um. »Ich habe gesagt, dass mein Onkel tot ist, aber er hat es noch nicht über sich gebracht, die Situation zu akzeptieren, so viel Illusionen, wie er immer hat. Mit anderen Worten, er geht da oben in der Hütte um. In mondhellen Nächten kommt er raus. Ihr müsst einfach so tun, als würdet ihr ihn nicht sehen, sonst werden wir ihn nie wieder los. Es gibt sympathische Wiedergänger, aber mein Onkel gehört bedauerlicherweise nicht dazu. Zu Lebzeiten war er ein ekelhafter Moralist, der ständig herumlief und die Leute zur Umkehr ermahnte, bevor es zu spät sei. Und die Masche hat er noch immer drauf.«

»Ist das echt wahr?«, fragte Sandra.

»Du wirst noch früh genug sehen, dass es wahr ist«, erwiderte Munk.

»Super, echt toll. Kann man mit ihm reden?«

»Dazu würde ich nicht raten«, sagte Munk. »Dann haben wir ihn am Hals. Sieh lieber zu, dass du noch ein Bier intus hast, bevor wir ihn sehen.«

Die Straße wurde schmaler, und der Asphalt ging in Schotter über. Die Birken zu beiden Seiten des Wegs waren voller Knospen, und das Gras war an manchen Stellen grün. Am Himmel hatten Sonne und Wolken abwechselnd die Oberhand.

Munk hielt den Wagen an.

»Der Fahrer muss pissen, stört ihn nicht. Und kommt bloß nicht auf die Idee, mir wegzufahren, dann bringe ich ewige Verdammnis und Aussatz über euch.«

Wir saßen still da und warteten.

»Schick noch zwei Flaschen rüber«, sagte Munk. »Ich spüre, dass meine gute Laune auf dem Weg ist.«

Er gab wieder Gas und nahm gierig die Flasche entgegen, die ich ihm reichte. Fünf Minuten später stoppte er wieder.

»Mit meiner Blase ist was nicht in Ordnung«, sagte er. »Aber keine Panik. Die Verspätung wird sich in Grenzen halten.«

Er war rasch wieder zurück, voller Tatendrang, und bat um eine neue Flasche.

»Ich erinnere mich noch an die Zeit, als ich Abstinenzler war«, sagte er. »Damals war ich Vorsitzender der Christlichen Schuljugend. Ich frage mich manchmal, ob es mir damals nicht besser ging. Was meint ihr dazu?«

Die Frühlingsluft schlich sich durch die offenen Wagenfenster, durch unsere Kleider und sanft an roten und grünen Nervensträngen entlang. Ich hatte das Gefühl, von etwas Feuchtem und Unklarem erfüllt zu sein, schön und traurig zugleich, und rutschte unruhig hin und her. Sandra schien es ebenso zu gehen. Sie kniff mich fest in den Schenkel.

Munk hielt den Wagen an. Einiges von seiner guten Laune schien fortgespült zu sein, und er murmelte mürrisch vor sich hin, als er ausstieg. Diesmal dauerte es länger.

Misstrauisch betrachtete er die leere Bierflasche, als er wieder einstieg.

»Das ist ein verflucht komisches Bier, von dem man die ganze Zeit pissen muss. Das erinnert mich an eine Episode aus meiner Jugend, kurz nachdem ich als Vorsitzender der Schuljugend geschasst worden war. Da wollten ich und ein paar Kumpel mit dem Auto von Sogndal nach Oslo, um uns ein Fußballspiel anzusehen. Wir starteten die Reise mit einem Bier in Sogndal, im Sognatun Café, und dann pissten wir ununterbrochen den ganzen Weg von Hafslo bis Lom.«

Der Weg war jetzt nahezu unpassierbar. Die Bäume standen dichter auf beiden Seiten des schmalen und holperigen Schotterwegs, auf dem kaum noch Schotter war. Hier und da lagen mächtige Steine im Weg.

»Was war das für ein Tier?«, rief Sandra und zeigte. Ich hatte kein Tier gesehen und musste raten.

»Ein Hase«, sagte ich.

»Gibt es hier echt Hasen?«, fragte Sandra mit großen Augen.

»Plenti«, sagte ich.

»Ihr könnt froh sein, dass wir nicht den Flattermösen begegnen«, sagte Munk.

»Flattermösen?«, fragte ich.

»Fledermäuse«, sagte Munk. »Oder Lederflügel. Wir nannten sie immer Flattermösen. Entweder habe ich das Wort erfunden, oder es war jemand anderer. Es wimmelt von Flattermösen oben an der Hütte, das ist einer von ihren Nachteilen. Wenn ich so eine Flattermöse sehe, überkommt mich das Zittern. Es gibt wenig, wovor ich Angst habe, aber da geht die Grenze.«

Wir waren fünfzig Meter von der Hütte entfernt und konnten sie rot und deutlich zwischen dünnen Espen und Birken sehen, als Munk mit einem Ruck stoppte und ein letztes Mal raus musste. Er war jetzt wütend, fluchte und schimpfte vor sich hin. Rebekka wandte sich um und sah uns zum ersten Mal an.

DIE FLATTERMÖSEN GREIFEN AN

So sieht sie aus«, sagte Munk. »Das Gute an ihr ist, dass sie von innen größer wirkt als von außen.«

Sandra fing an zu lachen.

Munk hob die Nase und schnüffelte. Ein stilles Halbdunkel begann uns in seine Seidenschleier zu hüllen.

»Das gefällt mir nicht«, sagte Munk. »Es riecht nach Flattermösen. Hört ihr das Rauschen in der Luft? Das bedeutet, dass sie uns beobachten und jederzeit angreifen können. Lasst uns zusehen, dass wir ins Haus kommen.«

Wieder sah Rebekka Sandra und mich an, aber es war ihr nicht anzusehen, was sie dachte. Ich hörte wirklich ein Rauschen in der Luft, aber es war das wohl bekannte Rauschen des Frühlings. Hinter ein paar Baumgruppen konnte ich einen kleinen See erkennen. Fisch.

»Da drinnen gibt es einen alten Plattenspieler«, sagte Munk. »Und Kinksplatten. Jetzt werdet ihr froh und erwartungsvoll. Es gab auch ein paar alte Stonesplatten, aber die hat mein Onkel an einem Platz versteckt, wo man sie unmöglich findet. Wahrscheinlich hat er sie mit ins Totenreich genommen.«

Munk schloss auf, und wir trugen das wenige Gepäck, das wir hatten, in die Hütte. Es roch nach Bethaus hier drinnen, eine irgendwie verstaubte Luft aus Religion, Holzbänken, Gesangbüchern und schlechtem Gewissen.

»Tut mir Leid, wie es hier riecht«, meinte Munk. »Das wird sich noch geben, hoffe ich.«

Strom gab es nicht, aber reichlich Holz und Kerzen. Das konnte erträglich werden.

»Lasst euch nieder«, sagte Munk väterlich. »Nun, da wir hier versammelt sind, möchte ich euch willkommen heißen, besonders unsere liebe Rebekka, die neu unter uns ist, und den wohl gemeinten Wunsch aussprechen, dass uns Besuche von Flattermösen und meinem alten Onkel erspart bleiben. So lasst uns nun neue Batterien in den Plattenspieler tun und die Kinks spielen.«

Sandra lachte lauthals. Mein Blick fiel auf den Plattenspieler in der Ecke. Es war einer von der Sorte, mit denen man in den frühen sechziger Jahren an den Strand zog und Platten von Pat Boone, Fabian und Cliff spielte.

Munk fummelte ein bisschen daran herum, und dann setzten mit Knistern und Rauschen die Kinks ein und sangen *Waterloo Sunset*.

»Solange wir solche Musik spielen, kommt mein Onkel bestimmt nicht«, sagte Munk. »Die kann er nämlich nicht ab.«

Wir zündeten alle Kerzen an, die wir fanden, und Munk machte Feuer im Kamin. Sandra ging umher, fasste alles an, was ihr ins Auge fiel, und untersuchte es.

Ein seltsames Licht brannte in ihren Augen. Rebekka stand am Fenster und sah zum Wasser hinunter. Vielleicht war sie eine von denen, die dem Wasser angehören, und sagte deshalb nichts.

»Jetzt gehen wir eine Runde und sehen uns die Landschaft an, bevor es ganz dunkel wird«, sagte Munk. »Der Kamin brennt jetzt gut und alles.«

»Okay«, sagte ich. »Und du hast keine Angst, dass die Flattermösen uns überraschen?«

Sandra lachte wieder los, und Rebekka sah sie an.

»Wir werden schon durchkommen«, antwortete Munk. »Ich nehme dieses Silberkruzifix hier mit. Es geht ja noch, solange sie außerhalb der Hütte bleiben, aber wenn du sie erst im Bett hast, das ist was ganz anderes. Wenn das passiert, dürfte mein letztes Stündchen geschlagen haben.«

Die Luft war klar und sympathisch. Sandra starrte alle Bäume um uns herum an, und das Licht in ihren Augen wurde immer leuchtender. Manchmal blieb sie stehen und hob einen Stein auf, den sie prüfend betrachtete.

»Mensch, guck mal hier!«, sagte sie zu mir.

»Ein Stein«, sagte ich.

Aber sie schien nicht zu hören. Sie steckte den Stein, der für mich grau und gewöhnlich aussah, in die Tasche.

Wir waren zum See hinuntergekommen, dessen winzige Wellen weich an die runden Steine plätscherten.

»Mensch, guck mal da!«, sagte Sandra und hob einen Stein auf.

»Ein paar hundert Meter entfernt liegt eine andere Hütte«, sagte Munk. »Die haben ein Boot, das wir klauen können. Angelzeug haben sie auch. Der Schuppen gehört irgendeinem Auswuchs des Bergenser Kapitalismus und steht nur da und lädt dazu ein, gestohlen und niedergebrannt und als Asche übers Wasser verstreut zu werden. Verdammt, bin ich froh, dass diese Pisserei sich gegeben hat. Das hat mich wirklich geschafft.«

Etwas Schwarzes kam aus dem Wipfel der nächsten Espe auf uns heruntergesaust und schoss dicht über Rebekkas Kopf. Munk warf sich auf den Boden und heulte auf.

»Die Flattermösen! Sie greifen an! Zurück in die Hütte, bevor es zu spät ist!«

Und weg war er. Rebekka sah uns an. Dann ging sie langsam zur Hütte hinauf. Sandra und ich blieben stehen.

»Flattermösen«, sagte Sandra. »Eigentlich ist das ein echt treffender Name.«

»Ja«, sagte ich.

»Munk ist ja dermaßen verrückt, dass ich fast so was wie Respekt vor ihm bekomme. So Leute haben wir nicht, wo ich herkomme.«

»Ich glaube, eigentlich ist er ganz normal«, sagte ich. »Man muss an seine familiären Verhältnisse denken. Er hat es nicht leicht gehabt.«

»Mit seiner Politik kann er einem ab und zu echt auf die Nerven gehen«, sagte Sandra. »Es ist ja einerseits allright, aber dann irgendwie auch wieder zu allright.«

Wir waren endlich allein mit den kleinen Wellen. Die Luft war noch mild, und wir legten uns auf die Erde.

»Ich habe es noch nie so früh im Jahr im Freien gemacht«, sagte Sandra. Sie fühlte, wie hart ich war. Ich lächelte, aber es war bereits zu dunkel, als dass sie es hätte sehen können.

Im Nu hatten wir die Hosen aus, und ich spürte, wie der leichte Wind mir über den Hintern blies. Es war nicht gerade toll, da zu liegen, aber das machte uns nichts aus. Jetzt waren wir eins mit all dem anderen in diesem Abend, und alles, was mit uns geschah, geschah so, wie die Natur es bestimmt hatte, und das erfüllte uns ganz. Ich entdeckte, dass ich so lange konnte, wie ich wollte, ja, es gab keine Grenzen, und das fand ich fantastisch.

KENNEDY

Munk lag auf der Couch, als wir in die Hütte kamen, und hielt eine Flasche Kognak in der Hand. Er schien sich beruhigt zu haben. Rebekka saß auf einem Stuhl und las in einer alten Zeitung, die aussah, als sei sie genauso alt wie die Kinksplatten.

»Frühjahrsbrünstige Heiden«, sagte Munk. »Ihr konntet wohl nicht an euch halten? Und alles nur, weil ein armer Kommunist Sinn und Verstand verliert, nachdem er aus dem Hinterhalt vom Klassenfeind angegriffen worden ist. Ja, ja, ich werde nie aufhören, mich über die Jugend zu wundern. Das fehlte auch noch.«

»Wie geht es dir denn?«, fragte Sandra.

»Danke, da du so höflich bist und fragst, muss ich wohl sagen, dass es mir den Umständen entsprechend gut geht. Rebekka da unterhält mich, so gut sie kann, mit besinnlichem Vorlesen und anderen Dingen. Sie hat mir gerade einen fesselnden Artikel darüber vorgelesen, wie Kennedy die Invasion auf Kuba geplant hat. Ein Satan, dieser Kennedy. Wenn man sich vorstellt, dass alle ihn mal sympathisch fanden.«

»Ich nicht«, sagte Sandra. »Ich finde, er war zu glatt, wenn du mich fragst. Ich glaube, ich war nicht im Geringsten traurig, als sie ihn erschossen haben. Meine Mutter glaubte, ich wäre verrückt.«

Ich sagte nichts. Ich war selbst einmal Kennedy-Fan gewesen. Hatte sogar ein Bild von ihm an der Wand.

»Habt ihr schon euer Zimmer gesehen?«, fragte Munk. »Ist auch nicht besonders sehenswert. Eine ganz gewöhnliche Schlafkammer mit einem ausrangierten Bett. Ich glaube, man kann da schlafen. In dem Zimmer ist mein Onkel gestorben, aber das soll euch nicht anfechten. Da könnt ihr eure Schweinereien treiben, bis es Tag wird. Aber legt jetzt mal was von den Kinks auf. Laut. Ich kann mich ja selbst denken hören. Aber jetzt werde ich euch verraten, was Rebekka gemacht hat, während ihr da draußen gewütet habt. Sie hat Wasser für Würstchen und Kartoffelmus aufgesetzt. Stimmt's, Rebekka?«

Rebekka fuhr auf und lief in die Küche. Es schien dringend zu sein.

»Ich wette, sie hat das Ganze vergessen«, flüsterte Sandra. »Hoffentlich waren die Würstchen noch nicht drin, sonst sind sie alle geplatzt.«

Wir hörten *Autumn Almanac* zu Ende, und dann kam Rebekka wieder herein. Sie trug ein Tablett, auf dem ein Teller mit dünnen Würstchen und eine Schüssel mit Kartoffelmus standen.

»Das Tagesgericht«, sagte Munk. »Ich werde persönlich den Wein aufmachen, von dessen Existenz keiner von euch etwas geahnt hat.«

Wir saßen im Halbdunkel und kosteten Rebekkas Würstchen. Sie waren ihr gelungen, das Kartoffelmus auch. Aber warum sagte sie nichts? Sie brauchte doch keine Angst vor uns zu haben. Auf jeden Fall nicht vor Sandra und mir, friedlich und harmlos, wie wir waren. Und selbst Munk hatte etwas Ruhiges und Zufriedenes bekommen, das mich an einen großen gelben Teddybär erinnerte, den ich zu meinem dritten Geburtstag bekommen hatte. Ich hatte ihn viele Jahre, aber eines Tages schoss ich ihm mit dem Luftgewehr ein Loch in den Bauch, und die ganzen Sägespäne rieselten heraus. Ich weiß nicht mehr, was er getan hatte, dass ich ihn so strafen musste. Jedenfalls verschwand er nach diesem Tag mehr oder weniger von der Bildfläche.

»Es ist vielleicht revisionistisch, hier so zu sitzen und es sich gut gehen zu lassen«, sagte Munk, den Mund voller Kartoffelmus, »aber es ist verdammt herrlich. Wer weiß, vielleicht hat es auch bei Kautsky mit Würstchen und Kartoffelmus angefangen.«

Keiner von uns anderen schien zu wissen, wer Kautsky war, und so schwiegen wir.

»Morgen gehen wir fischen«, sagte Munk. »Aber was wir mit dem angebrochenen Abend anfangen sollen, weiß ich nicht, außer eine gewisse Anzahl Weinflaschen zu leeren. Ich könnte euch aus meiner Jugend erzählen, oder Rebekka könnte uns etwas vorlesen. Andere Vorschläge?«

»Wir könnten Karten spielen«, sagte ich. »Ich habe ein Spiel dabei.«

»Wir könnten vielleicht was singen«, sagte Sandra. »Was tun, damit wir fühlen, dass wir zusammen sind, irgendwie.«

»Gute Vorschläge en masse«, strahlte Munk. »Wir machen alles heute Abend. Und damit wir in Stimmung sind, wenn wir ins Bett gehen, lese ich am Schluss ein paar Kapitel aus dem Kamasutra. Und falls ich zu voll bin, wenn es so weit ist, musst du das übernehmen.«

»Okay«, sagte ich.

Ich warf das Kartenspiel auf den Tisch, und wir spielten Whist. Ich spielte mit Rebekka zusammen, und wir gewannen haushoch.

»Jetzt veranstalten wir ein kleines Fragespiel«, sagte Munk gut gelaunt. »Die erste Frage lautet: Wer spielte Mundharmonika auf der Platte *My Boy Lollipop* mit Millie? Na, wer war es?«

Ich dachte angestrengt nach. Wer konnte das sein?

»Darauf kommt ihr nie. Es war Rod Stewart. Nächste Frage: Wer gehörte zur allerersten Besetzung von John Mayalls Bluesbreakers?«

»Eric Clapton«, sagte ich.

»Quatschkopf«, sagte Munk. »Der kam erst 65 dazu, nachdem er bei den Yardbirds ausgestiegen war. Nein, es waren natürlich John McVie am Bass und Bernie Watson an der Gitarre. Aber als sie die erste LP bei Decca einspielten, war Watson draußen und Roger Dean kam rein an der Gitarre und Hughie Flint am Schlagzeug. Das solltet ihr aber verdammt noch mal wissen.«

Rebekka und ich gewannen wieder.

»Dritte Frage: Welche bekannte Person hat ihr Leben

lang darauf gebrannt, in die Unterhosen von Joni Mitchell zu kommen?«

»Neil Young«, sagte ich.

»Pah, Neil Young. Die Antwort ist: Ich, Munk.«

Er blickte triumphierend in die Runde. Ich sagte nicht, dass auch ich zuweilen ähnliche Visionen gehabt hatte.

Plötzlich kam eine Kälte über uns. Sie begann fast unmerklich in den Nackenhaaren und wanderte den Rücken hinunter. Eine Ahnung, dass nicht mehr nur wir vier im Raum waren. Wir drehten uns langsam zur Küchentür um. Ein bleicher älterer Mann in schwarzer Kleidung stand da und starrte uns mit großen, rötlichen Augen an. Es schien, als sei der ganze Mann von innen heraus grünlich erleuchtet. Mein Herz schlug schneller, und Sandra schnappte nach Luft. Rebekka sah etwas verwundert aus.

»Pssst«, flüsterte Munk. »Da ist er. Scheiße noch mal. Tut einfach, als ob ihr ihn nicht seht, dann geht er vielleicht wieder.«

Eine hohle Stimme kam von der Türöffnung, eine Stimme, die von moralischer Entrüstung, kalter Grabkammer und den Qualen des Totenreichs bebte.

»Kehrt um!«, sagte die Stimme. »Kehrt um, bevor es zu spät ist.«

Wir taten, als hörten wir nichts. Ich bekam einen Stich, und Munk fluchte leise.

»Kehrt um!«, wiederholte die Stimme noch lauter.

»Verfluchter Kerl!«, zischte Munk zwischen den Zähnen. »Gleich geh ich hin und geb ihm einen Tritt in den Arsch.«

Wir fühlten, dass die Kälte auf dem gleichen Weg von

uns wich, den sie gekommen war, und das Licht an der Küchentür erlosch. Der Onkel war fort. Wir atmeten tief durch.

»Ffff«, sagte Munk. »Jetzt lege ich die Kinks auf. Der Mond scheint heute Abend, daran liegt es. Würde mich nicht wundern, wenn ihn die Missionsgesellschaft geschickt hätte, die haben nämlich Personalmangel.«

»The taxman's taken all my dough and left me in my stately home«, knisterten die Kinks.

»Das ist ja nicht zu fassen, wie die hier die Stiche einstreichen«, sagte Munk. »Jetzt spiele ich mal mit Rebekka.«

»Das geht nicht«, sagte ich. »Wir müssen uns an die Regeln halten.«

»Dann verändern wir eben die Regeln ein bisschen, sodass Rebekka und ich zusammen spielen. Vergesst nicht, dass es meine Hütte ist.«

Ich zuckte die Schultern und blickte Hilfe suchend zu Sandra hinüber. Sie lächelte mich an und zuckte auch die Schultern.

»Eine Sache, an die ich mich besonders gut erinnere«, sagte Munk, »war, als ich eines frühen Morgens in London die Beatles traf. Sie saßen im Plattenstudio, als ich vorbeiging, und da riefen sie mich. ›Du Munk‹, sagten sie, ›wir wollen eine Platte rausbringen, aber uns sind die verdammten Ideen ausgegangen. Du hättest wohl keine Lust, uns zu helfen?‹ ›Ich hab gerade im Augenblick alle Hände voll zu tun‹, sagte ich, ›aber wenn ihr wirklich in 'ner Krise steckt, dann helfe ich euch mit ein paar Stücken aus.‹«

Sie fing wieder im Nacken an, die schleichende Kälte. Und das gleiche kalte, grünliche Licht. Da stand er wieder. Munk warf die Karten von sich.

»Kehrt um!«, sagte die hohle Grabesstimme. »Kehrt um, bevor es zu spät ist!«

»Jetzt geht er zu weit«, fauchte Munk. »Es gibt Grenzen dafür, wie viel Geduld man sich erlauben darf.«

»Kehrt um!«, sagte die Stimme, noch wilder und eindringlicher als vorher. »Kehrt uhum, bevor es zu spähät ist!«

»Halt die Schnauze, Onkel!«, brüllte Munk. »Hier ist niemand daran interessiert, sich deine Sprüche anzuhören. Wenn du nicht sofort verschwindest, kriegst du einen Tritt in die Eier!«

»Kehrt um!«, dröhnte es durch den Raum.

Munk griff nach einer leeren Weinflasche und schleuderte sie mit aller Kraft nach dem Gespenst. Die Flasche flog durch seine Brust und zersplitterte an der Wand. Ein tiefes Stöhnen ließ uns die Haare zu Berge stehen. Dann war er weg.

»Sieht aus, als sei das die einzige Sprache, die der Teufel versteht«, sagte Munk. »Ich bezweifle, dass er uns heute Abend noch weiter belästigt.«

Wir versuchten weiterzuspielen, aber uns war die Lust vergangen. Ich musste die ganze Zeit an den bleichen, durchsichtigen Mann in der Türöffnung denken, der so dienstbeflissen war, dass er selbst aus dem Totenreich noch weitermachte. Das machte mich unruhig, und ich sah, dass es den anderen nicht besser ging.

»Ich habe die Lust am Spiel verloren«, sagte Munk. »Oder an was anderem. Ich hätte gern ein paar Lieder mit dir gesungen, Sandra, aber das würde jetzt doch nichts Rechtes. Und das Kamasutra muss auch bis morgen warten.«

Wir standen auf und gingen ins Bett.

EIN GRAUER TAG

Sandra hatte mich viel zu früh geweckt. Es war noch nicht neun. Es sah nach einem grauen, milden Tag aus, und sie hatte Lust, zwischen den Bäumen spazieren zu gehen. Von den anderen rührte sich noch keiner, und nur schweren Herzens ließ ich mich darauf ein, mit dem Kaffee zu warten.

»Ich fühle mich so wohl«, sagte Sandra und sog die graue Luft ein.

Also sie fühlte sich wohl. Ich fühlte mich schläfrig und hing schlapp an ihrem Arm.

Ein morgendlicher Igel lief vor uns über den Pfad und verschwand im nassen Gras.

»Wollen wir nachsehen, wo er wohnt?«, fragte Sandra.

Aber der Igel war weg. Wahrscheinlich hatte er einen geheimen Eingang.

»Du?«, sagte Sandra.

»Mm«, sagte ich.

»Was ist eigentlich mit Rebekka los? Warum sagt sie nichts?«

»Ich weiß nicht«, sagte ich. »Vielleicht hat sie es schwer gehabt.«

»Alle haben es doch schwer gehabt. Aber wir reden trotzdem.«

»Sie kann es so schwer gehabt haben, dass sie ganz verstummt ist.«

»Ich kann auf jeden Fall nicht verstehen, dass sie mit diesem irren Munk zusammen ist.«

Als wir an den See hinunterkamen, hörten wir etwas draußen im Wasser. Wir blieben stehen und starrten nur noch. Rebekka schwamm da draußen. Sie war nackt, und ihr langer Körper glitt elegant durch das graue Wasser. Sie hatte ihr langes schwarzes Haar hochgebunden und mit einer Spange im Nacken festgesteckt. Also doch, sie gehörte dem Wasser an.

»Das muss doch schrecklich kalt sein«, flüsterte Sandra.

»Nicht, wenn du daran gewöhnt bist«, flüsterte ich.

»Ich habe immer davon geträumt, mal einen solchen Körper zu haben«, sagte Sandra.

»Jetzt hör aber auf«, sagte ich.

»Es stimmt aber.«

Rebekka entstieg dem Wasser und sah uns. Sie löste ihr Haar und lächelte. Sie war groß und schön und machte sich nichts daraus, dass wir sie nackt sahen.

»Ist es ... kalt?«, fragte Sandra.

»Es ist herrlich«, sagte Rebekka. »Wollt ihr auch baden?«

Ich fuhr zusammen, als ich ihre Stimme hörte.

»Ich glaub eher nicht«, sagte Sandra.

Wir konnten einfach nicht aufhören, sie anzusehen. Ihr weißer Körper begann zu verschwinden, zuerst unten und danach oben. Jetzt verbarg er sich in einer Kordhose und einem schwarzen Pullover.

»Ist Munk aufgestanden?«, fragte Rebekka.

»Das bezweifle ich sehr«, antwortete ich.
»Er braucht Schlaf«, sagte Rebekka.
»Ja«, sagte ich.

Beim Frühstück war Munk strahlender Laune. Er trank neun Tassen Kaffee und aß acht Scheiben Brot mit Leberpastete, während er französische Kabarettlieder summte und erzählte.

»Ich machte mir lange Gedanken darüber, wie ich um den Militärdienst herumkommen könnte«, sagte er. »Und als ich zur Musterung antrat, hatte ich noch immer keine Idee. Zuerst hatte ich vor, auf den Musterungsbescheid zu antworten, der Betreffende sei leider verschieden, aber das wäre ein wenig zu einfach und meines Genies nicht würdig gewesen. Von mir durfte man Ausgefeilteres erwarten.«

Wir nickten, und Munk goss sich eine neue Tasse Kaffee ein.

»Dann kam die Frage, ob es in meiner engeren Familie Geisteskrankheiten gäbe. Das traf genau ins Schwarze, und ich zählte einen nach dem anderen auf, mich selbst eingeschlossen und vier Personen, die ich erdichtete. Aber ich trat trotzdem zur Musterung an und musste ein paar schwachsinnige psychologische Tests machen und sorgte dafür, dass der helle Wahnsinn dabei herauskam. Dann saß ich da mit einer Strickmütze, wie Babys sie tragen, und verlangte als Einziger, meine Papiere in Nynorsk zu bekommen. Ich hielt sogar eine kleine Ansprache gegen die Riksmålbewegung, die NATO, Das Beste und eine Menge anderes. Aber das Schlimmste bei der Musterung, wisst ihr, was das war?«

Wir schüttelten die Köpfe.

»Das Schlimmste bei der Musterung war, dass wir in ein Glas pissen mussten.«

Munk versah sich mit der letzten Scheibe Brot und belegte sie dick mit fetter Leberpastete.

»Und dann die armen Schweine, die es nicht schafften, etwas zu produzieren. Aber ich hatte natürlich genug. Ich hatte so viel, dass ich vier von diesen armen Teufeln aushelfen konnte, die nichts rauskriegten. Dann ging ich mit meinem vollen Glas hinein zu dem Oberst, der das Ganze unter sich hatte, klatschte das Glas vor ihm auf den Tisch und sagte: ›Herr Oberst, hier ist meine gelbe Pisse. Der gemeine Soldat Munk meldet sich zum Dienst. Er hat jetzt für seinen König und sein Land ins Glas gepisst.‹«

Das Boot war weit auf Land in den Bootsschuppen gezogen worden, und Munk und ich gingen hin, um es rauszuholen und das Angelzeug mitzunehmen.

»Ich habe eine Frage«, sagte ich.

»Das wundert mich nicht«, antwortete Munk.

»Was ist mit Rebekka los?«

»Ist was los mit ihr?«

»Ja, sie sagt so wenig.«

»Ist das nicht ein Segen? Stell dir vor, alle wären so wie du und ließen ununterbrochen die Quasselmühle laufen. Rebekka ist ein prima Mädchen. Sie hat noch nicht einmal versucht, mich mit dem Messer ins Bein zu stechen.«

Wir zogen das Boot. Mit einem scharrenden Geräusch glitt es dem Wasser und der Freiheit entgegen.

»Das geht ja prima«, meinte Munk. »Gleich haben wir dieses arme unterdrückte Ruderboot aus dem ehernen Griff des Monopolkapitalismus befreit.«

»Erst müssen wir dieses Tau losmachen«, sagte ich. »Das dicke Tau des Monopolkapitalismus. Und du musst einen Zapfen suchen, den wir ins Loch stecken können, sonst besteht die Gefahr, dass der Monopolkapitalismus doch noch den Sieg davonträgt.«

Das Boot schaukelte auf dem Wasser. Es war schwer zu erkennen, wie es über das, was mit ihm geschah, dachte. So am Anfang war es bestimmt ein bisschen ungewohnt.

Das einzige Angelgerät, das wir fanden, war ein altes Ottergerät. Wir würden also mit dem Ottergerät fischen.

»Eigentlich hätten wir auch seinen Kühlschrank plündern sollen«, sagte Munk. »Aber aufgeschoben ist nicht aufgehoben. Holen wir unsere Damen.«

Hinaus auf den See. Ich saß an den Rudern und fühlte, dies war etwas, das ich meistern konnte. Wir sahen alle vier glücklich aus, Rebekka am allerglücklichsten. Sie saß im Bug und ließ eine Hand ins Wasser hängen. Von beiden Seiten sickerte Wasser ins Boot, aber es war noch nicht so viel, dass es uns Sorgen machte. Wir hatten ja ein Schöpfgefäß.

Munk hatte das Scherbrett des Ottergeräts ausgebracht und es sogar geschafft, dass sich die Schnur nicht in den Haken verhedderte.

»Zwei Dinge fehlen uns«, sagte Sandra.

»Was denn?«, fragte ich.

»Eine Ukulele und ein Sonnenschirm.«

»Ihr habt etwas, das noch besser ist«, sagte Munk. »Ihr habt mich.«

»Das ist natürlich wahr«, sagte ich.

»Und wenn ihr ein bisschen Gesang und Unterhaltung wollt, wisst ihr ja, an wen ihr euch wenden könnt.«

»Das wissen wir«, sagte ich. »Aber wir sollten vielleicht die Fische nicht früher als unbedingt nötig erschrecken.«

Rebekka hatte etwas an Land entdeckt. Sie zeigte und lächelte. Ich sah auch, was es war.

»Da steht ein Mann«, sagte Sandra. »Kennt den jemand? Er sieht echt schrecklich aus.«

Der Mann an Land rief etwas, das keiner von uns verstand. Vielleicht verstand Rebekka es, aber sie sagte nichts.

»Oho«, sagte Munk. »Das ist der Monopolkapitalist in höchsteigener Person. Würde mich nicht wundern, wenn er sein Boot zurückhaben will. Er ist gewissenlos genug dafür.«

»Au Scheiße«, sagte Sandra. »Ist das der, dem das Boot gehört?«

»Das Boot gehört dem Volk«, sagte Munk. »Und das Volk hat es jetzt zurückgefordert.«

Er stellte sich im Boot auf und schrie.

»Das Boot des Volkes geht zurück ans Volk! Es lebe die Revolution!«

Ich sah, dass der Mann an Land etwas in der Hand hielt. Etwas Blankes, das er hochhob.

»Ich glaube, er hat ein Gewehr«, sagte ich.

Wir wurden still.

»Ich habe einen Vorschlag«, sagte Rebekka.

Wir fuhren zusammen und starrten sie an.

»Wir versenken das Boot und schwimmen unter Wasser an Land.«

EIN VERSAUTER TAG

Der Monopolkapitalist hatte eines der abstoßendsten Gesichter des Monopolkapitalismus und war nicht zu Verhandlungen bereit. Eigentlich wollte er uns erschießen, aber da er Gesetzlosigkeit nicht akzeptieren konnte, wollte er uns nur der Polizei übergeben.

Stumm und bleich standen wir da. Nur Rebekka wirkte ruhig. Munk sah aus, als überlege er, wie man den Kerl niederschlagen konnte, ohne dass dieser Zeit hatte, vorher zu schießen.

»Wartet hier einen Augenblick«, sagte Rebekka.

Sie ging ruhig zu dem Monopolkapitalisten hinüber und begann mit leiser Stimme, ihm etwas zu sagen. Zuerst wurde sein Gesicht noch dunkler, aber dann schien er unsicher zu werden, und er sah uns der Reihe nach an. Rebekka war einen Kopf größer als er und wirkte unverändert ruhig.

Der Monopolkapitalist zuckte mit einer fetten Schulter und wandte uns den Rücken zu.

»Kommt«, sagte Rebekka.

»Was hast du zu ihm gesagt?«, fragte ich, ganz außer mir vor Bewunderung.

»Nichts Besonderes«, sagte Rebekka.

Munk zwinkerte mir zu.

Aber der Tag war versaut, und nichts konnte ihn mehr

retten. Er sah jetzt aus wie ein Gummiball, den jemand so lange gegen eine Mauer getreten hat, bis er ein Loch bekommen hatte. Wir wussten nichts Besseres zu tun, als zur Hütte zurückzutrotten. Der Tag sackte in sich zusammen, je mehr die Luft aus ihm entwich.

»Wir müssen es machen wie unsere Vorväter«, sagte Munk. »Essen, trinken und Karten spielen. Dann kommt der Abend, bevor ihr euch verseht.«

WIR FÜHREN EINE DISKUSSION, UND WÄGLEN TAUCHT IM LETZTEN AUGENBLICK AUF

Dies wird nie eine gute Geschichte«, sagte Munk. »Und das ist meine Schuld. Es wird zu viel irrelevanter Kram geredet. Stattdessen hätten wir uns strikt an die Politik halten und konsequent vorgehen sollen, dass die Fetzen nur so geflogen wären.«

»Nimm es nicht so schwer«, sagte ich. »Es kann auch so noch ganz gut werden.«

»Sagst du, der noch nie von etwas gehört hat, das Struktur heißt«, sagte Munk. »Das kommt davon, dass du so viele Vorlesungen geschwänzt hast.«

Ich saß auf dem Bett und Munk auf der Fensterbank. Wir hatten das Fenster geöffnet, und das Radio lief laut. Wir hörten John Peels Programm auf BBC 1, und gerade an diesem Abend hatten wir einen guten Empfang. Munk schlug mit einer Tasse den Takt gegen das Fenster.

»Vielleicht sollte ich wieder anfangen zu spielen«,

sagte er. »Ab und zu bereue ich, dass ich damals die Rhythmusgitarre zertrümmert habe. Das zeigt, welch schlechten Einfluss Pete Townshend auf viele junge Menschen mit labilem Seelenleben gehabt hat.«

»Hast du es auf der Bühne gemacht?«, fragte ich.

»Selbstverständlich. Die Schlussnummer, die mit Rauch und Feuer und dem verrückten Munk endet, der die Gitarre kurz und klein schlägt und ein wildes Gebrüll ausstößt, während er die skandalösesten Grimassen schneidet. Manchmal denke ich, ich hätte in der Branche bleiben sollen. Dass die Musik mich braucht.«

»Die Politik braucht dich auch«, sagte ich tröstend.

Es klopfte an die Tür.

»Herein«, sagte ich.

Der Hauswirt stand mit seinem dicken Bauch in der Türöffnung. Er blies sich auf und ließ Worte aus seinem Mund entweichen.

»Also so geht das nicht weiter. Das siehst du ja wohl ein.«

»Was geht nicht so weiter?«, fragte ich.

»Dieser ewige Lärm hier von morgens bis abends. Keine Sekunde hat man mehr seinen Frieden. Aber jetzt ist Schluss damit. Du fliegst raus. Ich sag es dir jetzt, in einem Monat bist du hier raus.«

»Einen Augenblick mal«, sagte Munk und wedelte mit dem Zeigefinger in Richtung des Hauswirts. »Wer ist diese äußerst unsympathisch aussehende Kreatur in diesem geschmacklosen Hemd?«

»Das ist mein Hauswirt«, sagte ich.

Munk rutschte von der Fensterbank herunter und ging auf den Hauswirt zu, der sich im Zimmer umsah.

»Jetzt macht das Radio aus, damit die Leute hier schlafen können. Ich frage mich, wann du zum letzten Mal geputzt hast. Hier ist ja alles voller Staub und Dreck. Das ist ja der reinste Saustall hier. Man sollte es nicht für möglich halten.«

Munk war bei ihm angelangt. Er beugte sich über den Hauswirt und starrte ihm in die Augen.

»Wie kannst du es wagen?«, sagte Munk. »Mit welchem Recht erlaubst du dir, du Schwein, auf diese vulgäre Art und Weise hier hereinzuplatzen und einen armen jungen Mann vom Lande aus proletarischem Hause zu erschrecken? Ich seh dir an, dass du ein Emporkömmling bist. Wenn man dir deine fette Zufriedenheit abstreift, bleibt nur Scheiße übrig.«

Der Hauswirt erstarrte, und es zuckte in seinem Arm, als wolle er zuschlagen.

»Schaff auf der Stelle diesen Mann hinaus!«, kreischte er mich an. »Raus mit ihm, und zwar sofort, sonst hol ich die Polizei. Der sieht ja aus wie ein Penner.«

»Das musst du gerade sagen«, fauchte Munk ihn an. »Du fetter Abschaum. Du bist ja der reinste Faschist. Die Gestapo bestand aus Typen wie dir.«

Munk stand schwankend da und geriet in Rage.

»Du repräsentierst alles, was ich hasse und verachte«, schrie er. »Mein ganzes Leben habe ich damit verbracht, Leute wie dich zu bekämpfen. Solche faschistischen, wurmstichigen Arschlöcher. Ich war in Stalingrad dabei, ist dir das klar? Da ist der Faschismus auf den Arsch gefallen. Aber der Kampf war damit noch nicht zu Ende, das sieht man ja hier so deutlich wie nur was.«

Der Hauswirt war käseweiß geworden und hielt sich krampfhaft am Türrahmen fest. Schaum trat aus seinem Mund.

»Raus!«, kreischte er. »Raus, alle beide! Ich rufe die Polizei.«

Ich stand in der Mitte des Zimmers, die Kaffeetasse noch immer in der Hand, und merkte, dass ich nicht ganz Herr der Situation war. Das Ganze war zu einer Angelegenheit zwischen Munk und dem Hauswirt geworden. Ich konnte mich nur wieder hinsetzen und zusehen, wie es weitergehen würde.

»Wenn ich dich nicht so tief verachtete, würde ich dir eins mitten in deine fette, schweinische und stinkende Schnauze geben«, brüllte Munk. »Aber so viel Aufmerksamkeit bist du gar nicht wert. Wenn die Arbeiter hier im Lande die Macht übernehmen, lass ich sie kurzen Prozess mit dir machen. Und der wird wirklich kurz.«

Der Hauswirt hatte nicht die gleichen Skrupel wie Munk, und Munk taumelte, von einem Schlag auf die Kinnspitze getroffen, zurück. Ich begriff, dass jetzt der Ernstfall eingetreten war. Bis dahin hatte ich das Ganze als eine Art Schmierenkomödie betrachtet. Der Wirt ballte die Fäuste und näherte sich Munk von neuem.

Plötzlich erstarrte er, und es wurde still im Zimmer. Ein unheilvoll drohender Schatten erschien langsam in der Türöffnung.

Da stand Waglen.

Mit orangefarbener Jacke, das Hemd bis auf den Bauch aufgeknöpft, und in seinen braunen Cowboystiefeln. Seine Augen leuchteten bösartig.

»Was zum Teufel geht hier vor?«

Ich blickte von Waglen zu Munk und wieder zurück. Sie musterten sich gegenseitig. Munk massierte sich die Kinnspitze. Ich hatte so meine Bedenken, wie es jetzt weitergehen würde, wenn sich zwei große Geister und Sprachpfleger unter solchen Umständen begegneten. Würde Raum für beide sein? Nun ja, vorläufig war der Hauswirt das Problem. Er sah aus, als sei er unschlüssig, wen er zuerst schlagen sollte.

»Dies ist Per Waglen«, sagte ich. »Alter Schulkamerad. Und das ist Doktor Munk. Und das da ist Herr Olsen, mein Hauswirt. Er ist gekommen, um mich rauszuwerfen.«

Waglen fletschte seine scharfen Eckzähne.

»Das wollen wir doch mal sehen«, sagte er.

»Ganz meine Meinung«, sagte Munk. »Lass ihn in seinem eigenen ranzigen Fett schmoren.«

»Right«, sagte Waglen. »Er sieht aus, als brauchte er ein bisschen orientalische Eiermassage.«

Waglens Lächeln wurde noch bösartiger, und bevor der Hauswirt auch nur den rechten Arm schwingen konnte, hatte Waglen ihn schon von hinten in den Schwitzkasten genommen.

»Ich habe nur mal 'nen Abstecher in die Stadt gemacht«, sagte er zu mir. »Und da hab ich mir gedacht, ich schau mal rein, um zu sehen, ob du immer noch der alte Rotzfleck auf zwei Beinen bist. Und dann soll ich dich von Pils-Ola grüßen. Das Geld ist unterwegs.«

»Danke«, sagte ich. »Freut mich zu hören.«

Munk hatte sich wieder gefangen und nahm die Gelegenheit wahr, dem Hauswirt einen Tritt in den Schritt zu verpassen.

»Der Zorn kommt manchmal vor der Moral«, murmelte er.

»Noch einmal«, sagte Waglen. »Das war verdammt noch mal nicht genug. Ist dieser Kasper auch ein Bonze von der Arbeiterpartei?«

»Arbeiterpartei?«, sagte Munk. »Das ist ein verdammter Faschist. Und wählt bestimmt rechts.«

Waglen fletschte von neuem die Zähne.

Der Hauswirt hatte sich nach Munks Tritt wieder erholt und versuchte, sich mit einem heftigen Ruck zu befreien. Aber Waglen ließ nicht locker.

»Weißt du, was wir mit dir machen? Ja, da gibt es verschiedene Möglichkeiten. Den Schwanz abschneiden und einpökeln ist noch das Harmloseste.«

»Polizei!«, brüllte der Hauswirt. »Polizei!«

»Halt du ihn mal«, sagte Waglen zu Munk. »Er fängt an, mir auf die Nerven zu gehen. Ich werde so schnell nervös und kriege Migräne und so.«

Er ließ plötzlich los, der Hauswirt stolperte vornüber, und Munk sprang ihm auf den Rücken. Waglen tanzte vor ihm und landete einen Schlag. Der traf, wo er treffen sollte, und der Hauswirt torkelte rückwärts, immer noch mit Munk auf dem Rücken. Waglen schlug noch einmal, im selben Moment, in dem Munk absprang, und der Hauswirt taumelte rückwärts gegen die Wand, knallte mit dem Hinterkopf an das Bücherregal und sank zu Boden. Da lag er, ein starkes und treffendes Symbol für den Sieg des Guten über das Böse.

»Ein triumphaler Sieg für das Volk!«, jubelte Munk und klatschte sich auf die Schenkel. »Der Sozialismus ist mehrere große Schritte vorangekommen!«

»Sozialismus?«, sagte Waglen. »Ich glaube, davon hab ich schon mal was gehört. Aber ich finde, jetzt haben wir uns was zu trinken verdient. Ist Kaffee in der Kanne da?«

»Warte ein wenig«, sagte Munk. »Lasst uns erst auf die Knie fallen und unserem Schöpfer danken, der uns von dieser zehnten Landplage befreit hat, diesem Ferkel im Schweinepelz.«

»Ich weiß nicht recht«, sagte Waglen. »Ich hab eher Durst. Aber keiner hindert dich, wenn dir danach ist. Wir sind ja alle Menschen.«

Ich setzte frischen Kaffee auf und wusch die Tassen ab. Ich war noch immer ganz zittrig. Und was sollten wir jetzt mit ihm machen? Uns dreien blühten jetzt wohl Zuchthaus und Spaziergänge in Ketten, lebt wohl, Liebe und Musik.

»Was machen wir mit ihm?«, fragte ich.

»Ich hab 'ne verdammt gute Idee«, sagte Waglen. »Wir legen ihn in ein Schwefelsäurebad. Dann wollen wir mal sehen, ob er nachher immer noch so 'ne große Klappe hat.«

»Wir lassen ihn da liegen und verfaulen«, schlug Munk vor. »Wir ignorieren ihn. Ich glaube, er wird in Zukunft vorsichtiger sein und sich überlegen, was er tut. Mach das Radio wieder richtig an.«

»John Peel?«, fragte Waglen.

»Ja«, sagte ich. »Das ist die letzte LP von Scrotum Hoseah Dirtbag.«

Durchs Fenster konnte ich sehen, dass der Mond aufgegangen war, er wiegte sich wie ein Schaukelpferd.

»Tja«, sagte Waglen. »Ich wollte nur mal reinsehen,

weil ich sowieso in der Stadt war. Wenn du morgen Zeit hast, können wir ja ein bisschen quatschen. Aber nicht in der Kaffeestube.«

»Ja«, sagte ich.

»Dann wünsch ich Gute Nacht allerseits.«

»Ich bin erfreut, die Bekanntschaft eines guten Mannes gemacht zu haben«, sagte Munk.

»Yes«, sagte Waglen.

Munk und ich blieben noch eine Weile im Mondlicht sitzen. Ein Licht, das zu uns passte.

»Komm«, sagte Munk. »Wir schaffen ihn in sein Bett. Oder besser noch unter das Bett. Wenn wir Glück haben, glaubt er morgen, dass er alles nur geträumt hat.«

WAGLENS ENGEL

Waglen wohnte im Hotel Wald, wie man sich denken konnte. Er ging im Zimmer auf und ab, als ich hereinkam, und war nicht allein. Zwei lederbekleidete Typen mit langen fettigen Haaren und dunklen Brillen saßen auf dem Fensterbrett und rauchten. Offensichtlich waren sie die Besitzer der Motorräder, die vor dem Haus standen.

»Da bist du ja, du Schnapsschisser«, sagte Waglen. »Wie steht es um den fetten Faschisten? Hast du ihm die Rübe abgeschnitten?«

»Ich hab ihn ins Klo gesteckt und runtergespült«, sagte ich.

»Ich könnte mir in den Arsch beißen vor Ärger, dass wir ihn nicht erschossen haben«, sagte Waglen. »Wo wir die Chance hatten, mal was Großes zu vollbringen. Wir rotbäckigen und kurzpimmeligen Burschen vom Lande haben nicht jeden Tag so eine Chance. Und nachher hätten wir zum Erving gehen und Volkstanz aufführen können!«

»Vielleicht solltest du uns mal vorstellen«, sagte ich und zeigte auf die beiden Typen im Fenster.

»Das sind prima Kerle«, sagte Waglen. »Meine Kumpel. Ronny und Gogge. Sie laufen unter dem Namen Waglens Angels. Wir haben gewisse gemeinsame Pläne. Wir denken an eine Art modernen Engelsgesang. Hier, guck dir das mal an, der du dir in die Hose machst, wenn du nur den Korken einer Schnapsflasche siehst.«

»Tu ich nicht«, sagte ich.

Waglen zog einen schwarzen Koffer unter dem Bett hervor und öffnete ihn.

Ich war nicht so geschockt, wie ich hätte sein sollen. Ronny und Gogge hatten meine Gedanken schon in gewisse Bahnen gelenkt.

In dem Koffer lagen drei Revolver und vier große Messer, dazu einiges an Munition.

»Warst du es nicht, der damals von Bill und Ben geredet hat?«, sagte Waglen. »Jetzt wollen wir mal sehen, ob du den Absprung von den Vangsburschen wagst.«

Ronny und Gogge fingen an zu kichern.

»Vangsburschen«, kicherte Ronny.

»Hihihi«, kicherte Gogge.

»Die beiden haben die Sachen beschafft«, sagte Waglen. »Ein kleiner Bruch am rechten Ort. So was hält die Seele jung und den Arzt fern.«

Er fletschte die Zähne und sah zufrieden aus. Er hatte sich bestimmt schon vorbereitet.

Ich fühlte, dass Waglen in diesem Film allein weiterspielen musste. Es war vielleicht nicht ganz richtig, ihn so im Stich zu lassen, aber für solche Rollen war ich nicht ausgebildet. Sie mussten einen anderen finden, wenn sie noch einen brauchten.

»Bill und Ben?«, fragte Waglen.

Zwei hagere Männer, die über die Prärie reiten. Die Berge sind golden und rot. Plötzlich knallt es, beide fallen von den Pferden, und eine Staubwolke steigt zum Himmel.

»Es ging am Ende nicht gut aus mit Bill und Ben«, sagte ich und machte den Koffer wieder zu. »Die Vangsburschen dagegen ...«

»See you around«, sagte Waglen.

»Yeah«, sagte ich.

1. MAI 1

Unterwegs zur Sitzung des Zentralkomitees, 30. April, nachmittags, Wetter leicht bewölkt. Der Park und der See lagen da und träumten. Wahrscheinlich von einer Zeit nach dieser. Einer Zeit, in der es Parks und Teichen besser gehen würde als heute.

Nur drei Mann waren noch übrig von dem Zentralkomitee, das ich vom Herbst her in Erinnerung hatte. Als sie uns sahen, begannen sie zu grinsen.

»Seht mal da«, riefen sie. »Da kommt Munk, der König der Affen.«

Munk winkte überlegen, als bitte er sie, sich ein paar Grad abzukühlen.

Das Zentralkomitee klirrte mit seinen Plastiktüten und machte ein paar Flaschen auf. Munk griff nach einer.

»Genossen«, sagte er. »Wo sind die anderen?«

»Wer denn?«

»Der Rest von euch.«

»Nu mach ma halblang, Munk. 's is doch Frühling, verdammt. Glaubs du, die wolln hier auf 'm Arsch sitzen un drauf warten, dass dä große Munk vorbeikommt mit eim Gotteswort für se? Die ham 'n Abflug gemacht, Mann. Gibt ja auch woanders in Norwegen Bänke.«

»Es schmerzt mich, dies zu hören«, sagte Munk. »Wisst ihr, was morgen für ein Tag ist?«

»Morgen is woll Freitag, eh.«

»Ja, aber das Datum.«

»Is woll was mit April.«

»Es ist schlimmer, als ich befürchtet hatte«, sagte Munk finster. »Habt ihr alles vergessen? Seid ihr vollkommen abtrünnig und eine Versammlung verstockter Renegaten geworden? Was ist los mit euch, zum Teufel?«

Die drei blickten sich träge und ruhig an.

»Renegaten? Du bis doch 'n Renegat, verdünnisierst dich 'n ganzen Winter und machs'n dicken Macker, weil de 'ne Bude has. Du bis ja 'n Saisonkommunist. Wir, die hier sitzen, wir ham die ganze Verantwortung auf'n Schultern.«

Die beiden anderen fanden, das habe er gut gesagt. Sie lachten roh.

»Prost, Fransen, du bis echt gut.«

»Ich bin Theoretiker, verflucht noch mal«, sagte Munk. »Wie glaubt ihr, würde das gehen, wenn ihr keinen hättet, der für euch denkt? Ich bin der einzige Intellektuelle hier. Ich trage eine schwere Verantwortung.«

Der Kleinste von der Kerlen sah mich an. Ich wurde unruhig.

»Du«, sagte er. »Mich bedienen se nich mehr im Pol. Kanns du mir vielleich was kaufen? Ich brauch drei Flaschen Koskenkorva. Denkste dran? Du krichs die Kohle, wenn du wiederkomms.«

»Jetzt wird hier noch kein Schnaps gekauft«, sagte Munk. »Lasst uns erst einmal wiederholen, was der Kommunismus ist. Es sieht so aus, als wäre das verdammt nötig. Nun, was ist der Kommunismus?«

»Kommunismus is Aufschnitt auf'm Brot«, sagte der eine.

»Billiger Schnaps im Pol«, sagte der andere.

»Das sind willige und geile Weiber«, sagte der Dritte.

Rohes Gelächter von allen.

»Das is'n ewiges Fest«, sagte der Erste.

»Das is Besäufnis un Remmidemmi«, sagte der Zweite.

»Das is, wenn Brann den Pott gewinnt«, sagte der Dritte.

Munk betrachtete sie finster und schüttelte den Kopf.

»Wenn ich es nicht besser wüsste, würde ich sagen, dass ihr verfluchte Kleinbürger seid. Macht mal Platz hier, und packt das Bier weg. Jetzt wiederholen wir ein paar Dinge. Morgen ist der 1. Mai, und wir marschieren mit. Setz du dich auch. Dir kann es auch nicht schaden zu hören, was ich jetzt sage.«

1. MAI 2

Der 1. Mai wurde vielleicht doch nicht das ganz große Erlebnis, trotz des schönen Wetters. Ich ging ungefähr in der Mitte des Demonstrationszugs der studentischen 1. Mai-Front unter der Parole Nieder mit der Juntaherrschaft in Chile. Nachdem Else mit mir Schluss gemacht hatte, hatte ich Lateinamerika beinahe vergessen, und wollte deshalb versuchen, dem schlechten Gewissen, das mich sofort befiel, abzuhelfen. Sandra ging neben mir und schien gut drauf zu sein. Sie hatte sich gerade einen neuen Pullover gestrickt. Er war dunkelgrau, mit einem Halbmond und einem weißen Pferd. Ich merkte, wie stolz ich auf sie war. Stolz darauf, dass sie Pullover trug, wie sie sonst niemand hatte, stolz darauf, dass sie mit mir zusammen sein wollte. Es überkam mich so stark, dass ich heftig die Arme um sie schlang. Sie erwiderte meine Umarmung, und wir blieben stehen und küssten uns nach Strich und Faden, sodass die Leute auf beiden Seiten um uns herumgehen mussten. Auf dem Bürgersteig begannen die Leute zu klatschen. Wir waren die Stars der 1. Mai-Demo. Wir küssten uns, um die Junta in Chile zu stürzen. Als wir uns ansahen, waren wir ganz hinten im Zug gelandet, unter der Parole: Bessere Möglichkeiten für die Jugend. Wir fanden, wir hatten der Jugend die beste aller Möglichkeiten gezeigt.

Unmittelbar vor uns ging Munk, mit Rebekka am Arm. Sie drehte sich einmal um und winkte uns zu. Rebekka, ja.

Das Zentralkomitee dagegen war nirgendwo zu sehen, und das war wohl der Grund, warum Munk so sauer aussah. Aber als wir aus der Olav Kyrres gate in Vaskerelven einbogen, standen sie da, alle drei. Sie teilten sich eine Plastiktüte und winkten damit vor den Leuten.

»Hier is dä Kommunismus«, riefen sie. »Wir brauchen nich inne Demo zu gehen, wir ham den Kommunismus hier inne Tüte. Guckt mal, wie er sich bewegt.«

Als sie Munk erblickten, fingen sie an zu lachen. Der eine schlug sich an die Brust und rief: »Me Tarzan, you Munk.«

Daraufhin lachten sie noch lauter und begannen im Chor zu singen:

»Oh Munk, willst du wandern die Straße des Lebens,
mit der großen Dame an deiner Seite ...«

»Verfluchte Renegaten!«, brüllte Munk. »Das wird Säuberungen geben, darauf könnt ihr Gift nehmen.«

»Ich komme mir vor, als würde ich schweben«, sagte Sandra. »Ein irres Gefühl.«

»Mir geht es genauso«, sagte ich. »Als wäre alles möglich.«

»Als ob wir nie sterben würden«, sagte Sandra. »Das werden wir auch nicht«, sagte ich.

WE'VE BEEN HAVING
FUN ALL SUMMER LONG

Ich bin der Eingang in die Stadt der Schmerzen, ich bin der Eingang in das ewige Leid, ich bin der Eingang zum verlorenen Volk. (...) Tu, der du eintrittst, alle Hoffnung ab.«

Um der Wahrheit die Ehre zu geben, dies ist die Inschrift über dem Höllentor bei Dante, und nicht über dem

Tor der Hansa-Brauerei, durch das ich jetzt eintrat. Der Pförtner schickte mich zum Transportleiter hinunter, der einen Namen hatte, den ich nicht verstand. Mit mir ging eine Gang anderer Idioten, die wie ich grüne Jogginganzüge trugen.

Der Transportleiter stand da und machte Notizen. Die Fahrer kamen herein und warteten. Jeder von ihnen bekam seine Papiere ausgehändigt und ging wieder. Dann waren wir Idioten in grünen Jogginganzügen an der Reihe.

»Du fährst mit Nielsen«, sagte der Transportleiter zu einem von uns. »Und du fährst mit Thuen.« Die beiden sahen sich unsicher an und verschwanden.

»Du fährst mit Thorvaldsen«, sagte der Transportleiter zu mir.

»Entschuldige, aber du kannst mir nicht sagen, wer das ist?«

»Du siehst ihn da draußen. Tuft? Du fährst mit Eitungjerdet.«

Ich sah einen großen, blonden Mann mit Brille und sehr moderater Afrofrisur. Er hatte die graue Hansa-Jacke an und zurrte gerade die Persenning an seinem Wagen fest.

»Fährst du bei mir mit? Fertig geladen ist er, also können wir gleich in die Kantine raufzockeln.«

Wir zockelten rauf in die Kantine, wo eine ganze Reihe von Fahrern saß und Kaffee trank.

»Hier gibt's billiges Essen«, sagte Thorvaldsen. »Die Gutscheine dafür kaufst du an der Kasse. Limo gibt's gratis, so viel du willst.«

Ich dachte, es könnte unhöflich wirken, die Limo nicht

zu probieren, nahm einen Pappbecher und drückte auf: Mischung aus Cola und Zitrone.

»Bist du fertig?«, sagte er.

»Ja.«

»Ich hoffe, du weißt, wie das hier läuft?«

»Ich weiß gar nichts«, sagte ich.

»Dann musst du'n Student sein. Aber das bringen wir dir schon bei. Lass mich nur erst meinen Kaffee trinken, einverstanden?«

»Ja«, sagte ich. »Ich habe keine Eile.«

»Keine Eile? Was'n das für 'ne Einstellung? Komm, zockeln wir los.«

Wir fuhren mit dem Aufzug nach unten und stiegen in den Wagen.

»Kannste fahren?«, fragte Thorvaldsen.

Ich schüttelte den Kopf.

»Scheiße, und ich dachte, du könntest mich mal 'n bisschen ablösen. Was sind 'n das für Analphabeten, die sie uns da schicken?«

Ich lächelte entschuldigend. Er knallte mir die Papiere in den Schoß.

»Hier is die Liste. Liegt alles in der richtigen Reihenfolge. Du brauchst nur aufzupassen, wie viel von jedem sie kriegen, und dann zählste die Leergutkisten. Heute kriegen wir verdammt viel Leergut.«

Wir segelten flott durch das Hansa-Portal hinaus und den Kalfarveien hinunter. Es war noch nicht acht, aber die Sonne wusch schon die Dachziegel und verkündete, dass der Sommer gleich um die Ecke war.

Ich spürte einen beißenden Stich in meiner schwarzen Seele. Sandra. Sie war ins Ostland gefahren, während ich hier arbeiten wollte. Einen Monat sollten wir voneinander getrennt sein, um Geld für unsere Reise zu verdienen. Einen Monat. Dreißig Tage. Siebenhundertzwanzig Stunden. Und dann noch die Minuten und die Sekunden. Das würde einiges Malnehmen mit sechzig geben.

Ich dachte auch an die Zwischenprüfung, die ich hätte machen sollen, aber aufgeschoben hatte. So musste ich stattdessen die Nebenfachprüfung im Herbst machen. Ich gelobte mir selbst, wie ein Tier zu pauken, wenn der Sommer vorbei war.

Ein Typ mit schulterlangem Haar, Stirnband und flatternden Hemdschößen ging vor uns auf dem einen Bürgersteig. Er nickte bei jedem Schritt mit dem Kopf.

»Oh verdammt«, sagte Thorvaldsen. »Guck dir den Scheiß-Hippie an. Soll'n wir ihn auf die Stoßstange nehmen?«

Ich grinste.

»Live and let live«, sagte ich.

»Was haste gesagt? Live and let live? Das is aber 'n verdammt schlechtes Motto. Du hast echt noch 'ne Menge zu lernen, du.«

Die Sommerbäume strichen an unseren Seiten entlang und ließen uns ruhig, nachdenklich und ernst wirken. Der Sommer würde bald beginnen, und wir hatten sicher beide Lust, anderswo zu sein.

»On the road«, sagte Thorvaldsen und grinste mich an.

»Ja«, sagte ich. Wie gesagt, habe ich Kerouac nicht gelesen und nahm alles ohne Hintergedanken auf.

»Wo geht die Fahrt denn hin?«

»Das ist nicht leicht zu sagen«, gab ich zurück.

»Nich leicht zu sagen? Was zum Teufel meinste damit, Junge? Glaubste, dass wir auf die Art bei Hansa bisnis treiben? Wo bis du denn inne Schule gegangen?«

Zwei große Flaschen Pils standen schwankend auf dem Boden zwischen Thorvaldsen und mir. Sie schlugen jedes Mal aneinander, wenn Thorvaldsen bremste. Es sah aus, als übten sie eine Szene aus irgendeinem Dick-und-Doof-Film ein. Es würde noch damit enden, dass sie wirklich umfielen, und Dick würde fuchsteufelswild werden und Doof eins auf den Schädel geben.

Thorvaldsen pfiff.

»Gib mir die Listen, du Pflaume«, sagte er.

Er überflog sie pfeifend.

»Soso«, sagte er. »Das sieht ja verdammt bescheuert aus. Hast du hier was dran verändert?«

Ich schüttelte den Kopf. Sah ich so aus? Sollte dieser erste Tag an einem neuen Arbeitsplatz damit vergehen, dass ich ungerechte Anschuldigungen und Gemeinheiten über mich ergehen lassen musste?

Wir fuhren vorbei an alten weißen Häusern in Gärten und alten Häusern ohne Gärten, an Häusern, in denen dicke Frauen im Fenster standen und mit dicken Frauen im Fenster auf der anderen Straßenseite redeten, vorbei an einem Haus, in dem ein alter Mann seinen Pisspott aus dem Fenster auf den Bürgersteig leerte, und vorbei an einer Masse kleiner Läden, die noch nicht geöffnet waren, wir fuhren an Leuten vorbei, die auf dem Weg ins Büro waren, vorbei an Tauben und Krähen, Hunden und Katzen und sogar an ein paar Mädchen in engen Jeans.

Ja, ja, dachte ich.

Wir hielten vor einem Kolonialwarenladen an der

Ecke zweier seltsamer, enger Straßen. Ich meinte zwar, die Stadt zu kennen, aber in dieser Gegend war ich noch nie gewesen.

»Was ist das für ein Laden?«, fragte ich.

»Kann dir doch wurscht sein. Mach schon mal die Plane los, ich geh solange und seh nach, ob der Sack da is. Und guck auf die Liste, was er kriegen soll.«

Ich zog lustlos an den dicken, grünen Tauenden, und die Knoten gingen wie durch ein Wunder auf. Ich dachte wieder an Sandra. Ich musste aufhören, an sie zu denken, aber wie bekam ich das hin?

Thorvaldsen kam pfeifend wieder raus.

»Haste noch nich angefangen abzuladen?«

»Du hast nichts davon gesagt, dass ich anfangen sollte.«

»Ach du grüne Neune, sind wir denn hier im Kindergarten? Muss ich dir alles buchstabieren? Und vielleicht noch mit aufs Klo gehn? Was kriegt der denn? Vier Pils, zwei Zitrone, ein Soda, drei Apfelsine. Was für ein Idiot. Und bloß vier Pils. Nimm erst die Karre runter. Die liegt ganz hinten. Wo hinten is, weißte?«

Ich hob die Persenning an und zerrte die Karre los. Thorvaldsen hatte inzwischen die Persenning zurückgeschlagen, stand auf der Seitenklappe und wühlte zwischen den Kästen.

»Drei Pils, und da ham wir 'ne Apfelsine. Hier, nimm mal an, un tu sie auf de Karre. Zehn Kästen zusamm?«

Ich nahm den nächsten an. Die Kästen waren schwer, was mir gar nicht gefiel.

»Du fährs erst sechs rein, un dann bringste das Leergut wieder mit.«

Im Laden stand ein Mann im Lagerkittel und zeigte, wohin er die Kästen haben wollte. Ich kippte die Karre vor und schob die Kästen herunter.

»Die Zitrone soll dahin.«

»In Ordnung«, sagte ich. Geduldig brachte ich die Zitrone in eine andere Ecke.

Die Kästen mit dem Leergut standen in Stapeln zu zwölf aufeinander. Ich setzte die Karre darunter an und bekam den ganzen schwankenden Stapel mit.

»Die kriegst du nicht durch die Tür«, sagte der Mann im Lagerkittel. »Du musst die obersten runternehmen.«

Ich ruckte die wackelige Last (jetzt minus vier Kästen) über die Türschwelle und zum Wagen, wo Thorvaldsen die restlichen Kästen aufgestapelt hatte.

»Was is'n das zum Teufel? Wie viel Leergut hat der denn?«

»'ne ganze Masse«, sagte ich. Ich schwitzte schon. Ich arbeitete wirklich. Zum ersten Mal seit dem Heringsöl.

»Sag ihm, dass wir nich mehr Kästen mitnehmen können, als er kriegt. Wir ham doch verdammich kein Platz. Was denkt der sich?«

Ich fuhr die letzten vier Kästen hinein.

»Wir können nicht mehr als zehn Kästen Leergut mitnehmen«, sagte ich.

»Zehn Kästen?«, sagte der Mann im Lagerkittel. Er wollte sich vergewissern, ob er richtig gehört hatte. »Was ist denn das für'n Quatsch? Wir haben keinen Platz im Lager. Überall Leergut. Du musst auf jeden Fall eine Reihe mitnehmen. Zwölf Kästen sind das Mindeste. Und den Rest müsst ihr nächstes Mal mitnehmen. Wahrscheinlich schon morgen.«

»Ich weiß nicht«, sagte ich.

Thorvaldsen fluchte und schimpfte.

»Hab ich gesagt, dass ich so viel haben will?«

»Mit dem ist nicht zu reden«, sagte ich. »Zwölf Kästen waren das Mindeste.«

Thorvaldsen fluchte weiter und knallte das Leergut auf die Ladefläche. Irgendwie bekam er alles verstaut. Er konnte wohl einen Trick. Dann klappte er die Persenning wieder zurück und zog die Taue stramm.

»Setz dich schon rein«, sagte er. »Ich quittier dem Vogel nur noch. Zwölf Kästen, so ein Schweinehund.«

Thorvaldsen schüttelte immer noch den Kopf, als er wieder herauskam. Ich betrachtete seine Jacke, als wir weiterfuhren. Es ging ein Stück aus der Stadt hinaus. Ich mochte die graue Jacke mit dem Hansazeichen. Ich wünschte, ich hätte selbst so eine.

»Ich mag deine Jacke«, sagte ich.

Thorvaldsen sah mich hinter seinen Brillengläsern mit großen Augen an.

»Das is das Schönste, was mir jemand in meinem ganzen sündigen Leben gesagt hat. Jetzt komm ich mir fast wie ein richtiger Mensch vor.«

Als der Feierabend kam, war ich kaputt und fühlte mich allein in der Welt. Sandra war weg.

Von meinem Hauswirt hatte ich seit jenem großen Abend nichts gesehen, aber ich hörte ihn ab und zu, also nahm ich an, dass er noch existierte. Auf jeden Fall hatte ich vor, mir zum Herbst eine neue Bude zu besorgen. Am besten wäre es wohl, etwas mit Sandra zu suchen, wo wir gemeinsam wohnen und eine Katze haben konnten.

Ich versuchte mir vorzustellen, wie Sandra und ich in ein paar Jahren leben würden. Wir würden feste Stellungen haben, in einem Reihenhaus wohnen, große und volle Bücherregale, Stereoanlage und ein weiches Ledersofa! Sandra würde von ihrem Handwerk leben, und ich ...

Ich versuchte, mir uns beide vorzustellen, als ich da auf der Bettkante saß, aber ich sah nichts.

Am nächsten Morgen regnete es, einfach nur gänzlich unangebracht, und ich war sauer, als ich im vollen Natlandsbus hinauf zur Hansa-Brauerei saß.

Thorvaldsen war mindestens ebenso sauer wie ich und ging auf dem Weg in die Kantine zwei Schritte vor mir. Heute tranken wir beide Kaffee.

»Richtig gemütlich, bei so einem Wetter zu arbeiten«, sagte er. »Und wir solln auch noch teuflisch weit raus aufs Land, zwischen die Hügel, Berge und Stallmägde auf dem Vikafjell.«

Ich nickte finster und schwer, mein Kopf hing auf halb acht.

»Wie lange sollst du hier arbeiten?«, fragte Thorvaldsen.

»Sie haben mir den Job für den ganzen Mai zugesagt.«

»Klar, jetzt is ja am meisten los. Ich wollt, das könnt ich auch, bis Ende Mai arbeiten und mir dann was anderes suchen. Zockeln wir los?«

Wir zockelten los. Ich versuchte mir vorzustellen, dass der Regen, der gegen die Frontscheibe klatschte, uns etwas erzählen wollte. Eine Geschichte über seine Kindheit. Aber das war eine entsetzlich triste Geschichte. Dass es überhaupt möglich war, eine so triste Kindheit durchlebt zu haben, war kaum zu glauben.

»Ich kann mir nich helfen«, sagte Thorvaldsen, »aber ich freu mich auf Weihnachten. Und du?«

Ich grunzte, dass ich seiner Meinung sei. Ich hatte herausgefunden, dass wir gegen vieles anzukämpfen hatten, Thorvaldsen und ich. Regen und alles Mögliche. Aber wir würden nicht klein beigeben. Er war Don Quichotte und ich sein Sancho Pansa, und jetzt mussten wir hinaus ins feindliche Leben mit Getränken zu Leuten, die sie brauchten. Aber so etwas konnte ich Thorvaldsen nicht erzählen.

Wir fuhren über eine Brücke, und das war das Signal. Die Häuser verschwanden hinter uns im Regen, wir waren auf dem Land. Alles war nass und aufgeweicht und musste gut ausgewrungen werden, bevor es wieder zu etwas zu gebrauchen war.

»Haste gesehn, was da auf dem Schild stand?«, fragte Thorvaldsen.

»Nein«, sagte ich. Ich hatte nicht einmal ein Schild gesehen.

»Ich glaub, wir sind falsch hier«, sagte Thorvaldsen.

Ich war drauf und dran zu fragen, ob das was ausmachte, hielt aber die Klappe. Thorvaldsen bog auf eine Seitenstraße ab.

»Man muss sich vorwärts tasten wie der Blinde mit dem Krückstock.«

Plötzlich tauchte ein Mann aus dem Regen auf. (Ich weiß nicht, ob er das mit dem Vorwärtstasten gesagt hatte, aber ich schließe es nicht aus.) Er sah aus, als sei er sein ganzes Leben durch den Regen gewandert und habe noch nie etwas anderes gesehen.

Thorvaldsen kurbelte das Fenster herunter.

»Weißt du, ob es hier in der Nähe eine Schule oder so was gibt?«

Der Mann drehte sich um und zeigte. Ich hörte, wie es in ihm gluckerte. Als käme das Wasser aus seinem Inneren.

Thorvaldsen fuhr langsam eine Anhöhe hinauf, und da lag eine Landschule von der alten Sorte. Ich kenne sie, denn ich bin selbst auf eine gegangen, war auf dem Klohäuschen pinkeln und habe die Schneidezähne ausgeschlagen bekommen.

Wir hielten, und Thorvaldsen hupte. Kleine, freche Gesichter tauchten in den Fenstern auf, Hände zeigten. Einen Augenblick später flog die Tür auf, und sie kamen in den Regen herausgeströmt. Sie wollten Limokästen tragen.

»Hier ist die Liste«, sagte Thorvaldsen. »Du musst raus und aufmachen und gucken, was sie kriegen.«

Ich schlug den Kragen hoch, was wenig nützte, denn sogleich ergoss sich ein ganzer Regenschwall über mich.

»Is das unsere Limo?«, schrien die Kinder. »Wir wolln tragen!«

»Das soll euch unbedingt erlaubt sein«, sagte ich. »Keine Seele wird euch hindern, so wahr ich hier stehe.«

Ich kletterte auf die Ladefläche und reichte die Kästen hinunter. Die Schüler schubsten sich gegenseitig in den Matsch, um zuerst tragen zu dürfen. Eine blonde Frau, die ich nicht ungern selbst als Lehrerin gehabt hätte, kam mit einem hellblauen Schirm auf den Schulhof.

»Nun seid aber vorsichtig beim Tragen.«

»Jaaaa!«, heulten die Kinder.

»Das ist für die Abschlussfeier«, rief sie mir zu.

»Aha!«, rief ich. Ich versuchte, die Kästen so männlich und elegant wie möglich hinunterzureichen, und stellte mir vor, dass es gefüllte Champagnergläser wären, die ich darreichte. Ich bekam ein richtig gutes Gefühl, als gehörte ich einer großen Familie an. Der Regenfamilie. Das Beste, was die ganze Familie sich vorstellen konnte, war Limo von Hansa.

Die letzten Kästen waren hineingetragen, und ich sagte Thorvaldsen Bescheid. Er saß gut und trocken und grinste.

»Hast dich ja mächtig aufgespielt vor der Dame. Aber jetzt geh ich rein zum Quittieren.«

Er blieb lange weg. Ich hätte zum Quittieren reingehen sollen, dachte ich sauer.

Nach mehr als zehn Minuten kam Thorvaldsen durch den Regen zurück und lächelte. Er kratzte sich zufrieden am Schenkel.

»Prima Kinder warn das«, sagte er und grinste mich frech an. »Aber das hast du wohl gar nich gemerkt.«

Doch die Sonne kam zurück. Sie brauchte nur ein paar Tage, um zu verschnaufen. Nach zwei Tagen im Regen mit der Auslieferung von triefenden Kästen in Kolonialwarenläden, Supermärkten, Kantinen, Kfz-Werkstätten und ich weiß nicht was fühlte ich mich jetzt wie ein Reisender erster Klasse, als ich so neben Thorvaldsen im Sonnenschein saß. Es fehlte nur noch eine Stewardess, die im Führerhaus umherging, uns Drinks servierte und sanft die Wangen streichelte.

»Was für ein Scheißleben«, sagte Thorvaldsen.

Wir blieben auf dieser ersten Tour im Zentrum, und die erste Lieferung war für das China-Restaurant Yang Tse Kiang am Torget. Wir hatten heute einen Kastenwagen bekommen, und das Gefummel mit Tauen und Persenning blieb uns erspart. Wir parkten halb auf dem Bürgersteig, und der Wagen legte sich flott auf die Seite.

»Hier läuft das so«, sagte Thorvaldsen, »dass wir die Kästen auf den Dachboden hochziehen. Da is 'ne Vorrichtung mit 'nem Tau und 'ner Talje zum Hochziehen. Du nimmst die Liste, lädst die Kästen ab und fährst sie mit der Karre in die Einfahrt. Dann geh ich hoch und red mit den Damen und mach die Talje klar.«

Ungefähr so hatte ich mir das schon vorgestellt. Mit meiner Fantasie war also noch alles in Ordnung.

Eine der kleinen Chinadamen stand schon auf dem Bürgersteig und hatte erraten, dass wir kommen würden.

»Hello!«, sagte Thorvaldsen. »Here we are, damn it!«

Sie schenkte ihm ein strahlendes Lächeln und rief etwas auf Chinesisch die Treppe hinauf.

Ich schaute auf die lange Liste. Es war unglaublich, was sie alles haben wollten. Dieser Liste hätte sich besser der Weihnachtsmann angenommen. Ich öffnete die Türen und begann, die Kästen auf dem Bürgersteig aufzustapeln, in passender Höhe. Als das getan war, schob ich die Karre unter die Stapel und bugsierte sie vorsichtig in die Einfahrt. Ganz oben an der Wand konnte ich eine Luke sehen. Da würde wohl gleich die äkschen abgehen.

Alle Kästen standen jetzt in Reih und Glied geduldig in der Einfahrt, aber von Thorvaldsen war nichts zu sehen. Musste er erst alle Damen da oben betören? Er war doch verheiratet und hatte eine Tochter und so.

In dem Moment kam Thorvaldsen in die Einfahrt gelaufen und krümmte sich vor Lachen.

»Weißt du was ... hö hö hö ... weiß du, was ich erlebt hab?«

Ich wusste es natürlich nicht. Und zu raten hatte wohl auch keinen Zweck, so wie ich die Situation einschätzte.

»Ich komm hoch auf den Scheißdachboden, weißt du, und wühl da rum. Und weiß du, was ich hinter den ganzen Kästen mit Leergut finde? Da lag ein alter Chinese und schlief! Das war der Großvater. Der lag da und schnarchte wie 'n Weltmeister!«

Jetzt ging die Luke auf, und ein altes, braunes und zerfurchtes Gesicht blickte neugierig auf uns herunter. Das Gesicht hatte ein paar braune Zahnstummel und sah aus, als lächelte es.

Thorvaldsen bekam einen neuen Anfall und trippelte in der Einfahrt auf und ab, als müsste er ganz fürchterlich pissen.

Der Alte verschwand, und das Gesicht eines jungen Mädchens erschien.

»It is ready«, lächelte sie und ließ den Aufzug herunter, will sagen, eine Holzplatte, auf der die Kästen abgestellt wurden.

»Okay«, gluckste Thorvaldsen. »Ich geh nach oben, bedien den Aufzug und lass das Leergut runter, klopf den Damen auf'n Hintern, und du sorgst dafür, dass die Kästen sicher hochkommen.«

Wir fingen an. Plötzlich hörte ich ein Geräusch hinter mir, der chinesische Großvater kam auf mich zu. Er ging am Stock und trug einen weiten, braunen Gangsteranzug, der ein paar Nummern zu groß war. Es kam mir vor, als stecke nur seine Seele in dem Anzug, während sein Körper ganz woanders war. Vielleicht lag er noch zwischen den Kästen auf dem Dachboden und schnarchte.

Er blieb stehen und zeigte auf den Lastenaufzug. Dann zeigte er auf die Kästen und sagte etwas auf Chinesisch. Ich lächelte und nickte. Ich hatte befürchtet, er wolle sich rächen oder etwas in der Art, aber er sah ganz harmlos aus.

Er zeigte wieder auf die Kästen.

»Bottles«, sagte er und grinste glücklich mit seinen zwei Zähnen.

»Yes«, sagte ich.

Nach einer anstrengenden Runde durch die Restaurants im Zentrum fuhren wir zurück. Wir hielten wie üblich beim Pförtner, wo das Leergut kontrolliert wurde. Ich musste immer wissen, wie viel wir bei uns hatten.

Wir luden neu und gingen danach in die Kantine und aßen. Riesige und lächerlich billige belegte Brote und massenhaft Limo. Wahrscheinlich würde ich in meinem ganzen Leben keine Limo mehr trinken, wenn ich hier fertig war, aber das würde sich ja zeigen.

Wieder zurück in die Stadt. Die erste Ampel, an die wir kamen, war rot, und wir ließen die Fußgänger über die Straße. Da zuckte ich zusammen. Wer ging direkt vor meinen Augen über die Straße, mit kurzen Haaren und im Jeansanzug? Else! Sie drehte sich um und erblickte mich. Ich erstarrte. Sie lächelte, winkte kurz und war wieder verschwunden. Ich fühlte mich sehr seltsam.

»War das deine Freundin?«, fragte Thorvaldsen.

»Nein«, sagte ich.

»Na dann nicht. Sah nur so aus.«

»Kann man eigentlich bei Hansa das Bier billiger kriegen?«, fragte ich, um über etwas anderes zu sprechen.

»Ja, du kriegst Kästen mit Rabatt. Musst nur rechtzeitig vor dem Wochenende eine Liste einreichen. Ist aber auch kein Problem, dir ein paar Flaschen gratis zu besorgen. Die nehmen wir einfach hier im Wagen mit und laden sie bei dir zu Hause ab, bevor wir zurückfahren.«

Ich hatte mich noch nicht wieder richtig gefangen, und prompt ging es schief. Als ich die Karre mit sechs Kästen über die Schwelle ziehen wollte, kippte die Last vornüber, und schon war die Hölle los, kaputte Exportflaschen und schäumendes braunes Bier auf dem ganzen Fußboden. Es roch herrlich. Ich erwartete, einer vom Personal des Ladens würde kommen und sagen, dass es nichts machte. Sie würden das im Nu aufwischen. Aber so lief es nicht. Ein Mann, der sich wie eine Art Chef aufführte, kam her und schnüffelte.

»Tja, und was jetzt?«

All das gute Export, das jetzt niemand mehr trinken konnte.

Thorvaldsen kam fröhlich herein.

»Was haste dir denn dabei gedacht? Immer mal was Neues, he? Biste so trottelig, oder tuste nur so?«

»Weiß nicht«, sagte ich. Ich machte mich daran, die Scherben aufzusammeln. Ich hatte das Gefühl, in der Art und Weise, wie die Dinge sich entwickelten, ein wohl bekanntes Muster zu entdecken.

»Nix wie runter damit«, sagte Thorvaldsen. »Ich will diesen Tag hinter mich bringen.«

»Kriegst du keine Rückenschmerzen, wenn du das so hebst?«, fragte ich.

»Rückenschmerzen? Mein Rücken is völlig im Arsch, Mann! Wir sind auf einem Kursus gewesen, alle Fahrer, um zu lernen, wie man richtig hebt. Aber dann stellte sich heraus, dass wir nie fertig würden, wenn wir so heben. Also heben wir nach der alten Methode, schaffen die Zeit, und der Rücken is kaputt. Das bringt natürlich wahnsinnig viele Krankmeldungen, die Firma verliert jedes Jahr Millionen.«

Wir fuhren. Die Sonne schien noch immer, ohne dass wir daran etwas auszusetzen hatten. Ein junges Mädchen mit wehenden Haaren und einem knöchellangen Baumwollkleid ging vorüber. Sie sah fröhlich aus. Sie hatte viel Platz in ihrem Kleid.

»Haste die gesehen?«, sagte Thorvaldsen.

»Ja«, sagte ich. »Ich glaub schon.«

»Die sind doch viel verlockender mit solchen Kleidern an, als wenn alles so stramm sitzt. Is doch viel aufregender, raten zu müssen, was sie drunter haben.«

»Kann schon sein«, sagte ich.

Wir fuhren schweigend weiter und kamen an einem stillen, grünen Friedhof vorüber. Ich konnte zwei Tote sehen, die aus ihren Gräbern gestiegen waren, um ein bisschen die Sonne zu genießen. Sie saßen auf ihren Grabsteinen und ließen die dünnen Füße baumeln. Der eine sah in eine Zeitung, und der andere schlug sich an den Kopf, wieder und wieder.

Thorvaldsen zog leicht an dem grünen Tau, und mein ganzer schöner Knoten löste sich in Luft auf.

»Was is'n das hier? Sollte das etwa 'n Knoten sein? Schule ham wir doch hinter uns, denk ich.«

Ich schämte mich eine Weile, während Thorvaldsen neue Knoten machte. Ich arbeitete schon seit mehreren Wochen bei Hansa, hatte Thorvaldsen bereits viermal gefragt, ob ich seine Jacke kaufen könnte, und jedes Mal eine abschlägige Antwort erhalten (›eher verkauf ich dir meine Seele, die is viel schmutziger‹), und hatte noch immer nicht gelernt, einen ordentlichen Knoten zu machen. Als ich im Heringsöl war, konnte ich Knoten machen, doch jetzt hatte ich sie vergessen. Das machte die Uni. Ich war so theoretisch geworden.

»Zockeln wir los?«, sagte Thorvaldsen.

Er winkte ein paar Mädchen auf der Straße, die taten, als sähen sie ihn nicht. Sie taten, als sähen sie auch mich nicht. So waren die Mädchen von heute.

»Was is bloß mit den Mädchen los heutzutage?«, sagte Thorvaldsen. »Das frag ich mich oft.«

»Sie sind zu blasiert«, sagte ich. Ich holte mein Brotpaket hervor und stopfte mir eine Scheibe in den Mund. Ich fragte mich, was ich als Aufstrich genommen hatte. Es schmeckte nicht wie das, was ich sonst auf dem Brot hatte, eher wie eine Mischung aus Sardine in Tomatensoße und gematschter Banane.

»Ooh«, sagte Thorvaldsen. »Du musst schon entschuldigen, aber du weißt ja, ich und diese Fremdwörter.

Blasiert, haste gesagt. Du könntest nicht so freundlich sein und eine unbedarfte Person darüber aufklären, was du damit meinst?«

»Tja«, sagte ich, um Zeit zu gewinnen. Was bedeutete eigentlich blasiert? Es kam aus dem Französischen, so viel war mir klar. »Sie sind zu verwöhnt«, sagte ich. »Nichts macht mehr Eindruck auf sie.«

»Zu verwöhnt, meinste? Wen haben sie denn da so zu fassen gehabt, vielleicht James Bond oder diesen Burt Reynolds?«

»Wahrscheinlich beide«, sagte ich.

Thorvaldsen legte eine Kassette ein. Eine Frauenstimme kam aus dem Radio und sang etwas über love.

»Ich wette, dass du nicht weißt, wer das is. So was kennt ihr nich da oben auf'm Leninhügel.«

Ich wusste nicht, wer es war. Thorvaldsen trat glücklich den Takt auf dem Gaspedal.

»Donna Fargo«, sagte er. »Verdammt gut. Sie singt 'ne Art Country Rock. Die gibt's noch nich in Norwegen.«

Donna Fargo sang ein bisschen Country Rock für uns, und wir schlugen beide mit den Füßen den Takt. Ich hatte schon bessere Musik gehört, aber jetzt fuhr ich voll darauf ab.

Wir lieferten einen Haufen Kästen an einen mickrigen Laden unten am Kai. Sie wollten von allem etwas, und Thorvaldsen bekam reichlich Anlass, zu fluchen und über seinen Rücken zu jammern.

»Au Scheiße«, sagte er. »Ich glaub, ich mach auch Schluss, wenn du aufhörst. Brauchste vielleicht 'n Privatsekretär oder so was?«

»Im Moment gerade nicht«, sagte ich. »Aber wer weiß, was ich später mal brauche.«

»Mein Mädchen soll sich verdammt noch mal nich mit so einem Mist abplagen müssen. Die soll auf die besten Schulen gehn, und wenn ich sie auf 'm Arsch da durchschleife. Die soll mal ganz oben landen.«

Thorvaldsen quittierte, und mit Geklirr und Geschepper fuhren wir den menschenleeren Kai entlang. Die Sonne glitzerte auf den Wellen. Ein rotes Schiff glitt ruhig der Puddefjordbrücke entgegen.

»Kannst du Sprachen?«, fragte Thorvaldsen.

»Ein bisschen.«

»Ich kann noch ein bisschen Spanisch aus der Zeit, als ich zur See gefahren bin. Ich glaub, ich wär zurechtgekommen. In Buenos Aires hab ich mich verdammt gut ausgekannt. Da gab's 'ne Bar, in die sind wir immer gegangen, aber jetzt hab ich den Namen vergessen.«

Ich dachte mir, dass jetzt eine Geschichte von der Sorte käme, wie ich sie nur allzu gut kannte.

»Da waren ein paar verflucht feine Weiber, wenn du sie nur sahst, blieb dir gleich die Spucke weg. Das waren keine Huren oder so was, die liefen da rum und servierten. Einen Abend, da setzt sich eine von denen auf meinen Schoß und fängt an, mich zu streicheln. Plötzlich fährt sie mit der Hand an meinem Schenkel aufwärts, und mir wird ganz anders.«

Das rote Schiff verschwand unter der Brücke. Thorvaldsen saß in einer Bar in Buenos Aires mit einer Dame auf dem Schoß, und ihm wurde ganz anders. Ich wollte gern in die gleiche Bar. Ich hämmerte an die Tür und schrie, aber es nützte nichts. Der Türsteher ließ mich nicht rein. Er meinte, ich hätte da nichts zu suchen, oder so ähnlich.

An meinem letzten Tag war Thorvaldsen nicht da.
»Wo ist Thorvaldsen?«, wollte ich wissen
»Thorvaldsen hat sich krankgemeldet. Du fährst heute mit Kristoffersen.«
Thorvaldsen krankgemeldet? Was sollte das denn? Alles würde doch zusammenbrechen. Ohne Thorvaldsen würde doch gar nichts laufen.

Kristoffersen war ein kurz geschnittener, schweigsamer Typ. Er sagte weder, wo wir hinmussten (das fand ich nach und nach heraus), noch, was ich tun sollte. Entweder nahm er an, dass ich den Laden kannte (das tat ich), oder er wollte am liebsten alles selber machen. Ich machte mehrere vergebliche Versuche, ein Gespräch in Gang zu bringen. Schließlich versuchte ich, etwas Allgemeines, aber zugleich tief Schürfendes und Treffendes über Fußball zu sagen, doch es kam keine Reaktion. Da gab ich es auf. Ich war den ganzen Tag nervös.

Als ich mich umziehen wollte, fiel mir eine graue Fahrerjacke mit dem Hansa-Emblem ins Auge, die an einem Garderobenhaken an der Wand hing. Ich blickte mich rasch um. Niemand in Sicht. Blitzschnell stopfte ich die Jacke in meine Tasche und machte sie zu. Ich war ziemlich nervös, als ich beim Pförtner vorüberging, doch der guckte mich wie üblich gar nicht an. Ich drückte den Knopf, und es machte Pling.

Als ich nach Hause kam, holte ich als Erstes die Jacke aus der Tasche. Sie war nicht gerade neu, aber was machte das schon? Sie passte perfekt, genau, wie ich es mir gedacht hatte.

MUNK IST ZURÜCK

»Man sollte mehr Bücher für die Geisteskranken schreiben«, sagte Munk. »Da haben die Schriftsteller eine bedeutende Aufgabe. Das ist nämlich eine verdammt vernachlässigte Gruppe. Da sitzen sie auf ihren Ärschen und sind geisteskrank wie nichts Gutes, und dann haben sie keinen Lesestoff. Kein Schwein will Bücher schreiben, die sich für sie eignen. Wenn ich mehr Zeit hätte, würde ich mich da engagieren. Ein wirklich humanitäres Engagement. Und ich, der ich mir vorgenommen hatte, den Sommer damit zu verbringen, zu denken und auf Inseln und Schären mit Rebekka zu lieben. Stattdessen war ich die ganzen bescheuerten Ferien damit beschäftigt, das Zentralkomitee umzuschulen und ihnen eine Gehirnwäsche zu verpassen!«

Es konnte kein Zweifel mehr daran bestehen, dass Munk wieder in der Stadt war. Er trug eine weiße Sommerjacke und wirkte beinah nüchtern. Sein Gesicht hatte sogar ein bisschen Farbe bekommen, und er paffte an einer dicken Zigarre.

»Auf jeden Fall ist es gut, dich wieder zu sehen, Munk«, sagte ich. »Ich habe an dich gedacht.«

Das war nun eine Übertreibung. Ich hatte so gut wie gar nicht an ihn gedacht. Ich hatte an Sandra gedacht. Aus unserer Reise war nichts geworden. Sie hatte den ganzen Sommer über gearbeitet, und ich war zu Hause gewesen und hatte die schlimmsten Qualen durchlitten, abgesehen von einem Wochenende Anfang Juli, an dem ich sie besucht hatte. Aber was ist schon ein Wochenende? Erst vor zwei Tagen hatte ich sie wiedergetroffen, und wir hatten die zwei Tage im Bett verbracht. Jetzt fühlte ich mich wieder gut. Gut wie ein Pudding.

»Ja, leider kann ich nicht behaupten, viel an dich gedacht zu haben«, sagte Munk. »Aber es ist natürlich allright, dich und alles hier wieder zu sehen. Ich habe hauptsächlich an Rebekkas Möse gedacht. Zeitweilig ist sie mir in mächtigen Visionen von nahezu religiösem Charakter erschienen. Sie wuchs und wurde größer und saftiger als irgendwas, das du dir vorstellen kannst, und erstrahlte wie von einem himmlischen Licht. Sie wurde der Ursprung eines ganz neuen religiösen Kults, und die Menschen pilgerten aus allen Ländern der Erde zu ihr, um sie zu sehen und anzubeten. Ich saß am Eingang und nahm das Eintrittsgeld entgegen. Fünfzig Kronen für Erwachsene und fünfundzwanzig für Kinder. (Kinder nur in Begleitung Erwachsener.) Nun ja, Visionen sind okay. Als ich dann endlich nach zwei Monaten Abstinenz das Original erleben durfte, war es nicht gerade wie in der Vision, aber weiß Gott auch nicht von schlechten Eltern.«

»Gut zu hören«, sagte ich.

»Aber dieses Geisteskrankenprojekt«, sagte Munk. »Vielleicht wäre das was für dich?«

»Das bezweifle ich sehr«, sagte ich.

»Nein, du hast Recht. Wir beide haben andere Aufgaben. In diesem Herbst müssen wir hart ran. Weinmachen und Vorbereitung des Sozialismus. Du solltest einmal das Zentralkomitee erleben, jetzt nach der Gehirnwäsche.

Die sind echt nicht wieder zu erkennen. Zitieren den ganzen Tag Mao und Lenin und üben saftige Selbstkritik für alles, was sie tun.«

»Hört sich gut an, Munk.«

»Und wie geht es Sandra?«

»Bestens. Sie ist wieder zurück.«

»Ja, das sehe ich dir an. Du bist ja fast wie Gelee. Du siehst aus, als brauchtest du vierzehn Tage, um auch nur eine einzige neue Samenzelle produzieren zu können.«

»So ungefähr«, sagte ich.

»Und wie ist es dir im Arbeitsleben ergangen? Ich sehe, dass du auf jeden Fall eine schicke Jacke bekommen hast. Aber hast du auch eine tiefere Einsicht in die Mechanismen bekommen, die das Ganze steuern, in die Situation der arbeitenden Bevölkerung?«

»Ich glaube schon«, sagte ich. »Und ich habe gelernt, ordentliche Knoten zu machen.«

»Das kommt verdammt gut gelegen«, rief Munk begeistert. »Im Sozialismus brauchen wir Knoten, die halten.«

Er klatschte mir auf den Rücken.

»Wir sind verdammt klasse!«, brüllte er und warf die Zigarre weg.

»Auf jeden Fall du, Munk«, sagte ich.

»Du auch«, sagte Munk. »Du auch. Jetzt gehen wir und schlagen jemand zusammen, und danach gehen wir in die Konditorei!«

WAGLEN IN DER KLEMME

Wir können ihn nicht erschießen«, sagt Waglen. »Ihr kleinen Muttersöhnchen hättet gar nicht erst anfangen sollen, mit Schießeisen zu spielen.«

»Er wird singen«, sagt Ronny. Sein Gesicht ist verzerrt. »Er wird sich an mich erinnern.«

»Deine Schuld, wenn du nicht aufpasst, dass der Schal nicht verrutscht«, sagt Waglen. »Du bist ein Idiot, und dafür wirst du im ewigen Höllenfeuer schmoren.«

Gogge steht finster an der Tür und tritt von einem Fuß auf den anderen.

»Jetzt kommt schon, verflucht. Die Bullen können jeden Moment hier sein.«

Ronny richtet aufs Neue seinen Revolver auf den Mann, der am Boden liegt. Waglens Fuß schießt heraus wie eine Springfeder, und der Cowboystiefel lässt Ronnys Revolver über den Fußboden sausen. Ronny heult auf und läuft zur Tür, durch die Gogge schon verschwunden ist. Draußen kann man jetzt die Sirenen hören. Zwei schwere Motorräder heulen auf und verschwinden mit hohem Tempo. Das eine Polizeiauto nimmt die Verfolgung auf, das andere stoppt.

Das war der erste Coup, denkt Waglen. Er war nicht wichtig. Sollte uns nur die Mittel beschaffen, um mit dem Eigentlichen in Gang zu kommen. Der großen Racheaktion gegen die norwegische Gesellschaft. Ein ordentlicher Dolchstoß mitten in das norwegische Arschloch, bis in den Bauch.

Waglen lässt den Revolver um den Zeigefinger schnurren. Ein guter kleiner Trick, denkt er. Vielleicht eigne ich mich trotzdem nicht für diesen Job. Vielleicht hätte ich Ronny doch auf den Kerl schießen lassen sollen, er ist ja doch nur ein korrupter Ausbeuter, der jede Menge Kugeln verdient hätte. Ja, ja, was jetzt, Waglen? Was siehst du vor dir? Nicht viel, fürchte ich. Und keine angenehmen Dinge. Ich sehe keine Damen, und nicht viel Bier in Kneipen. Vielleicht hätte ich bleiben sollen, wo ich war, und meinem Vater zuhören sollen, wenn er wieder mal von seinen Krankheiten erzählt. Es gibt vielleicht gewisse Details, die ich noch nicht mitgekriegt habe.

Waglen sieht das blaue, blinkende Licht da draußen. Eine Stimme in der Dunkelheit fordert ihn auf, mit über dem Kopf erhobenen Händen herauszukommen.

So endet die Geschichte von Steinar Vangen, denkt Waglen. Ein überraschender Schluss, werden die meisten finden. Und mein heimlicher Traum, das Rathaus von Bergen in die Luft zu sprengen, der eine Weile seiner Erfüllung entgegenzugehen schien, was wird jetzt aus dem?

SANDRA

Wie ich diesen Sommer ohne Sandra überlebt hatte, begriff ich immer weniger. Jeden zweiten Tag hatte ich an sie geschrieben und am nächsten Morgen eine Einmannschlange vor der Post gebildet, wenn sie aufmachte. Ich hatte vier Kilo abgenommen, war launisch und sauer gewesen, und die Sonne hatte mir nichts anhaben können. Ich war blass und mickrig, als ich um den 20. August wieder in Bergen auftauchte, um in die alte

Bude von Waschbrett-Olsen einzuziehen, der eine neue und bessere gefunden hatte. Das Zimmer roch schlecht und muffig, aber die Hausbesitzerin war eine alte, liebenswürdige Zahnarztwitwe, die sofort in mich verschossen war und sagte, ich dürfe auch die Waschmaschine, den Staubsauger und den Toaster benutzen. Ich dankte und lächelte überwältigt. Toaster, dachte ich.

Einen Tag noch musste ich auf Sandra warten, aber dann war sie da und stand mit Sack und Pack auf dem Bahnhof in Bergen, in hellrotem T-Shirt und einer neuen Strickweste. Das Motiv war diesmal mein Schneckenbild, mit Text und allem.

Ich wusste nichts zu sagen. Ich fühlte nur, dass mein Herz die komischsten Dinge tat.

»Wie bleich und interessant du aussiehst«, lachte Sandra, und danach stand gleichsam alles zwei Tage lang still. Wir sagten zu unserer Lust: Dann mal los!

Als die zwei Tage vorüber waren, saßen wir jeder mit einer Wolldecke bekleidet auf dem Fußboden, grinsten uns erschöpft an und hatten die wundesten Geschlechtsorgane auf der ganzen Welt. Wären wir nicht so schlapp gewesen, hätten wir sicher laut geschrien.

»Ich glaube wirklich, du liebst mich noch immer«, sagte Sandra. »Du bist echt ein ausdauernder Typ. Ich wusste ja schon beim ersten Mal, als ich dich sah, dass du verrückt bist. Ich glaube echt nicht, dass du dich noch besserst.«

»Ich habe mein ganzes Leben unter schlechtem Einfluss gestanden«, sagte ich.

»Und jetzt bin ich für den schlechten Einfluss verantwortlich? Du Ärmster. Zuerst eine unglückliche Kindheit, dann dieses hässliche und amoralische Mädchen, das so perverse Klamotten strickt. Wie geht es Munk denn?«

»Keine Ahnung. Interessiert mich auch nicht.«

»Dich interessiert nicht, wie es Munk geht?«

»Nicht im Geringsten.«

»Das ist ja schlimmer, als ich gedacht habe. Dann hast du ja nur mich auf der ganzen Welt. Komm her und küss mir die Brüste. An die kannst du noch rühren, ohne dass ich heulen und schreien muss.«

So behutsam wie ein leiser Windhauch nahm ich eine Brustwarze zwischen die Lippen. Sogleich geriet ich in eine Art Trance.

»Es war nicht die Rede davon, dass du einschlafen solltest«, sagte Sandra sanft. »Ich glaube, du stehst lieber auf und machst uns einen Kaffee. Und ein paar Eier wären auch nicht schlecht. Dann sehen wir mal, was wir nachher zu stande bringen.«

MUNK MACHT LANGFRISTIGE PLÄNE UND ZITIERT MAO TSE-TUNG

Munk wohnte in der gleichen Wohnung, und das Fenster ging immer noch nicht zu. Auf dem Fußboden lagen immer noch alte Jahrgänge von Klassekampen, Dag og Tid und New Musical Express. Ein neues Buch stand in seinem Bücherregal, Bruno Schulz: *Die Zimtläden und andere Erzählungen*.

Er trug noch immer den weißen Sakko und eine rote Nelke im Knopfloch und schloss Sandra väterlich in seine Arme.

»Gebenedeit seist du unter den Weibern«, sagte er.

Man konnte noch einen warmen, würzigen Sommerduft im Zimmer spüren, und die aufgereihten Weinflaschen erinnerten an California girls am Strand. Munk zündete sich eine Zigarre an und inhalierte tief.

»Greift hemmungslos zu den Zigarren, wenn ihr wollt«, sagte er. »Sie sind vergänglich und zum Verbrauchen da. Ich war neunundzwanzig Jahre alt, als ich angefangen habe zu rauchen. Dann habe ich es geschafft aufzuhören, aber jetzt bin ich wieder drauf.«

Sandra und ich nahmen uns jeder eine Zigarre.

»Als ich vierzehn war, habe ich meinem Großvater eine dicke Zigarre geklaut«, erzählte Munk, »mit der ging ich bei den Mädchen herum und zeigte sie ihnen und fragte: ›Wer glaubt ihr, ist größer, die hier oder ein gewisser anderer?‹ Aber sie haben alle falsch geraten.«

Er blies den Rauch zum Fenster und sah nachdenklich aus.

»Als ich klein war, wollte ich so gern eine Katze haben«, sagte er. »Einsam, wie ich war. Aber mein Vater wollte mir keine Katze geben. Er fluchte und schrie, dass ich keine Katze bekäme. Eher würde er seine ganze Familie umbringen und das Haus anzünden.«

»Ich dachte, dein Vater wäre so früh gestorben«, sagte ich.

Munk starrte mich unverwandt an.

»Vielleicht ist er das«, sagte er. »Vielleicht war genau das der Grund, warum er mir keine Katze geben wollte. Vielleicht dachte er: Da ich tot bin, gibt es gar keinen Grund, meinem Sohn eine Katze zu schenken. Er muss ohne auskommen. Außerdem wird er bald Kommunist, und da braucht er keine Katze.«

Munk machte eine Pause und sah zu den Weinflaschen hinüber, als wolle er kontrollieren, dass sie auch zuhörten und keine Pointe verpassten.

»Aber da hat sich der Alte in den Finger geschnitten«, murmelte er.

Sandra und ich wurden traurig. Wir hatten gehofft, dass Munk etwas Erhebenderes zu erzählen hätte.

»Ich habe gar nicht gefragt, ob ihr Wein möchtet«, sagte er. »Ich bin ein schlechter Gastgeber. Möchtet ihr Wein? Oder nicht?«

Er wartete die Antwort nicht ab, sondern schenkte professionell in drei Gläser ein, wobei er die Flasche drehte, damit keine Tropfen auf den Tisch fielen.

»Skål«, sagte er. »Der Wein ist zum Weglaufen, aber man kommt im Nu in Wallung und hat die wildesten Visionen.«

»Skål«, sagte Sandra.

»Skål«, sagte ich.

»Ich habe einmal von einem Volk unten auf dem Balkan gehört, die sich mit gegorener Ziegenpisse besaufen«, sagte Munk. »Aber das kann verdammich nicht schlechter schmecken als das hier. Ich glaube, wir können uns selbst zu Champions im Trinken von schlechtem Wein ernennen, und ich bin der Superchampion.«

Er schmatzte und blickte nachdenklich aus dem Fenster. Ein paar undefinierbare Vögel flogen vorüber. Es war nichts Besonderes an ihnen. Es waren Vögel, wie man sie sieht und im selben Augenblick wieder vergisst. Versucht man später, sie zu beschreiben, kann man nur sagen, dass sie Flügel hatten, und hoffen, dass wenigstens das einigermaßen stimmt.

»Nein«, sagte Munk. »Es muss endlich Schluss sein mit dieser unfruchtbaren Rederei. Wir müssen weiterkommen. Uns sammeln. Andererseits will ich denen nicht Recht geben, die sagen, dass es jetzt an der Zeit sei, die Schnauze zu halten. Im Gegenteil, jetzt ist die Zeit, über alles zu reden. Das Reden ist heute ebenso wichtig, wie es früher das Büffeln von Kirchenliedern war. Das weiß sogar ich, der in einem Schweinestall in einem Nest an der Küste zur Welt gekommen ist.«

Munk atmete tief ein und drückte die Zigarre an der Tischkante aus.

»Aber man muss wissen, wovon man redet. Die Revolution ist keine Teegesellschaft, hat Mao gesagt. Notwendige Worte, meine jungen Freunde. Also, woran müssen wir denken? Wir müssen an den Wahlkampf im nächsten Jahr denken, den wir so bald wie möglich aus seinem Schlupfloch hervorziehen sollten. Nachdem ich den Gedanken an einen Wahlboykott, den ich zuerst hatte, aufgegeben habe, überlege ich jetzt: Mit wem wollen wir zusammenarbeiten? Auf wen können wir uns verlassen? Wer wird uns mit Messer und Gabel in den Rücken fallen, sobald es über sie kommt? Das sind wichtige Fragen. Und dann: Wie verpassen wir den bürgerlichen Parteien einen so kräftigen Schlag unter die Gürtellinie, dass sie nicht wieder auf die Beine kommen? Wird dies unsere Wahl und die Wahl der norwegischen Arbeiterklasse werden? Waren die sechzehn Stortingsabgeordneten der Sosialistisk Venstre bei der vorigen Wahl ein Sieg für den Sozialismus oder nur ein Zeichen für die Flexibilität des

Bürgertums? Scheiße auch! So viele Fragen. So wenige Antworten.«

Wieder einmal zog etwas draußen vor dem Fenster Munks Aufmerksamkeit auf sich. Eine Frau auf einer Veranda auf der anderen Straßenseite hielt ein großes Brot in der Hand und schwenkte es über dem Kopf. Ein neuer Triumph für das Brotbacken, wollte sie wohl sagen.

»Habt ihr mal daran gedacht«, sagte Munk, »dass ich, wenn ich die Katze bekommen hätte, als ich klein war, jetzt vielleicht gar kein Bedürfnis hätte, mich mit Politik zu befassen? Ich hätte mich mit den Frauen und meiner Musik begnügen können. Verdammt seltsam, wenn man es bedenkt.«

IN DER STUDENTENVEREINIGUNG

Ich entdeckte zu meiner Verwunderung, dass es mir in diesem Herbst ebenso schwer fiel, mein Studienpensum zu schaffen, wie in den beiden Semestern, die ich hinter mir hatte. Ich verstand das nicht. Und was die Lesesäle und Vorlesungen anging, so waren sie mindestens genauso wenig einladend, wie sie vorher gewesen waren, auch wenn ich jetzt in meiner diskret grauen Hansa-Jacke ein gewisses Aufsehen erregte.

»Da kommt ein Typ mit Erfahrung im Arbeitsleben«, dachten die Leute, voller Respekt vor dem intellektuellen Proletarier.

Ich haute mit anderen Worten in den Sack, hob mein Studiendarlehen ab und bat Sandra, mit mir zu einem

Treffen in der Studentenvereinigung zu gehen. Einmal musste man ja erleben, was sie dort so trieben.

Ein hübsches Mädchen mit durchdringenden Augen verkaufte Eintrittskarten. Das Thema des Abends war: »Ivar Aasen, ein guter Mann für die norwegische Arbeiterklasse?«

Ivar Aasen war nicht da. Als möglicher Ersatz saß Munk in der ersten Reihe, bereit, das Wort zu ergreifen. Sandra und ich setzten uns weit nach hinten. Sie legte, ohne zu zögern, die Hand zwischen meine Schenkel. Ich schaute mich um, doch niemand schien es zu bemerken. Wieder einmal war ich platt wie eine Flunder über die natürliche Art, die Sandra an den Tag legte.

Wir entdeckten Rebekka, die an der Tür stand und Ausschau hielt. Sandra winkte, und Rebekka kam und setzte sich neben uns.

»Hast du Munk gesehen?«

Ich zeigte auf die erste Reihe. Sandra hatte ihre Hand noch immer an Ort und Stelle. Jetzt fing sie an, sie sachte vor und zurück zu bewegen. Wenn das nur gut ging!

»Oh«, sagte Rebekka und blieb sitzen.

Ich war schon ordentlich steif geworden und wäre jetzt gern mit Sandra an einem anderen Ort gewesen.

Rebekka las in einem Buch, *A Confederate General from Big Sur*.

Der Vorsitzende hieß uns Genossen willkommen, verkündete die Tagesordnung und bat die Versammlung, eine Resolution zur Unterstützung der Hammerwerksarbeiter anzunehmen. Die Resolution wurde angenommen.

Zuerst kamen die beiden Referenten. Der erste schloss mit der Feststellung, dass Ivar Aasen ein ausgesprochen guter Mann für die norwegische Arbeiterklasse gewesen sei, ja ein Befreier. Er bekam großen Applaus.

»Richtig!«, rief jemand in der ersten Reihe. Wir wussten, wer das war.

Der zweite Referent war der Meinung, man könne durchaus Einwände gegen Ivar Aasen vorbringen. War er wirklich ein guter Mann für die norwegische Arbeiterklasse? Man könne sich fragen, ob er nicht auf bestimmten Gebieten regelrecht ein Bremsklotz gewesen sei.

Auch er bekam Applaus. Jemand in der ersten Reihe rief: »Dünnschiss!«

Während des ersten Vortrags war ich genötigt, Sandra ins Ohr zu flüstern, dass sie eine Pause machen müsse. Wir konnten später auf die Sache zurückkommen. Ich konnte nicht riskieren, dass mir mitten in einem Vortrag über Ivar Aasen einer abging.

Dann war Pause und Bierverkauf, und wer wollte, konnte sich in die Rednerliste eintragen.

»Lass dich eintragen«, sagte Sandra. »Überlass nicht immer alles Munk.«

»Ich bin nicht kompetent«, entgegnete ich. »Aber du könntest dich eintragen.«

»Was sind wir bloß für inkompetente Tölpel«, grinste Sandra.

Rebekka kaufte Bier für uns drei. Sie hörte nicht auf, mich zu überraschen. Vielleicht würde ich, wenn ich achtzig wäre, einigermaßen klug aus ihr geworden sein, aber bestimmt nicht vorher.

»Bier«, sagte Rebekka. Sie lächelte, und ich sah, dass sie ein bisschen rot auf der Nase war.

Da kam Munk mit einer Bierflasche in jeder Hand schwankend auf uns zu.

»Ich habe vergessen, Wein mitzunehmen«, sagte er entschuldigend.

Rebekka ging zu ihm und küsste ihn auf die Wange. Er streichelte mit dem Zeigefinger ihre Nase.

»Rebekka the rednosed reindeer«, sagte er. »Die Milly Molly Mandy und Nancy Drew des Kommunismus. Habt ihr den verdammten Dreck und Dünnschiss gehört, den der zweite Referent ausgekotzt hat? Wie kann das angehen, frage ich mich. Wie kann das angehen?«

»Es kann Training sein«, sagte Sandra.

»Mein Kind«, sagte Munk liebevoll, »da magst du Recht haben. Aber es könnten ja auch andere mit Training hier im Saal sein.«

»Zweifellos«, sagte ich. »Das bezweifelt niemand, Munk.«

Die Pause einschließlich des Verkaufs von kommunistischen Schriften ging zu Ende. Wir verteilten uns, im Verhältnis 3 zu 1, und setzten uns wieder. Sandra ließ diesmal ihre Hand ein Stück oberhalb meines Knies liegen.

»Wir fangen mit der Rednerliste an«, sagte der Vorsitzende. »Bisher stehen fünf Redner darauf. Zuerst Magnus Farang, dann Munk, Ida Hoel, Per Winjum und Odmund Søilen. Die beiden Referenten können natürlich jederzeit das Wort ergreifen. Wer das Wort zu einer direkten Entgegnung wünscht, hebt die Hand. Bitte sehr, Magnus Farang.«

Der erste Sprecher war klein und trug eine grüne Militärjacke und Brille. Er räusperte sich auf eine abstoßende Weise.

»Was sollen wir von Chinas Außenpolitik halten?«, sagte er. »Das fragen sich viele heute.«

Er fuhr fort zu erklären, warum Chinas gegenwärtige Außenpolitik in vielfacher Hinsicht problematisch war und die Leute verunsicherte.

Die Versammlung applaudierte, und der Vorsitzende ergriff wieder das Wort.

»Der Ordnung halber machen wir darauf aufmerksam, dass das Thema heute Abend Ivar – ääh – Aasen und die Arbeiterklasse ist, und wir bitten euch, beim Thema zu bleiben. Als Nächster hat Munk das Wort.«

»Genossen«, begann Munk. »Man muss sich unglaublich viel Scheiße anhören, ehe die Ohren verstopft sind. Jeder normale Mensch weiß, dass Ivar Aasen ein verdammt guter Mann für die Arbeiterklasse war, nicht nur in Norwegen, sondern auch global betrachtet. Und diejenigen hier im Saal, die etwas anderes meinen sollten, können nachher mit mir rauskommen und das draußen klären.«

Ich lächelte zufrieden und schob Sandras Hand ein Stück höher. Ich wusste, dies würde ein neuer großer Sieg für unsere Bewegung sein.

Sandras kleine Lampe beleuchtete unsere Sachen, die in einem wilden Durcheinander auf dem Boden lagen. Draußen in der Dunkelheit pfiff jemand.

»Ich wünschte, du wärst aufs Podium gegangen an Stelle von Munk«, sagte Sandra. Sie war traurig und ihre

Stimme tonlos. Ich hatte Lust, sie fest an mich zu drücken, wagte es aber nicht.

»Ich bin eben nicht wie Munk«, sagte ich. »So etwas kriege ich nicht hin.«

»Das sagst du immer. Es ist, als würdest du irgendwie verschwinden, wenn du mit Munk zusammen bist. Du lässt zu, dass er sich überall breit macht, und selbst bist du nur noch ein Schatten, sozusagen. Ich weiß nicht, ob ich das noch länger aushalte. Eines Tages verschwindest du vielleicht ganz. Und wenn du von dir selbst redest, dann ist es, als redetest du von jemand anderem. Den anderen kenne ich allmählich, aber dich kenne ich nicht. Kannst du nicht mal versuchen zu begreifen, dass du eine Person bist, und dich wie eine Person verhalten. Du könntest jeden Tag üben. Ich kann keinen lieben, den es gar nicht gibt.«

Ich hörte wieder das Pfeifen. Seit unendlich vielen Jahren hatte ich keine Träne vergossen. Ich weinte auch jetzt nicht, aber ich war sicher, dass ich es getan hätte, wenn ich nur gewusst hätte, wie.

WIEDER MARMELADE

Ich werde immer verliebter, je gelber das Laub wird, notierte ich mir und versuchte, darüber hinwegzusehen, dass nicht alles in Ordnung war. Die Liebe würde wieder angerauscht kommen und wie eine Sturzsee voller Rosen, Nachtigallen, Mondschein, Seufzen und Stöhnen über uns hereinbrechen und alles auslöschen, das nicht dazugehörte. Es funktionierte auch, solange es sich in meinen Gedanken abspielte und nicht an dem messen musste, was ich als wirklich auffasste.

Manchmal ging es uns auch besser als je zuvor. Dann konnten wir heulen und schreien und uns wälzen, bis das Morgengrauen uns aufforderte, uns zu mäßigen.

Dann wieder kam eine Nacht, in der wir wortlos dalagen. Sandra hatte das Gesicht der Wand zugekehrt, und ich ließ den Arm schlaff über die Bettkante hängen, als sei das Bett voller toter und kalter Seelen. Ich versuchte zu denken, aber es gelang mir nicht.

Nach solchen Nächten stürzte ich mich morgens auf die Bücher. Jetzt sollte hier gebüffelt werden! Der Mangel an Nachtschlaf wurde mit vierzehn Tassen Kaffee kompensiert, die Tür verschlossen. Kein Munk sollte meinen Vorsatz zunichte machen und mit ungesunden Ideen durcheinander bringen, und erst recht kein Waschbrett-Olsen mit Plänen für schwachsinnige Feste.

Nachmittags schlief ich am Tisch ein, träumte entsetzliche und katastrophale Dinge und erwachte mit einem Ständer und schlechtem Geschmack im Mund. Dann warf ich die Bücher auf den Fußboden und ging in den Abend hinaus. Aus dem Zentrum klangen Gesang und Flötenspiel herauf.

Ich ging zu Sandra und erzählte ihr in allen Einzelheiten, was ich während des Tages gemacht hatte. Sie musste über mich grinsen und zerzauste mein Haar. Ich wusste, es würde eine feine Nacht werden.

»IT IS NEVER
RIGHT TO PLAY
RAGTIME FAST!«
(Scott Joplin)

Setzen wir uns zu denen da«, sagte Waschbrett-Olsen, und genau das taten wir. Wie üblich bereute ich innerlich schon, mit einem Idioten wie Waschbrett-Olsen überhaupt ausgegangen zu sein. Ich vertrieb mir die Zeit damit, Züge an ihm zu finden, die als mildernde Umstände gelten konnten, musste aber feststellen, dass es keine gab.

Dick und bedrohlich lag der Rauch über dem gesamten Holberg. Biertrinker tauchten einen Moment lang aus dem Nebel auf, um sogleich wieder zu verschwinden. Die Leute, zu denen wir uns an den Tisch gesetzt hatten, drei Typen mit Brillen und Bärten und ein Mädchen ohne beides, saßen da und diskutierten. Es war eine Diskussion, zu der ich nie auch nur das Geringste würde beitragen können.

»Wir müssen uns immer über die Grundlagen im Klaren sein«, sagte der erste.

»Du redest die ganze Zeit von den Grundlagen. Ich dachte, wir wären uns einig, dass dies keine Prinzipiendebatte sein sollte«, sagte der Zweite.

»Wenn Lenin sagt, wie können wir etwas einen Spiegel nennen, das nicht richtig reflektiert, dann ist es ziemlich unpassend, wenn du mit deinen Prinzipien daherkommst. Man muss doch immer das Ganze vor Augen haben. Man kann sich doch nicht schon im Voraus so die Hände binden«, sagte der Dritte.

»Lenin ist ja später wieder davon abgegangen, was er da gesagt hat. Ich finde nicht, dass man das so gegen ihn verwenden kann. Das kann nur reaktionär wirken«, sagte die Vierte.

»Will noch jemand Bier?«, fragte Waschbrett-Olsen.

Die vier Diskutierer nickten.

»Eins, zwei, drei, vier, fünf, sechs. Sechs Pils«, rief Waschbrett-Olsen. Er rückte seinen Schlips zurecht und hörte zu, was die anderen sagten.

Aus einem Lautsprecher, den ich nicht sah, erklang Peacherine Rag. Der da spielte, spielte zu schnell. Er konnte nicht gelesen haben, was Scott Joplin gesagt hat: It is never right to play ragtime fast. Der da spielte, wollte nur brillieren.

»Er spielt falsch«, sagte ich laut.

Die vier, plus Waschbrett-Olsen, verstummten abrupt und sahen mich an. Die Diskussion blieb hilflos in der Luft hängen, erkannte schnell, dass sie allein war, begann, mit Armen und Beinen zu fuchteln, und fiel schreiend auf den Tisch herunter, wo nur ein kleiner, nasser Fleck von ihr übrig blieb.

»Wer tut was?«, sagte der eine.

»Der spielt falsch.«

»Wer spielt falsch?«

»Der da im Lautsprecher. Scott Joplin hat gesagt, dass es nie richtig ist, Ragtime schnell zu spielen.«

Sie sahen mich an. Der Erste räusperte sich und sah die anderen an. Dann sah er wieder mich an. Das Mädchen sah aus, als wollte sie etwas sagen, ließ es aber sein.

»Jesses«, sagte Waschbrett-Olsen, »so ein Bier von

Zeit zu Zeit tut säuisch gut. Ich glaube verdammich, ich muss …«

Ich hatte mir für diesen Herbst noch große Dinge vorgenommen. Doch dann musste ich mir etwas Besseres einfallen lassen, als mit schlaffen Heinis in der Kneipe zu sitzen und Bier zu trinken, sagte ich mir selbst. Ich nickte und war zu mindestens hundert Prozent einer Meinung mit mir.

KONDOME

Munk und ich wandern den glitschigen und glatten Bürgersteig entlang. Es liegt bereits eine Ahnung von Tod und Vergänglichkeit in der Luft. Munk hat die weiße Sommerjacke gegen das alte Sakko getauscht und geht noch immer ohne Socken in den Joggingschuhen, aber die Zigarre ruht sicher in seiner Hand.

Er wollte mit mir über etwas reden, bereitete sich aber darauf vor, indem er von etwas anderem sprach.

»Hast du das Neueste von meinem Großvater gehört?«, sagte er.

»Nein.«

»Er hat einen Brief an den König geschrieben und sich selbst für die königliche Verdienstmedaille in Gold vorgeschlagen.«

»Die hat er sicher verdient«, sagte ich.

»Aber dann hätte er vielleicht den König nicht schon in der ersten Zeile beschimpfen und Schnaps-Ola nennen sollen.«

»Mhm«, sagte ich.

Munk warf mir einen schiefen Blick zu. Er war unsicher, konnte aber trotzdem nicht länger warten mit dem, was er auf dem Herzen hatte.

»Ich muss unter vier Augen mit dir sprechen«, sagte er. »Streng vertraulich.«

Ich nickte auf eine vertrauliche Art und Weise.

»Du und Sandra«, begann Munk. »Ihr macht doch ... hm ... also ihr schlaft doch miteinander und so, nicht wahr?«

»Ist daran jetzt was nicht in Ordnung?«

»Im Gegenteil, du Schafskopf. Ganz im Gegenteil. Aber was ich wissen will, ist: Nimmt sie die Pille oder was in der Richtung?«

»Wieso willst du das wissen?«, sagte ich sauer. »Ja, ich nehme an, dass sie die Pille nimmt. Obwohl sie selbst behauptet, sie nähme nur Aspirin.«

»Aspirin????«, sagte Munk. »Das hilft doch bestimmt nicht.«

»Wahrscheinlich nicht«, sagte ich. »Aber ich habe keine Ahnung.«

»Aber auf jeden Fall«, sagte Munk. »Auf jeden Fall nimmst du nicht solche Dinger, die man über den Schwanz zieht.«

»Kondome«, sagte ich. »Aber was ist eigentlich mit dir los, Munk? Geilst du dich auf, indem du mit anderen Leuten über ihre Verhütungsmittel quatschst?«

»Das ist doch verdammich nicht der Punkt«, zischelte Munk. »Der Punkt ist, dass Rebekka die Pille nicht nimmt. Und ich nehme Kondome.«

»Ja, und?«, sagte ich.

»Das heißt, ich habe ganz einfach Plastiktüten genommen.«

»Plastiktüten????« Jetzt war die Reihe an mir, wie eine angeschossene Feuerqualle in die Luft zu hüpfen.

»Ja, seitdem ich ein Buch über Garibaldi gelesen habe«, sagte Munk. »Der war lange eine Art Idol für mich. Und weißt du, es waren keine Kondome zu kriegen, wo Garibaldi umherzog. Also benutzte er Plastiktüten. Und da dachte ich, was Garibaldi gemacht hat, das kann ich auch machen.«

»Jetzt hör aber auf, Munk.«

»Aber das Problem ist, dass Rebekka dahinter gekommen ist.«

»Und sie macht die Methode nicht länger mit?«

»So in etwa. Und da dachte ich, ob du vielleicht …«

»Oh nein«, sagte ich. »Kommt gar nicht in die Tüte. Du kannst viel von mir verlangen, aber das nicht. Deine Kondome musst du schon selbst kaufen.«

»Ich krieg so was nicht hin«, sagte Munk. »Mir sträubt sich alles. Ich schaffe es einfach nicht, in einen Laden zu gehen und …«

»Es gibt Automaten«, sagte ich. »Du wirfst einen Fünfer ein, und flutsch! saust das Gummi raus, ohne dass du ein Wort zu sagen brauchst.«

Ich ging weiter den glitschigen und glatten Bürgersteig entlang. Nach einer Weile wandte ich mich um und sah Munk an. Er sah aus, als stände er mitten in einem lokalen Regenschauer und sei der einzige Mensch, auf den es regnete.

EIN BRIEF

Es bedurfte eines Briefes, um Inger wieder aus der Versenkung hervorzuholen. Sie selbst war leider verhindert. Nur der Brief verriet, dass sie irgendwo gewesen war und einmal etwas bedeutet hatte in unserer Welt.

Sandra hatte bei mir übernachtet, und die Zahnarztwitwe hatte sie überschwänglich begrüßt.

»Nein, wie reizend, Ihre Verlobte kennen zu lernen«, sagte sie. »Und so ein süßes Mädchen!«

»Ja«, sagte ich.

Sandra lächelte vorsichtig.

»Was für ein verrücktes Weib«, sagte sie, als wir allein waren. »Pass bloß auf, dass sie nicht eines Tages kommt und dich vergewaltigt.«

»Ich halte meine Tür verschlossen«, sagte ich. »Und verglichen mit dem Faschisten ist sie doch Gold wert.«

Als wir erwachten, wusste ich, dass es wieder eine gute Nacht gewesen war. Reste unserer Träume hielten sich noch auf der Bettdecke und in den Gardinen, bildeten geheimnisvolle, farbenfrohe Muster und rochen herrlich nach seltenen Gewürzen, Apfelblüten, Badesalz und den Sommermorgen der Kindheit.

Unsere Körper fühlten sich an, als seien sie nach einem langen Flug zwischen den Sternen gerade wieder gelandet, und die Hitze in uns hätte gereicht, ganz Bergen zu heizen. Sandras Haar war luftig, als seien die ganze Nacht Vögel darin ein und aus geflogen. Wir lachten uns an und wussten nicht warum. Wir hatten nichts unter Kontrolle und glaubten dennoch, in allem Zusammenhänge zu sehen. Alles begann und endete an derselben Haltestelle, der heißen Liebe.

Ich wünschte mir, jemand käme mit frischen Brötchen und heißem Kaffee für uns durch die Tür. Doch so weit hatten wir es noch nicht gebracht.

Sandra beschloss, Kaffee zu machen. Ich konnte inzwischen in den Briefkasten sehen.

Ich fand einen mysteriösen Brief von zu Hause, der aber nicht von meinen Eltern war. Ich wusste, dass mysteriöse Briefe von zu Hause, die nicht von deinen Eltern sind, nie etwas Gutes bedeuten. Und eine schöne Handschrift war es auch nicht.

Der Brief war von Ingers Vater und hatte folgenden Wortlaut:

»Wir haben erfahren, dass Du in Bergen Kontakt mit unserer Tochter, Inger, gehabt hast, nachdem sie verschwunden ist. Wir bitten Dich, alles, was Du weißt, mitzuteilen, da wir Grund haben zu glauben, dass Du weißt, wo sie zu finden ist. Wenn wir keine Antwort erhalten, sehen wir uns gezwungen, die Polizei einzuschalten. In Erwartung einer baldigen Antwort.«

Scheiße, dachte ich, oben und unten und hinten und vorn.

»Was ist das?«, fragte Sandra. Der Kaffee war fertig. Ich zeigte ihr den Brief.

»Es geht um Inger, nicht wahr?«

Ich hatte Sandra von Ingers Besuch erzählt, allerdings nicht, dass sie bei mir übernachtet hatte. Man muss nicht alles erzählen, das führt selten zu etwas Gutem.

Natürlich hätte ich es ihnen erzählen sollen, als ich im Sommer zu Hause war, aber ich hatte damals nur Sandra im Kopf. Egal, was man tat, es gab Ärger. Das war meine Erfahrung. Und egal, was ich weiterhin unternahm, würde auch das Ärger geben.

»Wollen wir nicht ganz weit wegfahren?«, sagte ich.

»Wie weit hattest du denn gedacht?«

Ich machte eine vage Handbewegung zum Himmel und den Sternen hinauf, ich meine zur Sonne. Der Herbstsonne.

»In Ordnung«, sagte Sandra. »Aber ich finde trotzdem, wir sollten zuerst unseren Kaffee trinken.«

Ich seufzte. Wäre Munk mir in diesem Augenblick mit dem Vorschlag gekommen, mich zu analysieren, hätte ich auf der Stelle zugeschlagen. An den wehenden Gardinen, wo die Reste unserer Träume gesessen hatten, war jetzt nur noch ein kleiner weißer Fleck, der verriet, dass sie da gewesen waren.

DER VERSCHWUNDENE HERBST

Es fällt einem schwer, sich vorzustellen, wie ein ganzer Herbst verschwinden kann. Dennoch steht fest, dass zwei Monate, von Mitte Oktober bis Mitte Dezember, vollkommen spurlos aus dem Kalender verschwanden, und niemand weiß, was mit ihnen passiert ist. Es sind teilweise widersprüchliche Theorien darüber aufgestellt worden, doch Einigkeit hat man nicht erzielt. Dagegen ist es leichter, den Grund dafür zu nennen, dass sie verschwanden. Dazu kommen wir später. Noch hatten wir erst September, und niemand wusste, dass der Herbst verschwinden würde. Die Menschen liefen in den Straßen umher, mit aufgeklappten oder geschlossenen Schirmen und Plastiktüten, das Laub wurde immer gelber und brauner, und niemand wäre je darauf gekommen, dass der Herbst verschwinden würde.

Jetzt ist der Herbst wieder hier, dachten die Leute. Er wirkt wie ein völlig normaler Herbst, soviel ich sehen kann.

Na klar, dachten andere. Nichts Ungewöhnliches. Das Laub wird gelb, Wind und Regen sind zur Stelle. Brann reißt sich zusammen, die Potenz lässt nach.

Selbst die beiden Hauptpersonen des Dramas, Sandra und ich, wussten wohl noch nicht, was in Kürze geschehen würde. Hätten wir es gewusst, würden wir wohl anders ausgesehen haben, aber wir sahen ganz normal aus. So normal, wie wir eben aussehen konnten.

In Sandras Augen war möglicherweise etwas zu sehen, aber ich zog vor, es nicht zu sehen. Da ist nichts, sagte ich mir. Alles ist normal. Friede, Freude, Eierkuchen. Und was gibt es am Samstag im Filmclub? Wieder Amarcord, oder Der Apfelkrieg? Prima, prima. Und so trottete ich weiter. Ich sollte ja meine Prüfung machen und alles Mögliche. Es gab keine Grenzen.

Aber etwas saß mir im Magen und nagte. Etwas, das mich immer häufiger die Bücher vergessen und aus dem Fenster ins Leere starren ließ.

Eines Tages wurde mir bewusst, dass ich mehr Mundharmonika spielte als früher. Saß einfach auf der Bettkante und spielte. Gut, dass Munk mich nicht sehen konnte. Er war mit seinem Zentralkomitee zu einem »»Seminar für glaubensschwache Kommunisten« gefahren, wie er es nannte. Ich entnahm seinen Worten, dass er der Seminarleiter sein musste. Er lud mich ein mitzukommen, aber ich redete mich mit meiner Prüfung heraus.

»Komm dichter an mich ran«, sagte Sandra. »Ich hab so eine Kälte in mir. Das ist verdammt unangenehm, ich muss in einem fort rennen und pinkeln.«

Ich breitete mich über sie und packte die Decke fest um uns. Vor nicht allzu langer Zeit hätte ich es für selbstverständlich gehalten, jede Kälte aus Sandras Körper vertreiben zu können, und wenn es sich um sieben Winter gehandelt hätte. Aber jetzt spürte ich einen leisen Zweifel.

»Ist es jetzt besser?«, flüsterte ich.

»Jaa ... doch, jetzt ist es etwas besser. Drück mich noch fester.«

Woher kommen wir, und wohin gehen wir. Dies sind zwei Fragen. Sie gehören zu den Fragen, die ich mir in diesem Herbst ganz einfach nicht stellte.

An meiner alten Bude vermisste ich am meisten das Dachfenster. Wo ich jetzt wohnte, war es unmöglich, aufs Dach zu gelangen. Ich denke, dass manches anders gelaufen wäre, wenn ich in diesem Herbst ab und zu aufs Dach hinausgekommen wäre.

»Wir haben uns viel zu lange mit dem Strom treiben lassen«, sagte Sandra. »Und jetzt hat dieser Strom sich geteilt, und wir sind jeder in einem anderen Strombett gelandet.«

»Nein«, sagte ich.

»Doch, das stimmt. Und keiner von uns beiden hat mehr Lust, ordentlich zu schwimmen. Es ist viel einfacher, nur zu treiben. Und dann friere ich so verdammt.«

Auf dem Tisch lag ein Zettel für mich.
»Anne und Lisa haben gefragt, ob ich mit auf eine Hüttentour wollte. Nur wir drei. Ich glaube, das wird mir gut tun. Ich muss die Dinge allein durchdenken, würde mir wünschen, dass Du das Gleiche tätest. Bis Montag. Ich drück Dich. Sandra.«

»Es geht einfach nicht, ich werde nicht feucht. Ich bin ganz zu.«
Ich zog die Hand weg und legte sie auf ihren Bauch. Ihr Bauch war warm. Draußen regnete es, und wir mussten früh raus.
»Du hast nicht zufällig ein Glas Milch oder so etwas?«
Ich stand auf und ging in die Küche. Sie war kalt, und mein Geschlechtsorgan schrumpfte völlig zusammen.
Sie trank die Milch in großen Schlucken, und ich löschte das Licht.
Zwischen dem 1. September und dem 31. Dezember kamen folgende Platten auf Platz eins der englischen Hitlisten:
Abba: *Dancing Queen*
Pussycat: *Mississippi*
Chicago: *If you leave me now*
Showaddywaddy: *Under the Moon of Love*
Johnny Mathis: *When a child is born*
Dies waren einige der Platten, die ich in diesem Herbst nicht hörte.

Warum musste es auf dem Fløyen passieren? Es war ein grauer, aber milder Tag, und Sandra hatte gemeint, wir sollten auf den Fløyen. Die Saison im Fløyenrestaurant war definitiv vorbei, wir beide waren allein im Lokal. Ich holte uns zwei Frikadellenbrote und zwei kleine Pils, die viel zu teuer waren, aber ich mochte nichts sagen. Sandra sah mich ab und zu an, während sie aß. Kleine Bisse und kleine Schlucke. Ich hatte ein Gefühl, als seien wir beide in einen grauen, nassen Mantel gewickelt, der unser einziges Stück Oberbekleidung war.

»Ich muss dir was sagen«, sagte Sandra schließlich, und sofort erstarrte alles in mir. Mein Mund stand halb offen, und ich bekam ihn weder richtig auf noch zu.

»Ich habe viel nachgedacht. Ich weiß nicht, was du getan hast, du hast auf jeden Fall nichts darüber gesagt.«

Ich hatte gedacht und gedacht, aber was half es zu denken? Mich hatte es nur weiter über die Kante hinausgeschubst.

»Ich habe einen Brief von zwei Mädchen bekommen, die ich in Trondheim kenne. Sie haben da ein altes Haus gekriegt und wollen eine Werkstatt und ein Atelier und so einrichten. Die eine macht Keramik, und die andere zeichnet. Und jetzt haben sie mich gefragt, ob ich mitmachen und eine eigene Werkstatt für meine Sachen einrichten will. Sie glauben, dass man damit über die Runden kommt. Und jetzt habe ich mich entschlossen, in ein paar Tagen zu fahren …«

Das Eis in mir brach sich jetzt am Land. Ich fühlte, wie kalter Atem aus meinem Mund strömte. Ich wollte nicht mehr zuhören, ich wollte weg, wollte das Bier auf den Boden kippen, wollte …

ICH WOLLTE DAS GANZE LEBEN
MIT SANDRA ZUSAMMEN SEIN!

»Nun guck doch nicht so, verdammt, sonst fang ich nur an zu heulen. Und das will ich jetzt nicht. Es ist doch nicht für immer, falls du das glaubst. Ich habe mich entschlossen, es ein Jahr lang zu versuchen, und dann komme ich zurück. Das ist genau so viel Zeit, wie wir brauchen, um ... um über alles nachzudenken und ... und uns darüber klar zu werden, was wir wollen.«

»Ich weiß, was ich will«, sagte ich so leise, dass ich es fast nicht hörte.

»Das glaubst du nur. Begreifst du denn nicht, dass ich nicht mit dir zusammen sein kann, so wie es jetzt ist? Ich muss mal raus. Vielleicht solltest du auch irgendwohin fahren.«

Ich legte die Hände vor die Augen und war allein. Ich würde immer allein sein. Und mehr war nicht.

»Jetzt hab dich nicht so, verdammt noch mal!«

Ich nahm die Hände vom Gesicht. Sie hatte feuchte Augen und schniefte einmal.

»Ich liebe dich doch. Und wenn es richtige ... wahre ... Liebe ist, dann halten wir es doch aus, ein Jahr nicht zusammen zu sein. Ich ... schreib dir doch auch. Nun sag doch was, Mensch!«

Ich sagte nichts. Auch wenn ich es noch so sehr gewollt hätte, würde ich kein Wort herausgebracht haben. Ich hatte einen dicken Klumpen im Hals und konnte nicht schlucken. Vielleicht würde ich keine Luft mehr bekommen!

Tausend Kilometer weit weg sah ich Sandra. Nasse

Streifen liefen ihr Gesicht hinunter. Sie war so weit weg, dass ich nicht sehen konnte, was es war.

Ich sagte nichts. Und so verschwand der Herbst.

UND RIESIG HOCH DIE HECKE WUCHS

Ich erinnerte mich an nichts mehr. Doch, ich konnte mich erinnern, in einem früheren Leben einmal ein paar Flaschen des einen oder anderen starken Inhalts beim Pol in der Kong Oscars Gate gekauft zu haben, und dass ich mich danach in meiner Bude einschloss. An mehr erinnerte ich mich nicht. Auch nicht, warum ich das getan hatte. Ich fühlte mich überall taub, als sei ich in zahllose Lagen Mullbinden eingepackt oder in einer Schneewehe.

Ich beschloss, jenes Geräusch, das ich gehört hatte, als ein kräftiges Klopfen an die Tür zu interpretieren. Jetzt hörte ich auch eine Stimme: »Schließ auf, im Namen des Gesetzes, sonst schlage ich die Tür ein. Ich weiß, dass du da bist.«

Ich versuchte, aus dem Bett zu kommen. Das war nicht leicht. Es war so gut wie unmöglich. Mein Körper wollte nichts von dem tun, was ich ihm sagte. Es kam mir vor, als hätte ich mindestens zwanzig Kilo abgenommen und wöge gleichzeitig mindestens vier Tonnen. Schließlich brachte ich etwas aus dem Bett, das einem Fuß ähnelte. Einem Gespensterfuß. Mich schauderte. Der Fuß trat gegen etwas Kaltes und Hartes. Eine Flasche. Noch mehr Flaschen. Flaschen überall auf dem Fußboden. Wer war so durchtrieben, seine leeren Flaschen auf meinem Fußboden zu verstreuen? Der würde noch was erleben.

»Zum letzten Mal …«, hörte ich vor der Tür.

»Ich komme«, sagte ich, war mir aber nicht sicher, ob jemand es gehört hatte.

Ich stützte mich auf Tisch und Stühle und gelangte so schließlich an die Tür. Mit einer ungeheuren Kraftanstrengung schaffte ich es, den Schlüssel umzudrehen.

Da stand ein Typ, den ich glaubte einmal gekannt zu haben, in wirklich fernen Tagen. Vielleicht war ich mit ihm in die Sonntagsschule gegangen. Aber wie hieß er nur? Irgendetwas mit M, glaubte ich. Mons, Mink, Moltke, Moe. Etwas in der Richtung.

»Verfluchte Scheiße!«, sagte der Typ mit M und blickte mich unfreundlich an. »Ist es so um dich bestellt? Das ist ja zehnmal schlimmer, als ich befürchtet hatte.«

Jetzt wusste ich wieder, wie er hieß. Munk hieß er, ein komischer Name.

»Komm rein, Munk«, sagte ich.

»Hier reinkommen? Hier stinkt es ja dermaßen, dass anständige Leute keinen Fuß in die Tür setzen können. Mach bloß schnell das Fenster auf, Kerl!«

Das Fenster? Gab es hier so etwas? Ich humpelte zum Fenster und wollte es aufmachen. Aber es schien festgeleimt zu sein. Alles war anders, als es vorher gewesen war. Munk kam mir nach und öffnete das Fenster. Er musste eine eigene Technik für derartige Dinge haben.

Er war fuchsteufelswild.

»Ich versuche, dich zum wahren Glauben und zur Entsagung zu erziehen«, sagte er. »Und dann das hier! Das ist der Dank!«

Ich plumpste aufs Bett. Ich konnte nicht so lange stehen.

»Wodka«, sagte Munk und betrachtete die Flaschen. »Wodka hat der Kerl getrunken. Und Whisky. Verkneift sich nichts, der Kerl.«

Sein Blick fiel auf eine Flasche, in der noch ein Rest übrig war, und er schnupperte skeptisch daran.

»Nun gut«, sagte er. »Das wird beschlagnahmt. Dann habe ich dich vielleicht doch noch im letzten Augenblick vor dem Untergang gerettet. Weißt du, wann du dich zuletzt unter Menschen gezeigt hast, oder welche Jahreszeit wir haben?«

Ich schüttelte den Kopf.

»Es ist der zwölfte Dezember, und draußen liegt Schnee, und es ist zwei Monate her, seit ich dich zuletzt gesehen habe. Ich bin ein paar Mal hier gewesen und habe geklopft, aber jedes Mal war die Tür verschlossen, und ich bekam keine Antwort. Dann traf ich zufällig diesen Idioten Waschbrett-Olsen. Er erzählte, dass du einen Abend im Holberg warst und Randale gemacht, geheult und eine Kellnerin gewürgt hast. Wirklich, ich muss schon sagen.«

Ich war heilfroh, dass ich mich an nichts von alledem erinnern konnte.

Munk setzte sich auf einen Stuhl. Er hob die Flasche, die er gefunden hatte, an den Mund.

»Aaah«, sagte er. »Und jetzt erzähl mal. Du musst ja wohl einen Grund haben.«

Langsam begannen die losen Teile in meinem Kopf sich zu sammeln. Sie tauchten friedlich aus den Nebelschwaden auf und legten sich zurecht, eins aufs andere. Ich erzählte.

Als ich glaubte, fertig zu sein, nickte Munk. Die Flasche, derer er sich erbarmt hatte, war jetzt so leer wie die anderen.

»Ich habe mir schon so etwas gedacht«, sagte er. Er stand auf und trat ans Fenster. »Sie will deine Liebe ein Jahr lang auf die Probe stellen, das ist doch nichts, wenn du es wirklich ernst meinst, du Saftheini. Aber du hast es nicht einmal einen Tag lang ausgehalten. Liegst hier und spielst Dornröschen, und lässt die Hecke riesenhoch wachsen und wartest auf den Kuss einer Prinzessin, um zu erwachen. Du bist ein Versager auf der ganzen Linie. Eine Null bist du, verdammich. Und was machen wir jetzt mit dir? Dich umerziehen? Ich glaube, sogar dafür ist es zu spät. Das Barmherzigste dürfte sein, dir eine Kugel in den Schädel zu verpassen, aber zuerst nehm ich dich mit zum Doktor, um zu sehen, ob sich nicht doch noch etwas machen lässt, wider alle Erwartung.«

Munk sah in die Tasche seines Jacketts.

»Übrigens habe ich deinen Briefkasten geleert, als ich raufgekommen bin. Da sind mehrere Karten und ein paar Briefe aus Trondheim. Guck mal, hier ist sogar eine mit dem Nidaros-Dom drauf. Das ist doch was für dich, oder?«

DER DOKTOR

Der Doktor machte ein bedenkliches Gesicht. Er war alt und unrasiert und schlurfte in karierten Filzpantoffeln herum, aus denen sowohl die Zehen als auch die Fersen herausguckten. Er wedelte mit seinem Stethoskop.

»Das sieht gar nicht gut aus«, murmelte er. »Ganz und gar nicht gut. Du bist nicht sehr nett zu deinem Körper gewesen.«

Er machte wieder ein bedenkliches Gesicht und warf das Stethoskop auf den Fußboden. Ich sah mich im Sprechzimmer um. Auf dem Schrank standen ein Schädel und ein Glas mit einem in Alkohol eingelegten Schweineembryo. An der Wand hingen ein Bild des jungen Hippokrates und ein eingerahmter Brief mit den Worten:

Ich brauche deine Hilfe nicht mehr.
Gruß von Emilia (dem kranken Mädchen)
26.09.72

Auf einem Regal stand das Buch »Geschichte eines Hausarztes« mit dem Bild einer nackten Frau auf dem Umschlag, und in einer Ecke standen seine Golfschläger.

»Ich könnte dir Tabletten geben«, sagte er. »Aber Tabletten sind Teufelszeug. Ich rate dir stattdessen, für eine Weile zu verreisen. Hör auf, an Mädchen zu denken, und mach mal etwas ganz anderes. Und kein Alkohol, ist das klar?«

»Klar«, sagte ich.

»Schon kleine Mengen Alkohol können dir den Rest geben. Es sieht nicht besonders schön aus in dir. Ehrlich gesagt, sieht es aus wie zwei Müllautos, die mit einer Ladung toter Hunde kollidiert sind.«

Ich nickte und begriff den Ernst der Lage.

Auf dem Heimweg kaufte ich zwei Literflaschen Zitronenlimonade und zwei Liter Dickmilch.

»Na, wie war es?«, fragte Munk. »Wie lange gibt er dir noch?«

»Er meint, ich sollte verreisen«, antwortete ich, »genau wie ... wie ...«

»Wie Sandra. Da helfe ich dir. Ich bin derselben Ansicht. Es ist das Einzige, was du tun kannst, wenn du mich fragst. Im übrigen bin ich auch politisch zutiefst enttäuscht von dir. Schlapp und ohne Bewusstsein lässt du dich hängen. Kein bisschen Engagement. Es ist ja ganz okay mitzutrotten, weil Onkel Munk so ein sympathischer und dufter Typ ist, mit zentnerweise Charisma und immer etwas gutem Wein. Aber selbst was auf die Beine stellen? Nein, kein Gedanke daran. Ja, fahr weg bis zum nächsten Herbst und werde erwachsen. Ich bin nachsichtig mit dir und verlange nicht, dass du ein anderer Mensch wirst, aber du solltest auf Sandra hören, die eine großartige Person ist (auch wenn ihre psychedelische Bettwäsche mir den Rest geben würde), und ernsthaft über den ganzen Mist nachdenken. Nächsten Herbst kommst du zurück, frisch gewaschen und gut in Form, mit sauberem Hemd und sandgestrahltem Hirn, und vergiss ja nicht, was Zollfreies einzukaufen. Dann machen wir eine Riesenshow. Sandra ist wieder hier, und wir sind in der heißesten Endphase des Wahlkampfs. Alles okay? Dann gute Reise. Vergiss den Pass nicht.«

»Nichts ist okay«, sagte ich. »Ich weiß nicht einmal, wohin ich fahren soll.«

»Fahr nach Paris«, sagte Munk. »Ich hab da Bekannte. Sympathische Menschen, wird dir gut tun, sie kennen zu lernen. Auch flotte Mädchen. Vielleicht bringt dich das auf andere Gedanken.«

Paris. Das wäre vielleicht das Richtige. Irgendetwas an den Großstädten Europas zog mich gerade jetzt an. Die Anonymität. Diese Cafés, wie hießen sie noch gleich? Bistros.

»Die Sache hat nur einen Haken«, sagte ich. »Mein Schulfranzösisch ist alles andere als frisch.«

»Kein Problem. Wir verpassen dir einen Schnellkurs in Französisch in Doktor Munks Sprachenschule. Intensivkurs, dreißig Stunden, inklusive Käse und Wein. Du musst dich allerdings mit dem Käse begnügen. Das dürfte reichen. Du musst auf jeden Fall lernen, was Möse auf Französisch heißt, damit du nicht wie ein Trottel daherkommst. Ich würde verdammt gern mitfahren, aber ich nehme an, du hast gehört, dass ich für immer des Landes verwiesen worden bin. Von de Gaulle persönlich.«

»War es da unten auch ein Hotelzimmer?«

»Nicht ganz. Es war, weil ich den Zirkus von '68 mit in Gang gebracht habe. Ich war Experte im Werfen von Pflastersteinen, was der Polizei überhaupt nicht gefiel. Also haben sie mich auf Lebenszeit ausgewiesen. Mich und Cohn-Bendit. Wir kriegten die gleiche Strafe und schreiben uns übrigens noch immer. Er ist dicker geworden, während ich mich gut gehalten habe.«

Munk stellte das Radio an. Ein paar wütende Rhythmen kamen heraus, und eine erregte Krähenstimme sang etwas von »anti-Christ« und »anarchist«. Das Letztere sprach er »änärkaist« aus. Munk drehte voll auf, und sein Gesicht strahlte.

»Da haben wir ja die Platte«, sagte er. »Das sind die Sex Pistols und *Anarchy in the UK*.«

»Sex Pistols?«

»Punk«, sagte Munk. »Die erste gute Musik seit vielen Jahren. Zwar auch nicht so neu, dass sie nicht alt ist, aber trotzdem! Jetzt heißt es endlich Goodbye to Crosby, Stills, Nash and Young, und Gott sei's gedankt.«

II
DER WEISSE KÖRPER DES MONDS

KARIN WÄSTBERG

Von Kopenhagen an saß ich mit einem schwedischen Mädchen zusammen im Abteil. Ich studierte sie heimlich und versuchte herauszufinden, was sie las. Zwischendurch stiegen Leute zu und wieder aus, nur wir beide gehörten zum festen Inventar und wollten bis nach Paris.

Rødby Færge, sah ich. Hier wollte ich zu Abend essen. Now or never. Puttgarden. Jetzt waren wir in Deutschland. Der Himmel hing tief, die Schaffner hatten helle Haare und blaue Uniformen mit roten Tressen. Sie sahen effektiv aus und knipsten die Fahrkarten, als machten sie Musik.

»Woher kommst du?«, fragte das schwedische Mädchen. So kamen wir ins Gespräch, und ich fand heraus, dass sie *Das goldene Notizbuch* las, was mich einen Moment an Else denken ließ. Dann dachte ich nicht mehr an Else.

Das schwedische Mädchen wollte nach Paris, wie ich mir schon gedacht hatte

»Ich heiße Karin Wästberg«, sagte sie. Ich versuchte herauszufinden, ob der Name zu ihr passte. Sie war groß und ziemlich dürr, mit kurzen Haaren, blauen Augen und kleinen Brüsten. Doch, es passte ungefähr.

»Bist du traurig?«, fragte sie.

»Nein, wieso?«

»Du siehst traurig aus.«

»Ich sehe vielleicht traurig aus, aber ich bin es nicht«, sagte ich.

Sie lachte.

»Ich bin so verdammt müde«, sagte sie. »Wie findest du meine Beine?«

Ich war ein bisschen überrumpelt. Solche Fragen wurden mir auf Zugreisen im Allgemeinen nicht gestellt, nicht einmal von schwedischen Mädchen.

»Findest du, dass sie normal aussehen?«

»Ich kann nichts besonders Unnormales an ihnen entdecken«, sagte ich.

»Ich habe eine verfluchte Dummheit gemacht«, sagte sie. Sie erzählte, dass sie zu lange Beine gehabt und viel darunter gelitten hatte, besonders in der Schulzeit. Schließlich ertrug sie es nicht mehr, mit ihren Freundinnen tanzen zu gehen. Wer wollte schon mit einer tanzen, die so lange Beine hatte und die Jungen um einen Kopf überragte?

Ich dachte, dass ich durchaus mit ihr hätte tanzen wollen, aber das wäre wohl kein großer Trost gewesen.

Dann hatte sie sich operieren lassen. Die Beine waren gekürzt worden, sie hatten unterhalb der Knie ganz einfach ein paar Zentimeter weggesägt.

Ich begriff nicht, wie so etwas gehen konnte, es klang nach den wildesten Hirngespinsten, aber ich sah ihr an, dass es stimmte. Und jetzt bereute sie es. Sie fühlte sich mindestens genauso unwohl wie vorher. Zu allem Überfluss hatte sie auch noch ab und zu Schmerzen.

»Du findest also nicht, dass meine Beine komisch sind?«

»Deine Beine sehen richtig prima aus«, sagte ich.

»Oh, du bist lieb.«

»Nicht besonders. Die mich kennen, wissen das.«

Draußen war es stockfinster, und wir sahen nur die Lichter von norddeutschen Dörfern. Dann wurden es mehr und mehr, und schließlich hielten wir. Hamburg-Hauptbahnhof. Jetzt waren wir also in Hamburg. Auch hier gäbe es sicher etwas zu erleben, was meine Gedanken von gewissen anderen Dingen fortlocken konnte. Aber ich hatte eine Fahrkarte nach Paris.

Unser Abteil füllte sich, und ich musste mich in eine Ecke drücken. Karin seufzte und wandte sich wieder Doris Lessing zu.

Munk hatte mir Reiselektüre mitgegeben, ein Buch von Alfred Jarry, *Gestes et opinions du docteur Faustroll, pataphysicien*. Ich verstand nur wenig davon. Trotz meines Intensivkurses in Französisch inklusive Käse verstand ich zu viele Wörter nicht. Und was ich von der Handlung verstand, machte die Sache auch nicht viel klarer. Es ging um einen Typ, der Dr. Faustroll hieß und 1898 geboren war, im Alter von 63 Jahren. Das Buch begann damit, dass er aus seiner Wohnung geworfen und seine Bücher beschlagnahmt wurden. Dann begab sich der Doktor auf eine Bootsreise durch Paris, zusammen mit einem Affen, der Bosse-de-Nage hieß und ständig HA-HA! sagte. Ich hoffte, dass Munk nicht meinte, dies sei als Bild von ihm und mir aufzufassen.

Es war bereits tiefe Nacht. Bremen Hauptbahnhof und neue Leute ins Abteil. Karin hatte den Mantel über sich gebreitet und sich auf dem Sitz mir gegenüber ausgestreckt. Es sah aus, als schliefe sie. Achtung an Gleis zwo. Bitte einsteigen und die Türen schließen. Der Zug fährt sofort ab.

So zusammengepresst wie ich saß, bestand wenig Hoffnung auf Schlaf. Ich musste das rote Licht und die Bahnhöfe im Ruhrgebiet erleben, ob ich wollte oder nicht. Erst hinter Aachen, als wir nach Belgien kamen, wurde so viel Platz im Abteil, dass ich mich ausstrecken konnte. Ich legte mir Faustroll unter den Kopf und breitete den Wintermantel über mich. Ich hatte keine Lust, mir Belgien anzusehen. Vielleicht ein andermal. Und wenn nicht, dann würde ich auch nicht daran sterben.

Karin hob den Kopf.

»Wo sind wir jetzt?«

»Irgendwo in Belgien«, sagte ich. »Eine von diesen Städten in Belgien.«

»Nicht weiter? Dann gute Nacht.«

»Gute Nacht.«

Ich weiß nicht, ob ich schlief oder was es war. Auf jeden Fall strömten sonderbare Träume zu mir herauf, von einer Stelle unter meinem Sitz, glaubte ich. Grässliche Gesichter kamen auf mich zu und umschwirrten mich wie Flattermösen. Sie wollten mich fassen. Es gab keinen besonderen Grund dafür, ich sollte nur gefasst werden. Ein paar von ihnen waren dabei, mich mit dem Kopf in ein Glas Aprikosenmarmelade zu stecken. Das Glas war nur ein normales Haushaltsglas, deshalb war es schwer, mich hineinzubekommen. Vor allem mit dem Kopf zuerst. Da erblickte ich Sandra. Sie saß mit dem Rücken zu mir. Sandra!, rief ich. Guck doch, was sie mit mir machen! Sie musste mich gehört haben, zeigte aber keine Reaktion. Plötzlich stand sie auf und ging. Noch immer, ohne in meine Richtung zu sehen. Jetzt fing jemand an, an meinen Füßen zu sägen. Nein, bitte nicht! Ich habe mich nie beklagt, dass sie zu lang sind. Nie! Sie sägten weiter, dass die Späne nur so flogen.

Graues Licht hatte sich im Abteil ausgebreitet. Ich war wach und sah, dass Karin, den Mantel immer noch über sich, dasaß und aus dem Fenster schaute.

»Guten Morgen«, sagte sie. »Du musst etwas Schreckliches geträumt haben. Du warst so unruhig.«

Ich erzählte nicht, was ich geträumt hatte.

Draußen konnten wir gefrorene, braune Äcker sehen, und Krähen, die ruhig auf der Erde saßen. Hier und da eine einsame Fabrik, aber kein Schnee. Ich hatte geglaubt, die Januarkälte würde sich etwas geben, je weiter wir nach Süden kämen. Aber es sah nicht danach aus. Ich schaute auf die Uhr.

Karin erzählte, es sei das zweite Mal, dass sie nach Paris fahre. Sie hatte einmal ein halbes Jahr bei einer Familie als au pair gearbeitet, und jetzt wollte sie wieder zu ihnen. Die Kinder waren größer geworden, und sie freute sich darauf, sie wieder zu sehen.

Die Häuser mehrten sich, wurden größer und rückten dichter zusammen. Alles war noch immer grau, aber es war ein helleres Grau als am Tag zuvor.

Eine halbe Stunde später fuhr der Zug in den Gare du Nord ein. Ich war in Paris und sah Kioske, eine Wechselstube, Menschen, die wartend dasaßen, und ein Buffet. Ich war hungrig, hungrig wie eine Meerkatze. Immer musste ich Vergleiche anstellen.

»Ich kann erst in ein paar Stunden zu meinen Leuten fahren«, sagte Karin. »Wie wär's mit einem Kaffee und ein paar Croissants?«

Wir schleppten unsere Koffer quer über die Rue de Dunkerque zu einem Café, das Café Buffet du Nord hieß. Es war das erste Mal, dass ich auf Französisch etwas zu essen bestellte, und ich war gespannt, ob ich es hinkriegen würde, aber der Kellner nickte nur und verschwand. Wir würden ja sehen, womit er zurückkam.

Ein Flipper dröhnte die ganze Zeit.

»Deux express«, sagte eine Stimme. Das hörte sich spannend an. Ein wohliges Gefühl von Freiheit hatte bereits begonnen, in meinen zähen Körper einzudringen, es fing in den Füßen an und war schon ein ganzes Stück an den Schenkeln nach oben gekommen.

Ich lächelte Karin an, und Karin lächelte mich an.

Der Kellner kam zurück und schmiss einen geflochtenen Korb mit fünf braunen Croissants auf unseren Tisch.

Fünf Minuten später kam er mit zwei klitzekleinen Tassen wieder, die zu drei Vierteln mit schwarzem und bitterem Kaffee gefüllt waren. War der Kaffee hier so, oder war das nur ein Versuch, uns übers Ohr zu hauen, weil wir Ausländer waren?

»Wenn du mehr haben willst, musst du Grand café sagen«, sagte Karin.

Grand café, dachte ich. Ich hatte geglaubt, das sei etwas anderes.

Ich fühlte mich richtig gut und völlig übermüdet und grinste dumm.

DER EIFFELTURM

Wo wirst du wohnen?«, fragte Karin.

»Ich bin noch nicht sicher, aber vielleicht hier«, sagte ich und zeigte ihr die Adresse, die Munk mir gegeben hatte.

»Oh, das ist ganz am anderen Ende der Stadt. Da musst du die Metro zur Porte d'Orléans nehmen.«

»Aha«, sagte ich.

Karin schrieb sich meine Adresse auf.

»Ich gebe dir meine Telefonnummer«, sagte sie. »Dann kannst du mich anrufen. Frag einfach nach Karin.«

Sie schrieb die Nummer auf: 705 37 14.

»Danke«, sagte ich. »Ich ruf dich dann an.«

»Prima«, sagte sie. »Tschüss dann.«

Karin Wästberg verschwand in der Metro am Gare du Nord, und ich wusste zu diesem Zeitpunkt noch nicht, dass ich 705 37 14 nie anrufen und sie nie wieder sehen würde. So verschwand Karin Wästberg aus meinem Leben.

Ich stellte meinen Koffer in ein Schließfach und ging los, um herauszufinden, welche Metro ich nehmen musste, um zum Eiffelturm zu kommen.

HOTEL

Ich hatte den Eiffelturm, Nôtre Dame, den Jardin de Luxembourg und den Triumphbogen gesehen und eine kleine Statue von Napoleon gekauft. Ich kam mir vor wie ein bescheuerter Tourist. Jetzt war ich müde und hungrig und klingelte an einer Tür in einem Mietshaus in einer kleinen, engen Straße, die Rue de Coulmiens hieß. Auf dem Bürgersteig lag Abfall, und gerade hatte mich eine Katze angefaucht.

Ein Kopf kam zum Vorschein.

»Bonjour«, sagte ich. »Ich bin ein Freund von Munk.«

»Munk? Ah oui, le Moine. Ah bon.«

Er sah mich scharf an. Es war ein Mann in den Dreißigern, mit einer langen, scharfen Nase und einem schmalen Bart.

»Sie hätten nicht vielleicht ein Zimmer für mich?«, sagte ich vorsichtig. Ich wünschte, ich hätte etwas anderes zu sagen gehabt. Jetzt kam ich mir verraten und verkauft vor.

»Une chambre? Ah non ...«

Er wandte sich ins Wohnungsinnere, und ich sah, dass sein Nacken rasiert war. »Lucie«, rief er. »C'est un copain du Moine.«

Ein Kumpel des Mönchs, dachte ich. Hörte sich gut an.

Eine Frau mit Schürze und strubbeligem Haar kam an die Tür. Sie roch nach frisch Gebratenem und Essbarem, und mir lief das Wasser im Mund zusammen.

»Hallo«, lächelte sie. »Munk, ja. Da solltest du mit Marie-Claire reden. Sie waren gute Freunde. Aber sie wohnt nicht mehr hier.«

Ich begriff schon, dass hier nicht mehr viel zu machen war. Ich sah, dass der Typ am liebsten die Tür zumachen würde. Aber offenbar hatte Lucie Mitleid mit mir. So etwas kam also auch in Paris vor.

»Wir haben jetzt gerade nichts frei«, sagte sie und

wischte sich die Hände an der Schürze ab. Was sie wohl gerade briet? Koteletts?

»Aber Jean-Loup zieht in einer Woche aus«, sagte sie zu dem Mann.

Er nickte zögernd.

»Komm in einer Woche wieder«, sagte Lucie. »Bis dahin findest du sicher ein billiges Hotel. Dann sehen wir, ob wir nicht ein Zimmer für dich finden.«

»Au revoir«, sagte ich.

»Warte«, rief Lucie, »willst du einen Pfannkuchen?«

Ich ging wieder hoch. Ein flacher, goldbrauner Pfannkuchen wurde mir in die Hand gedrückt.

»Danke«, sagte ich.

Am Gare du Nord war genauso viel los wie zuvor. Viele Leute saßen nur da und stierten leer vor sich hin. Da gehen die Züge, dachte ich. Wenn es hier zu schlimm wird, kann ich wieder nach Hause abhauen.

Zuerst ging ich zum Buffet und kaufte mir etwas zu essen. (Es ist mir nicht ganz klar, was es gewesen sein kann.) Danach holte ich meinen Koffer, der seit dem Morgen vier Kilo zugenommen zu haben schien. Was konnte er gegessen haben?

Ich machte mich auf die Wanderung durch die Straßen, die jetzt ziemlich dunkel geworden waren. Es war das Beste, so schnell wie möglich ein Hotel zu finden. Spät abends allein in Paris auf der Straße zu stehen musste gefährlich sein.

Ich ging nach rechts die Rue de Dunkerque hinunter, überquerte die Rue de Maubeuge und den großen und gefährlichen Boulevard de Magenta und hatte noch immer kein Hotel gefunden, das mir passend erschien. Entweder sahen sie zu teuer aus oder zu schrecklich und schäbig.

Schließlich gelangte ich in eine Straße, die sie Rue du Faubourg Poissoniere genannt hatten. Sie war genauso lang und verwinkelt wie ihr Name und führte abwärts. Ich wusste, dass hier mein Hotel liegen musste. Vor allem, weil ich es nicht schaffen würde, den Koffer noch weiter zu schleppen.

Ich hörte einen Vogel, der oben in einer dunklen Dachrinne auf eine ganz bestimmte Art zwitscherte. Das konnte nur eins bedeuten. Hotel de Jaquemort, stand da. Ein einsterniges, hell und sympathisch.

»Haben Sie vielleicht ein Zimmer für eine Woche?«, fragte ich müde.

Sie hatten. Weil ich es war, also. Ich bezahlte alles im Voraus, legte mich aufs Bett und schlief ein.

BELMONDO

An einem trüben Nachmittag spazierte ich zum ersten Mal die Champs-Élysées hinunter. Es leuchtete aus himmlischen Schaufenstern und riesigen Kinos mit offenen Lichtmündern. Dort zeigten sie *Emuannelle* (mit englischen Untertiteln). Den musste ich mir unbedingt ansehen.

Ich ging hinter einem Mann, der mir bekannt vorkam. Er trug einen langen weißen Pelzmantel und eine braune Schlägermütze, und an seinem Arm ging eine Frau, auch sie in einem langen, weißen Pelz und mit langem, hellem und wogendem Pariserhaar. Ich fragte mich ernsthaft, wer von meinen Bekannten das sein konnte, der hier so langsam und natürlich die Champs-Élysées hinunterging, ohne einen Blick in die Schaufenster zu werfen, vorbei an Emmanuelle und allem. Ich ging schneller, um ihn zu überholen, und drehte mich ganz zufällig im Vorübergehen zu ihm um.

Mir wurden die Knie weich.

Es war Belmondo, kein anderer als Jean-Paul Belmondo, der Mann, der für immer mein Lieblingsschauspieler sein würde. Die hässliche Nase und die breiten Lippen. Er war ein bisschen älter, aber entsprach ansonsten exakt dem Bild, das wir als Kinder in den Kaugummipäckchen fanden. Und jetzt schlenderte er hier mit seiner Freundin die Straße hinunter. Und seine Freundin lachte ihn mit blanken Zähnen an und hakte sich fest bei ihm unter.

Einen wirren Moment lang malte ich mir aus, hinzugehen, zu grüßen und zu sagen: Hello, Belmondo, nice to see you, oder etwas ähnliches Vulgäres. Ich dachte sogar daran, ihn zu fragen, ob er Munk kenne! Doch im nächsten Augenblick rutschte mir das Herz wieder in die Hose, und ich wagte nichts von alledem. Ich blieb wie festgenagelt stehen und sah Belmondo auf mich zukommen. Blickte er mir nicht eine Zehntelsekunde in die Augen?

Er schwenkte plötzlich nach links und ging mit der Dame in eins der strahlenden Kinos. Ich sah, wie er ganz normal eine Eintrittskarte kaufte, und dann war er weg. Ich beeilte mich nachzusehen, in welchen Film Belmondo gegangen war.

Das würde in Filmkreisen zu Hause sicher von Interesse sein. Es gab Artikel und Abhandlungen über Geringeres als das. Ich sah auf das Plakat: Walt Disneys *Bernard und Bianca*.

Und ich ging weiter den breiten Bürgersteig hinunter, zwischen all den unbekannten Gesichtern. Der Autoverkehr weit draußen zu meiner Rechten störte mich nicht. Ich ging weiter. Ich wollte ja noch bis zum Place de la Concorde, um wilde Sachen zu erleben.

BEBEN ZWISCHEN DEN SCHENKELN

In drei Tagen hatte ich vierzehn Filme gesehen, und mir ging auf, dass ich das Tempo drosseln musste, wenn mein Geld so lange reichen sollte, wie ich geplant hatte. Auf Grund des verschwundenen Herbstes hatte ich ein bisschen Geld gespart, aber trotzdem hatte ich nicht viel mehr als das Studiendarlehen für das Frühjahr plus einen Teil von dem Hansa-Geld, um mich über Wasser zu halten

Ich hatte folgende Filme gesehen:

Walt Disney: *Bernard und Bianca*
Fellini: *Die Clowns und Roma*
Chaplin: *Lichter der Großstadt*
Marx Brothers: *Eine Nacht in der Oper* und
Die Marx-Brothers im Krieg
Kubrick: *Dr. Seltsam,*
oder: Wie ich lernte, die Bombe zu lieben
Arrabal: *Ich werde laufen wie ein verrücktes Pferd*
Die Abenteuer des Bugs Bunny und seiner Freunde
Anderson: *Der Erfolgreiche*

Pasolini: *Erotische Geschichten aus 1001 Nacht*
Schlesinger: *Der Marathon-Mann*
Godard: *Elf Uhr nachts* (mit Belmondo)
Tim und Struppi und der Sonnentempel

Von all diesen Filmen sind mir die kurzen Filme über Bugs Bunny am besten in Erinnerung geblieben. Schon sonderbar. Und noch war ich in keinem Kino vom Typ »Amsterdam« (100, Rue St.-Lazare) gewesen. Das Programm dieser Woche war Folgendes (in Übersetzung):

Die Möse der Nachbarin
Der Körper und die Peitsche
Beben zwischen den Schenkeln
Drei Schwedinnen auf der Insel der tausend Freuden
Die Wirtin reist ohne Schlüpfer
Sybilles süßer Po

Es war ein Trauerspiel, in solchen Zeiten ans Geld denken zu müssen. Es müsste ganz anders sein. Sollte ich etwa zum Verbrecher werden, nur um all die Filme sehen zu können, auf die ich Lust hatte? Solche Fragen stellte ich mir, während ich die langen Brücken von Paris überquerte, unter denen Prahme und Leichter langsam dem Meer zu oder sonst wohin glitten. Ich wollte nicht auf das gute Gefühl verzichten, aus dem dunklen Kino auf die erleuchtete Straße hinauszukommen, die Menschen anzusehen, in mich hineinzulächeln und sicher zu sein, etwas zu wissen, was sie nicht wussten, etwas, das in mir ruhte und mir den Bauch wärmte.

Paris war eine graue Stadt, aber es gab auch viel Licht.

Und wer wollte wissen, ob ich nicht doch bald etwas fände, wo ich wohnen konnte?

PLACE DE LA RÉPUBLIQUE

Es war ein etwas zu früher Abend auf dem Place de la République, und ich ging in ein Café ganz in der Nähe, ein Stück in Richtung Faubourg du Temple, um einen Kaffee zu trinken, weil es noch so früh war. Der Wirt servierte den Kaffee in einer dieser Tassen, die so klein sind, dass du den Kaffee vergisst, kaum dass du ihn getrunken hast, und wenn sie abkassieren wollen, hältst du es für einen schlechten Scherz, und wenn du einsiehst, dass sie es ernst meinen, fängst du an, darüber nachzudenken, wie absurd die Welt ist und was das Ganze für einen Sinn hat. Ein schmuddeliges Ehepaar stand rechts von mir und knutschte. Sie wollten zwei kleine Bier, wurden aber nicht bedient, weil sie zu betrunken waren und weil der Wirt sie kannte und wusste, dass sie schlechte Menschen waren und nicht gut rochen. Sie rochen wirklich nicht gut. Und sie kicherten heiser.

Ein Schwarzer kam zu mir und fragte, ob ich Streichhölzer hätte. Ich sagte in gefälligem Französisch Ja und fing an, in meiner Tasche nach der Streichholzschachtel zu suchen. Sie war nicht hier, und sie war nicht da. Wo war sie denn nun? Ich wusste doch, dass sie da irgendwo sein musste, voll mit Streichhölzern wie nur was.

Der Schwarze schien irritiert zu sein. Er wedelte mit der unangezündeten Zigarette vor meiner Nase herum und sah mich sauer an.

»Was ist denn jetzt mit den Streichhölzern?«

»Warte einen Moment. Ich kann sie nicht finden.«

»Soll ich etwa die ganze Nacht hier stehen und kalt rauchen?«

»Nein, nein, ich hab sie gleich. Es ist ja noch früh am Abend.«

Jetzt pflanzte er sein Gesicht direkt vor meins und hielt nur die Zigarette dazwischen, als habe er vor, mir damit böse Geister auszutreiben. Aber dazu bedurfte es mehr als einer Zigarette, noch dazu einer, die nicht brannte.

»Ich hab schon kapiert«, zischte er. »Du willst mir kein Feuer geben. Du willst meine Zigarette nicht anzünden, weil ich Schwarzer bin, stimmt's? Du bist ein ganz gemeiner Rassist. Rassist, Rassist, Rassist«, rief er und stubste mir die Zigarette an die Nase, dass der Tabak über meine Jacke bröselte.

»Nun hör schon auf«, sagte ich. »Ich bin kein Rassist. Ich habe nichts gegen Schwarze. Es ist doch nicht meine Schuld, dass ich die Streichhölzer nicht finde. Außerdem könntest du ja daran denken, selbst Streichhölzer mitzunehmen. Das macht man so.«

»Rassist«, zischte er. »Ich schlag dir die Zähne ein. Ich lass mir von euch weißen Arschlöchern nicht alles gefallen.«

»Hör auf«, sagte ich, »und nimm deine Pfoten weg. Ich habe dir nichts getan. Und ich will mich nicht schlagen.«

Aber der Schwarze wollte sich gern schlagen. Er war wild entschlossen und hatte mir im Übrigen schon einen Faustschlag gegen den Brustkasten verpasst.

Die Leute im Café hatten ihre Gespräche unterbrochen und starrten uns voller Erwartung an. Überall leuchtende Augen. Ein dicker Mann mit Bart sabberte so, dass es ihm am Kinn herunterlief und auf den Schlips tropfte.

Nur der Wirt heulte auf.

»Raus mit euch. Geht auf die Straße. Ich will hier nichts demoliert haben. Macht, dass ihr rauskommt, sonst rufe ich die Polizei.«

Ich hatte dem Schwarzen inzwischen einen Schlag in den Bauch verpasst, dass er sich krümmte und nach Luft schnappte.

»Wir gehen vor die Tür«, stöhnte er. »Da kriegst du eins in die Fresse, dass du es nie vergisst.«

»Und du erst«, sagte ich. »Du fängst dir einen ein, dass du deiner alten Hure von einer Mutter davon erzählen kannst.«

Wir gingen auf den Bürgersteig hinaus und maßen einander. Er wirkte etwas kräftiger als ich (dazu war nicht viel nötig) und war mindestens ebenso groß. Außerdem war er viel wütender. Es konnte also schwierig werden.

Und dann ich, der ich mich nicht mehr geprügelt hatte, seit ich in die Realschule ging und meine letzte Warze loswurde und wie ein Schwein blutete. Der Junge, der das getan hatte, war ein dicker Kerl, ein richtiger Fettsack. Ich sah mir ein Fußballspiel an, und er stand direkt hinter mir und rief ständig Beleidigungen. Er war jünger als ich, aber so dick, dass es unmöglich war, ihn auf den Boden zu kriegen. Es endete unentschieden.

Jetzt taumelte ich von einem harten Schlag ans Ohr zurück. So, der schlug also wirklich, dieser Schwarze! Ich schlug zu und traf ihn auf die Nase, dass das Blut ihm über Mund und Kinn spritzte.

Die Cafégäste waren hinter uns herausgekommen und bildeten einen Ring um uns, mit roten Gesichtern und wilden Augen. Sie wollten mehr Blut sehen. Der Wirt stand da und jammerte, weil er Angst hatte, wir könnten an seine Fensterfront stoßen und sie zertrümmern.

Ich bekam einen Schlag aufs Zwerchfell und taumelte rücklings gegen die Fenster.

»Weg von den Fenstern, weg von den Fenstern«, heulte der Wirt. »Macht meine Fenster nicht kaputt. Geht weg, geht weg, geht weg!«

Ein irritierender Kerl, dieser Wirt. Wenn er nur Ruhe geben könnte, wären wir schon ein ganzes Stück weiter.

Ich bekam wieder Luft und tat, als beabsichtigte ich einen Schlag gegen die Kinnspitze meines Gegners. Er duckte sich schnell, doch damit hatte ich gerechnet und gab ihm stattdessen einen kräftigen Schlag in den Bauch, sodass er diesmal gegen das Fenster taumelte. Der Wirt heulte und stellte sich an.

»Meine Fenster, meine armen Fenster. Könnt ihr nicht von meinen Fenstern weggehen? Ich habe eine kranke Frau und vier kranke Kinder zu versorgen. Was soll aus ihnen werden? Und aus den Raten für den Fernseher und der Gasrechnung von 460 Francs?«

»Frag doch den verfluchten Giscard, du Arsch«, sagte der Schwarze, »und hör auf, uns mit deinen beschissenen Fenstern auf den Geist zu gehn.«

»Ja«, sagte ich. »Halt deine Klappe. Wir haben genug von deinem Gewinsel.«

Der Schwarze schoss vor wie ein Ziegenbock und

rammte mir seinen Schädel in den Bauch, dass alles, was darin war (hauptsächlich das Mittagessen), mir hochkam, und wir landeten beide auf dem Bürgersteig und wälzten uns im Dreck.

»Sauerei, hier liegt Hundescheiße«, zischte der Schwarze.

In null Komma nichts waren wir wieder auf den Beinen und rangen miteinander, sodass keiner einen Schlag landen konnte. Wir schwankten wieder auf die Fensterfront zu. Wildes Heulen des Wirts, der sich die Haare raufte.

»Bringt sie auseinander, bringt sie auseinander, sie ruinieren mich. Was soll aus meiner Familie werden? Sollen wir in der Metro sitzen müssen und betteln? Und ich kann nicht einmal Mundharmonika spielen, und meine Frau singt wie eine Krähe. Nein, nein, nein!«

Ich sah den Schwarzen an. Er sah mich an. Er war grässlich zugerichtet und blutig. Mir tat der Bauch erbärmlich weh. Au, au, au so weh! Wir gingen gleichzeitig auf den Wirt los. Ich ging um ihn herum und hielt seine Arme fest, und der Schwarze gab ihm einen Kinnhaken. Er hatte ein mächtiges und dickes Kinn, aber er sackte ohne einen Laut in sich zusammen. Ich hielt ihn unter den Armen, und der Schwarze nahm seine Füße, und so trugen wir ihn hinein, noch immer gefolgt von den anderen Gästen, die jetzt offensichtlich der Meinung waren, endlich etwas für ihr Geld zu bekommen.

Wir legten den Wirt auf die Theke, knöpften sein Hemd auf und fühlten seinen Puls. Er schlug wie eine Wohnzimmeruhr. Komisch, wie die Dinge sich fügten.

Schon zum zweiten Mal hatte ich mitgeholfen, einen Wirt zusammenzuschlagen.

»Kippt ihm ein Glas Bier über den Kopf, dann wird er wieder wach«, sagte der Schwarze zu den Zuschauern. »Ihr könnt euch auch ein bisschen nützlich machen.«

Wir gingen hinaus auf den Bürgersteig.

»Der war verdammt schwer«, sagte der Schwarze.

»Ja«, sagte ich. »Der war schwer.«

»Fangen wir wieder an?«

»Tja, bleibt uns wohl nichts anderes übrig.«

Wir standen da und überlegten und sahen uns um. Da drüben war eine rote Ampel, dort zwei alte Autos, und darüber waren alle Sterne. Hunderte. Und sie alle zwinkerten uns zu, ungefähr wie alte Huren.

»Im Grunde hab ich die ganze Scheiße satt«, sagte der Schwarze.

»Ich auch«, sagte ich. »Der Wirt war so schwer, dass es mir den ganzen Appetit genommen hat. Hier sind übrigens die Streichhölzer. Endlich hab ich sie gefunden.«

»Das ist jetzt auch egal. Ich hab die Zigarette verloren. Jetzt ist sie bestimmt zertrampelt.«

»Damit musst du rechnen«, sagte ich. »So geht das eben. C'est la vie.«

»C'est la vie, ja. Du sagst es. Na denn, ich hau ab. Vielleicht seh ich dich eines Tages. Ich erkenn dich bestimmt an deiner hässlichen Visage.«

»Ja«, sagte ich. »Kann gut sein. Dann musst du ein Bier ausgeben.«

»Ciao.«

»Ciao«, sagte ich. Der Abend war jetzt so weit fortgeschritten, dass ich ruhig weitergehen konnte.

MARIE-CLAIRE

Die Woche war um, ich zog aus dem Hotel aus, stellte meinen Koffer wieder ins Schließfach auf dem Gare du Nord und nahm die Metro in Richtung Porte d'Orléans.

Der Typ mit dem schmalen Bart usw. war auch diesmal zu Hause. Vielleicht war er so einer, der immer zu Hause war. Ein häuslicher Mensch.

»Guten Tag«, sagte ich. Ich konnte sehen, dass im Zimmer hinter ihm mindestens zwanzig Brote aufgestapelt waren. Sie würden wohl heute ein Fest feiern.

»Oh, bist du es?«, fragte er

»Ja«, sagte ich. »Ich bin es.«

Er blickte sich um, vermutlich, um zu sehen, ob Lucie in der Nähe war, um ihm zu helfen, aber sie war anscheinend nicht da.

»Tut mir Leid«, sagte er. »Aber wir haben doch kein Zimmer. Der Typ, der ausziehen wollte, bleibt doch erst noch mal hier. Aber vielleicht in vierzehn Tagen, wenn du dann noch mal herkommst.«

»Na gut«, sagte ich. »Da lässt sich nichts machen. In vierzehn Tagen? Ja, vielleicht komme ich.«

Falls ich dann noch lebe, dachte ich, als ich wieder die Treppen zur Metro hinunterging. Jetzt sah es finster aus. Lange konnte ich nicht mehr so aasen und im Hotel wohnen.

Am Place St. Michel stieg ich aus, um von dort über die St. Michel-Brücke und die Pont au Change zu wandern. Natürlich gab es gute Möglichkeiten, sich in Paris zu ertränken. Vorausgesetzt, man wollte sich überhaupt irgendwo ertränken, konnte man es genauso gut hier tun. Damit es ein bisschen Stil hatte. Aber ich ertränkte mich nicht. Ich ging den ganzen Weg bis zum Châtelet-Platz und setzte mich in das erstbeste Café dort, Le Mistral. Ich bestellte einen Kaffee (grand), saß da und guckte traurig aus der Wäsche. Pfui Teufel, war der Kaffee bitter! Wäre Munk hier gewesen, hätte er bestimmt den ganzen Kaffee aus dem Fenster geworfen. Ich aber wollte ja jetzt so höflich sein. Trank meinen Kaffee und wurde trauriger und trauriger. Einer von diesen Kellnern mit Bart und weinroter Jacke (so eine fehlte mir noch in meiner Sammlung) könnte wenigstens kommen und mir einen Klaps auf die Schulter geben. Aber an so etwas dachten die nicht. Die dachten an ihre fünfzehn Prozent Trinkgeld und daran, ob ihre Bärte saßen, wie sie sollten, direkt unter der langen Nase.

Dies konnte meinen ganzen Plan über den Haufen werfen. In Paris zu sein, ohne eine Bleibe zu haben, war völlig undenkbar. Einen Augenblick lang war Sandra auf dem Weg in meinen Kopf, sie hatte schon einen Fuß in der Tür, aber ich machte sie blitzschnell wieder zu. Da hatte nicht viel gefehlt. Ich bestellte noch einen Kaffee, genauso grand und bitter wie der vorige, und war drauf und dran, einen Kognak dazuzunehmen.

Nein, es sah gar nicht gut aus. Es war noch immer Januar, der härteste Monat, und vierzehn Tage lang sollte ich hier herumlaufen und warten, mein Studiendarlehen und das Hansageld aufbrauchen und dann wahrscheinlich trotzdem kein Zimmer bekommen. Und zu allem Überfluss stand da auch noch ein Scheißkerl und starrte mich an.

Ich schaute hoch und sah ein breites Grinsen in einem schwarzen Gesicht. Es war der Schwarze, den ich vor zwei Tagen so verprügelt hatte. Da stand er und grinste freundlich. Jetzt saß er übrigens schon, auf dem Stuhl mir direkt gegenüber.

»Salut«, grinste er.

»Salut«, sagte ich traurig.

»Was ist los mit dir, großer weißer Mann? Gehörst du nicht der Herrenrasse an? Ist das ein Grund, so den Kopf hängen zu lassen?«

»Jemand hatte mir ein Zimmer versprochen. Aber daraus wird nichts.«

»Aaah«, sagte der Schwarze. »Du solltest ins Bordell gehen und alle Sorgen vergessen.«

»Wenn es nur das wäre, ginge ich lieber ins Kino. Das ist billiger und mindestens genauso gut.«

»Du weißt offenbar nicht, wovon du redest«, sagte der Schwarze. »Ich glaube übrigens, wir haben vergessen, uns vorzustellen. Ich bin Jean-Jacques.«

»Hallo, Jean-Jacques. Es ist mir ein Vergnügen, Sie zu treffen.«

»Wie lange wolltest du denn in Paris bleiben?«, fragte Jean-Jacques.

»So lange wie möglich.«

»Aaah, so lange wie möglich! Ich verstehe. Da hab ich ja Zeit, inzwischen einen Kaffee zu trinken. Einen Kaffee!«

Jean-Jacques sah aus, als denke er nach. Ich habe inzwischen ein bisschen Erfahrung darin, den Leuten anzusehen, wenn sie versuchen zu denken. In der Regel kommt wenig dabei heraus, aber sie haben es wenigstens versucht.

Jean-Jacques schien aber mit dem Ergebnis zufrieden zu sein. Er schlürfte seinen Kaffee.

»Das müsste klappen«, sagte er. »Komm, wir holen dein Gepäck. Ich weiß ein Zimmer für dich.«

»Ist das wahr?«, fragte ich. Zum ersten Mal bereute ich, an jenem Abend so hart zugeschlagen zu haben. Nun ja, er machte nicht den Eindruck, als hätte er bleibende Schäden davongetragen.

Jean-Jacques pfiff irgendeinen Kabarett-Song, und ich blickte zum mantelgrauen Himmel auf, der einen roten Schimmer bekommen hatte. Irgendetwas Ernstes ging da oben vor sich.

Wir holten den Koffer vom Gare du Nord und nahmen die Metro zurück nach St. Placide, tauchten auf der belebten Rue de Rennes wieder auf und schleppten den Koffer in die Seitenstraße Rue d'Arras. Jean-Jacques zeigte zum Dachgeschoss eines der grauen und stillen Mietshäuser hoch

»Unterm Dach«, sagte er. »Da wohnen wir.«

»Gut«, sagte ich.

Es gab selbstverständlich keinen Aufzug, aber gemeinsam schleppten wir den Koffer nach oben.

»Mach dich leicht«, sagte ich zu meinem Koffer. Aber er verstand mich falsch und machte sich stattdessen verteufelt schwer.

»Was ist denn auf einmal mit deinem Koffer?«, fragte

Jean-Jacques. »Warum wird er plötzlich so verdammt schwer?«

»Er neigt dazu, mich misszuverstehen«, antwortete ich.

»Ah bon«, sagte Jean-Jacques.

Die Tür, vor der wir stehen blieben, verriet nichts darüber, was uns hinter ihr erwartete. Manchmal kann man einer Tür ansehen, wohin man geht, aber so eine Tür war dies nicht.

»Wir müssen nachsehen, ob Marie-Claire da ist«, sagte Jean-Jacques.

Drinnen war ein kleiner, dünner Typ mit langen schwarzen Haaren bis über die Augen, schwarzer Lederjacke und hellen Jeans damit beschäftigt, einen alten zerschlissenen Teppich zu saugen.

»Salut, Jean-Jacques«, sagte er. »Salut«, sagte er zu mir.

»Salut, Philippe«, sagte Jean-Jacques. »Ist Marie-Claire da?«

»Glaub wohl. Geh rein und sieh nach. Ich muss diesen Scheißteppich saugen. Klaus hat seine ganzen Pommes frites darauf verstreut.«

Ich fragte mich, wo Klaus war. Er war nicht zu sehen.

»Jean-Jacques«, hörte ich eine Frauenstimme rufen. »Bist du das? Hast du die Sachen mit?«

»Ja und nein«, sagte Jean-Jacques.

»Was heißt das?«

»Ich bin da, aber ich hab die Sachen nicht mit. Dafür hab ich was anderes.«

Eine Frau Ende Zwanzig, in schwarzem T-Shirt, hellen

Jeans und einer langen, weißen Wolljacke kam herein. Ihr Gesicht war voller Leben, und sie hatte lange schwarze Locken. Sie lächelte und zeigte ihre Zähne.

»Salut«, sagte sie. »Ich bin Marie-Claire.«

Marie-Claire, Marie-Claire. Etwas war mit dem Namen.

»Bist du die Marie-Claire, die Munk kannte?«, fragte ich.

»Munk? Ja, klar. Wir nannten ihn hier nur Le Moine. Wie in dem Buch von Lewis. Lebt er noch, Munk?«

»Na ja, so hart an der Grenze«, sagte ich. »Nein, nein. Es geht ihm sicher gut. Besser, als er verdient hat.«

»Du musst erzählen, was er so treibt«, sagte Marie-Claire. »Er war ein fantastischer Typ. Die Polizei hat ihn gehasst.«

»Kann er nicht das Zimmer kriegen, das Paulette hatte?«, sagte Jean-Jacques. »Wir brauchen es doch nicht.«

»Selbstverständlich kannst du das«, rief Marie-Claire, als sei das die beste Idee aller Zeiten. »Du kannst da wohnen, solange du willst, als Freund von Munk. Er kommt nicht bald mal nach Paris?«

»Ich glaube kaum.«

»Nein, ich weiß ja auch, warum. Ich muss ihn vielleicht einmal da oben besuchen. Wie ist es in Norwegen, habt ihr da ein sozialistisches System?«

»Nicht, soweit ich weiß«, sagte ich. »Wir haben alles Mögliche, aber ein sozialistisches System haben wir sicher nicht.«

»Komm und sieh dir das Zimmer an«, sagte Marie-Claire.

Sie nahm mich mit in ein vollkommen leeres Zimmer. Es gab weder Tapeten noch Gardinen, Teppiche oder Möbel.

»Du kannst die Matratze haben, die Paulette benutzt hat. Und ein paar Decken haben wir auch noch.«

»Das hört sich gut an«, lächelte ich. Endlich stellte ich den Koffer ab. Ich fing, an mir auszumalen, was ich an den Wänden haben könnte.

»Sieh mal raus«, sagte Marie-Claire. »Du kannst bis zum Jardin de Luxembourg sehen. Ist das nicht schön?«

»Doch«, sagte ich. »Das ist schön.«

»Und siehst du das Haus da gegenüber?«

Ich sah es.

»Da wohnt André Glucksmann. Er wohnt unter dem Dach allein mit seinen Tauben. Wir können uns zuwinken. Er ist ein Philosoph.«

»Und ihr?«, fragte ich. »Was seid ihr?«

»Wir? Wir sind auch Philosophen.«

FREIHEIT, GLEICHHEIT UND VERRÜCKTHEIT

Ich legte die Matratze an die Wand und fing an auszupacken. Anziehsachen, ein zweites Paar Schuhe, ein grüner Schirm, dicke Socken, Mundharmonika, die Bibel, den luftgetrockneten Schinken von meiner Mutter, das Buch von Jarry, ein Taschenmesser, eine Schere, einen Bic-Kugelschreiber, das Bild mit der Schnecke auf dem Tisch, Reiseschecks, ein Glas Aprikosenmarmelade, eine lange Liste von Sachen, die ich für Munk kaufen sollte, einen kleinen Eimer mit Fleischklopsen, ein Kartenspiel, vier Würfel, Damms Französisch-Norwegisch/Norwegisch-Französisches Taschenwörterbuch, die Statuette von Napoleon, die Telefonnummer von Karin Wästberg, die Ermahnungen meines Vaters, die Gebete meiner Mutter, einen schwarzen Wecker (den ich hoffentlich nie brauchen würde), zwei Päckchen Aspirin, Pflaster und eine Flasche Pyrisept, ein Halstuch, Papiertaschentücher, Reservetöne für die Mundharmonika, Haarbürste, zwei kleine Kerzenständer.

Allem, was ich im Koffer hatte, war eins gemeinsam: Es roch nach Schinken. Es gab Schlimmeres.

Ich pinnte das Schneckenbild von Trine Bekk an die Wand und fühlte mich sofort heimischer. Die Sonne ging hinter den Wolken unter, und der Himmel nahm eine schwache rötliche Färbung an. Ich sah den Philosophen André Glucksmann an seinem Dachfenster stehen und in den Sonnenuntergang starren. Er blieb eine Weile dort stehen und starrte, dann verschwand er. Jetzt würde er wohl philosophieren über das, was er gesehen hatte.

Es klopfte an der Tür.

»Hallo«, sagte Marie-Claire. »Wenn du ein Freund von Munk bist, kannst du ja bei unseren Aktionen mitmachen. Wir brauchen Leute, jetzt, wo Paulette fort ist.«

»Was ist denn mit ihr?«, fragte ich.

»Sie ist nach Afrika gegangen und im Dschungel verschwunden. Wahrscheinlich haben die Löwen sie gefressen. Schade, Paulette war ein guter Typ.«

»Löwen?«, sagte ich.

»Ja, ein harsches Schicksal. Sie wollte sich da unten bei der Guerilla Inspiration holen. Stattdessen haben die

Löwen sie gefressen. Ich glaube, wenn das dabei rauskommt, kann ich auf Inspiration verzichten.«

»Ja«, sagte ich. Ich war ganz ihrer Meinung.

Wir gingen in das größte Zimmer. Jean-Jacques lag auf dem alten Teppich, den Philippe am Morgen gesaugt hatte, und schlief.

»Hier essen wir meistens«, sagte Marie-Claire. »Wir müssen auf dem Fußboden sitzen, weil wir wenig Möbel haben. Wir hoffen ständig, einmal ein paar billige Stühle und vielleicht einen Tisch aufzutreiben, aber in Paris ist nichts billig. Selbst total wertloser Kram kostet noch ein Schweinegeld.«

Es gab tatsächlich in keinem Zimmer irgendwelche Möbel. Nur alte Matratzen mit Decken, auf denen sie schliefen, und eine Stereoanlage, die sicher schon bessere Tage gesehen hatte.

»Die tut's nur noch Mono«, sagte Marie-Claire. »Doppeltes Mono, könnte man sagen.«

Ich sagte es trotzdem nicht. In der Küche standen ein Gasherd und ein paar Schränke mit Lebensmitteln und Besteck. Andere Schränke unterschiedlicher Größe waren in die Wände eingelassen. Einer von ihnen stand halb offen, und ich sah Haufen von Weinflaschen.

»Wo sind die anderen?«, fragte ich.

»Philippe ist unterwegs und trainiert mit dem Wagen für das Projekt, und Klaus ist mit ihm gefahren.«

Klaus. Ich fragte mich wieder, wer Klaus war.

»Das Projekt?«, sagte ich.

»Ja, darüber wirst du später mehr erfahren. Er will sehen, wie schnell er mit dem Wagen von Süden nach Norden durch Paris fahren kann, von der Porte d'Orléans zur

Porte de Clignancourt, ohne von den Bullen geschnappt zu werden. Der bisherige Rekord liegt bei siebzehneinhalb Minuten, aber wir müssen auf fünfzehn runterkommen. Klaus ist mit, um die Zeit zu nehmen.«

»Aha«, sagte ich. Fünfzehn war ja eine glattere Zahl. Und dass Klaus mit war, um die Zeit zu nehmen, war ja nur natürlich.

»Hier, guck's dir an«, sagte Marie-Claire und schloss einen Schrank auf. Es war der einzige Schrank, an dem ich ein Schloss gesehen hatte. Als die Tür jetzt aufging, kam ich mir auf einmal vor, als sei ich an etwas Verbotenem beteiligt, als klaute ich Äpfel oder spielte alten Pennern Streiche.

Der Schrank war voller Waffen und Munition. Zwei Maschinenpistolen, fünf oder sechs kleinere Pistolen, eine abgesägte Schrotflinte und ein Bowiemesser. Marie-Claire machte die Tür schnell wieder zu und steckte den Schlüssel in die Tasche.

»Jetzt hast du es gesehen«, sagte sie.

»Aber wozu«, fragte ich.

»Wenn es nötig wird«, sagte sie. »Und das wird es bestimmt. Ich sehe, dass ich mich auf dich verlassen kann, deshalb habe ich es dir gezeigt. Jetzt begreifst du, was für Leute wir sind. Die Behörden würden uns Terroristen nennen, aber wir sind nur Leute, die ein schlechtes Gewissen haben, weil die Dinge so sind, wie sie sind. Wir haben die Dinge gesehen, wie sie werden können, und das wollen wir erreichen.«

»Ihr vier?«, sagte ich.

»Wir sind noch nicht so viele, aber wir werden mehr. Und Klaus hat Kontakte in Deutschland. Er hat die

Schießdinger beschafft. Kannst du raten, was unser Wahlspruch ist?«

»Nein.«

»Freiheit, Gleichheit und Verrücktheit.«

KLAUS

Ein Typ mit kurz geschnittenem, hellem Haar, platter Nase und brauner Lederjacke stand in der Tür und fixierte uns mit starren, graublauen Augen.

»Wer ist das?«, fragte er.

Ich begriff, dass dies Klaus war.

»Das ist ein Freund von Munk«, sagte Marie-Claire. »Munk ist ein alter Freund von mir von '68.«

»Wir brauchen niemand mehr«, sagte Klaus unwirsch. »Keiner weiß, ob wir uns auf ihn verlassen können.«

»Er springt für Paulette ein. Natürlich können wir uns auf ihn verlassen. Also sei still. Wie viel Minuten habt ihr gebraucht?«

»Achtzehn Minuten und dreizehn Sekunden«, maulte Klaus. »Wir haben oben bei Sebastopol einen Hund angefahren.«

»Ihr sollt keine Hunde anfahren.«

»Oh, der hat überlebt. Er hat Philippe sogar noch ins Bein gebissen. Aber dann hatten wir die Bullen am Hals und mussten einen Umweg fahren.«

Er sah mich noch immer säuerlich an. Ich wusste, dass ich etwas tun musste, um ihn zu besänftigen, wenn ich hier wohnen bleiben wollte.

»Wo ist Philippe?«

»Der ist zu MacDonalds, um Abendessen zu kaufen.«

»Aaah, bon«, kam es vom Fußboden. Jean-Jacques war wach geworden, saß da und grinste.

Mir kam eine Idee. Ich lief in mein Zimmer und holte den luftgetrockneten Schinken. Er roch so herrlich, dass mir die Tränen in die Augen traten.

»Regarde«, sagte ich zu Klaus. »Magst du das? Wir nennen es *spekeskinke*.«

ERSTER BRIEF AN MUNK

Lieber Munk.

Worin hast du mich da hineingezogen? Ich habe Marie-Claire getroffen, aber sie hat jetzt eine andere Adresse. Sie wohnt mit drei Männern zusammen (vier mit mir), und sie bilden eine Art Terroristenorganisation. Der Schlimmste von ihnen ist Klaus. Er hat Kontakte nach Deutschland. Ich habe einen Blick in einen Schrank voller Schusswaffen geworfen. Klaus mochte mich anfangs nicht, aber dann habe ich ihm was von dem Schinken von meiner Mutter gegeben, und jetzt kommt er jeden Tag und will mehr. Philippe ist ein kleiner und ziemlich sympathischer Typ, der wie ein Wahnsinniger Auto fährt. Jean-Jacques ist ein Schwarzer, der leicht hitzig wird. Er und ich haben schon einen Caféwirt zusammengeschlagen. Früher wohnte auch Paulette hier. Sie ist von Löwen gefressen worden, und ich habe ihre Matratze bekommen. Des einen Tod ist des anderen Matratze.

Ich verhehle nicht, dass mir die Sache hier ein bisschen zu heikel werden kann, besonders wenn es einmal anfängt zu knallen. Klaus ist so einer, dem es Spaß macht zu schießen, Philippe macht alles mit, was aufregend ist, Marie-Claire sorgt für die Ideologie, und Jean-Jacques ist, soweit ich sehe, der Einzige, der Grund hätte, zornig zu sein

Also, könntest Du mir nicht einen kleinen Rat geben? Ich stecke schon zu tief in der Sache drin, um so ohne weiteres abzuhauen. Außerdem mag ich Marie-Claire. Ich weiß nicht, wie Paulette aussah. Bevor die Löwen sie schnappten, meine ich. Schreib schnell. Die Adresse steht hintendrauf. Gib Rebekka einen Kuss von mir.

P.S.: Ist Waschbrett-Olsen immer noch so beknackt wie früher?
P. S. 2: Ich habe seit vor Weihnachten keinen Tropfen Alkohol getrunken!
P. S. 3: Sie erinnern sich hier noch an Dich.

BRIEF VON MUNK

Alter Miststreuer!
Mit Gottes gnädiger Hilfe haben wir ein neues Jahr bekommen, und möge es segensreich sein für uns alle. 1977 – das große Penis-Jahr! Was hältst Du davon?

Ich habe es noch nicht übers Herz gebracht, mich von meinem Weihnachtsbaum zu trennen. Er steht hier und nadelt, was das Zeug hält, und will uns die eine oder andere Lehre erteilen. Ich weiß zwar, was für eine, aber Du musst das schon selbst herausfinden.

Ich sitze gerade und höre eine neue Platte. The Damned heißt die Gruppe, verdammt gut. Ich bekomme mehr und mehr Lust, wieder Gitarre zu spielen. Wie geht es deiner Mundharmonika? Hoffe, Du hast sie tief auf den Grund der Seine versenkt. Sie hat einen schlechten Einfluss auf Dich gehabt.

Ich habe Rebekka den Kuss von Dir gegeben, und sie war hocherfreut. Na ja, ich gebe zu, dass ich ein bisschen auf eigene Rechnung hinzugefügt habe. Als wir erst einmal in Gang waren, weißt du, und die Gefühle überhand nahmen und das eine das andere ergab. Und wo das Bett so dicht dabei stand. Get it?

Ansonsten ist von hier oben nicht viel zu berichten. Wir machen unseren Kram und versuchen, es so zu drehen, dass die Patience aufgeht. Hier liegt noch Schnee und macht das Geschlechtsleben unsicher für Leute mit glatten Schuhen.

Grüß Marie-Claire und sag ihr, dass sie stets einen großen Platz in Onkel Munks Herzen hat.

Gruß und Kuss
Munk

Dieser verdammte Munk!, dachte ich.

DER METROWOLF

Das Licht Anfang Februar, dachte ich. Das ist ein sympathisches Licht. Es ließ das Grau der Stadt zu einer richtigen Farbe werden, so wie rot, grün und was sonst noch. Diese Gedanken gingen mir durch den Kopf, während ich aus dem Fenster sah und gleichzeitig versuchte, eine besonders unverständliche Seite in Docteur Faustroll zu lesen. Ich sah André Glucksmann aus dem Haus kommen. Er lächelte und versuchte, seinen Motorroller zu starten. Auf dem Kopf hatte er eine Taube. Ich dachte mir, dass er so mit einem philosophischen Problem beschäftigt war, dass er die Taube auf seinem Kopf gar nicht bemerkte. Ich konnte sehen, dass er dachte: »Marx ist tot. Ich habe sein Grab in London gefunden.« Der Motorroller wollte nicht anspringen, und er stellte sich an die Bürgersteigkante, um auf ein Taxi zu warten.

Da stand Philippe in der Tür

»Salut«, sagte er. »Wonach guckst du denn?«

»André Glucksmann«, sagte ich. »Sein Roller springt nicht an.«

»Das war auch nicht anders zu erwarten«, sagte Philippe. »Kommst du mit ins Bordell?«

»Ins Bordell? Ich glaube nicht. Da gehe ich lieber ins Kino. Das bringt den gleichen Nutzen und ist viel billiger.«

»Billiger? Aber es ist ein Bordell mit Studentenrabatt oben in der Rue St. Denis.«

»Studentenrabatt?«

»Ja, hast du noch nie davon gehört?«

»Ich glaube, das ist nichts für mich. Aber wenn du ins Kino willst …«

»Du bist ein komischer Typ«, sagte Philippe. »Aber du wirst schon deine Gründe haben. Fahr auf jeden Fall mit, dann kannst du so lange draußen im Wagen warten. Und danach machen wir was Verrücktes.«

»Draußen warten?«, fragte ich zweifelnd. Das hörte

sich nicht nach meiner Vorstellung von einem gelungenen Abend an.

»Ja klar. Es dauert nicht lange. Nur ein Quickie.«

»I see«, sagte ich. »Dann lass uns mal.«

André Glucksmann stand noch immer da und wartete vergeblich auf ein Taxi. Sogar die Taube war ihres Wegs geflogen.

»Wollen wir ihn mitnehmen?«

»Von wegen«, sagte Philippe und trat aufs Gas. »Der Typ soll selbst sehen, wie er klarkommt. Wie andere auch. Der würde uns nur die Ohren voll quasseln über Meisterdenker und den Staat und so Sachen. Wer will sich so was anhören, wenn er unterwegs ist, um zu bumsen?«

Überall in der Stadt hatte ich schon Plakate gesehen, die vor dem Metrowolf warnten. Es hatte den Anschein, als wisse niemand, nicht einmal der Präsident in seinem Palast, wie dieser Wolf in die Metro gekommen war. Jedenfalls war er da jetzt, in der Tiefe der dunklen Tunnel. Manchmal konnte man seine gelben Augen durchs Fenster leuchten sehen. Dann rückten die Menschen im Abteil enger zusammen und hauchten sich gegenseitig mit ihrem Knoblauchatem an.

Wenn man es am wenigsten erwartete, konnte der Metrowolf zuschlagen, sich auf einen beliebigen Passagier stürzen, der auf dem Bahnsteig von einem Bein aufs andere trat, und bevor jemand eingreifen konnte, hatte er sein bemitleidenswertes Opfer in das tiefste Dunkel gezerrt. Siebzehn Todesopfer hatte er bis jetzt gefordert, und Kinder sowie ältere und gebrechliche Menschen wagten sich kaum noch allein in die Metro.

Jetzt sah ich wieder ein großes Plakat an einer Hauswand: ATTENTION, DANGER, LE LOUP DU METRO. Daneben war ein grausiges und hässliches Bild des Wolfs gemalt, mit einer von Entsetzen gepackten Frau im Bikini zwischen den Zähnen. Ganz unten auf dem Plakat stand mit kleinen Buchstaben, als sollten die Leute es eigentlich gar nicht sehen, dass der Präsident eine Belohnung von 5000 Francs aussetzte für denjenigen, der half, den Wolf zu töten.

5000 Francs, dachte ich. Im Grunde nicht gerade viel, wenn es darauf ankam. Und vielleicht galt das Angebot nicht für Ausländer.

»Warum schnappen sie ihn nicht?«, sagte ich.

»Wen?«, fragte Philippe und trat erschrocken auf die Bremse. Wir waren mitten auf der Pont des Arts, aber zum Glück war kein Auto hinter uns.

»Den Metrowolf.«

»Scheiße, hast du mich erschreckt«, sagte Philippe. »Nein, den schnappen sie nicht. Vielleicht, weil er eigentlich gar nicht existiert.«

»Aber die Toten«, sagte ich.

»Vielleicht sind sie an etwas anderem gestorben. Wer weiß das schon. Die Leute brauchen etwas, wovor sie sich fürchten, das ist alles. Dann fürchten sie sich nicht vor dem, was wirklich gefährlich ist. Ein Trick der Regierung. Und außerdem ist es gut zu wissen, dass sie 5000 Francs verdienen können, wenn sie mutig sind und große und behaarte Ärsche haben.«

Wir waren schon in der Rue St. Denis. Eine endlose Reihe geparkter Autos und ein paar Damen, die noch frei waren und in ihren Leopardenpelzen und schwarzen Lederstiefeln auf und ab stolzierten.

Philippe quetschte den winzigen R4 zwischen zwei dicke Citroëns und zeigte. Das Haus war das schäbigste in der ganzen Straße. Die Tür fiel fast aus den Angeln. Aber da hing tatsächlich ein kleines, handgeschriebenes Schild:

RÉDUCTTONS POUR LES ÉTUDIANTS

»Na?«, sagte Philippe.
»Ich bleibe im Wagen«, sagte ich.
»Hast du was zu lesen?«
»Alles in Ordnung.«
»Schon gut, ich bleibe nicht lange.«
Ich sah den schmalen Rücken in der Lederjacke durch die Tür verschwinden. Der Metrowolf, dachte ich. Was für ein Anblick, wenn jetzt der Metrowolf die Straße heraufschliche, schon mit Geifer um die Schnauze, während er nach rechts und nach links äugte, immer auf der Jagd nach einem kleinen Schild, auf dem stände:

RÉDUCTIONS POUR LES LOUPS

LOLLIPOP

Es war Samstagabend Mitte Februar. Die Zeit verging schnell, stellte ich fest. Jeden Tag war ich auf den Straßen und sah mir die Menschen an. Ich wollte etwas lernen. Jeden Tag saß ich im Café des Flores auf dem Boulevard St. Germain, oder im St. Séverin am Place St. Michel und sah sie vorübergehen. Ich sah sie mir alle an, nicht nur die jungen Mädchen, und an den Kaffee hatte ich mich inzwischen auch gewöhnt.

Es war Samstagabend, und wir saßen alle zusammen mit ein paar Flaschen Wein (ich trank Mineralwasser) auf dem Fußboden und hörten eine Platte von Serge Gainsbourg. Marie-Claire las in einem Buch von Annie Leclerc, Philippe versuchte, eine Sohle unter seinen Schuh zu kleben, Jean-Jacques lag auf dem Rücken, hatte die Arme unter dem Kopf verschränkt und pfiff. Klaus klickte mit einer Pistole und aß Pommes frites aus einer riesigen MacDonalds-Tüte. Ich las wie stets in dem Buch von Jarry und fragte mich, wann mir der große Zusammenhang aufgehen würde. Einmal musste es ja sein.

Jean-Jacques streckte plötzlich einen Arm aus und schnappte sich die Tüte von Klaus.

»Scheiße, gib mir meine Pommes frites.«

»Hoho«, lachte Jean-Jacques. »Diese Deutschen können es nicht lassen. Reden immer von Pommes Fritz. Pomm Fritz, der deutsche Kaiser.«

»Halt die Schnauze«, sagte Klaus und warf sich über die Tüte. Sie zerriss, und die Fritze fielen auf den Teppich. Philippe würde wieder etwas zum Staubsaugen haben. Jean-Jacques und Klaus rollten über den Fußboden, Klaus fluchte, und Jean-Jacques heulte vor Lachen.

»Merde«, sagte Marie-Claire, »könnt ihr nicht still sein. Oder geht raus.«

»Draußen liegt Schnee«, murmelte Philippe. Er hatte die Sohle immer noch nicht dran und schien den Eindruck zu haben, dass es hoffnungslos war.

»Aaah«, sagte Jean-Jacques. »Ich zisch mal rüber nach Pigalle zu meiner Tante. Kommt jemand mit?«

»Gleich kommen die Lottozahlen im Radio«, sagte Klaus. Er hatte die meisten seiner Fritze wiederbekommen und klickte wieder mit seiner Pistole herum.

»Ich will hier sitzen und einen ruhigen Abend verbringen«, sagte Marie-Claire.

»Ich muss den Schuh reparieren«, sagte Philippe. »Und dann muss ich Staub saugen.«

»Und du?«, meinte Jean-Jacques zu mir. »Musst du heute Abend unbedingt diese Seite lesen, oder kommst du mit? Meine Tante ist ein guter Mensch, und wer weiß, vielleicht finden wir einen Caféwirt, den wir verprügeln können?«

»Okay«, sagte ich. Ich ging in mein Zimmer, warf das Buch hin und zog meinen Mantel an. Als ich wieder herauskam, lag Klaus da und klebte mit dem Ohr an einem kleinen Radio.

»Halt die Klappe«, fauchte er. »Jetzt kommen die Lottozahlen.«

Klaus träumte von einem Lottogewinn.

Im Auto war es kalt und eklig, und das Viertel war um diese Zeit am Samstagabend wie ausgestorben. Oben bei André Glucksmann war es dunkel, entweder war er schon im Bett oder draußen im Leben.

Jean-Jacques bekam das Wrack in Gang, und wir rollten durch den Schneematsch. Nur auf den Hausdächern und in den Parks war der Schnee noch einigermaßen weiß. Das Licht ergoss sich über uns, als wir den Boul Mich hinunter Richtung Place St. Michel glitten. Wie gewöhnlich ballten sich hier die Menschen, sei es, dass sie einfach dastanden oder unterwegs waren zu den zahllosen kleinen Restaurants und Kinos.

Am Eingang zur Metro stand eine große Menschenmenge, sodass wir anhalten mussten. Ein Krankenwagen stand da mit offenen Hecktüren und rotierendem Blinklicht. Zwei weiß gekleidete Männer drängten sich mit einer Trage durch die Menge, auf der ein regloser und blutiger Mensch lag, und wir hörten die Leute erregt den Namen des Metrowolfs rufen.

Mich schauderte. Was würde passieren, wenn der Wolf eines Tages aus den Tunneln herauskäme, um sich fetteres Weideland zu suchen, die Avenuen und Boulevards? Daran durfte man gar nicht denken. Stattdessen dachte ich an die Karte, die ich gerade von Sandra bekommen hatte, mit selbst gemaltem Motiv, auf der sie schrieb, dass es ihr gut ging und sie an mich dachte.

»Was hältst du vom Metrowolf?«, fragte ich. Der Verkehr war wieder in Fluss gekommen, und wir sahen das Plakat des Châtelet-Theaters.

»Ooooh, lala«, sagte Jean-Jacques. »Der Metrowolf. Ooooh, la la. Es gibt nicht viel, wovor ich Angst habe, aber der ... Deshalb nehme ich nie die Metro. Da gehe ich lieber zu Fuß. Ich träume nachts von ihm, dass er mich und meine ganze Familie frisst. So was wie ein Familienangebot. Auf irgendeine perverse Art und Weise ist es so billiger für ihn.«

»Au ha«, sagte ich. »Und deine Tante, was macht die so?«

»Nicht, was du denkst. Sie ist Nachtclubsängerin. Ja, und sie tanzt auch. Lass dich nicht täuschen von der Gegend, sie ist ein guter Mensch.«

»Ja«, sagte ich. »Sicher.«

Statt die Boulevards hinaufzurasen, schlängelten wir uns durch die kleinen Straßen des 1., 2. und 9. Arrondissements. Es waren fast nur dunkelhaarige, stille Männer mit Bärten zu sehen. Dies musste ihr Abend sein.

Rue Pigalle, las ich. Also kamen wir der Sache näher. Es war, wie ich es hier erwartet hatte: die roten Neonlichter, die großen Autos, die Touristenschlangen, die Männer in gestreiften Anzügen und glatt gelechten Mafiavisagen, die vor den Lokalen standen, um Kunden anzulocken, ein paar einsame, ältere Damen, an den Hauswänden lehnend, das eine Bein vorgeschoben, um ein weißes Knie unter den Netzstrümpfen sehen zu lassen, alles war da. Wir fuhren langsam den Boulevard de Clichy zum Place Blanche hinauf. *Funny Girls*, las ich. *Le Cabaret de la Place Blanche. Bottomless* – nu intégral. Snack.

»Hier ist sie nicht«, sagte Jean-Jacques. »Das hier ist nur was für Schweine. Guck mal, da ist das Moulin Rouge.«

»Ja«, sagte ich.

»Wir können es uns nicht leisten reinzugehen, aber ich dachte, du würdest es gern mal sehen.«

»Danke«, sagte ich.

»Und der Friedhof von Montmartre liegt gleich hier drüben.«

»Fein«, sagte ich.

Wir stoppten vor einem Gebäude, von dem es in schwachem Grün leuchtete: Le Lapin Vert. Das grüne Kaninchen. Verglichen mit dem Moulin Rouge war es nicht besonders groß, sondern wirkte eher armselig.

»Ich weiß, was du denkst«, sagte Jean-Jacques, »aber so darfst du nicht denken. Auf das Äußere kommt es nicht an. Komm, wir wollen in den Keller.«

Im Keller herrschte das passende Dunkel. Licht kam nur von der Bar und ein paar grünen Glühbirnen an der Wand. An der Bar saßen vier ältere und dicke Männer, die meisten Tische im Saal waren leer. Das heißt, dort saß ein Mensch. Eine schwarze, ältere Frau, sehr füllig und mit einem großen Ausschnitt. In ihrem Haar steckten zwei rote Federn und über dem linken Ohr eine rote Nelke. Um den Hals trug sie vier Perlenketten, und ihre dicken Finger waren mit Ringen bestückt.

»Salut, Tante«, brüllte Jean-Jacques. »Aaah!«

»Aaah, hello, my little Jean!« Sie hatte einen starken amerikanischen Akzent. »Give auntie a kiss!«

Was er auch tat.

»Who's your friend, he looks real cute.«

»Er wohnt bei uns. He's a great fighter.«

»Sooo nice to meet you. You can kiss me too.«

Ich gab ihr einen Kuss auf die Wange und bekam Puder auf die Lippen.

»Sooo nice of you to come and see ol' aunt Madge, you little sweethearts. I'm gonna sing for you tonight. You know«, sagte sie zu mir, »Fats Waller used to call me Lollipop! Ha ha ha!«

Sonderbarer Name, dachte ich. War Lollipop nicht eigentlich ein Jungenname? My boy Lollipop?

Lollipop oder Madge tätschelte mir die Wange, und ich merkte, dass mir das gefiel.

»Hat Jean-Jacques schlimme Dinge von mir erzählt?«, fragte sie vergnügt.

»Nein«, sagte ich. »Nur Gutes. Er sagt, Sie seien ein guter Mensch.«

»Oh, aber er hat Recht. Tante Madge ist die Güte selbst. Wie eine Sahnetorte, ho ho ho!«

»Wie geht es dir, Tante?«, fragte Jean-Jacques. »Läuft der Laden?«

»Oh, es geht mir so schlecht! Ich war krank und alles.«

»Oh nein«, sagte Jean-Jacques.

»Oh nein«, sagte ich.

»Und ihr seht es ja selbst. Wenig Leute. Wenig, wenig Leute. Ich werde noch erleben müssen, dass sie das ganze Kaninchen dichtmachen.«

»Oh nein, das tun sie nicht«, sagte Jean-Jacques. Er gab ihr einen Kuss aufs Ohr.

»Das wäre mein Tod«, sagte Madge. Sie kitzelte mich mit einer der roten Federn unter der Nase. »Dann kratz ich ab, ho ho ho!«

»Du doch nicht, Tante Madge«, sagte Jean-Jacques. »Du überlebst uns alle zusammen.«

»Oh, erinnerst du dich noch an die großen Zeiten, nein, tust du nicht. Damals war Fats Waller hier. Duke Ellington und Miles Davis. Miles Davis wollte mir die Zehen lecken. Why the hell do you want to do that?, fragte ich ihn. I just have to do it, Madge, sagte er. Ho ho ho!«

»That's great«, sagte ich.

»Yeah, isn't it, darling? But let's have something to drink. Garçon! Claude, darling, une bouteille de whiskii et trois verres.«

»Ich – hm – trinke nichts«, sagte ich.

»Er ist nach Paris gekommen, um dem Alkohol und

den Mädchen aus dem Weg zu gehen«, grinste Jean-Jacques.

»Oh, then he's come to the right place. But that's nonsense, sweetheart. Get some whisky.«

Ich seufzte und resignierte. Ein kleines Glas konnte wohl nicht schaden. Ich war ja wieder ganz gut in Form.

Es schmeckte tatsächlich gut. Wärmte wie ein inneres Neonlicht.

»Na siehst du«, sagte Madge. »Muss man davor Angst haben?«

Ich antwortete nicht. Schmeckte Whisky wirklich so? Hatte er das immer getan?

»Lasst uns die Flasche leer machen«, sagte Madge. »In einer halben Stunde muss ich auf die Bühne. Ihr müsst wie verrückt klatschen. Ohne Applaus werde ich traurig. Traurig und deprimiert.«

»Oh nein«, sagte ich. »Das sollst du nicht. Wir werden klatschen.«

»Oh darling«, sagte Tante Madge. »That's so awfully nice of you.«

SPÄT AM ABEND

Ich kam mit einem Ruck wieder zu mir. Ich sah zwar nicht ganz klar, aber auf jeden Fall standen zwei leere Whiskyflaschen vor uns auf dem Tisch, und ich wusste, dass ich daran beteiligt gewesen war, sie zu leeren. Hatte ich geschlafen? Das Letzte, woran ich mich erinnerte, war, dass Tante Madge auf der kleinen Bühne neben der

Bar stand und *I can't give you anything but love* sang, während ein glatzköpfiger Typ sie auf dem Klavier begleitete.

Jetzt schien das Fest vorüber zu sein. Die grünen Lampen leuchteten matter, die Gläser wurden eingesammelt, die kleine Versammlung von Menschen, die an den Tischen gesessen hatten, war im Aufbruch begriffen. Jean-Jacques saß da und gähnte ausgedehnt. Hatte er auch geschlafen? Und Madge hatte aufgehört zu singen. Sie stand da und diskutierte mit einem Mann in einem weiten Anzug.

»Hello«, sagte ich zu Jean-Jacques.

»Guten Morgen«, gähnte er.

»Ist schon Morgen?«, sagte ich.

»Bien sûr. Zeit, nach Hause zu gehen und zu schlafen.«

Ich verstand nicht ganz, was er sagte. Da war etwas, das mich fortziehen wollte, mein Bewusstsein wollte zusammen mit den anderen gehen, jemand half ihm schon in den Mantel.

»Danke«, sagte mein Bewusstsein.

»Du bleibst hier«, sagte ich.

Madge kam mit einem großen Herzen und einem großen Lächeln auf uns zugerauscht.

»You guys had a good time?«

»Wonderful«, sagte ich.

»Oh, how sweet of you, darling.« Sie presste mich an ihren großen Busen.

»I had the feeling I was so bad.«

»Nooo, aunt Madge, you were great«, sagte Jean-Jacques.

»Oh, you're both so sweet.«

»Ich muss jetzt los«, sagte Jean-Jacques. »Ich will schlafen.«

Was sagte er da gerade? Etwas von schlafen. Was sollte das denn heißen? Ich stieg wieder aus dem Nebelmeer auf und stellte fest, dass mein Gesicht in Tante Madges Ausschnitt steckte, während sie mir den Kopf streichelte. Mmmm, dachte ich. Hier war es weich und warm. Ich steckte die Nase zwischen die Brüste.

»Ich glaube, dein Freund ist noch nicht in Form, um schon nach Hause zu gehen«, sagte Madge.

»Sieht so aus«, sagte Jean-Jacques. »Vielleicht könnte er hier ein bisschen schlafen?«

»Er kann bei Tante Madge schlafen«, sagte Tante Madge und streichelte mein Haar. »Tante Madge hat ein großes, weiches Bett.«

»Dann wär das ja geregelt«, sagte Jean-Jacques.

»Nicht wahr, du willst bei Tante Madge schlafen?«, sagte Madge. Ich hob das Gesicht und lächelte glücklich. Die Welt war gut, und das Leben war schön.

»Yes«, sagte ich.

Tante Madge lächelte und kitzelte mir mit einer roten Feder die Nase.

BRIEF AN MUNK

Lieber Munk.

Ständig schlittere ich in Sachen hinein. Zuerst habe ich mich in einem obskuren Nachtclub mit Whisky voll laufen lassen, dann bin ich bei einer abgetakelten und dicken (aber sympathischen) Sängerin eingeschlafen, der

Miles Davis einmal die Zehen geleckt hat, und ich kann nicht abstreiten, dass es mir gefallen hat. Aber jetzt bin ich unglücklich und bereue alles. Gerade das wollte ich hier unten doch vermeiden. Es war Jean-Jacques' Schuld, und jetzt lacht er die ganze Zeit über mich. Ich habe irgendwie das Gefühl, dass ich mich lächerlich gemacht habe. Hat in den Zeitungen da oben etwas vom Metrowolf gestanden? Er hat bis jetzt neunzehn Todesopfer gefordert, darunter fünf Direktoren und einen dreiundsechzigjährigen konservativen Parlamentsabgeordneten. Der Schnee ist abgereist, aber es ist immer noch kalt. Ich grüße dauernd den Philosophen André Glucksmann, aber er tut, als sähe er mich nicht. Und dann dieser Klaus. Die ganze Zeit fingert er an seinen Pistolen herum (wenn er nicht Lottoscheine ausfüllt), und ich fühle mich nicht mehr sicher. Ich glaube, nur Marie-Claire hält ihn davon ab, hier in der Wohnung scharf zu schießen.

Ich bin so viel wie möglich unterwegs, im Café des Flores oder im Kino. (Ich habe jetzt alle Filme von Fellini und Truffaut gesehen, von den Marx Brothers fehlen mir noch ein paar.) Aber es ist teuer. Ich weiß nicht so recht, was ich machen soll. Wenn du mir schon keinen Rat geben willst, kannst du mir zumindest schreiben, was du tun würdest.

Ich hoffe, der Frühling kommt bald. Sandra hat viermal geschrieben. Wie geht es Rebekka? Waschbrett-Olsen hat wohl hoffentlich inzwischen das Zeitliche gesegnet?

Grüße und dergleichen
Fred Feuerstein

BRIEF VON MUNK

Verdammter Alki!

Du bist mir vielleicht ein abgewrackter Besenstiel! Hast Du Brigitte Bardot noch nicht gesehen, eh? Worauf wartest Du noch, Mann?

Der Metrowolf, sagst Du? Hört sich gut an. Erwarte nähere Beschreibung. Wäre gut, wenn wir hier oben etwas Entsprechendes zu Stande brächten. Aber Du weißt ja, es würde wohl nichts Größeres dabei herauskommen als das Natlandsbusschwein.

Ja, ja, alte Bürste, ich wünsche Dir Glück mit Deinen Sängerinnen, und grüß sie schön von mir. Ich könnte Dir ja den einen oder anderen Trick verraten, aber Du musst schon selbst rausfinden, wo die Fische am besten anbeißen, na du weißt schon.

Rebekka, ja, die blüht. Aber mit den Plastiktüten hat sie's immer noch nicht.

Gruß und Kuss

Munk

P.S.: Versuch's mit einer kalten Dusche jeden Morgen!

DIE HANSA-JACKE

Im März kam endlich das milde Wetter, auf das ich saß, stand, ging und wartete, und zum ersten Mal in Paris zog ich die graue Hansa-Jacke an. Es war ein großer Augenblick. Aller Augen, oh Herr, sind auf dich gerichtet, sagte ich mir und bildete mir ein, dies sei irgendein obskures Bibelzitat.

»Aaaah«, sagte Marie-Claire, »was für eine schicke Jacke!«

Klaus warf mir einen neidischen Blick zu und verschwand durch die Tür.

Ein Mädchen saß auf dem Boden neben Marie-Claire. Sie ähnelten einander, das Mädchen hatte das gleiche lebhafte Gesicht und krause schwarze Haare (aber ein bisschen länger als Marie-Claires), konnte aber nicht älter als 14–15 Jahre sein. Sie trug eine schwarze Lederjacke und stark verwaschene, fast durchsichtige Jeans. Sie sah mich neugierig und spitzbübisch an. Sie erinnerte mich an die kleine My in den Mumin-Büchern, und ich wartete nur darauf, dass sie etwas über das Ertränken von Ameisen in Paraffin sagen würde.

»Das ist meine kleine Schwester«, sagte Marie-Claire. »Annette. Sie ist zu Besuch gekommen.«

»Salut, Annette«, sagte ich

»Salut, le vieux«, sagte Annette. Hallo, Alter, ja. »'ne tolle Jacke hast du da.«

»Danke«, sagte ich. Ich begann schon zu bereuen, dass ich die Jacke angezogen hatte. Wenn das so weiterging, wusste ich wirklich nicht, ob es die Mühe wert war. Es musste ja nicht unbedingt auf der ersten Seite von France-Soir stehen.

Ich ging ein wenig unentschlossen im Zimmer umher. Annette erzählte Marie-Claire dies und das aus der Schule, es war etwas mit einem Frosch und einem Tintenfass, aber ich spürte die ganze Zeit ihre Augen auf mir. Außerdem fand ich, dass ich nicht sofort wieder in meinem Zimmer verschwinden konnte, das hätte ja so ausgesehen, als sei ich nur herausgekommen, um mich in der Jacke zu zeigen. Und außerdem wollte ich mit Marie-Claire sprechen.

Ich schwitzte in meiner Jacke. Nur um etwas zu tun, hob ich eine zertretene Pommes Fritz vom Fußboden auf. Ich betrachtete sie eingehend, als hätte ich ein Verbrechen aufzuklären und dieses platte Kartoffelding sei ein wichtiges Beweisstück, ja das Hauptbeweisstück.

»So«, sagte Marie-Claire. »Jetzt sieh zu, dass du wieder in die Schule kommst.«

»Das eilt nicht«, sagte Annette. Ihre Augen waren noch immer mit einem bohrenden Blick auf mich gerichtet.

»Geh jetzt, Ausbildung ist wichtig.«

»Merde«, sagte Annette. Sie stand auf und küsste Marie-Claire einmal auf jede Wange.

»A bientôt«, sagte sie zu mir und sah mir fest und tief in die Augen. Ihre Augen waren schwarz und von der Art, die alles sahen.

»Gefällt dir Annette?«, fragte Marie-Claire. »Ich glaube, du gefällst ihr.«

»Sie hat mich zum ersten Mal gesehen«, sagte ich, fühlte mich aber trotzdem geschmeichelt.

»Oft reicht das schon«, sagte Marie-Claire. »Besonders in ihrem Alter.«

»Sie sah prima aus«, sagte ich. Das war ganz und gar nicht, was ich hatte sagen wollen, aber das andere hatte mein Gehirn schon längst verlassen und summte drüben auf der Fensterbank.

Marie-Claire kam zu mir und legte mir die Hand auf den Arm.

»Du bist so still«, sagte sie. »Hast du Probleme?«

»Nicht direkt Probleme. Ich versuche nur, mir über ein paar Dinge klar zu werden. Möglichst, bevor sie sich in Luft auflösen.«

»Warum?«, sagte Marie-Claire. »Wenn sie sich in Luft auflösen, brauchst du doch deine Kraft nicht damit zu vergeuden, dir über sie klar zu werden.«

»Ich finde, schon.«

»Ich glaube, ich verstehe, was du meinst. Und ich helfe dir gern.«

»Euch verstehe ich auch nicht«, sagte ich. »Ihr seid nett und sympathisch, und das passt überhaupt nicht zu dem Waffenlager in eurem Schrank.«

Marie-Claire lächelte.

»Armer Kleiner«, sagte sie. »Nein, das ist vielleicht auch nicht so einfach zu verstehen. Manchmal verstehe ich es selbst nicht ganz. Auf jeden Fall zweifle ich manchmal daran, dass wir sie je benutzen werden. Aber in meinem Innersten weiß ich, dass wir es tun werden. Am Ende werden wir dahin kommen.«

»Bei Klaus kann ich es verstehen«, sagte ich. »Aber bei euch anderen.«

»Das hängt davon ab, wie ernst du die Dinge nimmst, die du treibst«, sagte Marie-Claire. »Es hängt davon ab, ob du nur dabei sein und ein bisschen spielen willst oder ob du konsequent bist bis zum bitteren Ende. Und an diesem Ende steht die letzte und gefährlichste Mauer. An der es keine Gnade mehr gibt. Da bleibt nur noch das Gewehr. Es ist zwar schön und gut, die Arbeiterklasse hinter sich zu bringen, aber man muss einfach einsehen, dass der Staat über einen Machtapparat verfügt, der hundert Arbeiterklassen zerschlagen kann.«

Marie-Claire lächelte die ganze Zeit, als erzähle sie die Geschichte von zwei Menschen, die sich liebten und sich am Ende nach vielen Hindernissen kriegten. Ich spürte, dass ich mich in sie verlieben würde, wenn ich nicht aufpasste.

»1968 haben die Leute Gitarre gespielt«, sagte Marie-Claire. »Die Gitarren sollten die Revolution machen. So naiv waren wir. Statt zu den Gewehren zu greifen, wie wir es hätten tun sollen.«

»Ich kann mir dich trotzdem nicht mit einem Gewehr in der Hand vorstellen.«

»Aber Klaus kannst du dir vorstellen? Obwohl er nicht mehr Grund hat zu schießen als wir anderen. Er ist der Sohn eines Rechtsanwalts aus Köln, der immer alles bekommen hat, was er haben wollte. Das ist sein Problem. Das Größte, was er je erlebt hat, ist, dass er einmal von Andreas Baader eine Weihnachtskarte bekommen hat. Und Philippe ist klein und unschuldig, liebt es, schnell zu fahren und von den kleinen Mädchen bewundert zu werden. Oder nimm mich, zum Beispiel, ich unterrichte Philosophie an der Sorbonne. Philosophie! Der Einzige, der einem unterdrückten Volk angehört und etwas haben sollte, wofür er kämpfen kann, ist eigentlich Jean-Jacques. Und der hat vielleicht am wenigsten Lust dazu. Er ist eigentlich zufrieden, solange er auf dem Fußboden liegen und an die Decke gucken kann.«

»So ist es«, sagte ich. Jetzt hatte ich etwas Tiefsinniges gesagt.

»Aber immer mit der Ruhe. Noch sind wir nicht so weit. Noch ist die Nacht nicht da. Jetzt kommt bald der Frühling, und wir begnügen uns fürs Erste mit kleinen Aktionen. Fahren bei Rot, lassen den Bullen tote Fische auf den Kopf fallen, schicken Giscard verfaulten Abfall mit der Post, solche Sachen. Es ist kindisch, aber ...«

Ich betrachtete die Spatzen auf dem Bürgersteig. Es gab viele Spatzen in Paris, grau wie die Stadt selbst. Jetzt suchten sie Nahrung. Es gibt zwei proletarische Vögel, die Krähe und den Spatz. Sie repräsentieren jeweils ihre Seite des Proletariats.

»Ich fürchte, ich habe dir nicht viel weitergeholfen«, sagte Marie-Claire.

»Das macht nichts. Ich hatte auch nicht so viel erwartet.«

»Ich habe heute frei«, sagte Marie-Claire. »Wollen wir irgendetwas feiern? Was hältst du davon, ins Kino zu gehen und einen Fassbinder-Film und einen mit Eddie Constantine zu sehen, und danach gehen wir zu MacDonalds und essen einen Big Mac mit Pommes frites und Cola? La vulgarité!«

Ich sagte in etwa, dies sei ein in jeder Hinsicht nahezu vollkommenes Arrangement.

NICO

Nico sollte in einem Nachtclub oben in Faubourg du Temple singen, gleich da, wo ich Jean-Jacques begegnet war. Da wollte ich hin. Ich war immer verrückt gewesen nach Nico, der Sängerin von Velvet Underground mit ihrer Geisterstimme, die die kälteste und düsterste Herbstnachtmusik machte, die es gab, Lieder, in denen das

Hoffnungslose noch hoffnungsloser war, als man zunächst geglaubt hatte.

Ich wusste, dass Nico in Paris lebte, seit sie aus New York abgehauen war, nachdem sie der Freundin eines Black-Panther-Führers ein Glas ins Gesicht geschlagen (oder nur Wein geschüttet?) hatte, aber ich hatte nie damit gerechnet, einmal die Chance zu bekommen, sie zu sehen. Eins der vielen Dinge in meinem Leben, mit denen ich nicht gerechnet hatte.

Schon beim Anblick des winzigen Plakats begann mein Herz unregelmäßig zu schlagen. Vielleicht gab es mehrere, die Nico hießen? Nein, das konnte nicht sein. Das wäre ja Betrug und eine Schweinerei gewesen.

Ich fragte zuerst Philippe, ob er mitwollte, aber er sagte, das sei ihm zu negativ.

»Es gibt schon genug Negatives auf der Welt, da braucht man es nicht auch noch aufsuchen, wenn es nicht unbedingt nötig ist.«

Mir war, als hörte ich meinen Vater.

Jean-Jacques, dachte ich. Da oben hatten wir uns ja kennen gelernt.

»Und nachher können wir nachsehen, wie es dem Wirt geht«, sagte ich lockend.

»Nie im Leben«, sagte Jean-Jacques. »So was ist keine Musik. Nicht, dass ich was davon verstehe, aber ich kann mir schon denken, dass das Sachen für weiße Mittelklassegigolos mit Todessehnsucht sind. Nein, ich warte auf George Benson.«

Klaus wollte ich nicht fragen. Mein Gefühl sagte mir, dass er mitgehen würde.

Und Marie-Claire? Es war auch nicht ihre Musik.

»Aber Annette hat sicher Lust mitzukommen.«
»Hm, ich bin nicht sicher, ob das was für sie ist.«
»Ihr gefällt alles.«
»Aber es fängt erst spät abends an. Und die Metro fährt bestimmt nicht mehr, wenn wir nach Hause wollen, und dann müssen wir durch die ganze Stadt laufen. Du weißt doch, wie gefährlich Paris bei Nacht ist.«

»Annette tut es gut zu laufen. Und sie hat sicher keine Angst, wenn du dabei bist«, meinte Marie-Claire. »Ich werde sie fragen.«

»Mmm …«, sagte ich.

Glücklicherweise bekam Annette Halsschmerzen und Fieber, und ich ging allein, nahm die Metro bis République, ohne gelbe Wolfsaugen durchs Fenster zu sehen. Es war eine Weile still gewesen um den Metrowolf. Aber er bereitete sich wohl nur auf einen fürchterlichen Angriff vor.

Ich fand nichts, das nach einem Konzertlokal aussah, und ich musste noch einmal nachsehen, ob ich auch an der richtigen Adresse war. Nur halb abgerissene Plakate mit unbekannten Rockgruppen ließen darauf schließen, dass es irgendwo in der Nähe sein konnte.

Zuerst musste ich durch ein gewaltiges, rostiges Eisentor auf eine Art Hinterhof. Dort waren ein paar schmuddelige Buchstaben auf eine Tür gemalt, die zu einem dunklen Keller hinunterführte. Doch, hier musste es sein.

Ein Mädchen mit kurzen Bürstenhaaren, lila Lippenstift und schmutzigen Jeans saß auf einem Tisch und sah mich gelangweilt an. Ein großer Typ mit langen, fettigen Haaren und einem Ohrring war dabei, Stühle aufzustellen. Sonst war niemand zu sehen, obwohl es schon nach acht war.

Ich trödelte zurück auf die Straße, warf ein paar sehnsüchtige Blicke zu einem Café gleich gegenüber, in dem die Leute sich zu amüsieren schienen, und machte einige Schritte auf dem todernsten Bürgersteig.

Zum ersten Mal tat es mir Leid, dass Annette nicht mit war. Sie hätte sicher etwas vorgeschlagen. Oder Munk hätte hier sein sollen. Es war so sinnlos, dass er nicht hier war. Ich hatte angefangen, ein bisschen zu sehr die Hauptrolle in meinem eigenen Drama zu spielen. Daran war ich nicht gewöhnt. Die Rolle lag mir nicht. Das hätte der Regisseur vorher wissen sollen. Lieber Gott, lass was passieren, betete ich, dass ich hier nicht wie ein Dreisterne-Idiot und Bauerntölpel auf der Straße herumlaufe.

Da stand auf einmal ein Typ vor mir im Nieselregen und sprach mich an.

»Salut«, rief er vorsichtig. Die Stirnlocke verdeckte beinah seine Augenbrauen, und er sah mit Hundeaugen zu mir auf.

»Willst du meine Bücher kaufen?« Neben ihm stand ein großer Karton.

»Was für Bücher sind das denn?«, fragte ich. Nicht, dass ich interessiert war. Ich hatte nicht vor, Bücher zu kaufen. Nicht, solange ich Faustroll hatte. Ich war nur höflich.

»Bücher, die ich an der Uni benutze. Lehrbücher in Philosophie.«

»Ich glaube nicht, dass ich die brauchen kann«, sagte ich. »Du findest bestimmt einen anderen, der sie kaufen will.«

»Das bezweifle ich. Willst du nicht wenigstens eins kaufen? Zehn Francs, das ist wirklich billig.«

»Tut mir Leid«, sagte ich.

Wir sahen einander an. Wir hatten beide die falsche Person getroffen.

»Willst du in das Konzert von Nico?«, fragte er.

»Ja.«

»Ich komme später auch. Muss nur erst noch die Bücher hier verkaufen.«

»Das schaffst du bestimmt«, sagte ich. Sicher wie nur was. Er würde nicht das geringste Problem haben, hier auf diesem menschenleeren Bürgersteig in Dunkelheit und Nieselregen.

Ich versuchte es noch einmal mit dem Keller. Dunkle Schatten griffen nach mir und wollten mich festhalten, aber ich drängte mich zur Tür durch, wo das Mädchen mit den Bürstenhaaren jetzt fünfundzwanzig Francs von mir haben wollte. Ich war auch nicht mehr der Einzige, und die Bar war geöffnet. Das musste den Abend retten. Laute, dröhnende Musik wurde aus verschiedenen Lautsprechern geschleudert. Der Sinn des Ganzen war, dass die Leute mindestens viermal an der Bar rufen mussten, was sie haben wollten, und am Ende trotzdem etwas ganz anderes bekamen. So bestellte ich ein Glas Weißwein und bekam ein Glas elsässisches Bier. Es war neun Uhr, ich setzte mich hin und wartete auf Nico.

Zwei Stunden, zwei Glas Bier und ein Glas Weißwein (als ich Bier bestellt hatte), später saß ich noch immer da und wartete auf Nico. Die dunkle Kaschemme war jetzt brechend voll, die Leute tranken und taten mystische und unsagbare Dinge miteinander in dunklen Ecken, und die Lautsprecher brüllten hemmungslos. Ein paar versuchten zu tanzen und fanden es großartig, die ganze Zeit mit Leuten mit vollen Gläsern zusammenzustoßen.

Es schien, als fänden alle außer mir dies vollkommen in Ordnung, drei Stunden nach der Zeit. Nico wurde hier überhaupt nicht gebraucht. Wahrscheinlich kam sie gar nicht, sondern lag betrunken in irgendeinem Hotelzimmer. Nicht, dass ich dafür kein Verständnis gehabt hätte. Es war ja allgemein bekannt, dass die Dame Probleme hatte. Heroin und solche Sachen. Ich blieb sitzen. Die letzte Metro würde ich nicht mehr bekommen. Und so spät abends würde ich mich sowieso nicht mehr da hinunterwagen. Ich konnte die gebleckten Wolfszähne und einen blutigen, dampfenden Rachen vor mir sehen.

Ich dachte für einen Moment an Sandra und merkte, wie ich Atemnot bekam. Stattdessen dachte ich weiter an den Metrowolf. Eines Tages würden wir uns in einem letzten, entscheidenden Showdown begegnen. Die Stadt ist nicht groß genug für uns beide, dachte ich.

Jetzt wurde die Musik ein bisschen gedämpft und dann ganz ausgeschaltet. Das musste etwas bedeuten. Vielleicht war Schluss, und alle mussten nach Hause gehen. Es hätte einen nicht gewundert, denn es war fünf vor zwölf. Aber den Leuten war anzusehen, dass sie auf etwas warteten. Ich drehte mich um und sah eine Frau mit langem Haar mit dem Typen mit den langen und fettigen Haaren reden, der zuvor die Stühle aufgestellt hatte. Sie wirkte irritiert und sauer. Dann nickte sie und bahnte sich einen Weg zur Bühne. Das gedämpfte Licht ließ ihr leichenblasses Gesicht, ihr graublondes Haar, das lange schwarze Kleid und das mit etwas Dunkelrotem gefüllte Cocktailglas gespensterhaft hervortreten. Ein halb voller Typ rempelte sie an, und sie sagte irgendetwas mit wütender Stimme.

Auf der Bühne stand ein hellbraunes Harmonium, sonst nichts. Nico hastete weiter, stieg die vier Stufen hinauf und stellte ihr Glas auf dem Harmonium ab. Sie betrachtete den Schemel. Sie fand ihn zu hoch. Kurbeln, Drehen, erst in die falsche Richtung, dann in die richtige. Sie setzte sich, nahm einen Schluck und sah uns missmutig an.

»Good evening. I shall just play some songs.«

Das Konzert war vorüber. Nico hatte die meisten ihrer Lieder gesungen, einschließlich *All that is My Own, The End, Deutschland über alles* (als Wünsche aus dem Publikum kamen) und *You forget to answer* (das hatte ich ihr zugerufen, und eine Sekunde lang hatte sie mir in die Augen gesehen), das traurigste und schönste Lied, das ich kannte.

Die monotone Geisterstimme war verstummt, Nico war hinter einer schwarzen Tür verschwunden, die Leute wanderten in die Nacht hinaus, wo die Metro nicht mehr fuhr. Nur ich blieb stehen, immer noch im Bann der Musik. Ich hatte mich mit dem traurigen Strom der Töne aus dem Harmonium davontreiben lassen, in ein Land, wo alles so hoffnungslos war, dass es fast schon wieder gut tat, dort zu sein.

Es konnte einfach noch nicht vorbei sein, jetzt, wo ich so herrlich litt, dass ich kaum aufrecht gehen konnte. Da war die Tür. Sollte ich es wagen? Etwas Ähnliches hatte ich noch nie gewagt. Und die Möglichkeit, dass sie Munk kannte, war wohl gleich null.

Ich öffnete die Tür. Sie saß allein in einem alten Sessel, mit geschlossenen Augen und einem vollen Glas mit dem gleichen Dunkelroten wie vorher. Ihr Gesicht war das einer Frau in mittleren Jahren, bleich und verwüstet, ihr Haar ohne Leben. Ihre Hände zitterten, als sie sich nicht mehr auf die Tasten stützen konnten. Ich musste mit ihr reden, sie dazu bringen, mich zu verstehen. Sie war vielleicht die Einzige, die meine Probleme verstehen konnte.

Sie blickte mich ausdruckslos an. Ich musste daran denken, wie sie damals aussah, als sie eine kleine Rolle in Fellinis *La dolce vita* gespielt hatte, jung, sprudelnd, blond und verrückt.

»Do I know you?«, fragte sie tonlos. »Kenne ich dich?«

»No«, sagte ich. »I was at the concert. It was fantastic.«

»Yes ...«, sagte sie und sah vor sich hin. »I know.«

Was sollte ich jetzt sagen? Ich war irgendwie auf ein falsches Gleis geraten.

»May I talk to you for a moment?«, fragte ich bebend.

Sie antwortete nicht. Ihre Augen waren geschlossen. Sie ließ die Finger über das Glas auf dem Tisch gleiten.

»May I ...«

»Yes, you may. We can talk, but not here.« Sie öffnete die Augen wieder, aber es war, als sehe sie mich nicht. Sie erhob sich.

»Wait here«, sagte sie. »I'll just see if the car is ready, then you can come with me.«

Sie ging durch eine Tür, die offensichtlich zu einem Gang führte, der wiederum zur Straße führen musste.

Ich saß völlig aufgewühlt da und war den Tränen nahe. Ich würde Nico begleiten und mit ihr reden können. Vielleicht die ganze Nacht.

Sie blieb lange fort. Stand sie draußen auf der Straße und wartete auf den Wagen? Hörte ich nicht auch das Geräusch eines Wagens?

Ich wartete noch eine Weile. Dann stand ich auf und ging durch die halb offene Tür. Der Korridor war dunkel, aber ich konnte kalte Nachtluft riechen. Ich stieg eine Steintreppe hinauf und kam auf die Rue du Faubourg du Temple. Niemand zu sehen. Die Straße war menschenleer, so weit ich sehen konnte, auch das Café gleich gegenüber war dunkel. Aber dann sah ich doch einen Menschen, dicht an die Hauswand gedrückt.

»Salut«, sagte eine traurige und tonlose Stimme. »Willst du nicht meine Bücher kaufen? Es sind Lehrbücher in Philosophie.«

KUCHEN

Es gab selbstverständlich keinen Grund, die Sache so schwer zu nehmen. Das musste ich zugeben. Hatte ich tatsächlich geglaubt, Nico begleiten und mit ihr über meine Probleme reden zu dürfen? So himmelschreiend, bescheuert dämlich konnte man also werden, wenn man erst eine Weile mit von der Partie gewesen war. Ich hätte auf der Stelle als Mitglied auf Lebenszeit in den Club der Idioten eintreten können. Und dass ich hinterher zu Fuß durch ganz Paris laufen musste, klatschnass wurde und erst um vier Uhr morgens zu Hause war, dafür konnte ich mich auch nur bei mir selbst bedanken. Ich hätte mir im Übrigen alles verzeihen können, wenn ich nur nicht die drei dicken Lehrbücher in Philosophie bei mir gehabt hätte, als ich nach Hause kam. Das war zu hart. Im Namen des Herrn, des Gesetzes und aller Ehrbarkeit.

Ich blieb den ganzen nächsten Tag im Bett, wollte mich nicht einmal rühren, und das Ganze fing an, einem Muster zu gleichen, das mir sonderbar bekannt vorkam. Marie-Claire machte sich Sorgen um mich, brachte mir Essen und Grog ins Zimmer, fühlte mir den Puls und streichelte mir übers Haar, aber nichts half.

Am nächsten Tag fühlte ich mich aber doch besser und stand auf. Ich rasierte mich und zog ein sauberes weißes Hemd an. Nicht, dass ich mich nicht mehr zusammenreißen konnte.

»Hallo!«, sagte Marie-Claire. »Schön, dass du wieder auf bist. Ich muss zur Sorbonne, meine Vorlesung halten.«

Sie rümpfte die Nase.

»Über Leibniz. Kennst du ihn? Es gibt auch keinen Grund, ihn kennen zu müssen. Du findest alles fürs Frühstück? Die anderen sind weg, aber sie kommen wieder. Heute Nachmittag musst du hier sein, denn da feiern wir. Philippe hat Geburtstag. Annette kommt auch, sie hat sich solche Sorgen um dich gemacht.«

Ich blickte aus dem Fenster und fragte mich, was André Glucksmann die letzte Zeit wohl getrieben hatte, aber er war nicht zu sehen. Weder er noch seine Tauben oder der Motorroller. Vielleicht lag er noch im Bett und röhrte.

Ich sah Annette vor mir. Sie hatte sich Sorgen um mich gemacht. Natürlich war das schmeichelhaft, aber ich verdiente einfach nicht, dass jemand sich Sorgen um mich machte. Das sah ich ein.

Der Rest des Vormittags verging damit, dass ich im Café St. Séverin auf dem Hintern saß und drei Karten schrieb, eine an Sandra, eine an Munk und eine an meine Eltern. Die Alten würden sicher hocherfreut sein über eine Karte aus Paris mit Sonnenuntergang über dem Eiffelturm.

Die Karte an Sandra fiel mir am schwersten. Was ich auch hinkritzelte, es war nicht das Richtige Es waren nur Äußerlichkeiten, fand ich, bezahlte missmutig meinen Kaffee und ging hinunter zur Seine. Es war schönes, mildes Märzwetter, und ich erwartete, an den Bäumen bald Knospen zu sehen. Ich fragte mich, wie es wohl zu Hause war. Sicher Skilaufen bis zum Abwinken.

Ich wanderte zum Montmartre und stieg bis Sacré-Cœur hinauf. Hier oben wehte ein kräftiger Wind, und genau solch einen Wind hatte ich jetzt nötig. Ich breitete mein Gehirn aus und ließ es vom Frühlingswind gründlich durchpusten. Jetzt fühlte ich mich rundum ausgelüftet und lief alle Treppenstufen wieder hinunter. Eine Frau in einem lila Mantel stand am Fuß der Treppe und sah mich an, und ich leckte ihr im Vorübersausen das Ohrläppchen.

Sie saßen um den Tisch, als ich kam. Marie-Claire hatte zwei Kuchen aus der Konfiserie in der Rue de Rennes mitgebracht, und Jean-Jacques hatte Wein gekauft. Ich hatte nur ein kleines Geschenk. Ich war mir nicht sicher, ob es überhaupt der Rede wert war.

»Félicitations«, sagte ich.

Philippe strahlte mich glücklich an.

»Merci«, rief er. »Komm und setz dich.«

Jean-Jacques saß lachend da und kleckerte absichtlich Wein aufs Tischtuch. Er fand wohl, er könne sich das erlauben, weil er den Wein gekauft hatte. Annette trank Fanta und steckte kleine Stücke Kuchen in den Mund. Sie sah mich an.

»Hallo, Annette«, sagte ich.

Klaus aß schweigend, die Pistole neben dem Teller. Es hatte nicht den Anschein, als schmecke ihm der Kuchen. Es waren wohl nicht genug Pommes Fritz drin.

Marie-Claire legte eine neue Platte auf. Jane Birkin. Philippe hatte sie von Jean-Jacques bekommen.

Philippe packte mein Geschenk aus.

»Was ist das?«, fragte er strahlend.

»Eine Mundharmonika«, sagte ich. »Sie ist nicht groß, aber.«

»Genau so eine habe ich mir schon lange gewünscht«, sagte Philippe. »Ich werde sie überall mit hinnehmen.«

»Ja, so gehört sich das auch«, sagte ich.

Ich probierte den Kuchen. Ich war anderer Meinung als Klaus. Der Kuchen schmeckte prima. Ich sah Annette an. Sie zog verschmitzt die Nase kraus. Ich krauste zurück.

»Seid still!«, sagte Klaus plötzlich. »Ich will einen Zaubertrick vorführen und brauche absolute Stille.«

»Diese Deutschen«, sagte Jean-Jacques. »Bei denen muss immer alles so verdammt absolut sein.«

»Passt auf jetzt«, sagte Klaus. Er hatte sich vom Stuhl erhoben. »Ich werde dieses Stück Kuchen spurlos verschwinden lassen.«

Ich verstand, dass er nur nach einem Ausweg gesucht hatte, um den Kuchen nicht essen zu müssen. Damit verlor der Zaubertrick ein bisschen an Wert, fand ich.

»Wir sind gespannt, Klaus«, sagte Marie-Claire.

»Diesen Trick habe ich von einem alten Freund gelernt«, sagte Klaus. »Franz Josef Strauß in Bayern.«

»Würde mich nicht wundern, wenn das stimmte«, flüsterte Jean-Jacques.

Da klopfte es an der Tür. Klaus ließ sich auf den Boden fallen und schnappte sich seine Pistole. Alle außer Annette hörten auf zu essen und starrten zur Tür.

»Herein«, sagte Marie-Claire.

Da stand André Glucksmann in Turnschuhen und einem viel zu großen Pullover. Er sah uns ein bisschen ängstlich durch seine Stirnlocke an.

»Bonjour, Marie-Claire.«

»Bonjour, André«, sagte Marie-Claire. »Komm herein und iss ein Stück Kuchen. Philippe hat Geburtstag.«

»Gratuliere«, sagte André Glucksmann. »Nein danke, ich wollte nicht stören. Ich wollte nur Bescheid sagen, dass ich umziehe.«

»Du ziehst um? Wieso denn?«

»Sie haben mich da drüben rausgeworfen. Sie beklagen sich über meine Tauben. Aber jetzt habe ich einen neuen Dachboden gefunden.«

»Wo du deine Tauben halten darfst?«

»Hm ... sie wissen noch nicht, dass ich Tauben habe.«

»Fein«, sagte Marie-Claire. »Brauchst du Hilfe beim Umzug?«

»Nein, kein Problem. So viel habe ich ja nicht. Ich nehme alles auf dem Motorroller mit.«

»Fein«, sagte Marie-Claire. »Ist dein letztes Buch, *Die Meisterdenker*, schon erschienen?«

»Das kommt bald. Du bekommst ein Exemplar.«

»Darauf freue ich mich«, sagte Marie-Claire.

»Ja, dann will ich nicht weiter stören. Ich wollte nur Bescheid sagen.«

»Viel Glück, denn«, sagte Marie-Claire. »Du bist sicher, dass du nicht ein Stück Kuchen möchtest?«

Er zögerte.

»Vielleicht ein ganz kleines Stück«, sagte er. »Wenn für euch noch genug da ist.«

»Es ist noch mehr als genug da.«

Die Tür schloss sich wieder.

»Da hat er aber Glück gehabt«, sagte Klaus. »Hätte nicht viel gefehlt, und ich hätte ihn umgelegt. Dann hätte es einen Philosophen weniger gegeben. Ich dachte wirklich, es wären die Bullen.«

Wir blickten auf seinen Teller. Das Stück Kuchen war fort.

»Wo ist der Kuchen?«, fragte Philippe.

»Habt ihr denn nicht aufgepasst?«, sagte Klaus. »Einen Zaubertrick kann man nicht wiederholen. Das solltet ihr doch wissen.«

Es war Abend geworden. Der Vollmond hing hell leuchtend über dem Friedhof von Montmartre. Kuchen und Wein waren alle. Jean-Jacques lag schon zusammengerollt auf dem Fußboden und schlief, und Klaus war über dem Tisch mit dem Kopf auf der Pistole eingeschlafen. Marie-Claire war in ihr Zimmer gegangen, allein Philippe saß noch auf seinem Stuhl und strahlte, wenn auch sein Blick ein bisschen matter war als vorher.

Annette war als Einzige hellwach.

»Wollen wir auf den Balkon gehen?«, sagte sie.

Wir öffneten die Balkontür und sogen die kühle Nachtluft ein. Draußen war es still. Nur ein leises Summen von Millionen von Lichtern. Und der weiße Körper des Monds über Paris.

»Du kannst mich ruhig küssen«, flüsterte sie.

Ich beugte mich vor und küsste sie auf die Stirn.

»Nicht so. Richtig.«

Mir lag auf der Zunge zu sagen, sie sei zu jung, aber daraus wurde nichts. Etwas Warmes, das ich von früher her kannte, stieg in mir auf, und ich küsste sie richtig. So standen wir lange, und ich kann nicht leugnen, dass es mir gefiel. Ich spürte, wie ihre kleinen Brüste sich an mich pressten.

»Okay«, sagte sie plötzlich. »Jetzt müssen wir wieder reingehen.«

Dort saß Philippe noch immer auf seinem Stuhl.

»Salut«, sagte er. »Was hat der Mond gesagt? Etwas von junger Liebe? Und ich kann euch sagen, dass dies der schönste Geburtstag war, den ich je hatte.«

DRITTER BRIEF AN MUNK

Dr. Munk.

Nicht, dass ich mir noch irgendeine Hilfe von Dir erwarte, aber vielleicht hilft es mir, dies zu Papier zu bringen. Erstens: Ich habe es nicht geschafft, mich vom Alkohol fern zu halten. Vermutlich bin ich hier am falschen Ort. Vor kurzem war ich oben bei Sacré-Cœur und habe mir das Gehirn durchpusten lassen, aber jetzt haben sich die Probleme schon wieder eingenistet. Ich finde das nicht gerecht. Ich könnte mich vielleicht in die Seine stürzen, aber das Wasser ist kalt, und da unten gibt es schleimige und eklige Fische. Ich habe sie selbst gesehen.

Aber das Schlimmste ist, dass Marie-Claire angefangen hat, mir von einem Projekt zu erzählen, das sie planen. Sie beschreibt es nicht im Detail, aber es geht irgendwie darum, eine Bank auszurauben, auf die gute altmodische Art und Weise, mit Masken und Pistolen und einem Auto, das draußen wartet. Und für sie ist es völlig klar, dass ich mitmache. Was meinst du? Soll ich sofort nach Hause fahren, oder soll ich noch eine Weile so tun, als machte ich mit? Nichts klappt mehr, und von Sandra habe ich auch längere Zeit nichts gehört. Ich fürchte, sie hat da oben in Trondheim jemand gefunden. Also sollte ich mich vielleicht doch für die Seine entscheiden. Weißt Du, zu welcher Tageszeit die Fische schlafen?

Ich weiß weder ein noch aus. In der Zwischenzeit sitze ich in Cafés und trinke schlechten Wein. Kaffee trinke ich jetzt nur noch bei MacDonalds.

P. S.: Grüße an Rebekka.

P. S. 2: Waschbrett-Olsen liegt jetzt wohl unter der Erde?

BÜCHER

Ich stand in der obersten Etage der Buchhandlung von Gilbert-Jeune am Place St. Michel (in der gleichen Etage wie die Taschenbücher) und versuchte, den Typen hinter dem Ladentisch davon zu überzeugen, dass drei Lehrbücher in Philosophie genau das Richtige für ihn seien. Da stand doch, dass man hier gebrauchte Bücher abgeben konnte!

»Nein, Monsieur, solche Bücher kaufen wir nicht. Wir werden sie nie wieder los.«

Ich konnte das gut verstehen, fand aber trotzdem, dass es nicht in Ordnung war. Gebrauchte Bücher waren gebrauchte Bücher. Aber da hatte ich mich offensichtlich getäuscht.

Draußen goss es in Strömen. Das freundliche Grau war zu einem mürrischen und fröstelnden Grau geworden, das den Menschen in ihr Seelenleben pfuschte.

Ich ging zuerst zu MacDonalds und holte mir einen Big Mac, danach steuerte ich in Richtung Pont des Arts. Es regnete auch auf die Seine, dicke Tropfen, die sich sogleich im braunen Wasser versteckten.

Ich lehnte mich über das Brückengeländer und gab mich der Faszination dieses Schauspiels hin. Der Tropfen traf auf die Wasseroberfläche, puff, weg. Wie lange konnte man davon sprechen, dass ein einzelner Tropfen ein Eigenleben hatte?

Jemand zog an meiner nassen Hansa-Jacke. Es war Annette!

Was tat sie denn hier?

»Das darfst du nicht tun!«, sagte sie erregt.

Ihr regennasses schwarzes Haar klebte ihr am Kopf, und ich sah, dass ihr Gesicht schmaler war, als ich gedacht hatte.

»Du irrst dich«, lächelte ich nass. »Ich habe nicht vor zu springen. Ich will nur diese Bücher reinwerfen.«

Sie blickte auf die Bücher. Sie zweifelte noch.

»Und wieso?«

»Ich kann sie nicht gebrauchen.«

»Muss man Bücher zu etwas brauchen? Sie sollen nur da stehen. Du musst dir denken: Eines Tages vielleicht ...«

»Ja, aber diese Bücher sollen nicht da stehen. Sie sollen in die Seine.«

Sie nickte ernsthaft. Sie verstand.

»Willst du übrigens einen pitschnassen Big Mac?«

Sie wollte.

»Dann wirf sie schon rein.«

Ich ließ die drei Bücher nacheinander fallen, senkrecht nach unten, sodass es einen maximalen Bauchklatscher gab. Sie wirkten plötzlich ganz anders, hatten eine Dimension bekommen, die ihnen vorher gefehlt hatte. Dort unten im Wasser des Flusses waren sie zu Hause, da hatten sie die ganze Zeit hingehört. Das entdeckte ich erst jetzt. Kein Wunder, dass ich sie nicht brauchen konnte.

»Das war die Philosophie«, sagte ich.

»Philosophie heißt nur, sich einen Weg bahnen, wo keiner ist«, sagte Annette. »Das hat Marie-Claire gesagt.«

»Aha«, sagte ich.

»Das war prima«, meinte Annette. »Hast du noch mehr, das du wegwerfen kannst?«

Ich durchsuchte meine Taschen, fand aber nur die Mundharmonika.

»Ich habe nur noch die Mundharmonika. Und die will ich nicht wegwerfen.«

»Es würde sich aber toll machen, wenn du sie reinwerfen würdest«, sagte Annette.

»Nie im Leben«, sagte ich. »Wir sind unzertrennlich im Leben wie im Tod.«

»Dann werfe ich was weg«, sagte Annette. »Ich werfe meine Schultasche mit allen Büchern rein.«

»Jetzt hör aber auf«, sagte ich. »Das kannst du doch nicht machen.«

»Kann ich nicht? Dann pass mal auf.«

Bevor ich eingreifen konnte, platschte die schwere Tasche in den Fluss. Sie ging halb unter, kam aber wieder hoch, sprudelnd und voller Wasser.

»Ich bin frei!«, rief Annette. »Es lebe die Freiheit!«

»Was willst du jetzt machen?«, sagte ich streng, als wäre ich eine Art Lehrer. »Was werden sie in der Schule sagen?«

»Je m'en fous!«

Sie schiss darauf. Ja, ja, sie würde schon sehen, wenn sie erst einmal älter würde. So wie ich, und hier stand ich jetzt.

»Was machst du denn jetzt?«, fragte ich.

»Das siehst du doch!«

Sie zog sich die Schuhe aus und warf sie nacheinander in die Seine. Der eine landete schief und füllte sich mit Wasser, aber der andere schwamm fein wie ein Schiff. Annettes Schuhe auf dem Weg durch Paris dem Meer entgegen. Ich versuchte erst gar nicht mehr einzugreifen.

»Und jetzt?«, sagte ich. »Willst du auf Socken im Regen nach Hause gehen?«

»Ich habe dicke Socken. Halt uns einfach ein Taxi an.«

»Jaha«, sagte ich. »Dann musst du mitkommen. Wir müssen über die Brücke, um ein Taxi zu kriegen.«

»Du kannst mich ja tragen.«

»Das tu ich nicht.«

»Ich bin ganz leicht.«

Sie kam auf Socken hinter mir hergelaufen und zog mich an den Haaren.

»Das war doch toll«, sagte sie.

»Das war es wirklich«, seufzte ich.

»Wir sind losgeworden, was wir nicht mochten. Das ist wichtig.«

»Ja«, sagte ich.

Mir fiel ein, dass ich kein Geld mehr dabeihatte. Alles war für den großen Mac draufgegangen.

»Ich begreife nicht, warum es so regnet«, sagte Annette. »Das ist ja nicht normal. Wir werden in den Straßen ertrinken.«

»Es regnet klingenlose Taschenmesser ohne Schaft«, sagte ich. Es war schwer, das auf Französisch hinzukriegen, aber es ging gerade noch.

»Was sagst du?«

»Klingenlose Taschenmesser ohne Schaft. Das haben wir zu Hause immer gesagt, wenn es regnete.«

BRIEF VON MUNK

Du treuloser Diener!

Dein Jammern und Heulen und Zähneklappern geht mir auf den Geist. Kaffee bei MacDonalds! Du solltest wirklich in die Seine springen.

Hier oben werden die schlechten Zeiten immer offensichtlicher, und es gibt keine Zeichen am Himmel, die darauf hindeuten, dass es besser werden könnte. Gerade ist der Star aus dem Süden und von den beschissenen Badestränden da unten zurückgekehrt. Er saß dieser Tage draußen im Baum, und ich schaute ihn an und sagte zu mir selbst: Da ist er wieder, derselbe verdammte Star wie letztes Jahr. Aber als ich genauer hinsah, war es verdammt noch mal gar nicht derselbe. Der letztes Jahr hatte vier Goldknöpfe am Jackett, dieser hatte nur drei, und außerdem ein Glasauge. Noch dazu konnte er nicht alle Lieder, sodass ich ihm ein Liederbuch leihen musste: »Volksschulliederbuch für Fink und Star«. Du siehst schon.

Da lobe ich mir die guten alten Zeiten, als der Star noch ein Star war, und ich mit Schauspielerinnen verkehrte und ihnen Kinder machte. Damals sah es so aus, als würde der Kommunismus sich entfalten wie eine Blume und nach Honig, Rosmarin und heißen Küssen duften. Heute bekommt die Linke nicht einmal mehr ein Wahlbündnis zu Stande. Das heißt, ich arbeite gern zusammen, aber die anderen halten streng auf ihre Linie und wollen sich ihre Jungfernschaft bewahren. Scheiß-Parteienegoismus! Es kommt mir sogar so vor, als würde ich ab und zu von den Parteibonzen da oben nicht für voll genommen. Aber die sollen sich in Acht nehmen, sowohl die Scheiß-Kulturradikalen im SV-Büro als auch die Pol-Pot-Fans von Steigan! Kann gut sein, dass ich eine eigene Liste aufstelle! Für den Fall habe ich Dich auf einen vorläufigen fünften Platz gesetzt, nur um Dir einen Gefallen zu tun. Ich erwarte keinen Dank, das ist es nicht. Aber noch habe ich die Pläne für eine Zusammenarbeit nicht aufgegeben.

Ansonsten krebse ich so vor mich hin mit Erkältungen und derlei Scheißkram. Ich bin zu der Ansicht gelangt, dass der Dieb im Spätkapitalismus der einzig freie Mann ist. Manchmal fehlt nicht viel, dass ich denke, dieser Kumpel von Dir im Kreisgefängnis, Waglen, oder wie er heißt, hatte trotz allem ein Projekt. So etwas sage ich natürlich nicht laut. Ansonsten bin ich nicht sicher, welches von den Wörtern jetzt, vorwärts, Sprache, nach oder Schnee ich am meisten verabscheue. Warte nur ab, sie werden um sich greifen. Dann kommt es darauf an, dass die Arbeiterklasse bis an die Zähne bewaffnet ist, bevor es so weit kommt.

Kürzlich war ich auf einer kleinen Vortragstournee in Sogn og Fjordane. Sie sind voll auf mich abgefahren da oben, und die Mädchen haben sich um mich geschart. Also am Charisma mangelt es mir nicht. Sie haben einmütig versprochen, mich zu wählen. Ich bin mit dem Schnellboot zurückgefahren, ein seltsames Erlebnis. Stell Dir vor, was für eine Verbesserung es wäre, wenn sie da statt der Schwimmwesten Zwangsjacken unter den Sitzen hätten! Ich habe der Reederei schon geschrieben und diesen Vorschlag gemacht, und sie haben mir schriftlich zugesagt, ihn eingehend zu prüfen.

Eine andere kleine Idee, mit der ich mich trage, ist die Produktion von Konfekt mit Salzgurkenfüllung. Soll Surprise heißen. Aber jetzt schweife ich vom Thema ab. Wie kann ich Dich am besten dahin bringen, den schmalen Weg zu wählen. Es reicht möglicherweise nicht, in einer Hansa-Jacke rumzulatschen. Dadurch wirst du nicht automatisch ein guter Kommunist. Du könntest zunächst einmal mit Karl Marx anfangen, gern auf Französisch, wenn du das stilvoller findest. Ich kenne Dich doch.

Außerdem kann ich Dir mitteilen, dass ich angefangen habe, mich in die Technik des Voodoo einzuarbeiten. Man muss alles versuchen, verdammt. Ich hänge eine Puppe an die Wand, die den Klassenfeind darstellt, und durchbohre sie mit Nadeln. Hoffe, es hilft. Ich steche jedenfalls, was das Zeug hält.

Rebekka ist sauer zurzeit. Ich glaube, sie hat ihre Tage. Aber ich soll bestimmt trotzdem grüßen. (Ich habe es endlich geschafft, mich an das mit den Automaten zu gewöhnen. Ein neuer kleiner Sieg für das Volk!)

Ansonsten kann ich nicht verstehen, was Du von dieser Nico wolltest. Die ist doch nur was zum Fürchten und Weglaufen. Wenn es Joni Mitchell gewesen wäre, das hätte ich verstanden. Da hättest Du meine volle Sympathie gehabt. Nun ja.

Ich finde, Du solltest noch eine Zeit lang dort unten bleiben, es kommt mir vor, als seiest Du noch nicht reif genug, schon wieder abzureisen. Lass Dir von Marie-Claire einige meiner Taten von 68 erzählen. Es wird Dir zur Erbauung dienen.

Jetzt solltest Du genug Denkanstöße bekommen

haben. Gebrauche deinen Verstand, falls Du welchen hast.

Jack the Ripper
P.S.: Vergiss das Zollfreie nicht!

DER MOND SCHEINT

Der Mond stand über Paris und leuchtete, und ich fragte mich, wann ich wohl Energie genug haben würde, um die Brotkrümel aus meinem Bett zu fegen. Das würde ein großer Tag werden, da war ich sicher.

Trotzdem war das nicht mein größtes Problem, wie man sich leicht denken kann. Beim gegenwärtigen Stand der Dinge sah es ganz danach aus, dass ich beste Chancen hatte, eine nicht geringe Zahl von Jahren in einem französischen Gefängnis verbringen zu dürfen. Ich hatte ein wenig über französische Gefängnisse und die französische Polizei gehört. Und was ich gehört hatte, gefiel mir überhaupt nicht. Selbst Mundharmonikaspielen vertrieb die bösen Ahnungen nicht. Ich brauchte eher so etwas wie einen Exorzisten.

Ich erhob mich von der Matratze, auf der ich in voller Montur gelegen hatte, und klopfte an Marie-Claires Tür.

»Marie-Claire«, sagte ich.

Sie war noch nicht im Bett. Sie saß auf dem Fußboden und las einen Stapel handgeschriebener Papiere durch. Die Buchstaben glichen Bananenfliegen.

»Hallo«, sagte sie. »Ich lese mir nur meine Vorlesung für morgen durch. Kommst du, um mich zu verführen? Das wagen nicht viele.«

»Ich bestimmt auch nicht. Aber wenn ich ein bisschen mit dir reden könnte.«

»Wollen wir es uns zuerst ein bisschen intimer machen?«

»Ich weiß nicht, ob das nötig ist, bei dem, worüber ich reden will.«

»Kannst du etwa nicht schlafen? Du könntest vielleicht versuchen, die Brotkrümel vom Laken zu bürsten. Dann pikt es nicht so.«

»Daran habe ich auch schon gedacht«, sagte ich. »Aber das ist nicht das Problem. Ich glaube, ich bin nicht der Richtige, um bei eurem Projekt mitzumachen. Ich bin es nicht gewöhnt, Banken zu überfallen.«

»Glaubst du denn, wir sind das? Aber das kann uns nicht davon abhalten, was Neues auszuprobieren. Wir müssen einen Schritt weiterkommen, als Spraydosen zu klauen. Wenn wir die Crédit Lyonnais überfallen, verschaffen wir uns Respekt.«

»Jaa …«, sagte ich.

»Und wir brauchen Geld für weitere Projekte. Es ist ein langer Weg zum Ziel. Hast du das vergessen?«

Ich dachte an etwas anderes.

»Wo lasst ihr die Spraydosen?«

»Vorläufig vergraben wir sie. Wir sind ein bisschen unsicher, wie wir sie am besten unschädlich machen können. Also vergraben wir sie bis auf weiteres. Wir haben eine ganze Ladung auf dem Militärfriedhof vergraben.«

Es tat gut, Marie-Claire zuzuhören. Solange sie redete, glaubte ich daran, dass alles möglich war und dass alles, was sie sich ausdachte, reibungslos klappen musste. Ich hoffte, dass sie in alle Ewigkeit weiterreden würde.

»Klar bist du der Richtige für uns«, sagte Marie-Claire. »Dass du zweifelst, ist nur gut. Die felsenfest Überzeugten können wir nicht brauchen. Die bringen nur Ärger.«

»Klaus ist felsenfest überzeugt«, sagte ich.

»Er tut nur so. Eigentlich hat er Angst. Warum sollte er sonst nicht wagen, die Pistole einen Augenblick wegzulegen?«

»Du glaubst also, dass es gut geht?«

»Es wird gut gehen. Die französische Polizei ist dumm wie Scheiße.«

Sie blickte aus dem Fenster, wo der Mond seinen weißen Bauch zeigte.

»Jedenfalls glaube ich, dass es gut geht. Aber ich wünschte, die Löwen hätten Paulette nicht gefressen. Ich würde mich sicherer fühlen, wenn sie hier wäre.«

Ich auch, dachte ich. Obwohl ich Paulette nie gesehen hatte.

Als ich wieder in mein Zimmer kam, war alles wie vorher. Die ganze Unsicherheit kam hinterrücks wieder angeschlichen und schlug mir auf den Kopf.

»Schlag mich nicht auf den Kopf«, sagte ich, »das ist mein bestes Teil.«

»Das will nicht viel besagen«, entgegnete die Unsicherheit.

Wo sollte ich jetzt Trost finden? Ich war ein freier Mann, und das bedeutete, dass ich allein war in der Welt, ohne eine Menschenseele, die mich tröstete. Die Bibel!, fiel mir ein. Sie hat so vielen Trost gespendet. Es wird

Zeit, dass sie auch mir hilft. Zwar bin ich kein getreuer Bibelleser gewesen, aber das sollte sich von nun an ändern. Man musste aufs Geratewohl aufschlagen, wusste ich. Dann fand man immer die Verse, die man nötig hatte. Ich schlug aufs Geratewohl auf und las: »So spricht der Herr Zebaoth: Siehe, es wird eine Plage kommen von einem Volk zum andern, und ein großes Wetter wird erweckt werden aus einem fernen Lande.

Da werden die Erschlagenen des Herrn zu derselben Zeit liegen von einem Ende der Welt bis ans andere Ende; die werden nicht beklagt noch aufgehoben noch begraben werden, sondern müssen auf dem Felde liegen und zu Dung werden.

Heulet nun, ihr Hirten, und schreiet, wälzet euch in der Asche, ihr Gewaltigen über die Herde; denn die Zeit ist hier, dass ihr geschlachtet und zerstreut werdet und zerfallen müsst wie ein köstliches Gefäß.« (Jer. 25, 32–34)

DER PLAN

Jean-Jacques balancierte eine leere Weinflasche auf der Nase. Kein schlechter Trick, an dem er sich dumm und dämlich geübt haben musste.

»Du solltest lieber hier aufpassen«, sagte Marie-Claire. »Es gibt noch manches, worin du kein so großer Experte bist.«

Die Flasche kippte über und landete auf dem Fußboden, Jean-Jacques beugte sich wieder über das Papier.

»Hier halten wir«, sagte Klaus. »Philippe wartet mit laufendem Motor, der Norweger bezieht hier Posten, und wir gehen im Abstand von zwanzig Sekunden in die Bank.«

»Genau«, sagte Marie-Claire. »Du, Klaus, gehst zum Schalter. Ich bewache die Tür.«

»Und ich balanciere Flaschen«, sagte Jean-Jacques.

»Und Jean-Jacques stellt sich an die Wand und gibt uns Deckung. Doppelte Sicherung.«

»Wir Nigger müssen wie üblich die Drecksarbeit machen«, sagte Jean-Jacques. »Immer dasselbe.«

Die Bank, um die es ging, war die kleine Filiale der Crédit Lyonnais an der Ecke der Rue de Rennes und dem Platz des 18. Juni, unmittelbar vor dem Montparnasse-Turm. Der Zeitpunkt war 11:20, kurz vor der Mittagspause, wenn die Bank nahezu leer sein würde.

»Wo ist übrigens Philippe?«, sagte Marie-Claire. »Er sollte auch hier sein.«

Philippe kam aus dem Flur herein. Seine unschuldigen Augen strahlten wie gewöhnlich.

»Ich habe das Klo repariert«, rief er.

»Ich wusste nicht, dass es repariert werden musste«, sagte Marie-Claire.

»Das musste es, nachdem ich drauf war«, sagte Philippe. »Der Griff ist abgegangen. Erst habe ich das Klo kaputtgemacht, danach habe ich es wieder ganz gemacht. So lösen wir Probleme hier im Haus.«

»Komm und setz dich«, sagte Marie-Claire. »Da im Glas steht Wein für dich. Jetzt müssen wir alles noch einmal durchgehen. Also, hier halten wir. Philippe sitzt im Wagen und lässt den Motor laufen …«

»Kann ich nicht auch mit in die Bank?«, fragte Philippe. »Ich habe das Gefühl, dass ihr mich da brauchen werdet.«

»Du tust, was dir gesagt wird«, sagte Klaus.

»Der weiße Mann befiehlt«, sagte Jean-Jacques. »How long, oh Lord? Wo sind meine Rechte? Meine im Grundgesetz verbürgten Rechte?«

»Falls die Bullen auftauchen, kennst du das Signal?«, sagte Marie-Claire zu mir.

»Ja«, sagte ich. »Kein Problem.«

Aber das Herz in meinem Inneren war total ausgeflippt. Ich hatte es aufgegeben, noch die Kontrolle darüber zu behalten. Es kam mir vor, als würde es da drinnen ständig von einer Seite auf die andere geworfen.

Philippe hatte entdeckt, dass es ein lustiges Geräusch gab, wenn er den Wein langsam schlürfte. Schlllürrrff!

Klaus sah ihn irritiert an. Er fand wohl, dass gewisse Personen den Ernst der Lage nicht erkannten.

Philippe ließ den Wein im Mund kreisen und gurgelte dann. Ich fing an zu grinsen.

»Philippe«, sagte Marie-Claire.

»Entschuldigung«, sagte Philippe. »Sind wir jetzt fertig?«

»Ist jedem klar, was er zu tun hat?«, fragte Marie-Claire.

Wir nickten. Klarer konnte es kaum noch werden. Eine Woche hatten wir jetzt, um uns zu rüsten. Ich überschlug, wie viele Filme ich sehen, über wie viele Brücken ich gehen und wie viele Big Macs ich essen können würde. Es würden nicht wenige sein.

REGEN

Es gibt verschiedene Arten von Regen. Die beiden Haupttypen sind guter Regen und schlechter Regen. Den guten Regen hörst du an einem milden Sommerabend im Laub rascheln, wenn du in deiner Dachkammer sitzt, den Duft von Flieder spürst und ein bisschen verliebt bist in ein Mädchen, das weit weg ist. Der schlechte Regen hat viele Untergruppen, und eine davon ergoss sich mit aller Kraft über Paris und verhieß uns das Allerschlimmste für Gegenwart, Vergangenheit und Zukunft. Unglück, Skandale, Katastrophen und Niedertracht. An einem solchen Regen war wenig zu machen. Nachdem wir drei Stunden in ihn hinausgesehen hatten, sahen wir den Wagen vorübertreiben, an dem ein alter Araber oben im Quartier Latin tunesische Sandwichs zu verkaufen pflegte. Jetzt waren seine Sandwichs durchweicht und die ganze gute Füllung herausgeflossen. Er sah nicht besonders erfreut aus, ballte drohend die Faust und rief etwas auf Tunesisch. Ich war froh, dass ich es nicht verstand.

Nach vier Stunden hörte der Regen ebenso plötzlich auf, wie er angefangen hatte. Er war wohl der Meinung, dass wir die Warnung verstanden hätten und vor der Zukunft auf der Hut sein würden.

Es war ein bleicher und ein wenig kühler Abend Ende April geworden. Und es war ein besonderer Abend – der Abend vor der Realisierung des Großen Plans. Da der Regen wieder aufgehört hatte, fanden wir, dass es das Beste für uns war, wenn wir uns verteilten, um uns gegenseitig nicht noch mehr auf die Nerven zu gehen. Marie-Claire ging ins Kino, um sich einen Film mit Buster Keaton anzusehen, Philippe machte sich auf nach Notre-Dame, um die Jungfrau Maria um Glück und Segen zu bitten und danach bei seiner Mutter Bouillabaisse zu essen. Klaus zog Gott weiß wohin. Jean-Jacques und ich liefen nur durch die Straßen und beneideten alle Menschen, die herumliefen und das Glück hatten, nicht am nächsten Tag eine Bank überfallen zu müssen. So hätte es uns auch gehen können, wenn wir uns nur ein bisschen mehr ins Zeug gelegt und etwas aus unserem Leben gemacht hätten.

»Stell dir vor, morgen wäre Sonntag«, sagte Jean-Jacques. »Dann wären alle Banken geschlossen.«

Ich dachte darüber nach. Ein guter Gedanke.

»Erinnerst du dich noch an das erste Mal, als wir uns getroffen haben?«, sagte ich. »Warum hast du damals nicht ein bisschen härter zugeschlagen, dann wäre mir diese Sache hier erspart geblieben.«

»Du bist verrückt«, sagte Jean-Jacques. Es leuchtete weiß und fast gespenstisch aus seinen Augen. »Denk doch mal an alles, was dir entgangen wäre, Mann. Tante Madge und ...«

»Ja«, sagte ich. »Tante Madge wäre mir entgangen.«

»Weißt du, wen wir morgen brauchen könnten?«, fragte Jean-Jacques.

»Belmondo«, sagte ich. »Der schafft es immer.«

»Das ist nicht wahr«, sagte Jean-Jacques. »In den Godard-Filmen hat er es nie geschafft, und das sind die einzigen guten Filme, die er gemacht hat. Nein, wir sollten den Metrowolf dabeihaben.«

»Stimmt«, sagte ich. »Mit dem Metrowolf in der Nähe

würde ich mich viel sicherer fühlen. Er hätte zum Beispiel den Wagen fahren können.«

»Teufel, wie der gefahren wäre«, sagte Jean-Jacques. »Da hätte kein Bullenwagen in der Welt mitgehalten.«

»Vielleicht hätte er uns nachher aufgefressen, um die Beute nicht teilen zu müssen«, sagte ich, wie immer misstrauisch gegen die Wolfsnatur.

»Damit hätten wir natürlich rechnen müssen«, sagte Jean-Jacques. »Das ist eben der Preis, den wir hätten zahlen müssen.«

Die Straßen waren noch immer nass, und in der Gosse flossen reißende Bäche, in denen tote Hunde, tunesische Sandwiches, Metrobilletts und die gesammelten Werke von François Mauriac trieben. Aber ein Stück weiter weg verschwand das gesamte Wasser im Erdboden, mit einem Geräusch, als wenn die Toten gurgeln.

Jean-Jacques trug ein großes Grundig-Radio mit eingebautem Kassettenrecorder, und das machte er jetzt an. James Brown gab ein Grunzen von sich und fing an zu erzählen, dass er sich wie eine Sex-Maschine fühle. Wie viele verschiedene Gefühle einen Menschen doch überkommen können.

»Es ist kalt«, sagte ich. »Können wir nicht irgendwohin gehen?«

»Wir gehen doch schon wie die Verrückten«, sagte Jean-Jacques. »Und wie ich uns kenne, dauert es nicht mehr lange, und wir sind am Place St. Michel. Da können wir uns anonym machen und alles vergessen, einschließlich der Tatsache, dass es uns gibt. Hast du mal an die Möglichkeit gedacht, dass der Schwanz deines Vaters sich nie in die Möse deiner Mutter verirrt hätte und was für Konsequenzen das für dich gehabt hätte?«

»Ja«, sagte ich. Daran hatte ich gedacht. Aber im Großen und Ganzen war ich immer froh darüber gewesen, dass mein Vater damals so geil (oder vielleicht nur pflichtbewusst?) gewesen war.

»Es macht Spaß, so etwas zu denken«, sagte Jean-Jacques. »Du kannst die ganze Weltgeschichte so sehen. Wenn die und die da und dort nicht gevögelt hätten, wäre dies und das nicht geschehen. Der Sex bestimmt die ganze Geschichte. Marx redet vom Kampf zwischen den Klassen, dabei dreht sich die ganze Chose in Wirklichkeit um Sex. Übrigens, hast du Tante Madge seit damals wieder gesehen?«

Ich räusperte mich.

»Nein«, sagte ich.

»Das hättest du tun sollen. Sie hat nach dir gefragt. Sie mag dich, aus irgendeinem unerfindlichen Grund. Sieh mal, was ich von ihr bekommen habe.«

Ich betrachtete den langen, scharfen Zahn, den er um den Hals trug. So einen hatte ich mir selbst einmal gewünscht.

»Ein Glücksamulett«, sagte Jean-Jacques. »Der Zahn eines fünfzig Jahre alten Tigers, der im Kampf starb, nachdem er zuerst fünfundfünfzig Jäger zerfleischt hatte. Am Ende wurde er von einem Feigling erschossen, der ihm eine Silberkugel in den Nacken setzte.«

Ich war beeindruckt. Man konnte es mir sicher ansehen.

»Ich müsste einen Zahn vom Metrowolf haben«, sagte ich. »Dann wäre ich unüberwindlich.«

»Du kriegst noch früh genug einen Zahn vom Metrowolf«, sagte Jean-Jacques. »Aber an einer Stelle, wo du ihn lieber nicht gehabt hättest.«

Wir waren auf dem Platz St. Michel angelangt. Der Regen hatte den Platz sauber gewaschen, und die Leute gaben sich die größte Mühe, ihn wieder einzusauen, damit alles seine gewohnte Ordnung hatte. Ein sauberer Place St. Michel, das fehlte auch noch. Davon wurde man nur nervös. Jetzt warfen sie auf Deubel komm raus Imbisspapier, Zeitungen und halbgegessene Hotdogs weg.

Aus einem Café klang arabische Musik. Auf dem Rand des Springbrunnens saß ein Typ und spielte Gitarre. Die zwei grünen, greifähnlichen Fabeltiere spien Wasser wie nie zuvor und schauten verächtlich über die Menschenmenge. Überall kamen uns zufriedene und leuchtende Nachtgesichter entgegen, dazu die Gerüche von Couscous, Knoblauch und Pizza Quattro Stagione. Die Schlagzeile des Skandalblatts France-Soir leuchtete auf: »Was tat der Metrowolf im Hotelzimmer von Sylvie Vartan? Johnny Halliday: Sylvie hat ihre volle Freiheit«. Und von der Zeitung Détective: »Sie saugte ihren Bruder zu Tode«.

Jean-Jacques und ich fingen an zu vergessen, dass es uns gab. Jean-Jacques schaffte es als Erster, aber ich war ihm dicht auf den Fersen. Die Leute um uns herum begannen einander zu fragen: Was ist mit den beiden, sie sehen so sonderbar aus?

»Oh, die haben nur vergessen, dass es sie gibt.«

»Ah, dachten wir uns schon, dass es das war.«

AKTION

Die Sonne wälzte sich mit heiserem Brüllen durch die Straße. So konnte es binnen kürzester Zeit wechseln. Es war ein Wetter, wie ich es von meinem Konfirmationstag her in Erinnerung hatte, ansonsten ein missglückter Tag. Ich bekam fast keine Geschenke, und das Mädchen, in das ich verliebt war, wurde krank und konnte nicht an der Konfirmation teilnehmen.

Die Straße war die Rue de Rennes, und ich stand da und blinzelte zum Montparnasse-Turm hinüber. Falls wir Ärger bekämen, würde er kaum von dort kommen. Aber draußen auf dem Platz des 18. Juni war nichts zu sehen, das an Ärger denken ließ. Die Leute drängelten, um hinüberzukommen zur Galerie Lafayette und sich ausnehmen zu lassen, und die Autos versuchten, das zu verhindern, so gut sie konnten. Aber weit und breit kein Bulle.

Ich sah auf die Uhr. Jetzt musste es so weit sein. Ich drehte mich um und sah Marie-Claire mit einer Einkaufstüte voller Bücher aus dem FNAC kommen. Niemand konnte ihr ansehen, dass sie etwas ganz anderes im Kopf hatte als einen normalen Buchkauf. Ein paar Jugendliche in Lederjacken auf einem Motorrad pfiffen ihr hinterher. Jetzt sah ich auch den kleinen R4 an den Bürgersteig fahren und halten. Klaus stieg aus. Er trug einen braunen Tweedanzug und sah unglaublich normal aus. Er stellte fest, dass ich mit meiner Pfeife auf meinem Posten war. Gleichzeitig kam Jean-Jacques aus dem Café neben mir, mit einem frischen Päckchen Gauloises in der Hand. Er sah aus, als fehle ihm sein Radio.

»Jungfrau Maria, du heilige und grüne«, sagte er. »Guten Tag, großer, weißer Mann. Wir haben ein Fest gleich hier drüben. Du bist auch eingeladen.«

»Ich komme etwas später«, sagte ich.

Er lachte. Offensichtlich fand er, das Ganze sei ein Witz und dass die Pointe nicht mehr lange auf sich warten lassen würde. Ich wünschte mir, ich könnte es auch so sehen.

Marie-Claire zwinkerte mir zu und verschwand als Erste in der Bank. Ich wandte mich wieder dem Platz zu, wo sich nichts verändert hatte. Ein alter Mann hatte es gewagt, die Straße zu überqueren, war aber nicht hinübergelangt, bevor die Autos sich heranwälzten. Jetzt stand er mitten im Verkehr und wedelte mit seinem Stock.

Jetzt, dachte ich, jetzt geht Jean-Jacques durch die Tür, und ... ich sah auf die Uhr ... jetzt geht Klaus, und das ist das Signal. Ich fühlte, dass etwas mit meinem Herz passieren musste. Es zerrte und riss an seinen Vertäuungen. Und außerdem musste ich furchtbar dringend pissen. Die sollten sehen, dass sie fertig wurden.

Ein Klingeln wie von tausend Weckern zerschnitt den Straßenlärm, danach ein Knall und eine heulende Sirene direkt in meinem Rücken.

Warum hatte mir niemand erzählt, dass die Bullen aus der falschen Richtung kommen würden?

Ich lief los.

Ich hatte das Gefühl, dass mich jemand von hinten packte, und legte noch einen Zahn zu. Ich musste raus aus diesem Film, bevor der Abspann kam.

PAULETTE

Ein Mann sitzt zusammengekauert in einem Dachzimmer eines stillen Hauses. Der Mann bin ich. Bei mir ist die Luft raus. Ich weiß, was ich tun sollte: in Windeseile meine Sachen packen und von hier verduften; aber ich kann nicht. Ich bin wie gelähmt. Es kann sich nur um Minuten handeln, bis sich die Bullenherde die Treppe heraufwälzt, mir den Schädel bearbeitet, bis Blut und Gehirnmasse fließen, und mir danach in den Rücken schießt. So machen die das nämlich.

Ich hörte Schritte auf der Treppe. Es hörte sich zwar nur nach einer Person an, die zudem nicht schneller als normal ging, aber ich ließ mich natürlich nicht täuschen. Das war bloß der Vortrupp. In ein paar Sekunden …

Die Schritte hielten an, wo sie, wie ich wusste, anhalten mussten, und ich hörte, wie eine Tür aufging. Die Schritte kamen über den Fußboden, stoppten ein paar Mal, öffneten Türen, näherten sich meiner Tür.

Noch hatte ich Zeit, aus dem Fenster zu springen, aber ich wusste, dass daraus nichts werden würde. Hier saß ich, und hier würde ich sitzen bleiben. Komisch übrigens, dass der Rest des Bataillons nicht hinterhergestürmt kam.

Die Tür ging auf.

Ich saß tief in mir selbst, in einer dunklen Grotte, wo es von der Decke tropfte, und blickte vorsichtig hinaus. Wenn dies ein Polizist war, war er jedenfalls in Zivil und musste sich außerdem als Frau verkleidet haben. Letzteres war raffiniert gemacht, denn alle kannten wohl meinen schwächsten Punkt. Aber irgendetwas sagte mir, dass diese Person nicht zur Polizei gehörte, denn ich hatte sie schon einmal gesehen, auf einem Foto. Da hatte sie unter einem Kastanienbaum auf einer weißen Bank gesessen und eine Katze gestreichelt.

»Salut. Wer bist du, und wo sind die anderen?«, fragte Paulette.

»Weiche von mir«, sagte ich. »Ich habe mich nie gegen die Toten versündigt, sondern immer den größten Respekt vor ihnen gehabt. Gehe hin, woher du gekommen bist, und quäle mich nicht. Mir geht es auch so schon dreckig genug.«

»Du bist Ausländer. Du hast einen starken Akzent«, sagte Paulette. »Woher kommst du? Aus Deutschland?«

Ich begriff nicht ganz, wieso eine Wiedergängerin, die außerdem noch von Löwen gefressen worden war, sich mit so etwas auskannte, aber ich antwortete trotzdem, dass ich aus Norwegen käme.

»Norwegen? Ah, da oben haben sie einen prima Filmregisseur, Ingmar Bergman.«

»Wir haben noch zwei andere gute Regisseure«, sagte ich. »Federico Fellini und Luis Buñuel.«

»Oh, du hältst mich zum Narren. Wo sind Marie-Claire und die anderen? Es ist so leer hier.«

Die langen Haare, die Paulette auf dem Bild gehabt hatte, waren durch kurze ersetzt worden. Sie trug eine blaue Jeansjacke, aus deren Brusttasche eine große Sonnenbrille herausragte, ein hellrotes T-Shirt, weiße Jeans und weiße Stoffschuhe. Sie hatte wenig von einer Wiedergängerin, wenn ich ehrlich sein sollte. Sie war sogar hübsch und braun gebrannt.

»Soviel ich weiß, haben dich die Löwen gefressen«, sagte ich.

»Haben sie das geglaubt? Ich habe im Gefängnis gesessen und bin siebenmal von den Wächtern vergewaltigt worden. Drei Monate habe ich da gesessen. Wäre ich doch nur den Löwen ausgeliefert gewesen. Dann wurde ich nach einer Großoffensive von der Guerilla befreit. Ich wäre gerne noch länger geblieben, aber ich hatte das Gefühl, dass ich hier gebraucht würde. Und es hat den Anschein, als hätte ich Recht gehabt.«

Ich war noch nicht ganz überzeugt, aber fast. Ich kroch heraus aus meiner zusammengekauerten Stellung und griff nach Paulettes Fuß. Doch, der war wirklich. Plötzlich war meine Angst verflogen. Ich wusste, mit Paulette im Haus konnte mir nichts mehr passieren.

»Hallo, Paulette«, sagte ich. »Schön, dich zu sehen.«

EIN AUTO MIT OFFENER TÜR

Ich zog in das Hotel, das mich vorher schon aufgenommen hatte, und Paulette nahm ein Zimmer im Hôtel Montana, Rue de Lafayette. Nur für kurze Zeit, meinte sie. Bis der Staub sich gelegt und sie herausgefunden hatte, was mit den anderen war. In den Pariser Zeitungen hatte eine kleine Notiz gestanden. Wäre nicht ein Polizist angeschossen und schwer verletzt worden, hätte man es sicher überhaupt nicht zur Kenntnis genommen. Marie-Claire sorgte für die Schlagzeile: »Professorin bei Bankraub gefasst« (Figaro). France-Soir versuchte wieder einmal, eine Titelstory daraus zu machen: »Die schöne

Bankräuberin: Ich tat es für den Mann, den ich liebe«. Daneben: »Der Metrowolf: Opfer Nr. 20. Sylvie Vartan streitet alles ab«.

Er feiert Jubiläum, dachte ich. Der alte Junge. Als Nächstes sollte er sich mal die gesamte Redaktion des France-Soir vornehmen. Nach dem Motto: »Für den Mann, den ich liebe«. Scheiße mit Sahne.

»Wir stecken das France-Soir-Gebäude in Brand«, sagte Paulette, als wir uns am Abend trafen. »Arme Marie-Claire, das würde sie bestimmt ein bisschen aufmuntern.«

»Bestimmt«, sagte ich.

Paulette trug einen hellen Mantel, der gut zu diesem Sommerabend passte. Es war zwar erst Mai, aber Paris fand, dass es an der Zeit war, den Sommer loszulassen. Überall brach das Grün aus. Sogar in meinem Hotelzimmer wuchsen ein paar Grasbüschel durch die Wand. Ich wollte noch damit warten, sie zu entfernen, um zu sehen, wie sie sich entwickelten.

»Komm, wir gehen ins Lido«, sagte Paulette. »Wenn du wirklich vorhast, nach Norwegen zurückzugehen, musst du erst noch das Lido gesehen haben.«

Das leuchtete mir ein, und wir enterten den Bus.

»Stimmt es wirklich, dass Ingmar Bergman Schwede ist?«, sagte Paulette. »Ich war sicher, dass er Norweger ist. Liv Ullmann ist Schwedin.«

»Ja«, sagte ich.

Obwohl die Sonne längst verschwunden und die Schatten dunkel geworden waren, hatte Paulette immer noch die Sonnenbrille auf. Ich hätte gern ihre Augen gesehen, aber es brachte nichts, an so was zu denken.

Ins Lido ließen sie uns nicht rein, weil Paulette sich

weigerte, den Mantel auszuziehen und weil ich nicht schick genug gekleidet war. Letzteres verstand ich nicht. So etwas hörte ich zum ersten Mal.

Stattdessen liefen wir herum, kauften Eis und landeten schließlich in den engen Straßen zwischen dem Odeon und dem Place St. Michel. Wie auch immer. Paulette erzählte mir von Bergman-Filmen, die sie gesehen hatte, und machte Vorschläge, wie er sie besser hätte machen können.

»Statt Max von Sydow hätte er Robert Mitchum nehmen sollen«, sagte sie. »Dann wäre es ein guter Film geworden.«

»Ohne Zweifel«, sagte ich. Ich versuchte herauszufinden, wo wir waren. Auf jeden Fall waren wir in einer Straße, wo außer uns niemand war.

Paulette blieb stehen und sah sich um.

»Da sind wir«, sagte sie.

»Ja«, sagte ich. Kein Zweifel. Alles passte, und ich sah sogar einen Zipfel von der Unterhose des Monds. Weiß und rein.

Paulette lehnte sich gegen mich und nahm die Sonnenbrille ab. Ihre Augen waren grün. Sie schob den Unterkiefer ein wenig vor und starrte mich an.

»Ich sag dir was«, sagte sie mit tiefer, singender Stimme. »Unter dem Mantel bin ich nackt.«

»Oh«, sagte ich. »Genau wie ich. Unter der Jacke, dem Hemd, dem T-Shirt, der Hose und Unterhose bin ich nackt.«

Paulette lachte so laut, dass die Häuser aussahen, als bekämen sie Angst vor etwas, und noch enger zusammenrückten.

»Komm«, sagte sie. »Wir laufen.«

Wir liefen zum Odeon hinauf, wo die Leute auf beiden Seiten des Boulevard de St. Germain vor den Kinos Schlange standen.

»Gleich hier ist mein Stammcafé, Café des Flores«, sagte ich.

»Interessant«, sagte Paulette.

Sie fühlte an der Tür eines Citroëns, der im Halteverbot stand. Sie atmete tief ein.

»Er ist offen«, flüsterte sie.

»Willst du etwa …«

»Schnell, setz dich rein, dann fahren wir. So eine Chance bekommen wir heute Abend nicht wieder.«

Der Schlüssel steckte nicht, aber Paulette hatte einen Spezialschlüssel des Typs, den afrikanische Guerilla-Soldaten benutzen, wenn sie rasch ein Auto brauchen. Der Citroën sprang sofort an. Paulette setzte die Sonnenbrille auf.

»Lass uns die ganze Nacht herumfahren«, sagte sie zufrieden. »Ich bin in der Stimmung, Wein zu trinken und vom Montmartre den Sonnenaufgang zu sehen. Und dazu warme Croissants mit Butter.«

Ich sagte nicht, in welcher Stimmung ich war.

BOIS DE BOULOGNE

Man kann sagen, was man will, aber der Wald von Boulogne ist genau genommen kein schöner Wald. All die romantischen Geschichten und heimlichen Ausflüge in der Dunkelheit haben die Leute blind gemacht. Aber ich war nicht blind. Ich sah, dass der Wald von Boulogne kein schöner Wald war. Es gab schöne Partien, aber auch viel Unkraut und Abfall und Schweinkram. Doch das störte die Leute nicht, die auf ihren Decken im Gras saßen und ihr sonntägliches Picknick machten. Ehrlich gesagt störte es auch Annette und mich nicht besonders auf unserem Spaziergang. Wir waren zu sehr mit anderen Dingen beschäftigt, wie aus dem Folgenden hervorgeht.

Noch hatten die Bullen mein Hotel nicht gestürmt, aber die sollten bloß nicht glauben, dass ich mich deshalb in einem falschen Gefühl von Sicherheit wiegte. Oh nein. Paulette dagegen war wieder in die Wohnung gezogen und meinte, dass es gut gehen würde. Sie hatte ein Angebot bekommen, in einem kleinen Cabaret auf Montmartre zu singen. Wahrscheinlich, weil sie in einem afrikanischen Gefängnis gesessen hatte. Jetzt saß sie zu Hause und schrieb Lieder wie eine Besessene und wollte allein sein.

Niemand hatte mir ein Angebot gemacht, in einem Cabaret zu singen, also hatte ich beschlossen, nach Hause zu fahren. Munk schrieb, dass da oben alles klar sei, und mein Vater schrieb, dass auch bei ihnen alles klar sei. Ich nahm an, dass mein Aufenthalt in Paris nicht ganz den Erwartungen entsprach, die ich an ihn geknüpft hatte, aber andererseits konnte ich mich nicht mehr daran erinnern, was ich erwartet hatte, wenn überhaupt.

»Also Marie-Claire geht es gut?«, fragte ich.

»Ja, ich soll dich grüßen«, sagte Annette. »Aber es ist vielleicht sicherer, wenn du sie nicht besuchst. Die Zeitungen sind den ganzen Tag da. Die Geschichte wird immer wilder.«

»Hm«, sagte ich. »Und wann ist der Prozess?«

»Nächste Woche. Die meisten rechnen damit, dass sie ziemlich billig davonkommen. Wegen Marie-Claire. Abgesehen von Klaus natürlich. Er hätte nicht auf den Bullen schießen sollen.«

»Nein«, sagte ich. »Aber es war nicht anders zu erwarten. Ich glaube kaum, dass er es bereut.«

»Warum sollte er auch?«, sagte Annette und sah mich streng an. »Man soll nie bereuen.«

»Nein, nein«, sagte ich. »Da hast du Recht.«

Es war seltsam, wie frei man sich fühlen konnte, nur weil man in Hemdsärmeln und alten Jeans herumlief und seine ganze irdische Habe in einer Tasche über der Schulter trug (der Schinken war aufgegessen, wie man sich denken kann, und den Wintermantel hatte ich jemandem verkauft, der ihn brauchte). Annette trug immer noch die Jeans, in die sie vermutlich hineingeboren war, und ein ärmelloses lila T-Shirt von der Art, die man früher Unterhemd genannt hätte. Ihre Arme und ihr Gesicht waren braun. Wo konnte sie diese Farbe bekommen haben? Ihr schwarzes Haar war voller Blütenstaub. Ich war mir nicht sicher, ob ich ihn abstreifen oder lieber die Finger bei mir behalten sollte. Das Letztere war sicher ratsamer.

Zwanzig Meter von uns entfernt waren zwei Hunde mit einer gemeinsamen Verrichtung beschäftigt. Der eine war groß und sabberte widerlich, der andere war klein und stand mit geschlossenen Augen und einem seligen Lächeln da. Ich zeigte Annette die Hunde nicht. Man sollte die Jugend vor dergleichen schützen. Solche Hunde hatten keine ordentliche Erziehung genossen, aber was konnte man in einer so amoralischen Stadt wie Paris erwarten?

Wir gingen um einen kleinen See. Er hieß Lac Supérieur, weil er höher lag als der Lac Inférieur. Jetzt konnte er bereuen. Ich machte ständig kleine und unwillige Schritte zur Seite, um fette und lahmarschige Jogger, Kinderwagen und Radfahrer vorbeizulassen. Schließlich ließen wir den Weg Weg sein und wanderten über die grünen Wiesen. Annette hüpfte und sprang, und ihr Haar und die kleinen Brüste hüpften und sprangen mit. Kleine My, dachte ich. Noch immer hatte sie nichts von Ameisen und Paraffin gesagt. Ich ging ruhiger und besonnener, hatte die Rückfahrkarte schon in der Tasche. Es waren, wie gesagt, noch keine schwarzen Uniformen aufgetaucht und hatten nach mir gefragt. Nicht, dass ich Lust hatte abzureisen. Obwohl meine Freunde im Gefängnis saßen und Paulette sich eingeschlossen hatte, um Lieder zu schreiben, war da etwas, das mich in den Hosenboden biss und zurückhielt. Hatte Annette etwas damit zu tun?

»Denkst du an mich?«, fragte Annette und boxte mir in den Bauch. »Ich habe es schon gesehen. Hast du gedacht, dass du mich gern hinter einen kleinen Busch mitnehmen würdest?«

»Nun hör aber auf«, sagte ich. »Du bist zu klein, um so zu reden.«

»Glaubst du, ja.« Sie wirbelte auf einem Fuß herum und schwang die Arme. »Pass auf, sonst flieg ich weg. Ich bin nur eine kleine Blume. Würdest du mitkommen, wenn ich es täte?«

»Ich bin es, der wegfliegt.«

»Fährst du wirklich zurück nach Norwegen?«

»Ich denke schon.«

»Ich begreife nicht, was du da oben willst.«

Ich würde auch keine zufrieden stellende Erklärung geben können. Hatte ich solche Angst vor der Polizei? Nein, hatte ich nicht.

»Kannst du denn nicht hier bleiben? Du hast doch mich.«

Sie versuchte zu lächeln. Aber sie wollte nicht lächeln. Es wurde nur etwas Halbes daraus.

»Ach, Annette«, sagte ich. »Ich habe auch keine Lust, von dir fortzureisen. Ich komme zurück. Nächstes Jahr.«

Annette stellte sich mir in den Weg.

»Versprichst du mir, dass du nächstes Jahr kommst?«

»Ja«, sagte ich und nickte melancholisch mit spitzen Lippen.

»Und du schreibst.«

»Ich werde lange Briefe schreiben.«

Jetzt lächelte Annette. Diesmal ein ganzes Lächeln. Sie nahm meine Hand.

»Wir gehen wieder in den Wald«, sagte sie. »Ich habe Lust auf dich, und du hast Lust auf mich. Wir sollten tun, wozu wir Lust haben.«

Ich hielt sie zurück und sah sie streng an.

»Du bist minderjährig«, sagte ich. »Das geht nicht. Darauf steht Gefängnis. Auf jeden Fall da, wo ich herkomme.«

Jetzt wusste ich, worin der wesentlichste Unterschied zwischen Munk und mir lag.

»Aber hier vielleicht nicht? Bist du bereit, dieses Risiko einzugehen?« Sie sah mir mit mildem Spott in die Augen.

Ich sah sie noch immer an. Die Strenge war schon im Begriff, von mir abzufallen. Ich hatte zu viel gesehen. Die braune Haut, die Augen, die sagten: Komm schon, du Dussel, die kleinen Brustwarzen, die sich gegen den Baumwollstoff drückten. Es war fürchterlich falsch von mir, aber ...

Sie lächelte schelmisch und zog mich an der Hand. Ich seufzte schwer.

III
LOUIE LOUIE
OOH, BABY, I GOTTA GO

R. Beny

DOPPELTE HEIMKEHR

Trotz allem fühlte ich mich in gewisser Weise wie ein neuer Mensch. Ich sah, wie die Askøyfähre sich näherte, sah die rötlichen Sommerwolken über den Bergen und wusste, dass mir das, was ich sah, gefiel.

Munk hatte so lange eine gänzlich untergeordnete Rolle gespielt, dass es an der Zeit war, ihn wieder einmal zum Zug kommen zu lassen. Aber an seiner Tür hing nur ein Zettel: Bin im Sommerlager zur Gehirnwäsche mit dem Zentralkomitee. Versuche nicht, uns zu finden. Du schaffst es doch nicht.

Am nächsten Tag zockelte ich zu Hansa hinauf, um zu sehen, ob sie einen Job für mich hatten.

Am ersten Wochenende fuhr ich nach Hause, um nach halbjähriger Abwesenheit meine Alten wieder zu sehen.

Der alte Olaien saß wie beim letzten Mal an seinem Platz am Straßenrand. Er war älter geworden, und in seiner Mütze war ein großes Loch, durch das der kahle Schädel hindurchschien. Sein Hund blieb diesmal ruhig liegen, beäugte mich aber wachsam. Olaien grinste zufrieden und spuckte Braunes ins Gras.

»Hier kennt dich keiner«, sagte er. »Guck dir den Hund an, der kennt dich auch nicht. Was sagst du dazu?«

»Das geht dich einen Scheißdreck an«, erwiderte ich

brüsk. Auch wenn ich in Paris gewesen war, gab es keinen Grund, mich von Olaien anmachen zu lassen.

Mutter sah mich vom Fenster aus und kam mir entgegen, um mich zu drücken. Sie hatte den Duft von Gebratenem an sich. Gebratenem Fisch.

»Ich habe schon gedacht, wir würden dich nie wieder sehen. Wie war es denn in Paris?«

»Es war prima«, sagte ich. »Richtiger Sommer.«

Da kam auch mein Vater. Er wischte sich die Hände an der Hose ab.

»Na, da bist du ja. Du hättest ruhig ein bisschen häufiger schreiben können, damit wir mehr darüber erfahren hätten, wie es dir ergangen ist. Wie war es denn in Paris?«

»Prima«, sagte ich. »Warm und prima.«

»Und jetzt arbeitest du wieder bei Hansa?«

»Ja, ich fahre mit dem gleichen Mann wie im letzten Jahr, Thorvaldsen, von dem ich euch erzählt habe. Das ist vielleicht 'ne Marke.«

»Ja, ja, jetzt komm erst mal rein. Ich denke, Mutter hat das Essen bald fertig.«

Mutter hatte wirklich das Essen bald fertig, und wir setzten uns. Es gab leckeren gebratenen Fisch, den mein Vater in einer Mondscheinnacht gefangen hatte.

»Ist das nicht traurig, die Sache mit Inger?«, sagte meine Mutter.

»Wieso?«, sagte ich und rang nach Atem. »Haben sie sie gefunden?«

»Sie haben sie irgendwo in Oslo gefunden. Aber sie war so krank. Sie ist ins Krankenhaus gekommen, nach Haukeland, aber es ist wohl nichts mehr zu machen.«

»Ist das lange her?«, fragte ich. Etwas in meiner Seele zerbarst, eine Planke, die einfach wegbrach.

»Nein, noch nicht allzu lange. Zuerst hat sie kurz nach Weihnachten nach Hause geschrieben, sie sollten nicht mehr nach ihr suchen, sie käme bald nach Hause. Aber sie haben trotzdem weitergesucht. Und vor ein paar Wochen haben sie sie gefunden. Oh, nein. Es ist schrecklich.«

Inger kam nach Hause. Nur eine Woche nach mir. Um in die Erde gelegt zu werden, von der sie einmal gekommen war. Ich sorgte dafür, dass ich an dem Tag in der Stadt war. Ich lieferte Bier aus an dürstende Bergenser Kaufleute und versuchte, Thorvaldsen aufzuheitern. Es war das Einzige, was ich tun konnte. Für Inger konnte ich nichts tun. Inger. Ich sage ihren Namen noch einmal. Inger.

HERBST UND ZUSAMMENFASSUNG

Im Leben sonst, in der Natur und so, beginnt alles im Frühling. Bekanntermaßen. An der Universität dagegen beginnt alles im Herbst. Daran sieht man deutlich, wie wenig Kontakt die Universität zum übrigen Leben hat.

Wie erwartet, hatte ich Schwierigkeiten mit der Darlehenskasse bekommen. Sie wollten mir kein Darlehen mehr geben, bevor ich nicht die Prüfung vorweisen konnte, die ich ihnen versprochen hatte. Wir schulden alle dem Herrn einen Tod, und der Darlehenskasse eine

Prüfung. Zusätzlich zu dem Geld, das wir ihr bald schulden.

Jetzt führte also kein Weg mehr daran vorbei, wenn das je der Fall gewesen war. Das Geld, das ich bei Hansa verdient hatte, musste den ganzen Herbst reichen. Und das konnte ein echtes Problem werden. Ich musste eben anfangen zu tippen. Das achtreihige System.

Ich hatte Sandra vorgeschlagen, unser Wiedersehen ein wenig vorzuverlegen und im Sommer etwas gemeinsam zu unternehmen, aber sie gab sich in ihrem letzten Brief vernünftig und meinte, wir sollten uns an unsere Absprache halten. Mitte Oktober würde sie wieder in der Stadt sein, und dann ... Ich wurde zittrig, wenn ich nur daran dachte. Die ganze aufgestaute und verdrängte Sehnsucht sickerte jetzt durch große Risse in den Dämmen hervor. SANDRA. Ein Name, den man nur mit großen Buchstaben schreiben sollte. Und in Gold. Ich ließ die Hansa-Jacke im Schrank hängen und ging nur noch in der Strickjacke von Sandra mit den Kojoten und den Regenwolken. Oh, weinende Wolke, sangen die Kojoten in der Wüste, und ich sang: Sandra, Sandra, wie ein Vollidiot.

Annette schrieb mir aus Paris einen langen Brief, dem ich entnahm, dass sie sich an den Gedanken gewöhnt hatte, dass ich weit weg war. Es war ein Gedanke, mit dem man leben konnte. Sie erzählte, dass das Urteil in etwa wie erwartet ausgefallen war. Philippe bekam zwei Jahre, weil er so jung und unschuldig war und nur im Auto gesessen hatte. Marie-Claire bekam fünf Jahre. Viele hätten sie wohl gerne billiger davonkommen lassen, aber man sah in ihr trotz allem den Kopf des Ganzen. (Vorübergehend war auch die Rede davon, Anklage gegen André Glucksmann zu erheben, aber dazu kam es nicht.) Und wenn sie auch eine Frau und schön war, so konnte sie doch nicht einfach ungestraft Banken überfallen. Es musste ein Exempel statuiert werden. Jean-Jacques bekam sieben Jahre, weil er Neger war. Klaus bekam zwanzig Jahre. Es kamen zahllose wütende Briefe von pensionierten Polizisten, die forderten, dass er unter der Guillotine enden solle. Aber der Haken an der Sache war, dass der angeschossene Polizist überlebte. Selbst wenn das nicht Klaus' Verdienst war.

Und Paulette? Paulette hatte tatsächlich im Büro des France-Soir Feuer gelegt, aber es wurde ein bisschen zu früh gelöscht. Hinterher schrieb sie ein Lied darüber, und jetzt hatte sie großen Erfolg in ihrem Cabaret.

Aber die größte und vielleicht traurigste Neuigkeit: Der Metrowolf war tot. Der Präsident hatte seine Fallschirmjäger, Les Paras, die härtesten Soldaten, die es gab, mitten am Tag, als der Metrowolf seine Siesta hielt, zu einem überraschenden Blitzangriff in die Metro hinuntergeschickt. Der Wolf hatte keine Chance, schaffte es aber immerhin, vier Mann zu zerfleischen. Das offizielle Frankreich jubelte, die französische Alternativszene trauerte. Die Polizei hatte Schlagstöcke und Tränengas gegen einen Trauerzug eingesetzt, bei dem Plakate mit Bildern des Metrowolfs, Bakunins und Ulrike Meinhofs mitgeführt wurden. Vier Trauernde kamen ums Leben. Die gesamte französische Untergrundbewegung erhob jetzt den Metrowolf zum Symbol. Es lebe der Metrowolf!

Ansonsten war Annette in den Ferien in Marokko gewesen, und ich sollte all die Stellen ihres Körpers raten, an denen sie braun geworden war. Das Letzte, um zu sagen: Guck, was dir entgangen ist! Sie sollte von Paulette und Marie-Claire grüßen, und Letztere sandte auch einen Gruß an Munk.

Ich schrieb einen langen Brief zurück und bat Annette, in meinem Namen einen Kranz auf das Grab des Metrowolfs zu legen.

WO IST MUNK?

Aber Munks Geschichte ist noch nicht erzählt, also wo steckte er? War er direkt vom Sommerlager in die ewigen Jagdgründe gewandert? Was würde dann aus dem Wahlkampf werden?

Nein, er war nicht in sie eingegangen. Exakt am 20. August stand er mit der Zigarre in der Hand vor meiner Tür. Ich zuckte zuerst zurück, weil ich nicht glauben konnte, dass es Munk war. Irgendetwas an dem Typ kam mir bekannt vor, aber.

Er breitete die Arme aus: »Gib mir einen kameradschaftlichen Bruderkuss!«

Die Sache war: Er sah verändert aus. Zunächst einmal war sein Gesicht braun und verhältnismäßig frisch. Er hatte seine Haarlänge um ungefähr die Hälfte reduziert, und die übrig gebliebene Hälfte wirkte frisch gewaschen. Er trug nicht nur, wie im Sommer zuvor, eine weiße Jacke, er trug einen weißen Anzug! Und auf dem Kopf einen großen, weißen Panama-Hut. Das Einzige, was von dem alten Adam übrig geblieben war, waren die Joggingschuhe.

Er stippte Zigarrenasche auf meinen Fußboden.

»Nun, was ist? Bist du so hochnäsig geworden, dass du keine Leute mehr kennst?«

»Bist das wirklich du, Munk?«, stammelte ich. »Du siehst aus wie ein Zuhälter.«

Munk lächelte überlegen.

»Dich stört mein Aufzug? Der geht dich einen Dreck an. Wir stehen am Ende eines langen und schmutzigen Wahlkampfs, in dem seitens der Bürgerlichen und der Sozialdemokraten alle Tricks angewendet worden sind, damit wir auch weiterhin in Knechtschaft und Sünde leben. Aber auf die wartet eine unangenehme Überraschung: abgeschnittene Eier. Du siehst meinen Anzug an? Ich reise herum und halte feurige Vorträge und Appelle. Die Aufmachung muss stimmen. Zuletzt bin ich zusammen mit einem Mann von der Rechten aufgetreten. Ich bekam alle Stimmen, weil ich besser gekleidet war und teurere Zigarren rauchte. Man muss die Tricks kennen und sich zu wenden wissen. Ehre sei dem Herrn, hosianna und halleluja! Und was ist mit dem zollfreien Schnaps, den ich dich zu kaufen bat, wo hast du ihn? Du hast ihn doch wohl verdammich nicht schon ausgetrunken?«

»Ich habe ihn«, sagte ich. »Ich habe eine Flasche Courvoisier und einen Campari gekauft.«

»Campari?«, sagte Munk. »Hast du Campari gesagt?«

»Wenn du ihn nicht haben willst, kannst du ja den Dubonnet nehmen, den ich für mich gekauft habe. Es waren drei Flaschen, also habe ich eine geschmuggelt.«

»Dubonnet?«, sagte Munk. »Ja, schon gut, bring uns, was du hast, und gib mir ein paar Informationen aus der großen Welt.«

»Ich soll von Marie-Claire grüßen«, sagte ich. »Sie hat fünf Jahre Gefängnis gekriegt.«

»Ja, ja«, sagte Munk. »Das ist doch was. Und der Metrowolf, wie geht es dem?«

»Der Metrowolf ist tot«, sagte ich. »Er hat den Märtyrertod erlitten, während er seine Siesta hielt.«

»Nein, verdammt!«, fluchte Munk. »Und dabei wollte ich ihn importieren und ihn in der Schlussphase des Wahlkampfs einsetzen. Ihn auf Willoch, Kristiansen und Nordli loslassen, ihre schreckensbleichen Gesichter sehen und Knochen knacken hören. Ho ho! Also er ist tot, sagst du. So ein Mist. Das Natlandsbusschwein hat irgendwie nicht den gleichen Effekt.«

»Nein«, sagte ich. »Ich verstehe, was du meinst.«

Munk setzte sich und betrachtete das Flaschenetikett. Er nickte und spuckte in meinen Aschenbecher.

»Das sieht mir nach einem guten Courvoisier aus«, sagte er. »Und jetzt hol zwei Gläser und sei ein netter Junge, dann gibt es für dich vielleicht auch ein Schlückchen.«

»Wie geht es Rebekka?«, fragte ich.

»Ich habe nicht die geringste Ahnung, wie es Rebekka geht, genauso wenig, wie ich weiß, wie es Lea und Rachel geht. Aber wie ich sie kenne, kommt sie bestimmt gut zurecht.«

»Was meinst du damit?«

»Ich musste Schluss machen mit Rebekka. Ich hatte einfach zu viel mit der Politik zu tun. Konnte mich nicht genug für Liebe und Häuslichkeit aufopfern. Bitter, aber wahr. Skål, du alte Rübe!«

Ich dachte, dass dies traurig war für Munk. Jetzt war

er wieder allein, und niemand konnte wissen, was er sich als Ersatz einfallen lassen würde.

»Du weißt ja, was Wilhelm Reich sagt, je weniger Orgasmen, umso fanatischer wird man in der Politik. Da ist was dran. Aber es wirkt auch umgekehrt. Es ist ein circulus vitiosus. Also denke ich, dass eine der ersten Sachen, wofür wir im Sozialismus sorgen müssen, genug Orgasmen für alle sind. Was hältst du davon?«

»Hört sich an, als lohnte es sich, dafür zu kämpfen«, sagte ich.

VOODOO

Bei Munk sah es mehr oder weniger aus wie früher. Das Fenster hing schief, ein paar Vögel schwirrten im Zimmer umher und schissen auf den Stapel New Musical Express. Der auffälligste Unterschied war das Resultat von Munks Voodoo-Studien.

»Es war ein Programmpunkt im Sommerlager«, sagte Munk.

In einer Reihe an der Wand hingen acht Stoffpuppen. In zentrale Stellen der Puppen, wie Augen, Ohren und Geschlechtsorgane, waren Stecknadeln mit bunten Köpfen gesteckt. Die Puppen stellten Willoch, Knut Haavik, Knut Wigert, Dagbladet, Aftenposten, James Last, Carter und Breschnew dar.

»Ich drücke die Nadeln jeden Abend ein bisschen tiefer hinein«, sagte Munk. »Es erfreut mein Herz, mir vorzustellen, wie sie sich vor Schmerzen winden und Sinn und Verstand verlieren. Selbstverständlich muss ich die

Sammlung bald beträchtlich erweitern. Dies hier sind nur Versuchsobjekte.«

Der zweite Unterschied war eine elektrische Gitarre, die auf der Couch lag. Munk hatte vermutlich versucht, sie zu analysieren. Es war eine Stratocaster, die neu und glänzend aussah.

Munk legte eine Platte auf. Ich hatte sie in diesem Sommer schon ein paar Mal gehört. Die Sex Pistols mit *God save the Queen*.

»Das ist Musik, die mein Herz erwärmt«, sagte Munk. »Endlich ist es passiert.«

»Ja«, sagte ich. »Und diese Gitarre, hast du wieder angefangen zu spielen?«

»Darauf kannst du Gift nehmen. Jetzt ist es passiert. Egal, wie die Wahl ausgeht, gut oder schlecht, ich starte eine neue Band. Ich habe verdammt viel Zeit darauf verwandt, mich mit der Gitarre anzufreunden. Aber die Zeit war es wert.«

»Dich mit der Gitarre anzufreunden?«

»Ja, das sieht so aus, dass wir uns drei, vier Stunden gegenübersitzen und anstarren. Und jetzt habe ich sie analysiert, und alle Barrieren sind verschwunden. Echt intensive Nähe.«

Munk war wieder er selbst. Das muntere Rot brach auf seinem Gesicht durch. Die Bartstoppeln waren drei Tage alt, der weiße Anzug und der Panamahut waren weggehängt, und stattdessen trug er eine alte Jeans, ein schmutziges T-Shirt und eine schwarze Lederjacke mit vielen blanken Knöpfen. Es war wahrscheinlich die Montur, die er in seiner Zeit als Automechaniker benutzt hatte, als er noch Schalldämpfer ausbaute.

»Und was gibt es sonst noch zu erzählen, Munk?«

»Auf kulturellem Gebiet passiert ja wenig«, sagte Munk. »Ich schreibe an einem Buch, einer Art Sciencefictionstory. Alle Männer in der Welt verlieren ihre Potenz, außer einem, und der bin ich.«

»Und was machen die Frauen dann? Fliehen zum Mars?«

»Du hast die Pointe überhaupt nicht kapiert. Wie ist das eigentlich mit dem Bankraub gelaufen? Bist du reich geworden?«

»Daraus wurde nichts«, sagte ich. »Das weißt du doch. Ich kann froh sein, dass sie mich nicht eingelocht haben.«

»Traurig, traurig. Wenn du reich geworden wärest, hätte ich dich um einen kleinen Beitrag für die Parteikasse gebeten. Die ist nämlich geplündert, und ich will kein Hehl daraus machen, dass das meiste für Wein draufgegangen ist. Nicht, dass es sich dabei um eine ungewöhnliche Verfahrensweise handelt, was Parteikassen anbelangt, aber die Sache bereitet mir gewisse Probleme. Gerade jetzt, wo Wahlkampf ist und so. Es ist nicht ganz undenkbar, dass ich gezwungen bin, das Angebot für eine Vertretung beim Laksevåg Gymnasium anzunehmen.«

»Vertretung in was?«

»Religion, Literaturwissenschaft, Klassenkampftheorie, Weinmachen, Werken und Punk«, sagte Munk.

»Ich wusste gar nicht, dass das alles Unterrichtsfächer im Gymnasium sind.«

»Doch, doch. Bei all den neuen Studienrichtungen. Es wäre nur so lange, bis ich die Band auf die Beine gestellt habe. Ich überlege die ganze Zeit, was für Musiker ich dabeihaben will. Du kennst keine guten Kommunisten, die außerdem spielen können wie 'ne Eins?«

»Nneehe ...«, sagte ich. Das konnte schwierig werden.

»Du spielst doch Mundharmonika«, sagte Munk. »Das hatte ich verdammt noch mal vergessen. Kann gut sein, dass wir in der Band eine Mundharmonika brauchen. Aber ich kann dich nicht nur dabeihaben, um Mundharmonika zu spielen, das ist zu mickrig. Was, wenn du Bass spielen würdest?«

»Ich kann nicht behaupten, dass ich Bass spielen kann.«

»Das lernst du, verdammt. Ich bringe es dir bei. Da hast du nur vier Saiten, die du im Griff behalten musst. Du würdest der ideale *silent bassist* werden. Du und Bill Wyman und John Entwistle.«

»Tja ...«, sagte ich.

»Also abgemacht. Du machst mit. Dann bleibt es ein bisschen in der Familie.«

So wurde ich Bassist in Munks Band und übernahm gleichzeitig die laufenden Geschäfte des Parteibüros.

DAS ZENTRALKOMITEE WIRD AUSGESANDT

Dem Zentralkomitee war nicht anzusehen, dass es erst kürzlich nicht nur im Sommerlager gewesen, sondern auch einer Gehirnwäsche unterzogen worden war. Vielleicht waren sie gegen dergleichen immun geworden. Vielleicht waren sie geschickt darin, solche Dinge geheim zu halten. Sie waren jetzt zu viert, hatten immer noch rote Gesichter und die gleiche Plastiktüte unter der Bank, aber ihre Kleidung hatten sie ein wenig aufgemöbelt. Fretexanzüge. Mir fiel nichts mehr ein, woran sie mich noch erinnerten.

Munk musterte sie skeptisch.

»Das ist mir ein Rätsel«, sagte er und kratzte sich am Kopf. »Mit euch kann man machen, was man will, ihr seht trotzdem aus wie Penner.«

Sie grinsten freundlich. Es klirrte unter ihren Füßen.

»Vor dem Herrgott sind wir alle Penner«, sagte einer von ihnen. »Das haben Wissenschaftler in den USA herausgefunden.«

»Wirklich?«, sagte Munk. »Ja, ja, ich muss es wohl als ein Zeichen von Fortschritt ansehen, dass ihr versucht, spirituell zu sein, während ihr hier sitzt. Aber jetzt wird es Zeit, dass ihr den Arsch lüftet. Wir sind in der heißen Phase des Wahlkampfs. Ihr werdet jetzt zeigen, dass ihr auch allein zurechtkommt. Ich schicke euch an die Arbeitsplätze.«

»Arbeitsplätze? Was zum Kuckuck sollen wir denn da? Arbeiten?«

Sie lachten alle vier und stubsten sich an.

»Ein Kommunist ist allzeit bereit«, sagte Munk. »Wozu auch immer. Ihr sollt hinaus und den norwegischen Arbeitern die frohe Botschaft predigen. Es ist ein Test, um zu sehen, wie weit ihr in eurer Entwicklung gekommen seid. Den proletarischen Hintergrund habt ihr ja.«

»Könn' wir nich lieber Papierarbeit machen, eh? Wir könn' doch Wahlplakate drucken un deine Reden schreiben. Da brauchs du ganz klar Hilfe.«

»Alles schon beschlossen«, sagte Munk. »Der Schnupferich hier arbeitet von jetzt an halbtags als Bassist und Leiter des Parteibüros, mit dem Titel eines Sekretärs. Ihr müsst die Feldarbeit machen. Und wo ihr hinkommt, sollt ihr ausrufen: Das Himmelreich ist nah.«

»Das Himmelreich ist nah?«, fragte ich.

»Beschafft euch kein Reisegeld, weder Goldstücke noch Silber- oder Kupfergeld. Besorgt euch auch keine Vorratstasche, kein zweites Hemd, keine Schuhe und keinen Wanderstock! Denn wer arbeitet, hat ein Recht auf Unterhalt. Wo sie euch nicht aufnehmen und nicht anhören wollen, da geht aus dem Haus oder der Stadt weg und schüttelt den Staub von den Füßen.«

»Ich höre, dass du angefangen hast, die neue Bibelübersetzung zu benutzen«, sagte einer von ihnen, der Fransen hieß. »Ist die alte nicht mehr gut genug?«

»Ich will es euch nur leicht machen, damit ich sicher bin, dass ihr die Instruktionen versteht«, sagte Munk. »Das ist reine Pädagogik.«

»Du bist zu streng mit uns, Munk. Du wirst am jüngsten Tag einen in den Arsch kriegen.«

»Das sehen wir dann«, sagte Munk. »Ich werde mit meinem Anwalt erscheinen. So, jetzt aber hinaus mit euch. Zeigt, was für Kerle ihr seid.«

Das Zentralkomitee sah wieder einmal aus, als hätten sie seit ewigen Zeiten immer nur Regen abbekommen und wären nie wieder richtig trocken geworden. Vollgesogene Schwämme.

»Spielt vielleicht einer von euch Gitarre oder Schlagzeug?«, sagte Munk.

Sie sahen ihn verständnislos an.

»Nein, vergesst es«, sagte Munk.

Zwei Tage später sah ich das Zentralkomitee in einer dunklen Ecke der Kaffeestube an einem Tisch für sich sitzen. Sie teilten sich zwei Tassen Kaffee und spielten Karten. Die ganze Zeit blickten sie nervös um sich, sahen mich aber nicht.

Ich tat, als hätte ich sie nicht gesehen, und erzählte Munk nichts davon.

MUNKS VATER

Der Bus setzte uns direkt vor dem Friedhofstor ab. Ein paar Menschen standen dort und warteten auf den Bus, aber alle machten den Eindruck, als gehörten sie zu den Lebenden, abgesehen vielleicht von ein oder zwei zweifelhaften Fällen.

Es war ein düsterer, von Verfall gezeichneter, ländlicher Friedhof. Man begriff gleich, dass diejenigen, die hier lagen, zu ihren Lebzeiten nicht zu den Spitzen des Baumkuchens gehört hatten. Die Gräber waren völlig eingefallen, und überall wucherte ungehemmt braunes Unkraut. In einem halb verrotteten Baum ohne Laub saß ein nahezu gerupfter Rabe mit offenem Schnabel. Gleich hinter dem Eingangstor stand eine halb verblühte Trittleiter. Ganz hinten an der Mauer lag eine rostige Gießkanne.

Auf dem Grab von Munks Vater stand ein zerbrochenes, morsches Holzkreuz. Man konnte nicht mehr lesen, was darauf stand.

»Hallo, Vater«, sagte Munk. »Ich schau nur mal vorbei. Wie geht es dir denn so? Den Umständen entsprechend gut?«

Munk zog eine Weinflasche aus der Innentasche, nahm einen Schluck und reichte sie mir.

»Trink«, sagte er.

Ich nahm einen Schluck. Es war mieser Wein, wie nicht anders zu erwarten. Mieser Wein für miese Leute. Yes, yes.

»Mein Vater mag es, wenn wir hier vor ihm Wein trinken«, sagte Munk. »Er liegt einfach da und hat seinen Spaß und freut sich 'nen Ast ab, weil sein Sohn fast genauso hartnäckig an der Flasche hängt wie er. So ist das mit den Familienbanden. Aber davon verstehst du wohl nichts.«

»Doch«, sagte ich etwas gekränkt, »das versteh ich gut.«

»Na ja, ist ja auch egal.«

»Das ist überhaupt nicht egal. Es ist nicht dasselbe, ob man etwas versteht oder etwas nicht versteht.«

»Das kommt ganz darauf an, wie man es sieht«, brummte Munk.

Ich sagte nichts mehr, obwohl ich eine ganze Menge hätte sagen und dem Kerl vielleicht zusätzlich eins hätte verpassen sollen. Es war bestimmt nur der Respekt vor den Toten, der mich davon abhielt. Ich wollte nicht riskieren, dass Munks Vater zischend und spuckend aus dem Grab stieg, um seinen Nachwuchs zu verteidigen.

Ich dachte an etwas anderes. Ob es vielleicht bald anfangen würde zu regnen. Das wäre auf jeden Fall keine Überraschung.

Der Wind raschelte in dem trockenen, braunen Gras, und die Gießkanne gab ein paar hohle Töne von sich. Ich fragte mich, wie lange wir hier bleiben sollten. Bis Munk die Flasche gelenzt hatte? Jetzt nahm er wieder einen Schluck, wischte die Flasche mit dem Handrücken ab und sah genau nach, wie viel noch darin war. Ungefähr die Hälfte.

»So, Vater«, sagte Munk. »Ich habe dir auch heute etwas mitgebracht.« Er drehte die halb volle Flasche in den Boden und machte eine kleine Vertiefung, in der die Flasche stehen blieb.

»Kein Grund, so zu glotzen«, sagte Munk zu mir. »Ich habe nie die Leute verstanden, die Blumen auf ihre Familiengräber stellen. Damit kann doch keiner was anfangen. Eine Flasche Wein dagegen weiß jeder zu schätzen. Besonders mein Vater. Jetzt war ich so liebenswürdig, den Wein erst für ihn zu kosten, und habe mich in jeder Hinsicht als guter Sohn erwiesen.«

»Ja«, sagte ich. »Ganz bestimmt. Gehen wir jetzt?«

Ein Bus hielt vor dem Tor, und wir stiegen ein. Der Bus war schwarz, der Fahrer knöcherig und bleich und hatte die Fahrermütze tief ins Gesicht gezogen. Wir waren die einzigen Passagiere, und die Reise mit diesem Bus kostete nichts.

DIE KULTURRADIKALEN

Munk hatte mir eingeschärft, dass der Besuch wichtig war, aber warum er so wichtig war, hatte ich nicht begriffen. Er war wichtig, weil Munk sagte, er sei wichtig. So war das in der Politik. Man sollte nicht verstehen, sondern akzeptieren.

In der Musik war es zum Glück anders. Ich akzeptierte

ganz und gar nicht, dass die Akkorde meines Basses unsauber und beschissen klangen. Ich feilte unentwegt an ihnen und spürte, dass ich auf dem richtigen Weg war. Aber uns fehlten Musiker. Noch immer waren wir nur Munk an der Leadgitarre und Gesang und ich am Bass und eventuell Mundharmonika. Zumindest brauchten wir einen Schlagzeuger. Und am besten noch einen zweiten Gitarristen. (Fand ich. Munk meinte, es sei mehr als genug, wenn er die Gitarre traktierte.) Und dann noch ein Tasteninstrument. Da fehlte uns einer, auch wenn Munk der Ansicht war, er könne das nebenher machen. Aus Munks Plänen wurde allmählich ersichtlich, dass dies eine Einmannband mit einem silent bassist und einem silent Schlagzeuger werden sollte, die im Dunkeln verborgen bleiben und schlecht bezahlt werden sollten.

So viel zur Musik. Jetzt sollten Munk und ich einen Besuch bei den Kulturradikalen höchstpersönlich abstatten und dies oder jenes mit ihnen diskutieren. Munk zufolge ging es um Zusammenarbeit. Er war der Einzige, der noch an der gemeinsamen politischen Linie von 72 festhielt.

»Ich bin zur Vernunft gekommen«, hatte er gesagt. »Es würde nur zur Zersplitterung führen, in allen Distrikten Listen aufzustellen, jetzt, wo es mehr denn je darauf ankommt, zusammenzugehen. Und wie ich es sehe, bin ich die einzige Figur, die dieses Zusammengehen möglich macht, der Einzige, der die SV und die AKP dazu bringen kann, in Tränen auszubrechen und sich gleichzeitig um den Hals zu fallen. Right?«

»Right«, sagte ich.

»Ich allein habe geschnallt, worum es geht. Statt dass wir Linken uns untereinander anfeinden, sollten wir gemeinsam die Rechte befeinden, und da kann man von mir noch so einiges lernen. Auch right?«

»Auch right«, sagte ich.

»Das Ganze soll in einer gigantischen gemeinsamen Kulturveranstaltung gipfeln. Nach den üblichen öden Appellen wird unsere Band mit Donner und Gloria debütieren, und ich werde meine Gitarre zerschmettern. Am Tag vor der Wahl! Was meinst du, wie dann die Wahl läuft?«

»Die kann ja nur noch glänzend laufen«, sagte ich.

»Da siehst du«, sagte Munk. »Du hast ja ausnahmsweise mal alles geschnallt.«

Da wir vor einem relativ gut gepflegten Mietshaus bremsten, bestand Grund zu der Annahme, dass wir da hinaufsollten. Richtig. Wir nahmen immer zwei Stufen die Treppe hinauf. An einer Tür hing ein Zettel:
BITTE NICHT DAS
GEMEINDEBLATT DER KREUZKIRCHE!.

»Zur Hölle mit diesen kulturradikalen Teufeln«, sagte Munk finster. »Leben in wilden Ehen und sind Lakaien Moskaus. Das Gemeindeblatt wollen sie nicht haben, aber Dagbladet verschlingen sie roh, morgens, mittags und abends. Die sollten interniert und einer psychiatrischen Behandlung dritten Grades unterzogen werden.«

»Denk daran, dass wir mit ihnen zusammenarbeiten wollen«, sagte ich.

»Zusammenarbeiten?« Munks Augen funkelten. »Lieber würde ich mit dem Teufel persönlich zusammenarbeiten. Auf den ist bestimmt mehr Verlass.«

Ich klingelte bei denen, die das Gemeindeblatt nicht haben wollten.

»Tja, das Wort führen musst du«, sagte Munk. »Mir ist die Lust am Reden vergangen.«

»Die kommt schon wieder«, sagte ich. »Ich bin hier nur mit. Du bist der Verantwortliche.«

»Verantwortlich, ja. Der ist gut, du. Dr. Munk, Norwegens letzter und einziger verantwortlicher Politiker. Kommt her zu ihm alle, die ihr Mühsal zu tragen und Wein zu teilen habt!«

Die Tür öffnete sich auf Türenart, und der Mann, der dahinter stand, sah genauso aus, wie ich erwartet hatte. Bart, Brille und Trachtenhalstuch. Er sah uns verhältnismäßig freundlich an. Munk betrachtete ihn sauer. Ich versuchte, keinen von beiden zu lange anzusehen.

»Da seid ihr ja. Ich habe darauf gewartet, dich zu sehen, Munk. Ja, und dich auch.«

»Überspringen wir die Formalitäten«, brummte Munk. »Hast du Wein?«

»Ja, klar doch. Klar haben wir Wein. Du meine Güte.«

»Tja, ich weiß ja nicht, was in deinen Kreisen klar ist und was nicht.«

Ich dachte. Oder ich wünschte. Ich wünschte, wir hätten hier aufhören können, Munk und ich. Uns hier abmelden und Dingen zuwenden können, die wir mochten. Nur verschwinden können, um nicht die ganze Zeit dabei sein, diesem Blick ausgesetzt sein zu müssen. Es war so anstrengend, und ich fing an, müde zu werden. Ich hatte die größte Lust, mich einfach hinzulegen und auf alles zu scheißen.

Doch stattdessen sollten wir durch eine Tür. Und wenn ich an alle Türen dachte, durch die ich in meinem Leben gegangen war, und wie selten das etwas Gutes mit sich geführt hatte, dann war das kein erbaulicher Gedanke. Türen bedeuteten Ärger, besonders wenn man so müde war wie ich jetzt. Konnten wir nicht einfach unsere Band auf die Beine stellen und dann Feierabend machen? Aber so lief es nicht, wenn man mit einem Mann wie Munk zu tun hatte. Da musste man Kulturradikale besuchen und in Schlägereien geraten. Sandra hatte allzu Recht gehabt. Munk war keine gute Gesellschaft für mich. War es nie gewesen.

Ich hatte vergessen zuzuhören, worüber Munk und der andere redeten. Ich hatte nicht gemerkt, dass ich ein Glas Rotwein bekommen hatte. Ich hatte nicht gesehen, dass auch eine Frau im Zimmer saß, eine Frau, die ich unter normalen Umständen schön gefunden hätte. Ein bisschen glatt vielleicht, ein bisschen zu viele einstudierte Orgasmen. Dachte ich, sicher vollkommen ungerecht. Ich drehte an dem Knopf in meinem Inneren, und die Stimmen wurden deutlich:

»... siehst du, das, wofür du stehst, kann nie etwas anderes werden als eine Art Exotismus in der Partei, eine Art Freakflügel. Klar meinen wir, dass für dich und deine Leute Platz sein sollte in unserer Partei, aber ich finde, du müsstest einsehen, dass es politischer Selbstmord wäre, dich auf irgendeiner Liste aufzustellen.«

»Deine Leute da«, sagte die Frau, »sehen aus, als hätten sie Schwierigkeiten, zwischen einem Wahlkampf und einer Schlägerei unter Säufern zu unterscheiden.«

Ich sah, dass Munk sich vom Stuhl erhob. Zeit, wieder loszuzockeln, dachte ich, und stand auch auf.

»Vielen Dank für den Wein«, sagte ich.

Erst als ich sah, dass Munk eine Blumenvase hochhob

und auf dem Fußboden zerschmetterte, begann ich Unrat zu wittern, und erst, als ich unmittelbar danach einen Schlag mit einer Thermoskanne aufs Auge bekam, wusste ich, dass es ein riesiger Fehler gewesen war, überhaupt hierher zu kommen. Der Mann, der unter den Bildern von Mao und Stalin saß, hatte offensichtlich Lust, uns zu helfen, aber es war ebenso offensichtlich, dass er keinerlei Möglichkeit dazu hatte. Stalin blickte finster und bedrohlich ins Zimmer und sah aus, als wolle er uns auf der Stelle liquidieren, während Mao, der gerade erst gestorben war, gutmütig lächelte. Der Mann, mit dem wir redeten, war eine Art Zwischending, in Hemdsärmeln, mit kurzem Bart und runder Brille.

»Genosse Munk«, sagte er mit einschmeichelnder Stimme, »wir wissen, dass du oft gute Positionen vertreten hast. Wir wissen, dass du viele gute und progressive Standpunkte vertrittst, und es ist gut, dass du uns in Einzelpunkten unterstützt. Du hast der Bourgeoisie manch guten Schlag in die Fresse gegeben, aber du hast es nicht geschafft, dich selbst von deinem kleinbürgerlichen Hintergrund zu befreien. Wir stehen für einen verantwortungsvollen Kurs, und reines Ausflippen können wir uns nicht erlauben.«

»Jetzt wird getrunken«, sagte Munk. »Ich werde genau das tun, was alle von mir erwarten. In was für einer Hölle leben wir eigentlich? Sollte ich ruhig stehen bleiben und mich von kleinen Arschkriechern belehren lassen, die jünger sind als ich, aus dem nobelsten Westend kommen und noch nie eine elektrische Gitarre in der Hand gehabt haben? Man sollte jeden Einzelnen von diesen Ärschen liquidieren. Ich werde von Tag zu Tag stalinistischer. Ich verstehe ihn so verflucht gut. Also gut, sammeln wir das Zentralkomitee und veranstalten wir das Saufgelage, auf das wir alle gewartet haben. Dies wird der größte Sieg werden, den die norwegische Arbeiterklasse in diesem Jahr erringt. Werfen wir uns in Schale und trinken darauf, dass alle Parteien der Linken zur Hölle fahren, wie sie es verdient haben. Ich war die Hoffnung und das einende Symbol der norwegischen Linken, aber diese Wichser wollten nichts von mir wissen. Sollen sie doch verfaulen und sehen, wie sie ohne mich abschneiden bei der Wahl.«

An das Fest bei Munk kann ich mich kaum erinnern, und das, woran ich mich erinnere, möchte ich so schnell wie möglich vergessen. Aber ich will doch erwähnen, dass Munk Recht bekam. Die Stortingswahl 1977 kann kaum als ein Sieg des Sozialismus in Norwegen bezeichnet werden.

MUNK WIRFT EINE FLASCHE NACH DEM TEUFEL

Munk erwachte nach dem Fest mit einem verstauchten Fuß und einem hässlichen Knutschfleck dritten Grades am Hals. Ich für mein Teil war keinen physischen Übergriffen ausgesetzt gewesen, musste jedoch für eine Weile mit dem Geruch von Kotze im Zimmer leben. Ich hoffte nur, dass ich selbst der Verursacher gewesen war.

Am schlimmsten in Mitleidenschaft gezogen wurde das Zentralkomitee, das zunächst geschlossen in der

Ausnüchterungszelle landete und danach seinen Aufenthalt auf unbestimmte Zeit verlängern durfte, da sie wegen diverser Dinge festgenommen wurden: Alkoholdiebstahl, Überfall und Tabakdiebstahl im Theaterpark, Unzucht mit Minderjährigen, öffentliche Ruhestörung, Beamtenbeleidigung.

So konnte es gehen, dachte ich und versuchte, mein schlechtes Gewissen zu überdecken. Es war nämlich nicht gerecht, dass das arme Zentralkomitee die ganzen Prügel einstecken musste und Munk und ich so davonkamen (wenn man von dem verstauchten Fuß, dem Knutschfleck und dem Kotzgeruch einmal absah). Aber ich versuchte, die Schuld auf sie abzuwälzen, so gut es ging. Den Alkoholdiebstahl beispielsweise mussten sie schon auf ihre eigene Kappe nehmen. Das war eben ein Patzer.

Was im Theaterpark geschehen war, ließ sich dagegen meines Erachtens verteidigen. Ich hatte selbst geholfen, den Typ festzuhalten, damit die anderen an seinen Tabak kamen. Er war im Übrigen ein unsympathischer Fettsack, der sich uns mit beleidigenden und antikommunistischen Rufen genähert hatte. Er bekam, was er verdiente. Wir waren eher noch zu sanft mit ihm umgegangen.

Dann das mit den Minderjährigen. Ich konnte mich erinnern (glaubte ich auf jeden Fall), dass ich persönlich das Zentralkomitee vor den Mädchen gewarnt hatte, die sie bei sich hatten. Sie sahen wirklich sehr jung aus. Aber hatte das Zentralkomitee auf meine warnenden Worte gehört? Und wo die Mädchen unbedingt an dem Fest teilnehmen wollten.

Dass sie zwei Polizeibeamte beleidigt (und offenbar auch geschlagen) hatten, entzog sich wiederum meiner Verantwortlichkeit. Das geschah, nachdem Munk und ich nach Hause gegangen waren. Munk, um sich den Fuß zu verstauchen und einen Knutschfleck zu bekommen, und ich, um meinen ganzen Fußboden voll zu kotzen. (Wenn ich es wirklich, wie ich hoffte, selbst gewesen war.)

So lagen die Dinge jedenfalls. So war das gelaufen. Und jetzt stand es schlecht um uns alle. Das Fundament unseres Lebens schickte sich an, unter unseren Pantoffeln zu zerbröckeln.

Mir half, dass ich einen Brief im Briefkasten fand. Bei Sandra ging alles nach Plan, schrieb sie. Oktober also. Aber nicht nur das. Sie freute sich. Ich musste es circa fünfzehn Mal lesen. Sie freute sich. Das war mehr, als ich verdient hatte.

Mit Gesang in Herz und Nieren schulterte ich den Bass und tanzte in der Septembersonne hinüber zu Munk. War er nicht zu Hause, würde ich allein spielen, ein paar herrliche Basssolos, die den Sozialismus dazu bringen würden, sich im Grab umzudrehen und mit den Augen zu zwinkern.

Munk saß mit der Gitarre im Schoß über den Tisch gebeugt. Sein Gesicht war eingefallen, die Augen wässerig, er aß etwas Grässliches und Schleimiges von einer graugelben Farbe, die mir Übelkeit verursachte.

»Bist du das, du Revisionist?«, sagte Munk. »Willst du einen Happen?«

Er hielt mir den Löffel hin.

»Nein, danke«, sagte ich und erschauderte. »Ich habe gegessen.«

Munks Fuß war noch immer verstaucht, aber der Knutschfleck war etwas zurückgegangen.

Ich zeigte auf den Bass.

»Dachte, wir könnten ein bisschen üben.«

Munk sah mich müde an.

»Was hat das für einen Sinn?«, murmelte er. »Was hat es für einen Sinn, was wir tun? Der Kommunismus ist tot, und das Zentralkomitee sitzt im Straflager. Es dauert nicht mehr lange, bis die Zeit an mich kommt.«

»Lass uns ein bisschen spielen«, sagte ich. »Vielleicht können wir den Kommunismus ja wieder zum Leben erwecken.«

»Wie hoffnungslos naiv kann man eigentlich sein«, erwiderte Munk. »Ich habe dieses Scheißprojekt mit nur zwei Leuten verflucht satt. Wir müssen jetzt mehr Musiker ranholen. Als Allererstes einen Schlagzeuger.«

Ich überlegte.

»Wie wär's mit Waschbrett-Olsen«, sagte ich zögernd. »Er hat vielleicht nicht direkt Schlagzeug gespielt, aber …«

Munk spuckte über den Tisch.

»Du tickst wohl nicht richtig!«, brüllte er. »Waschbrett? Was stellst du dir überhaupt vor? Dass wir eine verdammte Dixielandband sein sollen, oder was? Pfui Teufel, du Hinterwäldler!«

»Ich bin kein Hinterwäldler«, sagte ich. »Dann lass dir doch was Besseres einfallen.«

»Ja, man muss sich jedenfalls verdammt anstrengen, um sich was Schlechteres auszudenken.«

Munk aß auf und schabte den Teller gründlich sauber.

»Das war gut«, sagte er.

»Was war das?«

»Das kann ich dir nicht sagen. Etwas, das die Potenz fördert. Es wär nicht gut für dich zu wissen, was da drin ist.«

Er streckte sich nach einer Schachtel Pillen auf dem Tisch.

»Ich habe angefangen, Vitamine zu nehmen. Das ist das Beste, auf das ich je gekommen bin. Ich fühle mich bald so fit wie ein Stück gegerbtes Leder.«

Die Schachtel kippte um, und die Pillen kullerten über den Fußboden.

»Da ist es der Schachtel gekommen«, sagte Munk. »Und ich hab sie nur angetippt. Der beste Orgasmus, den sie je hatte. Da siehst du, dass so manch einer seine Schäfchen ins Trockene bringt.«

Ich half ihm, die Pillen vom Fußboden aufzusammeln.

»Wo du die Höllenmaschine schon mitgebracht hast«, sagte Munk, »können wir ja ein Stück spielen. Ich will dich nur warnen, dass ich heute einen schlechten Tag habe. Der Teufel quält mich, und er ist noch schwerer loszuwerden als mein Onkel in der Hütte.«

»Der Teufel?«

»Plötzlich erscheint er dort drüben in der Ecke. Mitten in einem brillanten Gitarrensolo kommt er aus der Wand und schneidet Grimassen und streckt mir die Zunge heraus.«

»Tja«, sagte ich. »Du solltest dich nach einem Exorzisten umsehen.«

»Normalerweise werde ich selbst mit ihm fertig. Aber heute spielt er vollkommen verrückt. Weil ich noch so schwach bin vom Fest, und weil ich mit dem Fuß nicht richtig gehen kann.«

»Und weil du einen Knutschfleck hast«, sagte ich.

»Schnauze!«, sagte Munk. »Los, fang an. Wir nehmen etwas Altes und Klassisches. Black Magic Woman.«

»Darf ich im Chor mitsingen?«

»Lieber nicht«, sagte Munk. »Aber wenn es dir hilft, dich wie ein Mensch zu fühlen, dann lieber doch, wenn du nicht so laut brüllst. Aber stell erst eine Flasche auf den Tisch. Ich muss etwas haben, womit ich nach dem Teufel werfen kann, wenn er auftaucht. Als ich ihn zuletzt sah, trug er einen grünen Damenhut mit Straußenfeder und Schleier. Er denkt sich die schmutzigsten Tricks aus, um mich fertig zu machen.«

Munk schlug über die Saiten. Wir legten los. Es hörte sich an wie eine Mischung von Peter Green, Wild Man Fischer und Frankensteins Monster. Bong!, sagte mein Bass. Er hielt mit, dass es im ganzen Haus dröhnte. Wir konnten nur hoffen, dass die Leute in den Etagen unter uns nicht zu Hause waren.

»Da!«, schrie Munk und warf die Gitarre von sich. »Da ist er!«

»Wer?«, schrie ich. Ich begann langsam übernervös zu werden.

»Der Teufel!«, schrie Munk und zeigte mit zitterndem Plättchen in den Winkel.

Ich sah den Teufel zwar nicht, fand aber keinen Grund daran zu zweifeln, was Munk sah. Es war wohl nur nicht jedem gegeben, ihn zu sehen. Munk packte die Flasche und schleuderte sie an die Wand.

Glasscherben spritzten durchs ganze Zimmer.

»Das hat gesessen«, sagte Munk. Seine Augen waren wild, sein Atem ging schwer. »Mitten zwischen die Augen. Denke, das wird ihn eine Weile kleinlaut machen.«

Wir spürten beide einen starken Geruch von Schwefel im Zimmer, und ich stieß das Fenster auf.

»Jetzt habe ich mich entschlossen«, sagte Munk. »Wenn sogar der Teufel versucht, uns zu hindern, ist das ein Zeichen, dass wir auf dem richtigen Weg sind.«

REBEKKA

The song of love is a saaaaad song«, sang ich, wie Alan Price es einst gesungen hatte. Und der Fretex-Bass grummelte und tat und machte, dass sich das Lied von der Liebe über alle Maßen traurig anhörte. So traurig, dass ich den Bass weglegte und ausging. Musste das Lied von der Liebe wirklich so traurig sein? Im Oktober würde ich die Antwort bekommen. Ich bekam feuchte Hände bei dem Gedanken an Sandra, die dann wieder vor mir stehen würde. Ich war unzufrieden mit den Briefen, die ich ihr geschrieben hatte. Waren sie nicht ziemlich trocken und oberflächlich gewesen? In Sandras Briefen dagegen konnte ich sie in jedem Buchstaben riechen, und in jedem Komma sah ich ihre Hand.

Es regnete, und ich ging im Regen, um nass zu werden. Dieser sozialdemokratische Regen, der uns alle gleich nass machte. Ich kaufte Dagbladet bei einer Frau, die aussah, als wolle sie in Ohnmacht fallen, und schlenderte zum Ole Bulls Plass hinauf, um mir die Kinoplakate anzusehen. Stattdessen blieb ich stehen und starrte auf etwas anderes.

Unter all den Personen, die in der Geschichte von Munk und mir aufgetaucht sind, waren einige, die für immer aus ihr verschwanden, aus verschiedenen Gründen. Eine, die ich zu dieser Gruppe gerechnet hatte, war Rebekka. Doch hier, an diesem Regentag auf dem Ole Bulls Plass, stellte ich fest, dass ich mich geirrt hatte. Da stand nämlich Rebekka und versuchte herauszufinden, wann *Das Kabinett des Dr. Caligari* anfing, als sei sie in einem anderen Zeitalter. Sollte ich es wagen, sie anzusprechen? Sie, von der ich immer noch kaum mehr wusste als damals auf der Hüttentour und die ich nicht gesehen hatte, seit ich nach Paris abgereist war? Konnte ich es wagen, mich auf eine solche Wiederbegegnung mit dem Mystischen einzulassen? Die Antwort neigte sich dem Nein zu, als sie sich plötzlich umdrehte und mich sah. Sie lächelte und zeigte damit, dass sie mich wieder erkannte. Aber es war ein trauriges Lächeln. Auch sie war also nicht von dem verschont geblieben, das uns alle betroffen hatte. Das uns so traurig lächeln ließ.

»Hei«, sagte ich. »Ich habe geglaubt, du wärst schon längst in die ewigen Jagdgründe eingegangen.« Und bereute im selben Augenblick, was ich gesagt hatte. So etwas konnte man zu Rebekka nicht sagen. Das hätte ich wissen müssen.

»Ich bin aber hier«, sagte Rebekka. Ich hatte ihre Stimme vergessen, weil sie damals so wenig gesprochen hatte, aber es war eine gute Stimme. Es gab keinen Grund, dass sie nicht Gebrauch davon machte.

»Hast du *Das Kabinett des Dr. Caligari* gesehen?«, fragte sie.

»Ja.«

»Der soll ja gut sein.«

»Er ist gut«, sagte ich. »Ein Klassiker.«

Wir gingen zusammen über Torgalmenningen. Keiner von uns beiden hatte einen Schirm, wir passten also zusammen. Rebekka war schwarz gekleidet wie damals, trug aber keine Brille. Konnte sie zu Kontaktlinsen übergegangen sein?

»Es geht mich zwar nichts an«, sagte ich, »aber ich sehe dir an, dass du aus irgendeinem Grund traurig bist.«

Auch nicht gerade eine passende Bemerkung einer Frau gegenüber, von der ich so gut wie nichts wusste.

Ich betrachtete Rebekkas Nase. Ich wünschte mir, sie hätte eine Nase wie ein Hase. Das würde es viel leichter machen, mit ihr zu reden. Aber sie hatte keine Hasennase. Sie hatte eine Nase, zu der man nur schwer sprechen konnte.

»Es liegt wohl am Regen«, sagte Rebekka. Sie wandte sich mir zu, um zu sehen, ob ich ihr glaubte, was sie sagte. Das tat ich nicht.

»Ja«, sagte ich. »Wir müssten einen Schirm haben. Der würde sich jetzt gut machen. Ich kannte einmal einen Typen, der einen Schirm hatte. Es war noch dazu ein blauer Damenschirm.«

»Wirklich?«, sagte Rebekka.

Dann wusste ich nichts Witziges mehr zu sagen. Es musste eben gehen, wie es ging. Ein grauer Fiat kam bei Sundt angefahren. Der Fahrer war der Vorsitzende des

Norwegischen Blindenverbands. Er hatte seine dunkle Brille auf. Auf dem Beifahrersitz saß sein Blindenhund und sagte ihm, wie er fahren musste.

»Hast du das gesehen?«, fragte ich. »Das war der Vorsitzende des Norwegischen Blindenverbands.«

»Ich hab's gesehen«, sagte Rebekka.

Das war danebengegangen. Jetzt würde es wieder still werden, wenn man einmal vom Geräusch des Regens absah. Und das tat ich.

»Ich habe gehört, dass du in Paris warst«, sagte Rebekka.

»Stimmt«, sagte ich. »Aber das ist schon eine Weile her.«

»Ich würde gern nach Paris fahren.«

»Ich kann es dir wirklich empfehlen«, sagte ich. »Aber es ist teuer geworden.«

Na also. Jetzt waren wir doch in Gang. Sollte keiner kommen und etwas anderes sagen.

»Und die, mit der du zusammen warst«, sagte Rebekka. »Die Blonde. Wie hieß sie noch?«

»Sandra«, sagte ich. »Ich bin immer noch mit ihr zusammen. Sie ist ein Jahr in Trondheim gewesen, aber sie kommt jetzt bald zurück. Sie hat zusammen mit ein paar anderen eine Werkstatt in der Steinkjellergate gemietet.«

»Sieh an«, sagte Rebekka.

Wären wir nur in *Singin' in the Rain* gewesen. Statt Gene Kelly und dieser Frau da, dann hätten wir jetzt über den ganzen Torgalmenning steppen können und einander uneingeschränkt verstanden, ohne ein Wort zu sagen.

Rebekka fasste meinen Arm.

»Willst du wirklich wissen, was los ist?«, fragte sie.

»Ja.«

»Mein Vater ist heute gestorben«, sagte Rebekka.

Sie hatte also einen Vater gehabt, wie andere auch.

Aber es machte die Sache nicht besser, dass ich jetzt wusste, warum sie so traurig aussah. Jetzt wurde von mir erwartet, dass ich etwas sagte, und in solchen Situationen wusste ich nie, was ich sagen sollte. Natürlich war es traurig, dass er tot war, aber ich hatte ihn nie gesehen.

»Du brauchst nichts zu sagen«, sagte Rebekka. »Ich wollte dich nicht in Verlegenheit bringen.«

»Es tut mir Leid«, sagte ich. »Ich bin so dumm in so etwas.«

»Wer ist das nicht?«

Ich weiß nicht, woher die Idee kam und warum. Auf jeden Fall gab es keinen Grund dafür, dass es so kam. Wahrscheinlich war es der Teufel, der Munk ein paar Sekunden in Frieden lassen wollte und stattdessen mich quälte.

»Kommst du heute Abend mit ins Restaurant ... essen?«, fragte ich. Ich hörte mich an wie der letzte Playboy. Ich sagte nicht, dass ich sie trösten wollte, weil ihr Vater gestorben war, aber das verstand sie auch so.

»Huh«, sagte sie und lächelte ein wenig. »Ja, warum nicht. Wohin gehen wir?«

IM JAHR 2000: INSEKT

Ich hütete mich, Munk vor dem Abend zu treffen. Es würde sich nicht so gut machen, fand ich, wenn ich ihm erzählte, dass ich mit Rebekka ins Restaurant gehen wollte (der erste Restaurantbesuch meines Lebens). Wer konnte wissen, was für ein Bodensatz da aufgerührt werden würde.

Ich sah ein, dass sie mich in meiner Hansa-Jacke nicht reinlassen würden, also zog ich einen schwarzen Kordanzug an, der aussah, als sei er nie von Menschenhand berührt worden, obwohl er viele Jahre alt war. Aber das hatte einen Grund: Ich hatte ihn vorher nie getragen, und es gab keinerlei vertrauten Müll in den Taschen. Ich tat deshalb einen kleinen runden Stein in die rechte Jackentasche.

Rebekka wartete schon, sie hatte den schwarzen Ledermantel an. Sie zog ihn an der Garderobe aus, darunter trug sie ein schwarzes Kleid mit nackten Schultern. Auf der linken saß ein Muttermal.

Ich gab mir Mühe, nicht zu viel auf die weißen Schultern und das Muttermal zu schauen.

Drinnen spielten sie gedämpfte Musik (aus *Oklahoma*), und Rebekka setzte ihre Brille auf. Wohl um die Musik besser zu sehen. Ich selbst hatte keine Brille, die ich aufsetzen konnte, und fühlte mich ein bisschen ausgeschlossen.

Zu unserem Glück bekamen wir einen intimen Tisch mit rotem Tischtuch und Kerze in einer Ecke. Das Orchester spielte die gedämpften Melodien von Richard Rogers; sie trugen rostrote Anzüge, die gleiche Farbe wie die Züge der Norwegischen Staatsbahnen. Ich war aus mehr als einem Grund froh, dass Munk nicht da war. Ihm würde diese Musik nicht gefallen haben.

Rebekka sah mich lächelnd an. Das Traurige war fast

verschwunden (oder war ich nur nicht sensibel genug, es zu sehen?), obwohl ihr Vater jetzt kaum weniger tot sein konnte als am Vormittag.

»Du bist so höflich, Munk nicht zu erwähnen«, sagte sie. »Aber das brauchst du nicht. Ich weiß etwas von Munk, das du, glaube ich, nicht weißt.«

»Aha?«, sagte ich. Ich erwartete großartige Sachen.

»Er hat eine Tasse, die er ganz hinten in seinem Schrank versteckt.«

»Eine Tasse?« Auch wenn es seltsam genug sein mochte, entsprach es doch nicht ganz meinen Erwartungen.

»Und weißt du, was darauf steht?«

»Nein«, sagte ich. Jetzt kamen wir also zum Kern der Sache.

»›Fixer Bengel, Munk‹!«

Ich musste lachen und prustete übers Tischtuch.

»Nein ... sag bloß«, sagte ich. »›Fixer Bengel, Munk‹?«

»›Fixer Bengel, Munk‹.«

Wir heulten beide vor Lachen. Die Kellner sahen zu uns herüber, und das Orchester spielte ein wenig lauter.

»Das ist das Schärfste, was ich je gehört habe.«

»Ich dachte mir, dass es dir gefallen würde.«

Ich wünschte mir, ich hätte etwas ähnlich Gutes über Munk zu erzählen, aber das hatte ich nicht. Mir fiel nur ein, wie er die leere Flasche nach dem Teufel geworfen hatte, aber das reichte nicht annähernd daran.

Rebekka hörte es trotzdem gern.

»Er hat es immer mit der Religion gehabt«, sagte sie. »Und jetzt quält ihn also der Teufel. Ja, ja.«

»Irgendetwas ist es immer«, sagte ich.

Wir bestellten dies oder jenes zu essen. Es sah fein und teuer aus. Auf jeden Fall für solche Connaisseure wie mich, im Kordanzug mit einem Stein in der Jackentasche. Rebekka schien eher daran gewöhnt zu sein, dergleichen zu bestellen, und ich ließ sie den Wein auswählen. Ich warf einen raschen Blick auf das Muttermal, um zu sehen, ob es noch da war, und es war an seinem Platz. Wenn Rebekka sich vorbeugte, glitt es ein wenig nach oben. Interessant.

Ich dachte an unsere Hüttentour, damals vor anderthalb Jahren (war es so lange her?), als wir glaubten, Rebekka könne nicht sprechen, und sie uns vor dem unheimlichen Monopolkapitalisten mit dem Gewehr rettete. Ich fragte mich, ob Rebekka einem der anderen Mädchen glich, die ich gekannt hatte. Glich sie nicht ein wenig Marie-Claire? Nein, das tat sie nicht. Paulette? Noch weniger. Annette? Keine Rede von. Inger? Nicht die Spur. Rebekka glich niemandem. War sie auch einmal Munks Freundin gewesen, so war sie doch immer sie selbst geblieben. Und ich wusste, dass zwischen ihr und mir nie mehr sein würde als das, was jetzt war, hier an diesem Tisch bei gedämpfter Musik, während wir auf etwas zu essen warteten, das einen geheimnisvollen Namen hatte, sich aber wahrscheinlich ganz einfach als Pfeffersteak mit gebackener Kartoffel herausstellen würde.

Ich fing an, von Munks und meiner Band zu erzählen, dass wir in einem Monat zusammen mit anderen hiesigen Gruppen im Nygårdsparken unser Debütkonzert geben würden. Es war der Start einer neuen Rockszene in Bergen. Rebekka hörte interessiert zu. Das Pfeffersteak schwebte heran.

»Munk hat einen Brief an Johnny Rotten geschrieben«, sagte ich.

»Wer ist das?«

»Der Sänger der Sex Pistols, einer englischen Punkgruppe. Die *God save the Queen* gesungen und beim Jubiläum der Königin einen Skandal verursacht haben.«

»Und was hat er ihm geschrieben?«

»Er hat ihn um Rat gebeten, wie man eine neue Gruppe startet und so.«

»Munk hat um Rat gebeten? Ja, ja. Das muss bedeuten, dass er es nötig hat. Er fängt wohl an, sich für so etwas zu alt zu fühlen.«

»Er ist wie Pete Townshend«, sagte ich. »Er fühlt sich wie ein Vater dieser Neuen und Wilden.«

»Und was ist mit dir?«

»Ich spiele Bass«, sagte ich. »Ich bin ein *silent bassist*. Ich soll nur im Schatten stehen und phlegmatisch aussehen.«

»Das dachte ich mir.«

Sie wollte wissen, was mit Munk und der Politik war. Ich erzählte, dass es damit abwärts gegangen sei seit vor der Wahl.

»Aber eine Wahlfete hatten wir. Im Vorhinein. Und das gesamte Zentralkomitee landete hinter Gittern.«

»Ja, das hätte ich mir denken können.«

»Und Munk hatte einen großen Knutschfleck«, sagte ich. Jetzt sollte alles auf den Tisch, es gab keinen Grund, mit irgendetwas hinter dem Berg zu halten.

Rebekka lächelte.

»Es ging nicht mit ihm und mir«, sagte sie. »Ich

musste Schluss machen. Aber manchmal hat es Spaß gemacht.«

Rebekka begann von einer Fernsehsendung zu erzählen, die sie gesehen hatte. Einer Sendung über Pilze.

»Was für Pilze?«, fragte ich.

»Alle Arten von Pilzen. Es war wahnsinnig interessant. Wie Pilze absolut alles essen können, wenn sie nur Zeit haben. Sie können sich sogar durch große Hängebrücken aus Stahl hindurchfressen?«

»Au weia«, sagte ich.

»Stell dir das vor«, fuhr Rebekka fort. »Stell dir vor, wir fänden eine Möglichkeit, die Pilze zu kontrollieren und sie auf die ganzen Waffenlager in der Welt loszulassen. Die Atombomben von Pilzen gefressen. Nur ein paar Gerippe bleiben übrig.«

»Ein schöner Gedanke«, sagte ich.

»Es würde natürlich dauern, aber ganz unrealistisch ist es nicht. Wenn man einen Stoff entwickelt, der den Prozess beschleunigt.«

»Lass uns auf die Pilze trinken«, sagte ich. »Auf alle Pilze, früher wie heute!«

Wir aßen und redeten ein wenig über den Schnee vom letzten Jahr. Der war längst geschmolzen. Rebekka sah aus, als habe sie ihren Vater vergessen. Ich dachte darüber nach, wie ich reagiert hätte, wenn es mein Vater gewesen wäre. Ob ich ins Restaurant gegangen wäre und Pfeffersteak gegessen und mich über Pilze unterhalten hätte? Ich glaubte es nicht. Hätte ich geweint? Es könnte sein, dass ich ein bisschen geweint und darüber nachgedacht hätte, was ich hätte tun können, damit wir uns näher gewesen wären, als er noch lebte. Wie wir zusammen zum Fischen hätten fahren und Ski springen können.

Rebekka sah mich an.

»Du denkst, dass ich mich seltsam verhalte«, sagte sie.

Ich kratzte meinen Teller leer.

»Nein«, sagte ich.

»Ich erzähle dir eine Geschichte von meinem Vater«, sagte Rebekka. »Und ich bin sicher, dass sie dir gefallen wird.«

Ich nickte, dass sie mir gefallen würde.

»Meine Eltern waren die letzten fünfzehn Jahre geschieden. Ich besuchte meinen Vater nur dann und wann. Eines Tages im Sommer, als ich ihn besuchte, stand er draußen im Garten und stampfte mit den Füßen. Ich fragte ihn, wozu das gut sein sollte. Ich trete auf alle Insekten, die ich sehe, sagte er barsch. Warum denn?, fragte ich. Weißt du nicht, dass es im Jahr 2000 nur noch Insekten auf der Erde gibt?, sagte er. Alles andere ist ausgestorben. Aber die Insekten werden überleben. Deswegen zertrete ich sie. Da ist so ein kleiner Teufel, der das Jahr 2000 jedenfalls nicht erleben wird. Stampf! Und da noch einer. Stampf! Und noch einer. Stampf! Stampf!«

Rebekka lächelte.

»In gewisser Weise fehlt er mir.«

»Ja«, sagte ich und hätte beinah hinzugefügt, dass er mir auch fehlte.

Die Leute um uns hatten angefangen zu tanzen, und die rostroten Eisenbahn-Männer im Orchester sahen zufriedener aus. Bald kommt der Schaffner und knipst unsere Fahrkarten, dachte ich.

»Wollen wir tanzen?«, fragte Rebekka.

»Mmm ...«, sagte ich.

Mein Zögern hatte nichts damit zu tun, dass ich nicht gern mit Rebekka getanzt hätte, sondern damit, dass ich nicht tanzen konnte. Ich hatte es nie gelernt, was immer ein schreckliches Problem für mich gewesen war. Soweit ich wusste, war ich so ziemlich der einzige Mensch, der nicht tanzen konnte. Ich war ja gezwungen gewesen, es hier und da zu versuchen, und hatte dabei mehrere Mädchen urglücklich gemacht.

»Ich kann nur nicht tanzen«, sagte ich.

Rebekka stand auf.

»Das macht nichts. Komm!«

Es machte nichts? Ja, wenn *das* nichts machte, dann würde ich es tatsächlich auf mich nehmen, sogar bis zum Jahr 2000 zu überleben.

Rebekka drückte mich an sich. Dass sie ein paar Zentimeter größer war als ich, störte mich nicht. Ich versuchte, sie zu führen, wie ich glaubte, dass es sich gehörte. Ich schloss die Augen.

Es war Zeit, zu bezahlen und zu gehen. Rebekka sah froh aus.

»Danke für den schönen Abend«, sagte sie.

Es war die ganze Zeit klar gewesen, dass ich bezahlen würde. Warum sah ich dann plötzlich so weiß und elend aus? Ich hatte angefangen, in meinen Taschen zu wühlen. Immerhin, der Stein war da, sicher und rund. Aber die Brieftasche. Das Sicherheitsgefühl hatte mir so viel bedeutet, dass ich nicht auf etwas so Vulgäres und Weltliches gekommen war, wie meine Brieftasche einzustecken. Sie steckte in der Gesäßtasche meiner Jeans, die ich irgendwo in meiner Bude hingeworfen hatte.

Ich wusste nicht, woran ich näher war: zu sterben oder in die Hose zu machen. Mir war, als liefe der Kordanzug ein und würde zu dem Konfirmationsanzug, aus dem ich vor zehn Jahren schon herausgewachsen war, und ich fühlte förmlich, wie die Konfirmationspickel durch die Haut brachen.

»Ist dir schlecht?«, fragte Rebekka. »Du siehst so blass aus.«

»Ich ... ich muss nur mal raus«, sagte ich. »Einen Augenblick nur.«

Ich versuchte, tapfer zu lächeln.

»Soll ich dir helfen?«

»Nein, nein.«

Ich stürzte zum Eingang. Wo war denn nur das Telefon? Da. Obwohl ich die Nummer im Kopf hatte, verwählte ich mich. Kronenstücke! Ich bat die Garderobenfrau, mir welche zu leihen, sie konnte sie nachher dazurechnen, wenn wir unsere Mäntel abholten. Widerwillig ließ sie sich darauf ein.

Ich hörte es am anderen Ende der Leitung klingeln. Es klingelte und klingelte. Klingelte wieder. Also war alles verloren.

»Hallo«, sagte eine Stimme.

»Munk!«, heulte ich. »Bist du es?«

»Teufel und Teesieb, willst du, dass mir die Ohren abfallen, du eingeschlechtlicher Wurm?«

»Munk, du musst mir helfen«, stöhnte ich. »Ich bin in äußerster Lebensgefahr und Erniedrigung.«

So etwas hörte Munk gern. Nun konnte er den sympathischen Landesvater spielen, ruhig und bedächtig zuhören und mir dann einen Klaps auf die Schulter geben.

Ich ratterte im D-Zugtempo durch die ganze Geschichte (unterschlug allerdings, dass die Frau, mit der ich zusammen war, Rebekka hieß) und flehte ihn an, mit meiner Brieftasche geflogen zu kommen.

Es wurde still am anderen Ende. Still wie ein bombardiertes Scheißhaus. Dann war ein hässliches Geräusch zu hören.

Zuerst hörte es sich an, als ob jemand eine Bierflasche öffnete. Dann war es, als ob jemand das Etikett abrisse, und danach, als führe eine Lokomotive mit einer Motorsäge und einer Fischentgrätungsmaschine um die Wette.

Munk lachte. Er hüpfte auf dem Fußboden im Parteibüro umher und brüllte vor Lachen, sodass die Telefondrähte sich verhedderten und man kein Wort mehr sagen konnte.

DAS GEISTERHEER DES BÖSEN

Munk gab nicht auf. Er hatte seine Vertretung am Laksevåg Gymnasium verloren.

»Das kratzt mich überhaupt nicht«, sagte er. »Warum soll ich mich dabei verschleißen, antikommunistischen Gymnasiasten in grotesken Daunenjacken die Wahrheit zu erzählen? Der Kommunismus wird von unten herauf aufgebaut und stärker werden als je zuvor. Guck dir die Enten da draußen an, geht es denen etwa nicht besser, seit sie unter dem Kommunismus leben?«

Wir saßen auf einer kalten Bank im Stadtpark von Bergen, immer noch dem einzigen Ort in Norwegen, wo der Kommunismus eingeführt war, und betrachteten eine Schar Stockenten, die unter kommunistischer Herrschaft umherschwammen und Würmer in den Bauch kriegten.

»Doch«, sagte ich. »Überhaupt keine Frage, dass es ihnen jetzt besser geht.«

»Was meinen Schwanz zum Schrumpfen bringt, ist diese ganze Zersplitterung und all der Streit. Ich werde jetzt eine große und einigende kommunistische Partei aufbauen, in der für alle Platz ist. Alle, die unzufrieden sind und sich abrackern und schwer zu tragen haben. Es wird eine kommunistische Partei sein, in der es allen gut gehen soll, mit viel Freizeit für alle, viel Liebe und guten Orgasmen, und Zigarren.«

»Zigarren?«, sagte ich. »Hat das was mit Kommunismus zu tun?«

»Das hat verdammt viel mit Kommunismus zu tun. Erinnerst du dich noch daran, als das Zentralkomitee den Kommunismus definieren sollte? Ich bin zu der Auffassung gekommen, dass vieles von dem, was sie damals gesagt haben, richtig war. Ich hätte mehr auf das Volk hören sollen. Es war vielleicht nicht richtig von mir, sie mit ins Sommerlager zu nehmen und ihnen so bescheuert die Gehirne zu waschen. Und dann du. Dich habe ich sogar einmal aus der Partei ausgestoßen. Das war dumm von mir. Ein politischer Fehlgriff. Wenn du willst, werde ich dich rehabilitieren.«

»Oh, so schlimm ist es nicht.«

»Ich habe einen Kardinalfehler begangen«, fuhr Munk fort. »Ich habe der Tatsache zu wenig Gewicht beigemessen, dass es sich um einen Kampf zwischen Gut und Böse handelt, in religiöser Bedeutung.«

»Aha«, sagte ich.

»Warum glaubst du, würde der Teufel sonst bei mir zu Hause in der Ecke sitzen und sich in meine Gitarrensolos einmischen? Doch nur, weil ich Kommunist bin. Ich bin sein Erzfeind. Wenn mir nur einer eine Kanzel zur Verfügung stellen würde, hätte ich keine Probleme damit, die Partei vom Stapel zu lassen. Kommt in die Partei, würde ich rufen. Holt euch noch heute das Mitgliedsbuch. Lasst das Bürgertum und die Rechte liegen und mit dem Leviathan und der Hure Babylon ihr Süppchen kochen. Bahn frei für Bethausbasare und Kopenhagener Gebäck! Auf zum Kampf gegen das Geisterheer des Bösen auf sicherem biblischem Grund!«

Es ging auf den Herbst zu, und es wurde einem kalt davon, auf dieser Bank zu sitzen, selbst auf kommunistischem Territorium. Eine bleiche Sonne ging hinter dem Elektrizitätswerk unter.

Für Munk mag es so gewesen sein, dass etwas anfing, aber mir kam es mehr wie ein Ende vor. Es konnte natürlich etwas sein, das endete, damit etwas anderes beginnen konnte, aber mir war nicht richtig klar, was das sein sollte. Ich hatte jetzt viel versucht, aber alles endete damit, dass ich wieder allein dastand, nass und verfroren, mit verstimmter Mundharmonika und ohne ein Fitzelchen mehr an Einsicht, als ich vorher gehabt hatte. Die Welt war ein großer und feindseliger Ort, wo nichts mehr zusammenzuhängen oder einen Sinn zu haben schien. Munk konnte gern weiter gegen das Geisterheer des Bösen kämpfen, aber ich war nicht sicher, dass ich ihm dabei folgen würde. Für mich stellte es sich so dar, dass die Krise des Kapitalismus schuld daran war, dass ich in der Patsche saß. Indem sie die Heringsölfabrik dichtgemacht und mich daran gehindert hatten, den Rest meines Lebens dort zu verbringen, hatten sie mich an einem Ort ausgespien, an dem ich nicht zu Hause war und wo mir alles danebenging.

Nur zwei Dinge hielten mich davon ab, ins Wasser zu springen:
1. Ich spielte Bass in Munks Band, eine einigermaßen sinnvolle Aufgabe. Was ist eine Band ohne Bass?
2. Ich würde die Liebe wieder finden, und die hieß Sandra, und wenn die Musik zu Ende war, würde ich mich darauf zurückziehen. Es würde nicht alles gut sein, aber es würde ab und zu gut sein. Gerade genug, dass es sich lohnte, jeden Morgen aufzustehen und weiterzumachen.

»Ich begreife dich nicht«, sagte ich zu Munk. »Wie schaffst du es, dass alles für dich so sinnerfüllt ist, wenn die ganze Welt wahnsinnig ist und es für die Menschen keine Hoffnung gibt. Du belügst dich selbst und andere.«

Munk grinste.

»Für die Menschen gibt es vielleicht keine Hoffnung«, sagte er. »Aber für mich und dich, die Cleveren, für uns gibt es Hoffnung. Für mich und dich, den Teufel und seine Großmutter und noch ein paar andere. Was erwartest du mehr? Wie heißt er noch, dein Kumpel hinter den Mauern hier hinter uns? Wa …«

»Waglen«, sagte ich.

»Waglen, ja, für den gibt es Hoffnung. Wie Lenin sagt, Hoffnung hängt am Angelhaken.«

Die Sonne war untergegangen. Ein Betrunkener stand hinter uns und rief in den beginnenden Herbst hinaus: »Was beweist das? Dass sie Arschlöcher sind, das beweist es.«

»Komm, lass uns«, sagte Munk. »Wir gehen und spielen ein Stück. Scheiß auf die ganzen Insekten, die im Jahr 2000 alles übernehmen. Jetzt wird hier verdammt noch mal überlebt, Leute!«

DIE MUSIKER KOMMEN

Ein Journalist von Bergens Tidende kam, um mit Munk zu reden. Dass er jetzt, nach zehnjährigem Schweigen, wieder eine Band startete, erschien ihnen so interessant, dass sie ein Interview mit ihm auf der Jugendseite der Samstagsnummer bringen wollten.

Der Journalist war jung und schwitzte fürchterlich. Ich war in meiner Eigenschaft als Parteisekretär und Bassist anwesend. Munk hatte die Nacht gut geschlafen, eine halbe Flasche gewöhnlichen Rotwein getrunken und war in Form.

»Früher«, sagte Munk zu dem Journalisten, »da haben wir nicht die Gesellschaft analysiert, da haben wir nur das Gaspedal durchgetreten.«

»Ja, du bist ja früher einmal Automechaniker gewesen«, sagte der Journalist.

»Genau«, sagte Munk. »Ich benutze gern eine Fachterminologie, in der ich mich auskenne. Wenn du verstehst, was ich meine.«

Der Journalist machte Notizen.

»Und was für eine Musik willst du mit der neuen Gruppe spielen?«

»Ich habe eine schöne Erinnerung«, sagte Munk und hörte gar nicht zu. »Die musst du reinbringen. Vielleicht die schönste Erinnerung, die ich habe. Ich saß in der Badewanne zusammen mit Barbra Streisand und leckte ihr die nassen Titten.«

Der Journalist hüstelte. Er sah mich an, als erwarte er Hilfe von mir. Es lief nicht so, wie er sich das vorgestellt hatte.

»Schleck, schleck«, machte Munk und rollte mit den Augen.

Ich fragte den Journalisten, ob er Wein wolle. Er wollte nicht.

»Das ist mein Bassist«, sagte Munk. »Der hat einen bäuerlichen Hintergrund und trinkt unglaublich viel Wein. Er ist ein Shadows-Fan. Wenn ich nicht aufpasse und bremse wie der Teufel, würden wir immer nur *Apache* in 279 Versionen spielen. Das musst du schreiben. So etwas wollen die BT-Leser wissen. Jetzt kommen wir gleich zu meinem Sexualleben.«

Der Journalist zögerte. Er war im Zweifel, ob er das aufschreiben sollte oder nicht. Dann entschied er sich dafür, alles mitzuschreiben. Man konnte ja nie wissen. Er sah wieder mich an.

»Musst du dir anhören«, sagte ich. »Das ist einsame Spitze.«

»Vielleicht nehme ich doch ein Glas Wein.«

»Du musst nicht *dem* nacheifern, wenn es um Wein geht«, sagte Munk ernst. Er legte dem Journalisten die Hand auf die Schulter und sah ihm in die Augen. »Sonst gibt es noch 'ne Promillereportage in Bergens Tidende. Und damit ist wohl niemandem gedient.«

Der Journalist trank einen Schluck und hüstelte wieder.

»Was für ...«

»...eine Lebenseinstellung ich habe?«, vollendete Munk. »Na, eigentlich bin ich ein typischer Altkommunist, sowohl in meiner Denkart als auch in meinem Lebensstil. Ich weiß, wo ich hingehöre. Du kannst dich geehrt fühlen, dass wir dir ein Interview geben für das beschissene Bürgerblatt, von dem du kommst. Das kannst du deinem Redakteur ruhig von mir bestellen. Wenn die Revolution kommt, machen wir Hackfleisch aus ihm. Dann kommt es darauf an, dass du weißt, auf wessen Seite du stehst. Weißt du das?«

Der Journalist nahm einen gehörigen Schluck und fing an zu husten.

Munk klopfte ihm auf den Rücken.

»Zum Schluss ... hust hust ... vielleicht noch ein bisschen über Musik.«

»Zum Schluss?«, sagte Munk. »Es kann doch noch nicht Schluss sein. Nun, die Musik, also die ist alles. Für uns alte Rocker. Musik und Politik, davon leben wir. Das hilft uns im Kampf gegen das Geisterheer des Bösen. Hast du alles? Molto bene.«

»Habt ihr ein Vorbild für die Musik, die ihr jetzt ...«

»Mein Ideal«, sagte Munk, »ist Mickymaus, immer gewesen, und wird es immer sein. Aus leicht verständlichen Gründen. Am besten finde ich ihn natürlich als Detektiv. Da ist er unüberwindlich und eine unschätzbare Hilfe für Polizeimeister Hunter.«

Die Zeit begann knapp zu werden. Der Sand rann schneller und schneller. Nur noch zwei Wochen bis zum Konzert, und uns fehlten noch immer Musiker. Ein Schlagzeuger und ein Gitarrist. Munk hatte eine Annonce in die Zeitung gesetzt, und an diesem Nachmittag kamen die Interessenten ins Parteibüro, um vorzuspielen.

Als wir kamen, saßen vier oder fünf Leute mit Gitarren und zwei mit Trommeln da.

»Okay«, sagte Munk. »Ich bin Munk. Bitte der Nächste. Eventuelle Antikommunisten können sofort nach Hause gehen.«

Einer der Gitarristen stand auf und ging, und Munk warf ihm einen leeren Milchkarton hinterher.

»Lass dir das eine Lehre sein«, sagte er. »So, wer kommt zuerst?«

Der Erste hatte krause, schmutzige Haare bis auf die Schultern, eine runde Brille und einen afghanischen Schafspelz.

»Na gut«, sagte Munk. »Wenn du nur die Leute anlockst, dann. Kennst du dieses gute alte norwegische Lied?

Oh, du herrlicher Branntwein,
du kamst in unser Land.
Wir wollen brauen und brennen
und trinken all miteinand.«

»Ich glaube nicht«, sagte der Schafspelzmann. Er hatte eine Stimme wie ein kastrierter Außenbordmotor.

»Dann können wir dich an der Gitarre nicht brauchen«, sagte Munk. »Raus mit dir, und schick den Nächsten rein, wenn er es wagt.«

Munk wischte sich den Schweiß von der Stirn und sah mich zufrieden an. Er bemerkte meine Skepsis.

»Solche Methoden habe ich im Pädagogik-Seminar gelernt«, sagte er. »Die darfst du nicht in Zweifel ziehen. Sonst geht es dir schlecht.«

Auch der Nächste, der kam, hatte schulterlanges Haar und einen Afghanenpelz, aber eine dunkle Sonnenbrille.

»Hast du deine Gitarre mit?«, fragte Munk.

Er packte die Gitarre aus dem Koffer.

»Spiel was«, sagte Munk.

Er stöpselte die Gitarre ein und begann etwas zu spielen, das sicher ein biodynamisches und kosmisches Gitarrensolo sein sollte. Er wand sich wie in Krämpfen, warf das Haar, zog die Nase kraus und verzog den Mund zu hässlichen Grimassen, sodass alle seine gelben Zähne sichtbar wurden.

Munk und ich warteten auf das Ende des Solos, aber es zog sich hin. Der Junge hatte ein gewaltiges Ausdrucksbedürfnis.

Munk stand auf und legte ihm die Hand auf die Schulter.

»Das reicht«, sagte er mild. »Feine Musik. Gelungene Grimassen und alles. Du bist nur in der falschen Zeit zu Hause. Wir brauchen keine Gitarrensolos. Und falls wir eins brauchen, dann spiele ich das selbst. Klar? Die Zeiten von Alvin Lee und dem Mahavishnu-Orchester sind vorbei. Und jetzt raus mit dir. Husch husch!«

Munk setzte sich. Der Schweiß lief ihm in Strömen herunter.

»Es ist, wie ich es befürchtet hatte«, murmelte er. »Nur

solche Gemüseesser, die in den letzten zehn Jahren nichts kapiert haben. Hol den Nächsten rein.«

Ich öffnete die Tür. Zwei Gitarristen und zwei Schlagzeuger saßen noch da.

»Seid ihr noch nicht gegangen?«, rief Munk. »Ich sag euch nur eins: Wer den Test nicht schafft, dem schneide ich drei rote Streifen in den Rücken und streue Salz hinein.«

Der Nächste war ein kleiner Bursche mit Krauskopf und Jeansjacke und einem ordentlich bis zum Hals zugeknöpften Hemd. Munk sah ihn resigniert an.

»Was für Musik magst du?«

Der Bursche lächelte.

»Crosby, Stills, Nash & Young. Flying Burrito Brothers. New Riders of the Pur ...«

»Du kannst nach Hause gehen«, sagte Munk. »Für heute ist Schluss. Ihr könnt alle nach Hause gehen!«, brüllte er. »Nehmt euren Mist mit und verschwindet.«

Ich machte das Fenster auf. Draußen war herrliche Luft. Der Herbst mixte gerade die Zutaten, bevor er eingoss.

»Willst du es mit einer neuen Annonce versuchen?«, fragte ich.

»Nie im Leben. Nur über meine Leiche. Eher reiß ich mich in Stücke. Kennst du denn verdammt noch mal keinen Schlagzeuger? Was ist eigentlich los mit dir?«

»Nichts ist los mit mir«, sagte ich sauer. »Meine Mutter hat sich jedenfalls nie beklagt.«

»Deine Mutter hat ja nur Scheiße im Kopf.«

»Hat sie nicht.«

»Doch, hat sie.«

Statt mich aufzuregen, fing ich an nachzudenken, was tatsächlich zu einem Ergebnis führte.

»Waglen!«, rief ich.

»Wer ist das denn?«

»Du weißt schon. Der im Knast.«

»Ach der«, sagte Munk. »Und was ist mit dem?«

»Der hat Schlagzeug gespielt in einer Band, als ich in die Realschule ging. Und gut war er auch, besonders wenn er einen im Kahn hatte.«

»Er ist engagiert«, sagte Munk. »Dann steht die Besetzung. Ruf die Zeitungen an. Wir kommen mit drei Mann aus. Und falls wir noch einen brauchen, setzen wir den Teufel an einer zweiten Gitarre ein.«

»Hat die Sache nicht einen kleinen Haken?«, sagte ich.

»Und was für ein Haken sollte das sein?«

»Wir müssen Waglen aus dem Knast rausbekommen.«

»Das ist doch ein Klacks«, sagte Munk. »Wirklich nur ein Klacks. Wir haben doch ein Seil. Und du backst einen Kuchen.«

DER MENSCH

Der Mensch, dachte ich, dieses wunderliche Tier, das über dem Wasser schwebt. Es geht auf und ab mit ihm, aber ganz selten einmal schwingt er sich zu schwindelnden Höhen von Größe auf.

Ein solcher Höhepunkt war ohne Zweifel der Abend, an dem Munk und ich Per Waglen aus dem Kreisgefängnis befreien wollten, damit er in unserer Band Schlagzeug spielte.

Die Nacht war dunkel und feucht und ließ mich an gewisse andere Dinge denken, die dunkel und feucht waren. Schon komisch.

Über der Schulter trug ich ein zusammengerolltes, dickes Seil. Munk hatte eine Flasche Rotwein in der Jackentasche. Ob es der übliche war, konnte man nicht sehen.

Unsere Schritte klapperten auf dem Bürgersteig, und von irgendwo oben am Berghang konnten wir ein paar Eulen und einen Raben schreien hören. Ich hoffte, dass alle Polizisten jetzt im Bett lagen, wie es sich gehörte, und dass sie ein paar ordentliche Schnäpse zu sich genommen hatten, bevor sie einschliefen.

»Bist du sicher, dass er den Kuchen bekommen hat?«, fragte Munk leise.

»Ganz bestimmt. Ich habe ihn ihm doch persönlich gegeben.«

Es war ein Apfelkuchen gewesen. Und ein gelungener dazu, mit massenweise goldbraunen Apfelstücken und einem Schuss Kognac.

»Und du bist sicher, dass die Feile nicht rausguckte?«

»Bist du verrückt, Mann? Von der Feile war keine Spur zu sehen. Die hielt sich versteckt.«

»Nun gut, wir werden ja sehen, wie Marx zu sagen pflegte.«

Wir hörten wieder den Raben schreien, und im selben Augenblick sahen wir die dunklen Mauern des Kreisgefängnisses unmittelbar vor uns. Der Stacheldraht oben auf der Krone war ein Problem. Wir konnten nur hoffen, dass Waglen sich in Acht nahm.

»Kennst du kein passendes Lied, das wir jetzt singen könnten?«, sagte Munk.

»Ich glaube nicht, dass dies der passende Zeitpunkt ist«, erwiderte ich. »Ich glaube, jetzt ist eine Zeit des Schweigens angesagt.«

Die Lichter funkelten auf dem Lungegårdsvatnet. Über uns stand drohend das teure Rathaus und fing uns in seinen Schatten ein. Ich dachte: Wenn sie sie nun austauschten, diejenigen, die im Kreisgefängnis saßen, ins Rathaus setzten und umgekehrt, sie den Job tauschen ließen. Welche Veränderung würde das bewirken? Keine. Es würde überhaupt keine Veränderung geben. Die Verbrecher waren die Gleichen, es kam nur darauf an, wo sie saßen.

Ich sah zur Uhr. Zwei Minuten vor halb zwei. Noch zwei Minuten, und alles war still. Nur von weit her hörten wir das gedämpfte Gebrüll eines armen Säufers, der zu blöd gewesen war, rechtzeitig nach Hause zu gehen.

»Trinken wir den Wein jetzt oder nachher?«, fragte Munk.

»Nachher«, sagte ich. »Ich kann jetzt keinen Wein trinken. Ich bepiss mich nur.«

Noch eine Minute. Ich fragte mich, ob Waglen schon an seinem Platz war. Er hatte hoffentlich nicht das Datum verwechselt? Das Projekt hatte alle Chancen zu misslingen. *Alles* konnte danebengehen, wenn man erst einmal darüber nachdachte.

»Ich hab's«, sagte Munk. »Wir könnten *Du allein* singen.«

»Psscht«, sagte ich. »Jetzt ist es so weit.«

Nirgendwo ein Mensch zu sehen. Kein Rabe schrie uns schlechte Nachrichten zu.

Ich warf das Seil. Das Ende klatschte unschön gegen die Mauer und fiel wieder herunter. Ich war zu nervös.

»Lass mich werfen«, sagte Munk.

»Nein«, sagte ich. Ich warf noch einmal. Das Seil glitt über den Stacheldraht, und wir hörten es auf der anderen Seite auf den Boden plumpsen. Und jetzt?

Das Seil spannte sich.

Munk und ich stemmten die Absätze in den Asphalt, dass uns die Därme durch den Hals hochkamen.

Ein dunkles Gesicht erschien über dem Stacheldraht.

Scheißverfluchter Stacheldraht, hörten wir jemand sagen. Der Mann da oben war jetzt ganz auf der Mauerkrone, wir hörten Stoff, der zerriss, und sahen, wie er an den Händen an der Kante hing.

Er ließ los.

Es musste fürchterlich wehgetan haben, aber Waglen biss auf die Zähne.

»Hello«, sagte er. »My name ist Tortilla Flat. Oh, ihr seid's bloß. Gott zum Gruße. Tortilla Flat ist nur mein Deckname. Tja, jetzt wird Musik gemacht. Ihr habt ganz richtig gehandelt. Ohne mich wäre es nur belämmert und behämmert und Sven-Ingvars-mäßig geworden. Scheiße, tut mir der Fuß weh.«

»Wir behandeln ihn«, sagte ich.

»Bist du auch hier, du Pfeife?«, sagte Waglen. »Hast du inzwischen mal gewagt, am Schnaps zu riechen? Ach ja, stimmt, ich habe da drinnen ein paar komische Typen getroffen. Die sagten, sie würden euch kennen. Das Zentralkomitee nennen sie sich. Als sie hörten, dass ich abhauen würde, wollten sie auch mit. Wollen wir zurückgehen und sie holen?«

»Lass die nur sitzen«, sagte Munk. »Denen kann es nicht schaden, ihre Sünden zu bereuen.«

Ich zog das Seil ein und warf es mir über die Schulter.

»Du wohnst solange bei mir«, sagte Munk. »Im Parteibüro. Da finden sie dich nie.«

»Wollt ihr mein Blut sehen?«, sagte Waglen und hielt uns seine Hände hin. Sie waren vom Stacheldraht ganz aufgerissen. »Es ist ganz rot und saftig. Und von meiner neuen Sonntagshose kann ich mich wohl auch verabschieden. Sie ist so merkwürdig luftig geworden. Was ist eigentlich mit dem Fünfer von Pils-Ola, hast du ihn bekommen?«

»Nein«, sagte ich. »Aber das ist auch jetzt nicht so wichtig.«

Waglen hinkte und stöhnte, um mit uns mitzuhalten.

»Nicht so wichtig, verdammt? Warum hast du ihm nicht die Eierschrauben angelegt, wo wir ihn gerade in der Zange hatten? Du bist mir ein Seelchen. Wenn man die Inflation berücksichtigt, muss er dir doch inzwischen mindestens 100 000 Kronen schulden.«

Waglen fiel der Länge nach auf den Bürgersteig. Munk und ich hoben ihn hoch und hielten ihn unter den Armen. Munk reichte ihm die Weinflasche, und Waglen trank gierig. Wir wurden alle blutig.

»Verflucht«, sagte Waglen. »Kann man sich bei dir waschen?«

»Das ist noch milde ausgedrückt«, sagte Munk. »Ich habe eine Badewanne mit internationalen Maßen. Darin war Platz für Barbra Streisand und mich zusammen.«

»Ja, dann muss sie wohl reichen«, sagte Waglen. »Allerdings hatte ich eher an Diana Dors gedacht.«

»Da fragt sich allerdings, ob sie reicht«, sagte Munk.

Waglen trank. Es hörte sich an wie eine Bratpfanne voller rotem Klee.

BRIEF VON SANDRA

Du Ziegenbock!

Dies ist der letzte Brief, bevor ich komme. Prima, das mit eurem Konzert am 18. Wir machen es so, dass wir uns im Nygårdsparken treffen, direkt vor dem Konzert. Ich komme am Morgen mit dem Zug (muss zuerst nach Oslo, um die Alten aufzuheitern), brauche aber erst ein bisschen Zeit für mich selbst. Ist das ok? Du brauchst nicht nach mir zu suchen, ich finde Dich. Bin gespannt, Dich als Bassist zu hören. Aber steh' nicht so unbeweglich hinten im Schatten. Das ist Deine Chance! Und dann wollen wir hoffen, dass die Polypen Euren Schlagzeuger nicht finden, ehe das Konzert vorüber ist.

Nein, ich sage jetzt nichts mehr. Du weißt, was ich nicht sage und was ich fühle. Kauf Dir solange was Schönes!

Küsse überall von
S.

PS.: Ich habe gestern ein Bild gesehen. Es hieß »Porträt von Fredrik«. Aber auf dem Bild war nur ein leerer Raum. Weil Fredrik seinen Zug verpasst hatte und zu spät kam, um auf sein Porträt zu kommen! Dachte, das wäre was für Dich.
S.

PENIS FROM HEAVEN

Das Beste an unserer Aktion war, dass es nur noch eine Woche gedauert hätte, bis ich sowieso rausgekommen wäre«, sagte Waglen.

»Das wäre aber zu spät gewesen«, sagte Munk. »Dann hätten wir unsere Stücke nicht mehr rechtzeitig üben können.«

»Nein, der Meinung war ich ja auch«, sagte Waglen. Er sah zufrieden aus. Die orangefarbene Jacke und die Cowboystiefel waren wieder an Ort und Stelle. Der schwarze Stresskoffer lag in seinem Schoß wie eine viereckige Katze. Nur die bandagierten Hände verrieten, dass etwas geschehen war. Die Stacheldrahtwunden hatten sich entzündet, und er musste auf unbestimmte Zeit Bandagen tragen. Aber das hinderte ihn nicht daran, zu trommeln wie der Leibhaftige.

Es war ein bisschen problematisch, Munks Bude (das Parteibüro) als Übungsraum zu benutzen, besonders wenn wir volle Pulle aufdrehten. Einmal hatten sich die Türen in den unteren Stockwerken geöffnet, und die Leute hatten sich über den Lärm beschwert.

»Haltet die Schnauze da unten, ihr verdammten Zuhälter!«, brüllte Munk. »Sonst komm ich runter und mach euch kalt!«

Das hatte sie besänftigt.

Wir waren jetzt so weit. Wir passten zusammen, obwohl wir nur zu dritt waren. Zuerst hatte ich bezweifelt, dass es gehen würde. Aber dann spielte Munk eine Platte mit The Jam, einer konservativen englischen Punkgruppe in Konfirmationsanzügen. Sie waren nur zu dritt.

Nachdem ich die Platte gehört hatte, zweifelte ich an gar nichts mehr.

Jau, wir waren gut drauf.

»Was für ein Pimmel ist dieser Zappa denn geworden«, sagte Waglen. Er las einen Artikel im New Musical Express, in dem Zappa den Punk angriff.

»Ein penis vulgaris«, sagte Munk. »Oder: gemeiner Hauspimmel, wie es auf Norwegisch heißt.«

»Welche anderen Typen gibt es denn noch?«

»Der Vornehmste von allen heißt penis from heaven«, sagte Munk.

»Das ist einleuchtend. Aber ich dachte immer, Zappa wäre jemand, auf den wir uns verlassen könnten.«

»Zappa hat nur eins im Kopf«, sagte Munk. »Er beendet alle Konzerte damit, dass ein Mädchen auf die Bühne kommt und anfängt, in seiner Hose rumzumachen.«

»Das hört sich aber nach einer gar nicht so schlechten Idee an«, sagte Waglen.

»So was gehört in die heimischen vier Wände«, sagte Munk. »Es ist bloß blöd, es öffentlich zu tun. Das nimmt die ganze Spannung weg. Hier habe ich was anderes. Ich habe gerade Antwort von Johnny Rotten bekommen.«

Der Brief lautete:

YOU FUCKING BASTARD!
Why don't ya go to hell and stop buggering us.
You're too old and I spit on you!
J.R.

P.S.: Sid tells you to go fuck yourself.

»Einen besseren Brief hätte ich kaum selbst schreiben können«, sagte Munk zufrieden. »Jetzt gucken wir ein bisschen fern.«

DAS KONZERT

In der Nacht schlief ich nur wenig und hatte ein schreckliches Ziehen im Bauch, als ich wach wurde. Ich versuchte, einen Teller Haferbrei mit Milch und eine Tasse Kaffee herunterzubringen, aber ich verschluckte mich an dem Haferbrei, hustete wild, und der Brei spritzte über Land und Leute. Das war bestimmt kein gutes Zeichen. Ich wusste nicht, was mich nervöser machte, das Konzert oder dass ich Sandra wieder sehen würde. Beides war gleich unwirklich. Danach kam sozusagen nichts mehr. Jedenfalls nicht, soweit ich sehen konnte.

Waglen bollerte an meine Tür und rief, dass es Zeit sei loszuzockeln. Seine Augen blickten wild, und er hatte wie üblich die orangefarbene Jacke, Jeans und Cowboystiefel an, dazu ein ekliges, geblümtes Discohemd, das bis zum Nabel aufgeknöpft war.

Ich trat in Jeans, T-Shirt und Hansa-Jacke an. Das musste gehen. Ich nahm den Bass über die Schulter, und wir gingen.

Munk war noch nicht fertig. Er wuselte hin und her wie ein Huhn.

»Jetzt komm endlich«, sagte Waglen.

»Ich komme«, sagte Munk. »Ich wasche mir nur noch vorher den Schwanz. Das ist meine verdammte Pflicht und Schuldigkeit.«

Wir setzten uns, während Munk Toilette machte. Wir spürten, dass wir im Begriff waren, an der Couch festzuwachsen. Ich dachte daran, wie ich damals auf dieser Couch analysiert worden war und wie großartig es mir geholfen hatte.

»Ich vertraue darauf, dass ihr anständig spielt, ihr Oberschwätzer«, sagte Munk. »Wenn ihr den Takt nicht ordentlich haltet, schneide ich euch eigenhändig die Eier ab. Das wird Wunder wirken auf euren Kastrationskomplex!«

Munk hatte endlich seine Kfz-Mechanikermontur angekriegt, und wir konnten gehen.

Unten an der Kaigate mussten wir warten und eine dicke Limousine vorbeilassen, bevor wir die Straße überqueren konnten. Auf dem Rücksitz der Limousine saß Munks Großvater und trank aus einer Whiskyflasche. Er war mittlerweile berühmt geworden. Ein Idiot hatte ihn entdeckt und ein Buch über ihn geschrieben, das gerade erschienen war, in dem er sich über sein erfülltes Leben ausließ. Es war hart gewesen, aber auch erfüllt. Man rechnete damit, dass das Buch die Auflagenzahl von »Anna i ödemarka« schlagen würde, und zwar vollkommen verdient.

»Jetzt ist er obenauf, der alte Saufkopp«, sagte Munk. »Nächsten Samstag sitzt er zusammen mit Heradstveit in Beyers Buchhandlung und signiert Bücher. Das wird das größte Erlebnis seines Lebens. Heradstveit war immer sein großes Idol.«

Der Nygårdsparken war festlich geschmückt. Es hing noch immer ein wenig braunes Laub in den Baumwipfeln, und Girlanden waren aufgehängt, bunte Lampions und Lakritzpastillen. An mehreren Wagen wurden Würstchen, Eis und Süßkram verkauft, es gab ein Glücksrad mit großen Gewinnen, eine Tombola, einen Schießstand und einen Teich, in dem man Holzfische mit Nummern angeln konnte. Wir kamen an einem Feuerschlucker und einem Mann mit einem dressierten Affen vorbei. Der Affe konnte die Neujahrsansprache des Königs imitieren und schien ein großes Publikum anzuziehen.

Bedauerlicherweise befanden sich auch mehrere Polizisten im Park, und ich passte auf, dass Waglen hinter mir blieb und sich klein machte. Munk dagegen machte sich groß, und es hatte den Anschein, als gehöre ihm der Park, als stehe er allein hinter dem Ganzen. Eine Mischung aus Gott Vater, Weihnachtsmann und Parkamt.

Auf der Bühne waren Lautsprecher und Anlage einigermaßen aufgebaut. Alle Gruppen (fünf insgesamt) sollten die gleiche PA benutzen, darüber brauchten wir uns also nicht den Kopf zu zerbrechen, bevor wir an der Reihe waren. Ein Typ, der aussah, als hätte er etwas mit dem Ganzen zu tun, stand auf der Bühne und musterte uns.

»Tag, ich bin Munk«, sagte Munk. »Das hier ist meine Gruppe, Saba de luxe.«

Der Typ guckte in seine Papiere. Sie waren zerknautscht und schmutzig.

»Ihr spielt in der Mitte. Nummer drei. Ihr könnt damit rechnen, dass ihr 'ne halbe Stunde spielt.«

»Eine halbe Stunde?«, sagte Munk. »Das ist verdammt

noch mal viel zu wenig. Die Leute werden Zugaben am laufenden Band fordern. Encore! Encore!«

»Eine halbe Stunde ist angesetzt.«

»Ich frage mich, wer so etwas Reaktionäres bestimmt hat. Das muss der Klassenfeind gewesen sein.«

Plötzlich fiel mein Blick auf Rebekka, drüben an einer der Würstchenbuden. Ich versuchte, mich unkenntlich zu machen, aber sie hatte mich schon erkannt.

»Denkst du noch immer an den Abend?«, fragte sie.

»Ich?«, sagte ich.

»Ich verstehe nicht, weshalb du dich so anstellst. Das machte doch nichts. So etwas kann doch jedem passieren.«

»Danke für den Trost«, sagte ich.

»Wollen wir damit aufhören, uns in Zukunft aus dem Weg zu gehen?«

»Gerne.«

Ein alter Mann mit einem Hörgerät wollte an einem Schokoladenwagen neben uns etwas kaufen.

»Haben Sie Kampferdrops?«, fragte er.

»Ja«, sagte das Mädchen in dem Wagen. »Wir haben Himbeerdrops, oder ...«

»Nein, Kampferdrops.«

»Nein, die haben wir nicht. Aber wir haben Himbeerdrops.«

Rebekka schien vergessen zu haben, dass sie ein Würstchen wollte.

»Dauert es noch lange, bis ihr spielt?«, sagte sie.

»Anderthalb Stunden oder so. Wir sind in der Mitte des Programms.«

»Ich freue mich.«

»Ich quatsche nachher noch mit dir«, sagte ich.

»Ja, prima. Viel Glück!«

Ich ging zurück zu Munk und Waglen, die unter einem Baum standen und Zigarren rauchten. Waglen konnte perfekte Rauchringe blasen.

»Wer war das Frauenzimmer?«, sagte Munk. »Sie kam mir irgendwie bekannt vor.«

»Och, nur eine, die ich kannte«, sagte ich. »Ich kriege so einen Hunger. Wollen wir nicht ein Würstchen kaufen?«

Das war gelogen. Ich war alles andere als hungrig. Ich war einfach supernervös. Wenn ich nun falsch spielte. Wenn nun Sandra schon im Park war und nach mir suchte!

Wir waren die älteste Gruppe. Munk war Anfang dreißig, Waglen und ich Mitte zwanzig. Die anderen Gruppen bestanden aus ganz jungen Leuten, die meisten sicher weit unter zwanzig. Munk sah sie alle wohlwollend an, als sei er der Vater der norwegischen Rockmusik.

Die erste Gruppe machte sich fertig. Hallo, hallo durchs Mikrofon. Aber das Mikro funktionierte nicht. Da musste noch etwas dran getan werden.

»Ich muss pissen«, sagte Munk. »Glaubt ihr, ich kann hinter den Baum da gehen?«

»Der sieht aus, als warte er nur darauf, bepisst zu werden«, sagte ich.

Es mochte stimmen, dass er pissen würde, aber auf jeden Fall würde er trinken. Ganz klar.

»Ich muss auch pissen«, sagte Waglen. »Ich glaube, ich verdünnisiere mich hinter den Baum da.«

Wenn das so war, wollte ich wahrlich nicht der Einzige sein, der nüchtern auf die Bühne ging. Das war zu viel verlangt. Meine alten Sonntagsschullehrer hätten es vermutlich von mir verlangt, aber die hatten mich jetzt aus den Augen verloren.

Ich verzog mich hinter einen Baum. Ich konnte sehen, dass es ein alter Baum war, aber ich wusste nicht, was für eine Art. Im Hintergrund hörte ich, dass das Mikro jetzt funktionierte und ein pickeliger Bassist einen dröhnenden Akkord anschlug.

»Ich glaube, ich gehe nach Hause«, sagte Waglen. »Es ist so verdammt dämlich, hier zu stehen und zu warten. Frieren tu ich auch.«

»Jetzt reiß dich zusammen, du schwuler Saufkopp«, sagte Munk. »Wir kommen als Nächste. Die spielen gut da oben. Ehrliches Geschrei und kaputter Sound. Ganz was anderes als diese stinknormalen geschichtslosen Traditionalisten.«

Er packte Waglen am Hemd.

»Sag bloß, du willst in diesen Klamotten auftreten! Ein beknackteres Hemd hast du wohl nicht auftreiben können? Das ist ja 'ne Schande.«

»Lass mein Hemd los, verdammt«, sagte Waglen. »Lass die Finger von meinem Hemd, sonst fängst du dir eine ein.«

Wir waren alle drei nervös. Das war nicht zu übersehen. Und zu allem Überfluss hatten ein paar Polizisten angefangen, uns so komisch anzusehen, besonders Waglen. Ja, es wurde Zeit, dass wir auf die Bühne kamen.

»Wo ist unser Roady?«, fragte Munk.

»Wir haben keinen«, sagte ich.

»Da siehst du's wieder«, sagte Munk.

»Wir sind nur wir«, sagte ich.

Es ging mir selbst sicher nicht ganz auf, wie wahr meine Worte waren.

»Ja, ja«, sagte Munk. »Reden wir jetzt, was wir noch reden können. Nach dem Konzert ist es vorbei.«

»Wie kannst du da so sicher sein?«, fragte ich.

»So viel weiß ich, auch wenn ich ein bisschen blau bin. Nach dem Konzert ist Schluss.«

Ich wusste, dass Munk Recht hatte. Danach war Schluss. Wir konnten nur froh sein, dass nicht jetzt schon Schluss war. Und wo war Sandra?

Der Vokalist der zweiten Gruppe beendete seinen Auftritt, indem er schrie, dass er uns hasste. Jetzt wussten wir Bescheid.

Der Ansager bat das Publikum um Ruhe, während sie auf die nächste Gruppe warteten. Er sagte, es sei offensichtlich, dass dieses Konzert den Beginn des *neuen* Rock in Bergen markiere. Den Leuten sei aufgegangen, dass es nicht mehr weiterginge mit den Flying Norwegians, Teddy Nelson und den Brüdern Thue. Nein, nicht einmal Allison hatte mehr eine Chance. Wenn sie sich nicht ranhielten.

»Trotzdem haben wir einen Veteranen unter uns«, fuhr der Ansager fort. »Er ist aus der Kälte zu uns gekommen, sozusagen. Die Ältesten von euch erinnern sich vielleicht an eine Gruppe mit dem Namen The Four Kissables, Mitte der sechziger Jahre. Jetzt hat er eine neue Gruppe gebildet, Saba de luxe, und hiiier sind sie!«

Wir traten von hinten auf die Bühne. Waglen kaute auf

irgendetwas und zeigte seine Hauer. Munk stapfte schwer und landesväterlich.

Einige wenige fingen an zu klatschen, als sie uns sahen. Noch ein paar weniger schrieen. Ein paar mehr ließen beleidigende Zurufe hören.

»Seht euch das Publikum an«, sagte Munk. »Ecce publico! Eine Ansammlung epilesbischer Weicheier.«

»Denk daran, dass du Kommunist bist«, sagte ich.

»Eine Ansammlung antikommunistischer epilesbischer Weicheier.«

Waglen ließ sich schwer hinter das Schlagzeug fallen und schlug ein Becken an. Munk rülpste ins Mikrofon.

»Hello«, sagte er. Das Mikro tat's.

Ich ging in Gedanken schnell noch einmal unser Repertoire durch. Wir hatten ausgerechnet, dass wir Zeit für sechs Stücke haben würden. Mit *Louie Louie* wollten wir starten. Etwas anderes war undenkbar. Danach ein Instrumental: *Nr. 3* von Erik Saties *3 Gymnopédies* mit Andacht gespielt. Weiter: eine blitzschnelle Version von *Jesus, welch ein Freund* (mit Waglen als Sänger), *Pretty Vacant* von den Sex Pistols, und zuletzt zwei neue Munk-Stücke, *Wirf die Flasche nach dem Teufel* und *Von Sinn und Verstand*.

Waglen schlug auf die Trommeln ein, als hätten sie ihm etwas getan. Jetzt waren sie quitt.

Ich schlug eine Saite des Fretex-Basses an. Ein Dröhnen fuhr aus dem Lautsprechern und wallte über das Publikum hinweg. Das kam von mir! Dieses wunderbare und starke Geräusch hatte ich gemacht!

Aber dann gab es mir wieder einen Stich, dass ich

schwankte. Sandra hatte versprochen, da zu sein, wenn wir anfingen. Aber ich sah sie nicht.

Sie war nicht da.

Ich sandte ein tiefes A aus.

Waren wir jetzt so weit? Munk trat ans Mikrofon.

»It isn't much«, rief er. »It's only Rock'n'Roll.«

Das Publikum schrie, klatschte und jubelte. Jemand warf eine leere Bierdose auf die Bühne.

»Hört auf mit dem Scheiß«, brüllte Munk. »Wir werfen zurück!«

Er drehte sich zu mir um.

»Und du hörst auf mit dem Krach. Wir wissen, dass du in der Lage bist, einem Bass Töne zu entlocken.«

Ich konnte Rebekkas Gesicht draußen im Publikum entdecken, aber das Gesicht, das ich lieber gesehen hätte, war nicht da.

Ich bekam Lust, von der Bühne zu springen und auf jemanden einzuschlagen.

Drei Polizisten hatten sich beinah unmerklich unterhalb der Bühne versammelt. Statt aufzupassen, dass das Publikum ruhig blieb, kein Hasch rauchte, keine unsittlichen Dinge miteinander trieb und keine Bierdosen auf uns warf, sahen sie uns an, ganz besonders Waglen, der aussah, als sei er kurz vor dem Einschlafen. Sollte ich ihn warnen?

»Rock and roll!«, brüllte Munk. »Hier kriegt ihr sie, die Songs über mein Leben, wie es wirklich ist, wie der Kommunismus mich gerettet hat, wie ich entdeckt habe, dass die Liebe das Größte ist, wie ich meine eigene Menopause überwunden habe, über Krieg und Frieden, darüber, dass Überleben das Einzige ist, was zählt, wie ich eine leere Flasche nach dem Teufel geworfen und einen großen Sieg über die Mächte des Bösen davongetragen habe. Ich weiß nicht, ob ihr reif seid für all das, aber ich nehme mir die Freiheit, darauf zu scheißen.«

Ich sah dem Himmel an, dass es bald regnen würde. Dunkle Wolken, die tonnenweise Wasser auf uns entladen und vermutlich dafür sorgen würden, dass wir einen elektrischen Schlag bekamen und Munk oder ich oder wir beide mit unzähligen Volt im Körper leblos auf der Bühne umfallen würden.

»Wir spielen als Erstes *Louie Louie*«, rief Munk. »Den Song, der die Ursache dafür ist, dass wir heute Abend überhaupt hier sind.«

Tja, Recht hatte er. Sandra war nicht zu sehen, und mir war völlig bewusst, dass dies das Ende der großen Zeit von Munk und mir war. Es war eigentlich eine tolle Zeit gewesen, solange sie gedauert hatte, das wurde mir jetzt klar. Das Einzige, was wir jetzt noch tun konnten, war, sie in Würde zu beenden, und das hatten wir auch vor.

Der eine Polizist zeigte. Der andere nickte, und sie bewegten sich auf die Bühnentreppe zu.

Dann gab Munk uns ein Zeichen. Waglen hob die Trommelstöcke, ich legte die linke Hand ans Griffbrett und hielt die rechte zwei Zentimeter von den Saiten.

Munks Fuß stampfte auf den Bühnenboden.

»One, two«, flüsterte er. »One, two, three, four!«

Anmerkungen des Übersetzers

S. 16 *Der Bauernstudent* ist ein in der norwegischen Literatur häufig behandeltes Motiv. Arne Garborg (1851–1924) hat ihm in *Bondestudentar* (1883; dt. *Bauerstudenten,* 1888) einen ganzen Roman gewidmet und ihm seine klassische Ausprägung gegeben. Das Motiv veranschaulicht den in der norwegischen Gesellschaft im 19. und 20. Jahrhundert – bis in die Volksabstimmung über den Beitritt zur EU 1994 – immer wieder aktuellen, sozialen und kulturellen Gegensatz von Stadt und Land, von traditionsgebundener ländlicher und urbaner Lebensweise und Weltsicht. Ein wichtiger Aspekt dieses Gegensatzes, vor allem in Westnorwegen, wo Ragnar Hovlands Romane spielen, ist die Sprachenfrage, das Nebeneinander von Nynorsk und Riksmål (heute: Bokmål), auch dies ein häufig auftauchendes Motiv in Hovlands Romanen. Vgl. hierzu die Anmerkungen zu S. 165 und 215.

S. 28 *lefser* ist eine typisch ländliche Speise; getrocknete Fladen, oft mit einer Beimischung von Kartoffelmehl, die in Wasser aufgeweicht und mit Zucker und Zimt bestreut werden.

S. 28 *Pol:* umgangssprachliche Abkürzung für *Vinmonopolet.* Nur in den Läden des staatlichen Weinmonopols werden in Norwegen alkoholische Getränke verkauft.

S. 139 *Ja wir lieben* sind die ersten Worte der norwegischen Nationalhymne *Ja vi elsker dette landet* von Bjørnstierne Bjørnson (1832 bis 1910).

S. 165 *Riksmålbewegung:* Organisation zur Pflege des Riksmål. Von den vorwiegend Nynorsk sprechenden Bewohnern Westnorwegens – wie den Personen in Ragnar Hovlands Romanen – gern mit einer gewissen Ironie bedacht. S. auch Anm. zu S. 164.

S. 181 *Brann Bergen:* Fußballclub in Bergen.

S. 265 *Ivar Aasen:* (1813–1896) ist der Begründer des Landsmaal (heute Nynorsk). Im Zuge der national(romantisch)en Neuorientierung nach dem Ende der vierhundertjährigen Dänenzeit (1814) sammelte er die dem Altnorwegischen noch nahe stehenden westnorwegischen Dialekte und schuf daraus durch Normalisierung das Landsmaal, das zur zweiten norwegischen Schriftsprache neben dem dänisch geprägten Riksmål und diesem 1885 gleichgestellt wurde.

S. 354 *Kåre Willoch:* Politiker der Rechten (Høyre), norwegischer Ministerpräsident von Okt. 1981 bis Mai 1986; *Kåre Kristiansen:* christdemokratischer Politiker, Vorsitzender der *Kristelig Folkeparti* 1975–77 und 1979–83; *Oddvar Nordli:* sozialdemokratischer Politiker *(Arbeiderpartiet),* norwegischer Ministerpräsident 1976 bis Feb. 1981.

S. 364 *Die gemeinsame politische Linie von 72:* Zusammenschluss linker Gruppierungen im Kampf gegen den Beitritt Norwegens zur EWG (Volksabstimmung 1972). SV: *Sosialistisk Venstreparti; AKP: Arbeidernes Kommunistparti.*